Martin W. Brock
Nachtnebel

Zu diesem Buch

Ein Spaziergänger findet im Wald ein völlig ausgebranntes Autowrack – und auf dem Fahrersitz die Leiche eines Mannes, der offenbar ermordet wurde. Drei Monate später tappt die eilig einberufene Münchner Sonderkommission »Nachtnebel« noch immer im Dunkeln: Die Identität des Toten ist ungeklärt, es gibt keine Vermisstenanzeigen und keine Zeugen. Doch dann stößt Hauptkommissar Ricardo Bauer auf eine heiße Spur, und die Ereignisse überstürzen sich. Auf einmal werden die Polizisten von Jägern zu Gejagten: Der Sohn eines Kollegen wird bei einem Verkehrsunfall schwer verletzt, und Bauers eigenes Kind entkommt nur knapp einer Entführung. Ein verdeckter Ermittler wird eingeschaltet, der dabei sein eigenes Leben riskiert ... Der zweite Fall mit dem Münchner Hauptkommissar Ricardo Bauer – packend und authentisch erzählt von einem Autor, der als ehemaliger Sonderermittler das Verbrechermilieu wie seine eigene Westentasche kennt.

Martin W. Brock war selbst jahrelang als verdeckter Ermittler bei der Kriminalpolizei München tätig und muss deshalb unter Pseudonym schreiben. Von ihm liegen bereits drei Kriminalromane vor: »Freitagsflug«, »Nachtnebel« und zuletzt »Rosenroulette«.
Weiteres zum Autor: www.krimi-passion.de

Martin W. Brock
Nachtnebel

Ein München-Krimi

Piper München Zürich

Mehr über unsere Autoren und Bücher:
www.piper.de

Von Martin W. Brock liegen bei Piper im Taschenbuch vor:
Freitagsflug
Nachtnebel

Ungekürzte Taschenbuchausgabe
Piper Verlag GmbH, München
Mai 2008
© 2005 Schardt Verlag, Oldenburg
Umschlag: Büro Hamburg. Anja Grimm, Stefanie Levers
Bildredaktion: Büro Hamburg. Alke Bücking, Charlotte Wippermann
Umschlagfoto: SV-Bilderdienst/M. Buck
Satz: Filmsatz Schröter, München
Papier: Munken Print von Arctic Paper Munkedals AB, Schweden
Druck und Bindung: CPI - Clausen & Bosse, Leck
Printed in Germany   ISBN 978-3-492-25007-8

Prolog

Der beiden Polizisten, die in ihrem Streifenwagen auf der Autobahn nördlich von München fuhren, hatten es nicht eilig. Noch hatte ihnen die Zentrale keinen Einsatz durchgegeben. Sie waren jetzt zwei Kilometer vor dem Autobahnkreuz, wo sich die Fahrbahn in Richtung Nürnberg, München und Salzburg teilte. Auf beiden Seiten der sechsspurigen Autobahn wechselten sich Felder mit Waldstücken ab, bis auf wenige kleine Reste war der Schnee in der Frühlingssonne geschmolzen. Es herrschte der typische Verkehr für einen späten Samstagnachmittag: Fröhliche Fußballfans in Bierlaune ließen ihre Schals in den rot-weißen Farben des FC Bayern aus den Fenstern ihrer tiefergelegten Opel Astra und VW Golf mit Heckspoiler flattern. Hupkonzerte gingen los, sobald sie ein Auto mit Fans des Gegners sahen. Familien fuhren von den Möbelmärkten in der Münchner Umgebung nach Hause, mit halb geöffneten Kofferräumen, aus denen Möbelkartons herausragten, nur notdürftig mit Schnüren befestigt. Vom Einkaufen müde Kindergesichter blickten von den Rücksitzen nach draußen.

»Hast du Fußball gesehen? Die Bayern, was für ein Glück die wieder hatten?« Der Beifahrer des Streifenwagens, ein rundlicher Mittvierziger, Dienstgrad Hauptmeister, fuchtelte heftig mit seinen Armen herum. Er achtete nicht auf die Umgebung, die an ihnen vorbeizog. Sie konnte in seinen Augen nur unwichtig sein im Vergleich zu dem, was ihn gerade bewegte.

»Elfmeter pfeift der! Unglaublich!« Er sprach das Wort so langsam aus, als ob er es buchstabieren würde. »Keine andere Mannschaft würde für so eine Schwalbe einen Elfer bekommen. Der hat den nicht mal berührt!« Während er sich mit der flachen Hand gegen die Stirn schlug, richtete sich sein aufgeregter Blick auf den Fahrer, der mit den Schultern zuckte. Es war ein sportlich trainierter junger Beamter, der erst vor wenigen Wochen nach Abschluss seiner Ausbildung zum Streifendienst gekommen war.

»Ich habe es nicht gesehen«, antwortete der mit einem ruhigen Kopfschütteln. »Aber ich kann mich erinnern, da ging ich noch zur Schule, und es war schon so: Die 60er zappeln sich unten in der Tabelle ab, und die anderen haben einfach das Glück. Darüber rege ich mich nicht auf.«

Sein beiläufiger Tonfall ließ deutlich erkennen, dass Fußball ihn nicht sonderlich interessierte. Am Himmel drohten dunkle Regenwolken, der Wetterbericht hatte für den Abend heftige Regenschauer angesagt.

Den Mann, der aus einem Wald plötzlich zur Autobahn gelaufen kam und über die Leitplanke stieg, sah der Fahrer des Polizeiwagens erst sehr spät. Er fuhr gerade auf der Überholspur und konnte deshalb nicht sofort bremsen.

»Schau mal da rüber, da läuft einer auf der Straße.«

Er zeigte mit seinem Arm auf den Fahrbahnrand, wo sie soeben einen heftig winkenden Fußgänger passiert hatten.

»Will der was von uns?«

»Sieht so aus«, meinte der Beifahrer, während er seinen Kopf nach hinten in Richtung des Mannes am Fahrbahnrand drehte.

»Aber ich habe keinen Unfall oder irgendetwas Besonderes gesehen. Keine Ahnung, was der hat.«

»Ich kehre bei der nächsten Ausfahrt mal um«, erwiderte der Fahrer.

Wenige Minuten später waren sie wieder an der Stelle, wo sie den Fußgänger gesehen hatten.

»Siehst du ihn noch?«, fragte der Beifahrer.

»Nein, ich halte mal hier, vielleicht ist er ja noch in der Nähe.«

Beide verließen das Auto und stiegen über die Leitplanke. Jetzt sahen sie einen ungefähr 60-jährigen Mann auf dem Boden sitzen und heftig atmen. Sein Gesicht war rot angelaufen, auf der hohen Stirn hatten sich zahlreiche Schweißperlen gebildet. An einer Leine hielt er einen Jagdhund, der aufgeregt um ihn herumlief.

»Oh, gut, dass Sie kommen.« Er machte eine Pause und rang nach Luft. Der Hund sprang an dem älteren Beamten hoch.

»Entschuldigen Sie, aber ich musste mich setzen, mir ist plötzlich schwindelig geworden. Wissen Sie, ich bin so gerannt ...«

Der jüngere Beamte bückte sich zu ihm hinunter und legte ihm seine Hand auf die Schulter: »Sollen wir vielleicht einen Arzt holen?«

»Danke, ich glaube, es geht schon wieder. Es ist nur die Aufregung. Sie müssen verstehen, ich ...« sein Brustkorb hob und senkte sich hektisch, »... ich habe so etwas noch nie gesehen.«

Der Beifahrer, der sich mit dem Hund beschäftigt hatte, kam zu ihnen: »Was ist denn passiert?«

Der Atem des Mannes kam immer noch stoßweise, das Sprechen fiel ihm sichtlich schwer.

»Da hinten, da, wo der Feldweg zu Ende ist, liegt jemand im Auto, verbrannt, das ganze Auto.«

Er deutete mit seiner Hand in Richtung des Waldes, der an die Autobahn angrenzte.

»Können Sie uns die Stelle zeigen?«, fragte der Hauptmeister.

»Ja, ich glaube, es geht schon wieder. Können Sie mir beim Aufstehen helfen?«

Der Fahrer reichte ihm die Hand. Zu dritt gingen sie durch den an dieser Stelle teilweise sehr dichten Wald. Reisig knackte unter ihren Schuhen, mit den Händen drückten sie die Äste beiseite.

»Wir hätten unsere Handschuhe mitnehmen sollen«, meinte der ältere Polizist.

»Wir sind gleich dort, es sind nur noch wenige Meter«, erwiderte der Mann, während er seinen Hund ruckartig mit der Leine näher an sich heranzog. »Komm, Ferdinand, stell dich nicht so an.«

Nach wenigen Minuten kamen sie an eine Lichtung. Auf der gegenüberliegenden Seite führte ein Weg in den angrenzenden Wald. Halbhohes Gras bedeckte den Boden. Am Rand, nur wenige Meter neben den Bäumen, stand das ausgebrannte Wrack eines Autos. Der Form nach musste es ein Kombi gewesen sein. Der Lack war vollständig verbrannt, das Auto war von einer grauschwarzen Schicht überzogen. Überall lagen Glassplitter von den zersprungenen Fensterscheiben, auch die Reifen hatten der Hitze nicht standgehalten, verschmorte Reste hingen an den Felgen.

»Seien Sie mir nicht böse, aber ich bleibe hier«, meinte der Mann und zog seinen Hund an der Leine zurück, als die Beamten näher an das Auto herangingen. Der Brandgeruch stieg ihnen in die Nase. Als sie das Auto erreicht hatten, berührte es der Hauptmeister vorsichtig.

»Ist schon vollkommen kalt«, sagte er, »muss schon einige Zeit her sein, der Brand.«

Von der Innenausstattung hatten die Flammen nichts verschont, das Armaturenbrett war bis auf wenige Metallteile verschmort, Drähte hingen schwarz verkohlt umher. Die Sitze bestanden nur noch aus dem Metallgerippe. Der Ältere entdeckte als Erster den verbrannten Körper, der im Spalt zwischen den Resten des Fahrersitzes und dem Türholm lag.

»Da schau mal her, da liegt einer«, rief er dem Jüngeren zu, der gerade um das Wrack herumging. Sie ließen die Fahrertür des Autos geschlossen und musterten gemeinsam den verkohlten Körper: Die Kleidung war an mehreren Stellen mit der Haut verschmolzen, ansonsten war sie vollständig verbrannt. An der Hüfte war ein Stück Leder zu sehen, das sich in die Haut gebrannt hatte. Vermutlich stammte es von einem Hosengürtel. Die Hände des Toten waren restlos verbrannt, nur noch die Stumpen der Unterarme waren übrig geblieben. Am rechten Oberschenkel gab es eine tellergroße, kirschrote Stelle, darunter war ein kräftiger Muskelstrang zu sehen. Der Kopf war ebenfalls verkohlt, über dem Nasenbein hing ein schmales Metallgestell, das sich in der Hitze wie eine Spirale verformt hatte.

»Anscheinend hat er eine Brille getragen«, meinte der Jüngere leise, dessen blasser Gesichtsfarbe anzusehen war, dass er gerade die erste Leiche in seinem Leben sah. Von den Haaren war nur noch ein kleiner, gekräuselter Rest übrig geblieben, darunter blickten die Beamten in gespenstisch wirkende, leere Augenhöhlen.

»Schau mal hinten nach, vielleicht kannst du noch etwas von dem Nummernschild erkennen«, sagte der Hauptmeister. Der Jüngere befolgte den Wunsch mit Erleichterung. An einer Stelle unter der verschmorten Rückleuchte sah er einen fingergroßen Rest weißen Lack, den das Feuer offensichtlich verschont hatte.

Von dem Kennzeichen war nur noch die Metallplatte übrig, aber die Ausbuchtungen für die Buchstaben und Zahlen konnte er nachvollziehen.

»Der ist nicht von hier, hatte Düsseldorfer Kennzeichen«, rief er. »Außerdem war er weiß lackiert, hier hinten ist noch etwas vom Lack zu sehen.«

Der Hauptmeister wandte sich jetzt von der Leiche ab und ging zu seinem Kollegen nach hinten.

»Geh schon mal zum Funk und rufe den Kriminaldauerdienst an. Die sollen selbst entscheiden, wen sie herausschicken«, rief er seinem Kollegen zu, der sich daraufhin in Richtung Autobahn entfernte.

»Das kann ein Selbstmord sein oder aber auch ein Mord«, rief er ihm nach, während er nachdenklich um das Auto herumging und rätselte, was für eine Automarke das Wrack war.

»Brauchen Sie mich noch?«, rief der Mann, der immer noch mit seinem Hund in respektvoller Entfernung am Rand der Lichtung stand. Der Hauptmeister drehte sich zu ihm um: »Ja, Sie müssen noch warten, bis die Kripo kommt, die brauchen Ihre Personalien und werden Sie auch noch kurz vernehmen wollen. Wird aber nicht mehr lange dauern. Ich denke, die sind in höchstens einer halben Stunde da.«

Kapitel 1

Die Sonderkommission hatte in der Bayerstraße direkt am Münchner Hauptbahnhof in einem Rückgebäude vier Zimmer bezogen. Die Räume gingen zu einem Innenhof, der wie ein Trichter die Hitze sammelte. Wenn im Sommer nachmittags die Sonne direkt in den Hof strahlte, überlegte so mancher Beamter, ob er nicht noch Überstunden hatte, die er spontan abfeiern könnte, um den saunagleichen Temperaturen zu entkommen. Auch ansonsten bot diese Lage einiges, um von den Beamten nicht besonders geliebt zu werden: Sexkinos, An- und Verkaufsgeschäfte für Elektrogeräte sowie billige Kleidungsläden, die ihre Waren ausladend auf dem Gehsteig präsentierten. Dies zog genau das Publikum an, mit dem die Beamten ohnehin die meiste Zeit zu tun hatten. Darum hätten sie es geschätzt, zumindest außerhalb ihrer Büros, wenn sie einkaufen gingen oder ihre Mittagspause verbrachten, nicht ständig das Gefühl zu haben, im Dienst zu sein. Dazu sorgten die zahlreichen Imbissbuden für eine penetrante Geruchswolke, die wie eine Glocke über der Gegend hing: ein Duftgemisch aus Pommes Frites, Bratwürsten und bis zur Unkenntlichkeit vor sich hin brutzelnden Schaschlikspießen, dazu asiatischen Curry-Spezialitäten und gegrillten Hähnchen. Der Straßenverkehr schob sich lärmend und zäh durch die Fußgängermassen, die zum Bahnhof eilten, Taxifahrer stritten sich um die wenigen Standplätze. An diesem Tag im Juni war wie jeden Freitag kurz vor dem Wochenende nochmals eine aktuelle Bestandsaufnahme der Soko »Nachtnebel« angesetzt worden. Eine Brandleiche war vor nunmehr drei Monaten in einem Auto gefunden worden. Und weil in der Nacht zuvor dichter Nebel geherrscht hatte, was für die Ermittlungen erhebliche Auswirkungen hatte, war man auf diesen Namen gekommen.

»Glaubst du, dass wir die Soko in der Stärke noch lange zusammenhalten können? Ich habe gehört, die brauchen Leute für diese neue Terrorismus-Arbeitsgruppe.«

Paul Wörner stand mit skeptischer Miene neben Ricardo Bauer, der am Eingang des Besprechungsraumes wartete. Wörner war ein erfahrener Mordermittler, der noch zwei Jahre bis zur Pensionierung hatte. Mit fünfzig war er nochmals Vater geworden, nur wenige Monate nachdem er ein zweites Mal geheiratet hatte. Seine Frau, eine Lehrerin, war um einiges jünger. Bauer hatte den Eindruck, dass ihm dies nochmals einen Energieschub gegeben hatte: Seitdem fuhr er regelmäßig mit seinem Mountainbike in der Umgebung Münchens. Aus einem »schlaffen Sack«, wie er sich selbst immer genannt hatte, war eine drahtige Figur geworden.

»Habe ich noch nicht gehört, aber das kann schon sein. Momentan gibt's ja nichts Wichtigeres als die Terrorismusbekämpfung.« Bauers Gesichtsausdruck war deutlich anzumerken, was er davon hielt. Der Besprechungsraum war klein, wie alle Räume in der Dienststelle. Er bot gerade genug Platz für die acht Beamten, die je zur Hälfte aus der Morddienststelle und dem Kommissariat für die Bekämpfung der organisierten Kriminalität zusammengezogen worden waren. Bauer hatte sich Hoffnungen gemacht, die Leitung zu bekommen. Nach dem, was er in den letzten Jahren hinter sich hatte, war er der Meinung, dass er es verdient hätte. Aber dann war Klaus Hertz vom Mordkommissariat der Chef geworden: Ein ruhiger, zurückhaltender Typ Mitte fünfzig, der nach einer schweren Krebserkrankung erst vor sechs Monaten wieder zu arbeiten begonnen hatte. Wegen dieser Erkrankung hatte er keine aktuellen ungeklärten Fälle, als die Brandleiche gefunden wurde. Deshalb gab man ihm die Leitung der Soko. Bauer vermutete, dass auch ein Grund war, Hertz dadurch zu zeigen, dass er wieder als vollwertiger Beamter anerkannt wurde. Damit konnte er leben, zumal sie ihn zum Stellvertreter ernannt hatten.

»Ricardo, ich hatte dich ja gebeten, einen Sachstandsbericht zusammenzustellen. Staatsanwalt Branner hat mich gerade angerufen, er wird in wenigen Minuten kommen.« Hertz saß wie immer mit Anzug und Krawatte an einem Tisch vor den Beamten. Deren Gedanken waren vielfach schon beim bevorstehenden Wochenende. In diesem Moment kam der Staatsanwalt in das Zimmer und grüßte wortlos mit einem Kopfnicken. Anfang vierzig, akkurat kurz geschnittene, dunkle Haare, normale Figur, auffälliger goldener Siegelring an der rechten Hand. Alle kannten ihn bereits von früheren Besprechungen. Seine bisweilen forsche Art hatte ihm nicht nur Freunde eingebracht. Er setzte sich neben Hertz und nahm einen Aktenordner aus seiner neu glänzenden Ledermappe. Hastig schlug er eine Seite auf, die er offenbar zuvor markiert hatte. Dann blickte er in die Gesichter der Beamten:

»Meine Herren, morgen sind es drei Monate, dass wir diesen Fall auf dem Tisch haben. Wie nach dieser Zeit üblich, möchte mein Abteilungsleiter wieder mal etwas von mir über den aktuellen Stand wissen.«

Er drehte sich zu Hertz: »Das meiste weiß ich zwar durch Ihre Berichte, aber ich will heute mal mit allen in der Soko darüber sprechen, wo wir stehen und wie es weitergeht.«

Hertz nickte, während sich der Staatsanwalt mit einem Taschentuch den Schweiß von der Stirn wischte und sein Sakko auszog.

»Also die Hitze bei Ihnen ist immer unglaublich«, stöhnte er, »ich bin nur froh, dass ich hier nicht arbeiten muss.«

Die Beamten im Raum sahen sich mit vielsagenden Blicken an, die Kommentare überflüssig machten.

»Ricardo, kannst du den Stand kurz zusammenfassen«, wandte sich Hertz an Bauer, der in der Mitte des Halbrundes saß, das die Beamten mit ihren Tischen gebildet hatten.

»Ich habe jetzt noch nicht mit allen gesprochen, aber meines Wissens hat sich seit gestern nichts Neues mehr ergeben. Wir haben also folgenden Stand«, Bauer blätterte in einem Ordner, den er vor sich auf dem Tisch platziert hatte. »Nach dem Auffinden der unbekannten Leiche in dem ausgebrannten Pkw, einem Ford Mondeo Kombi, Baujahr 98, haben wir das Kennzeichen überprüft, eine Düsseldorfer Nummer. Wie sich herausgestellt hat, war das Auto mit diesem Kennzeichen einige Tage zuvor vom Parkplatz einer Autovermietung gestohlen worden.

Merkwürdigerweise war es nicht aufgebrochen und auch nicht kurzgeschlossen, wie unsere Techniker festgestellt haben. Die Täter hatten also offensichtlich einen Nachschlüssel. Wir haben deshalb alle Personen, die das Auto in den vergangenen Monaten angemietet hatten, insgesamt waren das 38, überprüft. Möglicherweise hat ja einer von ihnen einen Nachschlüssel anfertigen lassen. Die Ermittlungen haben aber keine Anhaltspunkte ergeben, dass einer dieser Mieter mit der Tat im Zusammenhang steht. Da müssen wir möglicherweise später nochmals ansetzen, wenn wir mehr über die Leiche wissen. Zur Brandleiche ist bislang Folgendes bekannt: sie war bis zur Unkenntlichkeit verbrannt. Nach Angaben der Brandermittler wurde sie sowie das Auto mit Benzin übergossen und danach angezündet. Inzwischen konnte durch die Rechtsmediziner festgestellt werden, dass es sich um einen fünfunddreißig- bis vierzigjährigen Mann handelt, Größe ca. 185 bis 190 Zentimeter, der durch einen Schuss in den Kopf getötet worden war. Der Tatzeitpunkt war aufgrund des Zustands der Leiche nur schwer zu bestimmen, aber er dürfte ungefähr einen Tag vor dem Auffinden gewesen sein. Das Gesicht konnte inzwischen rekonstruiert werden, die Zeichnung haben alle bekommen.«

Er hob ein Blatt Papier hoch, auf dem das rekonstruierte Gesicht des Toten zu sehen war.

»Im Türholm auf der Fahrerseite des Autos fand die Spurensicherung ein Projektil, das zu einem Revolver der Größe 357 Magnum passt. Vermutlich ist der Mann also im Auto erschossen worden. Eine dazu passende Patronenhülse haben wir seltsamerweise nicht gefunden. Bei den Ermittlungen in der Umgebung des Tatortes wurden Reifenspuren gefunden, die nicht von dem verbrannten Auto stammen. Aber die Reifengröße passt zu verschiedenen Marken, somit hilft uns das erst mal nicht viel weiter. Aber ich komme später noch auf einen interessanten Punkt in diesem Zusammenhang zurück. Außer dem alten Mann, der die uniformierten Kollegen auf den Fundort aufmerksam gemacht hat, gibt es keine Zeugen. In der Nacht vor dem Auffinden, also der vermutlichen Tatnacht, herrschte dichter Nebel, darum hat wohl auch niemand den Brand von der Straße aus gesehen. Interessant ist jedoch, was wir bei einer Tankstelle, die nur einen Kilometer von dem Fundort der Leiche entfernt ist, feststellen konnten: Auf dem Videoband, das dort alle Bewegungen aufzeichnet, kann man den Ford mit dem Düsseldorfer Kennzeichen erkennen. Um exakt 21.32 Uhr hielt er an, und ein Mann stieg aus, um zu tanken. Wir haben leider das Pech, dass schon seit mehreren Tagen eine der drei Kameras ausgefallen war. Und genau in deren Aufnahmebereich hat er sich bewegt. Somit kann man ihn nur aus der Perspektive der Kamera sehen, die die gesamte Tankstelle aufnimmt, aber weiter entfernt ist. Die Aufnahmen sind deswegen nicht besonders scharf. Er trägt eine Baseballmütze und trotz der Dunkelheit eine Sonnenbrille. Vermutlich ist er zwischen fünfundzwanzig und dreißig Jahre alt, hat kurze Haare und war mit Jeans und einem grauen, langärmligen Sweatshirt bekleidet. Seine Größe ist ungefähr 170 bis 175 Zentimeter. Es war also definitiv nicht die Person, die wir später in dem Auto gefunden haben, die war ja erheblich größer. Die zweite Person, die im Auto sitzen geblieben ist, kann man überhaupt nicht erkennen. Das könnte also theoretisch das spätere Opfer gewesen sein. Wir haben auch die Schülerin gefragt, die an diesem Abend an der Kasse gearbeitet hat, aber sie konnte sich an überhaupt nichts erinnern. Es war Freitag, und da hat sie mehr als 150 Kunden gehabt. Kann man verstehen, dass sie sich nicht mehr an einzelne erinnern kann. Die vier Kunden, die um diese Zeit mit Kreditkarte bezahlt haben, wurden von uns überprüft. Sie haben alle andere Autos gefahren, wir haben uns das bei den Leuten zu Hause angesehen.«

Bauer machte eine Pause.

»Entschuldigung, ich mache sofort weiter, aber ich brauche etwas für meine Stimme.«

Er ging zum Kühlschrank, der in einer Ecke des Raumes stand, und nahm eine Flasche Mineralwasser heraus. Mit einem Glas ging er zurück zu seinem Platz und trank etwas Wasser.

»Wir haben uns dann gefragt, wie die Täter vom Tatort weggekommen sind. Darum haben wir uns noch einmal die Videobänder angesehen: Zur gleichen Zeit, als der Ford in die Tankstelle fuhr, ist ein roter VW Golf vor das Kassenhäuschen gefahren. Es ist niemand ausgestiegen. Man kann auf dem Bild nur das Auto von oben sehen, aber leider nicht, wie viele Personen darin sitzen. Und als unser Auto wieder weggefahren ist, hat auch der Golf die Tankstelle verlassen. Es spricht also einiges dafür, dass die beiden Fahrzeuge zusammengehörten. Möglicherweise sind die Täter mit diesem Auto vom Tatort weggefahren. Öffentliche Verkehrsmittel gibt es dort in der Nähe nicht, und ein Taxi ist auch nicht dorthin gefahren. Das haben wir über die Zentralen abgefragt. Das Kennzeichen des Golf haben wir überprüft: Der Wagen ist zwei Tage vor der Videoaufnahme in Nürnberg gestohlen worden. Er stand dort bereits mehrere Tage unbenutzt auf einem Parkplatz, weil der Besitzer in Urlaub war. Vielleicht haben die Täter das mitbekommen und deshalb geglaubt, der Diebstahl würde nicht sofort bemerkt und das Auto deswegen nicht so schnell in die Fahndung kommen. Die Reifenspuren, die am Tatort festgestellt wurden, passen auch für die übliche Bereifung eines Golf. Also ein weiteres Indiz dafür, dass die Täter mit diesem Fahrzeug den Tatort verlassen haben. Bis heute ist dieser Golf nicht mehr aufgetaucht. Möglicherweise wird er immer noch gefahren. Da müssen wir einfach auf den Zufall hoffen, dass uns diese Typen irgendwann in eine Kontrolle hineinlaufen. Wir haben dann das Phantombild des Opfers und ein Bild aus der Videoaufnahme in der Zeitung veröffentlicht.«

Ein unüberhörbares Raunen ging durch den Raum. Auch Bauer zog die Augenbrauen hoch.

»Sie hören es ja schon an der Reaktion der Kollegen: Es haben sich wie immer in solchen Fällen unsere üblichen Zeugen gemeldet, die glaubten, die Personen schon mal in der U-Bahn gesehen zu haben. Oder in der Fußgängerzone oder vor nur wenigen Wochen in einem Supermarkt. Nicht zu vergessen diejenigen, die einen Nachbarn oder Arbeitskollegen als Täter benannten. So eine Gelegenheit lassen solche Leute nicht ungenutzt, wenn man schon mal so elegant eine alte Rechnung begleichen kann. Alles natürlich streng vertraulich.«

»Erzähl die Geschichte von dem Irren mit dem Bundestag«, rief Kirner, ein altgedienter Mordermittler mit buschigem Schnauzbart.

Bauer lächelte: »Ich weiß, Franz, der hat dich schwer beeindruckt. Was der Kollege meint, ist ein besonders eifriger Zeuge, der felsenfest davon überzeugt war, dass er den Mann im Fernsehen gesehen hat, und zwar bei der Übertragung einer Bundestagsdebatte. Er behauptete, die Person habe in den Bänken der Abgeordneten gesessen. Das war relativ leicht zu überprüfen: Es fehlte keiner Partei ein Abgeordneter. Damit war das Thema erledigt. Doch der Zeuge wollte das nicht glauben. Er rief mich noch mehrmals an und behauptete, dass da ein übles Komplott laufe. Er habe später nochmals eine Bundestagsdebatte gesehen, und da sei der Stuhl von diesem Mann leer gewesen. Er wollte sich an die Presse wenden, wenn wir nichts unternehmen. Aber inzwischen scheint er sich beruhigt zu haben, wir haben nichts mehr von ihm gehört, und in der Presse war auch nichts. Das war aber auch schon alles, einen vernünftigen Hinweis haben wir nicht bekommen.«

Staatsanwalt Branner, der während des Vortrags vor sich auf den Tisch gestarrt hatte, sah nun in die Gruppe der vor ihm sitzenden Ermittler: »Auf die Presseveröffentlichung ist kein einziger vernünftiger Hinweis gekommen? Das kann ich mir nicht vorstellen.«

Bauer nahm einen zweiten Ordner in die Hand und blätterte: »Ich kann es Ihnen genau sagen: Wir haben 72 Anrufe bekommen, von denen 45 eine Person namentlich benannt haben, die sie erkannt haben wollten. Entweder aufgrund des Phantombildes oder auf den Videoaufnahmen. Allen Hinweisen ist nachgegangen worden: Dabei konnten alle Spuren abgeklärt werden, keine der Personen hatte etwas mit unserem Fall zu tun.«

»Unglaublich«, murmelte der Staatsanwalt.

Bauer sprach weiter: »Die ungeklärten Vermisstenfälle in Deutschland und Österreich haben wir mithilfe des Bundeskriminalamtes überprüft. Es gab nur einen Vermissten, der aufgrund des Alters und der Größe hätte passen können. Aber die Blutgruppe war nicht identisch. Auf unseren Aufruf im Mitteilungsblatt der Zahnärzte hat sich niemand gemeldet. Der Tote hatte ein sehr auffälliges Gebiss, vorne zwei auffällige Goldkronen, und hinten rechts im Unterkiefer fehlten ihm drei Zähne. Daran könnte sich ein Zahnarzt schon erinnern, wenn das sein Patient war.«

Bauer wandte sich zu Wörner, der neben ihm saß: »Paul, hast du schon ein Ergebnis aus Österreich?«

»Nein, ich habe gestern nochmals nachgehakt. Also, veröffentlicht haben sie die Meldung vor zwei Wochen. Das ist mir von der Redaktion in Wien bestätigt worden. Ehrlich gesagt glaube ich nicht, dass von dort noch etwas kommt.«

»Herr Hertz, wie sehen Sie die Situation? Also für mich klingt das alles nicht sehr erfreulich«, meinte der Staatsanwalt mit sichtlich enttäuschter Stimme.

»Sehe ich genauso. Verwunderlich ist vor allem, dass offensichtlich niemand den Toten vermisst. Entweder haben wir es mit jemandem zu tun, der vollkommen zurückgezogen gelebt hat und außerdem nicht gearbeitet hat. Oder aber, und das halte ich für wahrscheinlicher, er hat im Ausland gelebt«, erwiderte Hertz, und jeder im Raum sah ihm an, dass er sich nicht sonderlich wohl dabei fühlte.

»Wie sieht es eigentlich mit der Presse aus, sind die an der Sache noch interessiert?«, warf der Staatsanwalt ein. Zugleich fing er an, seine Akten zusammenzupacken.

»Ich hatte letzte Woche noch mal ein Gespräch mit der Reporterin einer Illustrierten: Sie hatte gehofft, ich könnte ihr exklusiv irgendwelche Neuigkeiten berichten. Hat mir fast ein bisschen leidgetan, das Mädchen, wie sie mit hängenden Schultern ohne eine Zeile wieder abgezogen ist. Aber die Münchner Zeitungen haben die Sache inzwischen vergessen. Das wird für die erst wieder interessant, wenn die Leiche identifiziert ist. Also von der Seite werden wir momentan keinen Druck bekommen.«

»Na ja, wenigstens etwas«, murmelte der Staatsanwalt durch seine Zähne, während er aufstand.

»Übrigens, noch ganz kurz«, warf Hertz ein, »so wie es aussieht, wird die Soko ab Mitte nächster Woche auf vier Leute heruntergefahren. Ich habe versucht, das zu verhindern, aber es hatte keinen Zweck. Die haben im Terrorismusbereich eine neue Arbeitsgruppe, und da brauchen sie anscheinend Personal.«

»Sagen Sie mir Bescheid, wer dann noch an dem Fall arbeitet. Momentan wüsste ich auch nicht, wofür Sie hier acht Beamte einsetzen sollten«, sagte der Staatsanwalt und verabschiedete sich von Hertz mit Handschlag.

Kapitel 2

Der alte Zahnarzt atmete tief durch: Soeben war seine letzte Patientin gegangen. Von seiner Praxis in der Kufsteiner Innenstadt sah er auf die kleine Fußgängerzone hinunter, in der sich um diese Mittagszeit Touristen vor den Schaufenstern der Souvenirgeschäfte drängten. Noch eine halbe Stunde, dann würde er nach Hause fahren.

Er nahm sich das aktuelle Mitteilungsblatt der Zahnärztekammer, das ihm seine Sprechstundenhilfe auf den alten Schreibtisch gelegt hatte, den schon sein Vater in der Praxis stehen gehabt hatte. Das war für ihn seit vielen Jahren zum festen Ritual geworden, bevor es ins Wochenende ging. Er war neugierig, wer von seinen Studienkollegen in den Ruhestand gegangen war und welchen Kaufpreis andere für ihre Praxis forderten. Er kannte dieses Mal keinen von denen, die ihre Praxis verkauft hatten. Schnell war er auf der letzten Seite, wo immer Verschiedenes kurz gemeldet wurde. Sein Blick fiel auf eine Suchmeldung der Gendarmerie. Das Gebissschema, das man bei einer männlichen Brandleiche in Deutschland abgenommen hatte, erinnerte ihn an etwas.

»Roswitha, kommen Sie mal.« Seine Sprechstundenhilfe, die noch die Geräte am Behandlungsstuhl reinigte, kam in sein Büro.

»Ja, Herr Doktor, was gibt's?«

»Sagen Sie mal, haben Sie jetzt eigentlich die neue Adresse von diesem Patienten, dem wir zwei Weisheitszähne gezogen haben, und wo dann die Rechnung zurückkam?« Roswitha fasste sich an die Stirn.

»Ach, habe ich vollkommen vergessen, das wollte ich Ihnen schon letzte Woche sagen: Ich habe mit Frau Wegener gesprochen, sie ist ja auch Patientin bei uns und die Vermieterin von dem Kollmann, den Sie meinen. Sie erzählte mir, dass er vor ungefähr drei Monaten plötzlich aus der Wohnung verschwunden ist. Keine Kündigung, kein Abschied, nichts. Und weil auch keine Miete mehr gekommen ist, hat ihr Mann die Wohnung mit dem Zweitschlüssel aufgemacht. Sie haben ziemlich gestaunt: Es war nichts ausgeräumt, seine Kleidung und seine persönlichen Sachen waren noch da, wie wenn er noch dort wohnen würde. Jetzt haben sie alles in ein paar Plastiksäcke gepackt und die Wohnung leer gemacht. Die Möbel, hat sie gesagt, gehören sowieso ihnen.«

»Haben Sie irgendetwas gehört, wo der hingezogen ist?«, fragte der Arzt.

»Frau Wegener meinte, dass sie seitdem überhaupt nichts mehr von ihm gehört haben.«

Er nahm das Mitteilungsblatt und winkte Roswitha zu sich her.

»Schauen Sie mal diese Meldung an, das könnte doch auf ihn passen, vom Alter her und vom Gebissschema. Bei diesem Kollmann haben wir doch zwei Weisheitszähne gezogen, wissen Sie noch, der hat doch so stark geblutet, dass wir schon Angst bekommen haben.«

»Ja, ich kann mich erinnern, wir dachten doch schon, dass der vielleicht Bluter ist und vergessen hat, uns das zu sagen.«

Sie las den Text und sah den Arzt an: »Ich hole mal seine Akte, wir haben ja vor dem Ziehen Röntgenaufnahmen gemacht, dann sehen wir gleich, ob er das ist.«

Kurz darauf kam sie mit einer grünen Karteikarte zurück.

»Da, Herr Doktor, sehen Sie, da haben wir das Gebissschema.«

Der Zahnarzt legte es neben die Abbildung unter der Meldung der Gendarmerie und betrachtete es eingehend.

»Sehen Sie mal, Roswitha, bis auf einen Zahn stimmt es, nur den 5B oben hat er bei uns noch gehabt, und da auf der Zeichnung fehlt er.«

Die Sprechstundenhilfe beugte sich über seinen Schreibtisch und sah beide Aufnahmen an.

»Stimmt, passen haargenau zusammen, bis auf den einen. Aber vielleicht hat er sich den nach unserer Behandlung irgendwo anders ziehen lassen.«

»Wissen Sie was, ich werde auf jeden Fall mal bei der Gendarmerie anrufen. Das würde dann ja zusammenpassen, dass er verschwunden ist. Wie hier steht, ist die Leiche vor drei Monaten gefunden worden. Also genau zu der Zeit, wo ihn auch diese Frau Wegener zum letzten Mal gesehen hat.«

Kapitel 3

»Sie können gerne kommen, Herr Kollege, von unserer Seite aus ist alles in Ordnung.«

»Danke, freut mich, dass die Zustimmung aus Innsbruck jetzt gekommen ist. Wir sind dann morgen um neun Uhr bei Ihnen.«

Ricardo Bauer legte den Hörer auf und sah zu Paul Wörner, der ihm gegenübersaß.

»Also die Österreicher, die haben die Ruhe weg. Drei Tage brauchen die, bis ihre Chefabteilung entscheidet, dass wir ihr heiliges Land betreten dürfen.«

»Na ja, aber zumindest haben wir vielleicht mal eine Spur, die uns weiterbringt«, meinte Wörner, während er begann, seine tägliche Nachmittagsbanane abzuschälen.

»Könnte sein, wir zeigen ihnen auf jeden Fall unser Phantombild, vielleicht hilft uns das weiter.«

Wie angekündigt, war die Sonderkommission auf vier Beamte reduziert worden: Bauer und sein Zimmerkollege Paul Wörner, dazu noch Claudia Petz, eine junge Kommissarin, und Franz Kirner, der eine Ruhe hatte, die man leicht mit arrogantem Desinteresse verwechseln konnte. Bauer sah auf die Uhr und stand auf.

»Also, bis morgen, ich habe heute wieder mal meinen Kleinen. Mittwoch macht die Tagesmutter immer schon um vier Uhr Schluss.«

»Das habe ich schon hinter mir. Bei unserem wird's erst wieder spannend, wenn er das erste Mal sein Haschpfeifchen reinzieht. Das kann ich noch erwarten«, meinte Wörner gut gelaunt.

Bauer lebte nun schon seit mehr als zweieinhalb Jahren von Marion, seiner Frau, getrennt. Nicht weit von seiner alten Wohnung, die er ihr überlassen hatte, war er in das Zweifamilienhaus einer Rentnerin eingezogen. Die vier Zimmer waren eigentlich zu groß für ihn, aber die Miete war günstig, da die alte Frau ihm quasi einen Beamtenrabatt eingeräumt hatte. Sie selbst wohnte im Erdgeschoss und erzählte ihm immer wieder, wie froh sie war, dass sie in der heutigen, so gefährlichen Zeit einen Polizisten im Haus habe. Der Vorteil für ihn war, dass sie dafür die Miete reduziert hatte. So blieb ihm trotz aller Kosten, die er durch die Trennung zusätzlich hatte, etwas mehr zum Leben übrig.

Über Scheidung hatten er und Marion noch nicht gesprochen. Aber er hatte nicht das Gefühl, dass sie nochmals zusammenkommen könnten.

»Ich kann Ihnen sagen, Herr Bauer, mehr von seiner Sorte würden mich ins Grab bringen«, begrüßte ihn die Tagesmutter, Frau Heilmeier, eine übellaunige Frau mittleren Alters. Mit dem, was sie mit der Beaufsichtigung von drei fremden Kindern verdiente, kamen sie und ihr Mann, der arbeitslos war, offenbar nur schlecht über die Runden. Sie bewohnten ein kleines Reihenhaus aus den 60er-Jahren, dessen gelbliche Fassade einen neuen Anstrich gut vertragen hätte. Er nahm sich vor, mit Marion heute Abend noch einmal über eine andere Tagesstelle für Stefan zu reden.

»Ich bin froh, dass Stefan so lebhaft ist. Langweilige Kinder laufen genügend herum, finden Sie nicht auch?«, entgegnete er ihr und nahm freudig seinen Sohn auf den Arm, der ihm strahlend entgegengelaufen war. Sie ging grußlos ins Haus zurück und machte die Tür hinter sich zu.

»Ist Tante Klara böse?«, fragte Stefan, der ihn mit großen Augen ansah.

»Nein, ich glaube nicht, vermutlich ist sie nur ein bisschen müde von dem langen Tag«, versuchte er ihn zu beruhigen.

Sie fuhren zu ihm nach Hause. Mittwoch war immer Lego-Tag. Stefan besaß eine schier endlose Geduld, Baustein auf Baustein zusammenzusetzen. Momentan war das Bauen von Hochhäusern sein Lieblingsprojekt, wobei es ihn nicht störte, dass sie irgendwann umstürzten. Er fing dann ohne zu zögern wieder von vorne an. Wenn Bauer ihm so zusah, dachte er an seine eigene Kindheit. Er konnte sich noch an Fotos seiner Eltern erinnern, auf denen er so wie sein Sohn mit Begeisterung vor einem Haufen von Legosteinen saß. Das Telefon läutete.

»Kannst du dich noch an den Golf erinnern, den wir auf dem Video von der Tankstelle gesehen haben?«

Bauer war mit seinen Gedanken noch bei einstürzenden Legobauten.

»Nein, weiß momentan nicht, was du meinst«, antwortete er Wörner, der ihn von der Dienststelle aus anrief.

»Du weißt doch, dass wir auf dem Video außer dem Ford, den sie dann später angezündet haben, auch einen Golf gesehen haben. Der zusammen mit dem Ford weggefahren ist.«

»Ach ja, jetzt erinnere ich mich. Und, was ist mit dem?«

»Den haben sie gerade vorhin gefunden. Stand im Gewerbegebiet an der Ingolstädter Straße in einer alten Lagerhalle, die seit mehreren Monaten nicht mehr benutzt wurde. Ich habe gleich die Spurensicherung hingeschickt, vielleicht finden die was.«

Bauer war jetzt wieder mit seinen Gedanken bei der Brandleiche.

»Ich kann jetzt hier nicht weg, du weißt, ich habe Stefan da. Aber es wäre vielleicht nicht schlecht, wenn du kurz hinausfahren könntest. Dann sind die von der Spurensicherung etwas genauer, wenn jemand dabei ist, du kennst das ja.«

»Hatte ich sowieso vor, wollte dir nur kurz Bescheid geben.«

»Okay, ruf mich an, wenn es was Neues gibt. Sonst sehen wir uns morgen.«

Bauer sah auf die Uhr: Es war Zeit, Stefan nach Hause zu bringen. Die Strecke zu der Wohnung, die er viele Jahre mit Marion geteilt hatte, hasste er inzwischen. Die vergangenen zwei Jahre gingen ihm dabei immer wieder durch den Kopf, dieses Gefühlschaos, das Hoffen auf Versöhnung, erneuter Streit, ungezählte Gespräche über Vertrauen und Verzeihen. Am Ende hatte sie dies alles nicht weitergebracht, aber ernüchtert und mancher Illusionen beraubt. Marion kam gleichzeitig mit ihnen an der Wohnung an.

»Hast du mit Stefan schon gegessen?«, fragte sie ihn.

»Nein, ich dachte, er isst mit dir zusammen, ich hatte auch nicht den Eindruck, dass er Hunger hatte.«

»Na gut«, erwiderte sie und nahm ihre Tasche aus dem Auto, das sie vor dem Haus geparkt hatte.

»Was ich mit dir noch kurz besprechen wollte: Findest du nicht, wir sollten versuchen, eine bessere Tagesmutter für ihn zu organisieren? Die macht mir immer einen äußerst missgelaunten Eindruck.«

»Ich weiß nicht, was du gegen Frau Heilmeier hast, ich bin froh, dass ich sie habe. So leicht ist es nämlich nicht, eine zu finden, die ein Kind auch mal bis zum Abend behält. Meistens wollen die um spätestens fünf Uhr ihre Ruhe haben. Und du weißt, das schaffe ich nicht immer mit meiner Arbeit. Aber wenn du eine bessere findest, können wir gerne wechseln. Nur habe ich keine Zeit, eine neue zu suchen. Und ich habe auch keine Lust, jeden Tag mit Stefan morgens und abends durch die halbe Stadt zu fahren. Dazu habe ich echt nicht den Nerv.«

Sie standen vor dem Haus auf dem Gehweg, Stefan hatte sich auf den Boden gesetzt und spielte mit einem Stein. Immer wieder gingen Leute in das Haus, die Bauer alle noch kannte und die ihn mehr oder weniger verlegen grüßten. Er hatte keine Lust, das Gespräch hier fortzusetzen. Und Marions gereiztem Tonfall entnahm er deutlich, dass es auch wenig Sinn hätte.

»Gut, vielleicht bist du ja ein anderes Mal etwas weniger genervt, dann können wir uns in Ruhe darüber unterhalten. Ich glaube schon, dass es notwendig wäre.«

»Ricardo, ich bin einfach müde. Du kannst dir, glaube ich, immer noch nicht vorstellen, was es heißt, Kind, Arbeit und Haushalt unter einen Hut zu bringen. Aber ist auch egal. Ich finde sie nicht schlecht. Wie gesagt: Wenn du eine bessere weißt, können wir darüber reden. So, wir müssen jetzt hinauf. Entschuldige.«

»Also gut, ich fahre dann.«

Er gab ihr die Hand und umarmte seinen Sohn, der inzwischen sichtlich müde geworden war. Dann fuhr er davon. Im Rückspiegel sah er Stefan, der ihm nachwinkte.

Kapitel 4

»Was ist eigentlich gestern bei der Spurensuche in dem Golf herausgekommen?«, fragte Bauer, als er zu Wörner in den Dienstwagen eingestiegen war.

»War interessant, die haben das gesamte Auto abgesucht, Türgriffe, Schaltknüppel, Handschuhfach, alles war sauber. Aber dann hat der alte Kirner, der auch mit draußen war, an diese Schwachstelle gedacht, die sie fast alle vergessen. Und du wirst es nicht glauben, tatsächlich haben sie auf der Rückseite des Innenspiegels einen Fingerabdruck gefunden. Jetzt prüfen die Kollegen gerade, ob die Qualität gut genug ist, aber sie meinten, es dürfte reichen.«

»Dann müssten wir nur noch das Glück haben, dass der Typ schon mal bei uns arbeiten hat lassen. Dann wäre es perfekt«, erwiderte Bauer.

»Aber auch wenn wir ihn noch nicht registriert haben, auf jeden Fall kann uns die Sache helfen«, meinte Wörner, während er gut gelaunt mit den Fingern aufs Lenkrad tippte.

Weil in ihrer Richtung nicht viel Verkehr war, hatten sie nach weniger als einer Stunde die österreichische Grenze passiert und sahen jetzt schon von weitem die Burg, unterhalb der sich Kufstein ausbreitete. Die Dienststelle der Gendarmerie war im Erdgeschoß eines mehrstöckigen Hauses untergebracht, das unmittelbar an einer durch den Ort führenden Hauptstraße lag. Von außen sah es mehr wie ein Ladengeschäft aus als wie eine Polizeidienststelle. Nur ein Dienstwagen, ein älterer Opel, stand davor.

»Herzlich willkommen in der Kapitale des Verbrechens«, begrüßte sie ein uniformierter Polizist mit breitem Grinsen, »ich bin Major Brunner.« Sein unverkennbarer, breiter Tiroler Dialekt ließ keinen Zweifel daran, dass er vermutlich die meiste Zeit seines Lebens, von der Geburt bis heute, hier verbracht hatte.

»Die Innsbrucker Kriminaler haben mir Bescheid gesagt, um was es geht. Klingt interessant. Haben wir hier nicht so häufig.«

Er führte Bauer und seinen Begleiter, Paul Wörner, durch die Wache, in der ein Beamter am Funkgerät saß.

»Kommen Sie hier herein«, sagte er zu ihnen, während er die Tür zu einem kleinen Büro öffnete.

»Ist normalerweise unser Chefbüro, aber der ist gerade in Urlaub. Zwei Wochen Mallorca, mit Frau und Schwiegermutter. Mein Beileid, kann ich da bloß sagen.« Sein Gesicht drückte echtes Bedauern aus. Sie setzten sich um einen runden Besprechungstisch. Dem Gastgeber war es sichtlich peinlich, als er den vollen Aschenbecher auf dem Tisch sah: Dem Geruch im Büro nach zu schließen, duftete er schon einige Tage vor sich hin.

»Kennen Sie die Dinger?«, fragte er sie, und deutete mit dem Finger auf die Zigarillokippen, während er sie aus dem vollen Aschenbecher in den Mülleimer leerte. Noch bevor sie antworten konnten, ergänzte er mit gerümpfter Nase: »Die raucht unser Alter ohne Pause, seit er die mal in der Dominikanischen Republik entdeckt hat, dabei stinken die wie Kuhmist.«

Bauer schlug seinen Aktendeckel auf und legte das Foto mit der Gesichtsrekonstruktion der Brandleiche auf den Tisch.

»Das ist die Person, die wir identifizieren wollen. Wie uns Ihr Innsbrucker Kollege von der Kripo gesagt hat, sind Sie von einer Arzthelferin angerufen worden, die den Mann kennt.«

»Also, vor einigen Tagen hat bei uns die Sprechstundenhilfe von einem Zahnarzt hier in Kufstein angerufen. Sie erzählte uns, dass ihr Chef glaubt, diese Person als Patient gehabt zu haben. Er hat das Gebissschema in dem Infoblatt der hiesigen Zahnärzte gesehen und mit seiner Patientenkartei verglichen. Aufgefallen ist es ihm, weil dieser Patient seit ungefähr drei Monaten verschwunden ist und sie seitdem ihrem Geld nachlaufen.«

»Können wir jetzt zu diesem Arzt fahren?«, fragte Wörner, der schon etwas ungeduldig wurde.

»Selbstverständlich, ich habe gestern mit ihm telefoniert. Er erwartet uns.«

Wenige Minuten später betraten sie zu dritt die Praxis. Die Sprechstundenhilfe, eine freundliche ältere Frau, führte sie in das leere Wartezimmer.

»Tut mir leid, aber wir haben leider keinen anderen Raum, ich hoffe, das geht so. Der Herr Doktor kommt gleich.«

»Macht überhaupt nichts«, erwiderte Bauer, während sie sich setzten.

»Wenn wir etwas schreiben müssen, können wir das später bei der Gendarmerie machen.«

»Entschuldigen Sie, wie war gleich wieder Ihr Name?«, sprach sie der Gendarm an.

»Fichtner, Roswitha Fichtner.«

»Ah ja, jetzt erinnere ich mich wieder. Erzählen Sie doch mal den Kollegen aus München, was Sie zu diesem Patienten wissen, von dem Sie oder Ihr Chef das Gebiss in dieser Zeitung erkannt haben.«

Roswitha Fichtner, eine kleine zierliche Frau Anfang sechzig, die einen sauberen weißen Kittel trug, setzte sich zu ihnen.

»Wissen Sie, mein Chef liest immer am Freitag das Mitteilungsblatt von der Zahnärztekammer. Und da hat er diesen Gebissbefund von der Leiche entdeckt, die in München gefunden wurde. Es war etwas auffällig, und darum hat er sich an den Patienten erinnert, der bei uns ein paarmal in Behandlung war. Der ist nämlich seit einiger Zeit verschwunden und hat unsere Rechnung noch nicht bezahlt.«

In diesem Moment betrat der Zahnarzt den Warteraum und begrüßte den österreichischen Polizisten, bevor er sich an Bauer und Wörner wandte. Er hatte einen kräftigen, entschlossenen Händedruck.

»Und Sie sind extra aus München gekommen?«

»Ja«, antwortete Bauer, »Ihr Hinweis ist schon sehr interessant, darum wollten wir direkt mit Ihnen und Ihrer Mitarbeiterin sprechen.«

»Ich hoffe, es ist nicht umsonst, Roswitha wird Ihnen ja schon gesagt haben, dass wir uns nicht ganz sicher sind.«

Bauer sah den Arzt fragend an.

»Na ja, ich meine, die Übereinstimmung bei dem Gebissbefund ist schon sehr groß, was die Auffälligkeiten und die Füllungen anbelangt. Doch eine Lücke hat das Gebiss aus dem Mitteilungsblatt, die hat unser Patient nicht gehabt. Aber die kann natürlich auch nach der Behandlung entstanden sein«, meinte der Arzt und sah sich zugleich das Foto der Gesichtsnachbildung an, das Bauer vor sich auf den Tisch gelegt hatte.

»Was meinen Sie, Roswitha«, fragte der Arzt, »ist das dieser Kollmann?«

Bauer zeigte der Sprechstundenhilfe das Bild.

»Ähnlich ist er ihm auf jeden Fall. Ich kann mich erinnern, dass er am Hals«, sie machte eine kurze Pause, während sie mit ihrem Finger auf eine Stelle am Hals zeigte, »an der rechten Seite eine Tätowierung hatte. So ein komisches Tier, sah irgendwie aus wie eine Spinne oder ein Krebs. Aber das werden Sie wahrscheinlich bei einer verbrannten Leiche nicht mehr sehen können, oder?« Sie sah die beiden Münchner Beamten mit schrägem Kopf an.

»Nein, das können wir bei einer Brandleiche nicht mehr sehen. Aber vielleicht können wir damit später noch etwas anfangen«, antwortete ihr Bauer.

»Also, ich bin mir schon ziemlich sicher, dass es die Person ist, die Sie suchen«, schaltete sich der Arzt wieder ins Gespräch ein, »der Patient hatte schon ein ziemlich auffälliges Gebiss. Und wenn man bedenkt, dass er jetzt verschwunden ist, dann kann ich mir schon gut vorstellen, dass das Ihre Leiche ist.«

»Können Sie mir mal Ihre Patientenkarte zeigen?«, fragte Bauer.

»Roswitha, holen Sie mal die Akte, sie liegt auf meinem Schreibtisch.«

Kurz danach lagen die beiden Gebissschemen, das aus der Patientenakte und das der Polizei, nebeneinander.

»Sehen Sie, da, diese Füllungen und die beiden fehlenden Zähne an genau der gleichen Stelle, das müsste schon ein großer Zufall sein.«

Der Arzt fuhr mit einem Kugelschreiber die Zahnreihen entlang.

»Ja, das sieht mir auch so aus, als wenn die beiden identisch wären«, antwortete Bauer.

»Können Sie mir diese Akte geben?«, fragte er den Arzt.

»Natürlich können Sie die haben, mit dem werden wir wohl nichts mehr zu tun haben, so wie es aussieht«, stimmte der Arzt zu.

»Hatten Sie nicht den Kollegen der Gendarmerie gesagt, Sie hätten auch mit der Vermieterin dieses Herrn Kollmann gesprochen?«, wandte sich Bauer an die Frau.

»Ja, mit der Frau Wegener habe ich gesprochen«, sagte die Sprechstundenhilfe mit leicht stolzer Stimme. »Die wohnt nicht direkt in Kufstein, sondern in Schwoich, das ist ein kleines Dorf so ungefähr zehn Minuten von hier. Sie hat mir gesagt, dass er über Nacht aus der Wohnung verschwunden ist, die er bei ihr gemietet hatte.«

Bauer wandte sich an den österreichischen Kollegen: »Haben Sie auch schon mit dieser Frau gesprochen?«

»Nein, ich dachte mir, das machen besser Sie. Ich habe ihr nur gesagt, dass wir heute Vormittag vorbeikommen. Sie ist zu Hause, hat sie mir gesagt, und ihr Mann auch. Der ist wohl schon in Rente.«

Wörner, der sich im Hintergrund gehalten hatte, stand auf. »Na gut, dann würde ich sagen, wir fahren jetzt zu dieser Frau Wegener. Mal sehen, was die uns erzählen kann.«

»Falls Ihnen sonst noch etwas einfällt zu diesem Mann, zum Beispiel, dass er irgendetwas erzählt hat über Freunde, Urlaub, Beruf, egal was, rufen Sie uns einfach an.«

Bauer gab dem Arzt seine Visitenkarte.

»Momentan weiß ich nichts, aber wenn doch, dann melden wir uns«, erwiderte der Arzt.

Im Streifenwagen der Gendarmerie verließen sie Kufstein und fuhren wenige Kilometer, bevor sie in eine schmale Straße einbogen, die von der Hauptstraße weg in ein höher gelegenes Tal führte. Schwoich, ein kleines Dorf, dessen auf einem Hügel gebaute Kirche den Ort überragte, lag inmitten des Tals. Eingerahmt von hohen Berggipfeln machte es einen ruhigen, verschlafenen Eindruck.

»Die Wegeners wohnen dort vorne beim Sportplatz, oben am Hang«, erklärte der Gendarm, während er langsamer durch den Ort fuhr. Sie kamen nun an eine steil nach oben führende Anliegerstraße, in die sie einbogen. Am Ende dieser Sackgasse, vor einem frei stehenden, zweistöckigen Haus, hielten sie. Die weit ausladenden Holzbalkone waren mit üppigen Blumen, die schwer herabhingen, geschmückt. Unter dem Gebäude, das in den Hang gebaut war, befanden sich zwei Garagen. Als sie ausstiegen, kam eine Frau auf den oberen der beiden Balkone.

»Wir haben Sie schon erwartet, ich mache Ihnen gleich auf. Der Eingang ist auf der Seite«, rief sie ihnen zu und verschwand wieder vom Balkon.

»Die sind heute bestimmt schon um sieben Uhr aufgestanden und haben sich ihre besten Klamotten angezogen«, meinte der Gendarm grinsend, »bei dem hohen Besuch.«

Seitlich am Haus ging nun eine Tür auf, die in ein Treppenhaus führte.

Die Frau kam heraus: Sie war etwa siebzig Jahre alt und sehr dünn, ihre weißen Haare hatte sie hinten zu einem Knoten zusammengesteckt. Über ihrer dunklen Bluse und einem ebenfalls dunklen Rock trug sie eine groß karierte, bunte Schürze.

»Kommen Sie herein«, sagte sie zu den Beamten und reichte ihnen die Hand.

»Wissen Sie, wir wohnen im ersten Stock. Hier im Erdgeschoß war sein Appartement.«

Ihre Kopfbewegung wies auf eine hölzerne Wohnungstür.

»Als mein Mann vor über zwanzig Jahren das Haus gebaut hat, wollte er noch eine Mietwohnung im Haus. Damit auch später noch etwas Geld hereinkommt, außer seiner Rente.«

Sie folgten ihr einen Treppenabsatz nach oben. In der Tür stand nun auch der Hausherr, ein rundlicher kleiner Mann mit nur noch wenigen grauen Haaren, über dessen Bauch sich eine grüne Strickjacke spannte. Er war ungefähr im Alter seiner

Frau, wirkte aber wesentlich schwerfälliger, seine roten Backen verrieten seine Aufgeregtheit.

»Das ist mein Mann«, erklärte sie den Besuchern und ging an ihm vorbei in die Wohnung, während sich die Männer begrüßten.

Am Türschild las Bauer: *Ingenieur Wegener*.

Das Wohnzimmer war eine mit dunklem Holz verzierte Bauernstube mit einem grünen Kachelofen in einer Ecke. Intensiver Zigarrengeruch hing im Raum.

»Frau Wegener, wir haben ja schon telefoniert. Die Kollegen hier kommen aus München, weil dort eine verbrannte Leiche gefunden wurde. Und sie glauben, dass dieser Mann möglicherweise derjenige ist, den Sie vor einigen Monaten als Mieter hatten«, eröffnete der Gendarm das Gespräch, während sich alle an einen schweren Holztisch setzten.

»Wir waren schon beim Zahnarzt. Die Frau Fichtner, die Sprechstundenhilfe, hat uns erzählt, dass sie vor einiger Zeit mit Ihnen über diesen Herrn gesprochen hat. Und da haben Sie ihr erzählt, dass der Mann seit einigen Monaten nicht mehr hier wohnt.«

Das Ehepaar saß angespannt und aufmerksam am Tisch. Sie strich mehrfach mit der flachen Hand die Tischdecke glatt, während sie die drei Polizisten abwechselnd ansah.

»Mein Mann und ich haben uns von Anfang an gedacht, dass mit ihm vielleicht etwas nicht in Ordnung ist«, fing die Frau an. »Irgendwie kam uns der Herr Kollmann komisch vor. Robert Kollmann hieß er, genau gesagt. Der war oft mehrere Tage von früh bis spät zu Hause, dann haben wir ihn auch mal eine ganze Woche nicht gesehen.«

»Zu uns hat er gesagt, er sei Berater und arbeite deswegen auch oft daheim«, schaltete sich ihr Mann ein.

»Ich würde sagen, fangen wir doch mal der Reihe nach an«, unterbrach ihn Bauer und holte das Phantombild aus seiner Aktentasche. Als er es auf den Tisch legte, setzte sich der Mann seine Brille auf und beugte sich wie die Frau über die Zeichnung: »Ist irgendwie nicht leicht zu sagen, seine Haare waren auf jeden Fall kürzer als auf der Zeichnung«, meinte die Frau, »aber das Gesicht sieht unserem Herrn Kollmann schon sehr ähnlich. Der hat auch solche vorstehenden Wangenknochen gehabt wie hier.« Sie zeigte auf die entsprechende Stelle auf der Zeichnung.

Ihr Mann lehnte sich zurück, während er die Zeichnung in die Hand nahm und mit Abstand ansah.

Er nickte deutlich: »Ich glaube, das ist er. Wie meine Frau sagt, diese Wangenknochen sind schon auffällig.«

»Gut, dann gehen wir mal davon aus, dass die Leiche, die bei uns gefunden wurde, dieser Herr Kollmann ist«, erwiderte Bauer. »Die Arzthelferin hat uns vorhin gesagt, dass er bei Ihnen über Nacht verschwunden ist und auch die Miete nicht mehr bezahlt hat.«

»Das stimmt. Also, das war so«, antwortete die Frau, »es war ein Mittwoch. Das weiß ich noch genau, weil ich da im Kirchenchor Probe habe, und mein Mann ist im Schützenverein. Er holt mich dann immer um zehn Uhr in der Kirche ab, damit ich nicht im Finstern alleine nach Hause laufen muss. Als wir gegangen sind, war der Herr Kollmann noch da gewesen. In seiner Wohnung, die unter unserer liegt, war Licht.«

»Ja, und als wir zurückkamen, war alles finster«, schaltete sich der Mann ein.

»Wir dachten zuerst, vielleicht ist er noch ausgegangen, obwohl er das eigentlich abends nie gemacht hat«, erzählte die Frau, »aber am nächsten Tag haben wir ihn auch den ganzen Tag nicht gesehen. Es war der 2. März, und am Zweiten kam normalerweise seine Miete auf unser Konto. Aber dieses Mal kam nichts, auch nicht die Tage darauf.«

»Ich habe dann bei ihm geläutet, mehrfach, aber es hat niemand aufgemacht«, fuhr der Mann fort. »Und als Mitte des Monats noch immer nichts bezahlt worden war, sind wir mit einem Nachschlüssel in die Wohnung.«

»Hätten wir das nicht machen dürfen?«, fragte die Frau, die sichtbar in diesem Moment vor dem Gedanken erschrocken war, etwas Verbotenes getan zu haben.

»Wir haben doch nachsehen müssen, er war ja plötzlich verschwunden.«

Wörner saß neben der Frau. Mit einer beruhigenden Geste legte er ihr seine Hand auf die Schulter: »Sehen Sie, der Mann hatte doch seine Miete nicht mehr bezahlt. Und Sie machten sich doch außerdem Sorgen, dass ihm vielleicht etwas zugestoßen sein könnte, oder?«

»Ja, natürlich, wir hatten doch keine Ahnung«, stimmte sie ihm zu und sah ihn mit ängstlichen Augen an.

»Also, darum war das doch vollkommen in Ordnung, dass Sie und Ihr Mann hineingegangen sind.«

Sichtbar erleichtert lehnte sie sich auf ihrem Stuhl zurück und atmete hörbar tief durch.

»Was haben Sie denn in der Wohnung gesehen?«, wandte sich der Gendarm neugierig an den Mann.

»Es war eine ziemliche Unordnung in den zwei Zimmern, überall lag Kleidung herum. Auf dem Herd, das weiß ich noch genau, war so ein Topf mit Ravioli«, er verzog angewidert das Gesicht, »die haben schon ganz schön gestunken. Irgendwie hat es so ausgesehen, als wenn er jeden Moment zurückkommt. Auch im Bad war alles da, seine Zahnbürste, Rasierapparat, alles, was man so hat.«

»Und sein Bett war nicht gemacht«, ergänzte die Frau, »die Bettwäsche war auch schon ziemlich schmutzig.«

Bauer hatte sich inzwischen einige Notizen gemacht.

»Und wo sind jetzt die Sachen, die Sie weggeräumt haben?«

»Die haben wir in zwei Müllsäcke getan, die stehen jetzt bei uns in der Garage. Möbel hat er keine mitgebracht, die waren alle von uns«, antwortete ihm die Frau.

»Können wir die Wohnung mal ansehen?«, fragte Wörner und stand auf.

»Gerne, es ist nur nichts mehr von ihm dort, weil wir das alles weggeräumt haben«, erwiderte die Frau, während alle aufstanden und zur Tür gingen.

Als sie das Appartement aufsperrte, traten sie in einen kleinen Flur, von dem eine Tür zu einer Toilette führte und eine weitere in den Wohnraum. Dort war neben einer Küchenzeile an der Wand eine gepolsterte Eckbank mit einem Holztisch und zwei Stühlen.

Alles wirkte aufgeräumt, nichts Persönliches war zu sehen.

»Und da geht's dann noch ins Schlafzimmer«, setzte die Frau die Führung fort, indem sie eine Tür öffnete und einen Raum mit einem Doppelbett zeigte.

Wörner öffnete die Türen des Einbauschranks, der längs zum Bett stand. Er war vollständig leergeräumt.

»Viel hat der Herr Kollmann nicht gehabt«, bemerkte der Mann, der alles genau beobachtete.

»Seinen Fernseher haben wir in den Keller gestellt. Den behalten wir, er schuldet uns ja noch einiges.«

»Telefon hatte er wohl auch nicht«, staunte Wörner, als er den leeren Telefonanschluss an der Wand sah. Die Frau schüttelte den Kopf: »Nein, er hat zu mir mal gesagt, dass er ein Handy habe, darum brauche er kein anderes Telefon.«

Die Beamten öffneten verschiedene Schubladen in der Küche und sahen ins Bad.»Da haben Sie wirklich ganze Arbeit geleistet«, bemerkte Bauer, nachdem er keinerlei persönliche Sachen des Mieters gefunden hatte.

»Wir wollen die Wohnung ja wieder vermieten. Zwei Interessenten haben sie sich auch schon angesehen«, ergänzte die Frau. »Aber wir können in die Garage gehen, da sind die Müllsäcke mit seinen Sachen.«

Sie schlossen die Wohnung ab und gingen eine Etage tiefer.

»Paul, nimm mal die Säcke und leere die Sachen auf den Boden. Dann haben wir den besten Überblick.«

Wörner leerte die beiden großen Müllbeutel auf den Boden, und Bauer begann, den Inhalt zu sortieren: mehrere Hosen und Hemden, eine blaue Veloursjacke, Socken, Unterwäsche, Waschutensilien, zwei Paar Schuhe, eine alte Fernsehzeitung und eine amerikanische Ausgabe der Zeitschrift Playboy.

»Aha«, bemerkte der Gendarm mit interessiertem Blick auf das Titelbild, »hat es gerne etwas schärfer gehabt, der Herr Flüchtig. Ich weiß nicht, ob Sie das Heft kennen, meine Herren

Kollegen, aber die amerikanische Ausgabe ist etwas offenherziger.«

Er lächelte vielsagend.

»Gibt's übrigens in Kufstein nur in einem Sexladen am Bahnhof, soweit ich weiß.«

Wörner und Bauer sahen sich mit einem fragenden Blick an und durchsuchten weiter die Kleidungsstücke.

»Na ja, ich habe nur gedacht, vielleicht ist das wichtig für die Ermittlungen«, ergänzte der Gendarm leicht verlegen, nachdem seine Bemerkung nicht die erhoffte Reaktion bewirkt hatte.

»Hatte er denn überhaupt keine Papiere in der Wohnung?«, fragte Bauer mit erstaunter Miene das Ehepaar. »Irgendeinen Terminkalender, Notizen oder so etwas?«

»Nein, wir haben alles in diese beiden Säcke getan, mehr war da nicht«, erwiderte der Mann.

»Ich glaube, er hatte mal einen Computer«, ergänzte die Frau, »er hat mir mal erzählt, dass er viel darauf schreibt. Aber als wir aufgeräumt haben, war da keiner mehr.«

»Wissen Sie, ob er irgendwelche Bekannte hatte, die ihn besucht haben oder zu denen er gegangen ist?«, setzte Bauer das Gespräch fort.

Der Mann meinte: »Das war ja das Komische, wie ich schon gesagt habe: Der war meistens zu Hause, und dann wieder mal mehrere Tage am Stück weg. Aber er hatte nie Besuch, und wir wissen auch nicht, was er gemacht hat, wenn er fort war.«

Die Frau sah ihren Mann an: »So kannst du das auch nicht sagen: Wenn wir da waren, hatte er nie Besuch, aber wir sind ja auch weggefahren.«

Sie wandte sich an den Gendarmen: »Wissen Sie, im März waren wir zum Beispiel drei Tage in Graz bei meiner Schwester. Da wissen wir natürlich nicht, ob er in der Zeit Besuch hatte.«

Der Mann warf ihr einen missachtenden Blick zu, offensichtlich schätzte er es nicht, vor anderen korrigiert zu werden.

Bauer zog eine abgerissene Eintrittskarte für ein Kino in Kufstein aus einer Hosentasche: »Also ab und zu ist er wohl doch weggegangen: Die Kinokarte ist vom 14. Dezember, schon eine Weile her.«

»Hier ist ein Zettel mit einer Telefonnummer«, meldete sich Wörner, der gerade die Veloursjacke durchsuchte, und zeigte sie dem Gendarmen.

»Das ist eine österreichische Handynummer.«

»Können Sie für uns feststellen, wem die gehört?«, fragte Bauer den österreichischen Kollegen.

»Kein Problem, aber kann etwas dauern, muss ich über Innsbruck machen.«

Wörner legte die Jacke wieder auf den Haufen zu den anderen Kleidungsstücken, die sie bereits überprüft hatten.

»Aber das war's dann auch schon, mehr habe ich nicht gefunden«, wandte er sich an Bauer.

Der hob eine Haarbürste vom Boden auf und zeigte sie den beiden Kollegen, wobei er auf die braunen Haare deutete, die zwischen den Borsten hingen: »Das sieht doch schon interessanter aus, oder? Paul, ich glaube wir lassen jetzt erst einmal eine DNA-Analyse von den Haaren machen. Dann wissen wir sicher, ob dieser Kollmann unsere Leiche ist.«

»Sehe ich auch so«, antwortete der. »Dann können wir immer noch zurückkommen und uns weiter darum kümmern.«

Die drei Polizisten verabschiedeten sich von dem Ehepaar, das irgendwie enttäuscht wirkte.

»Wissen Sie schon, wann Sie noch mal vorbeikommen?«, rief ihnen die Frau nach, als sie gerade in das Auto einsteigen wollten. »Wir sind nämlich nicht immer zu Hause.«

Der Gendarm wandte sich zu ihr um: »Keine Angst, Frau Fichtner, ich rufe Sie schon rechtzeitig vorher an.«

Kapitel 5

»Die können richtig schnell sein, wenn sie mögen«, kam Wörner freudig strahlend zu Bauer ins Büro. In der Hand hatte er einen Laborbericht.

»Ich weiß schon, warum die bei dir ein bisschen schneller sind«, erwiderte der. »War da nicht mal was zwischen dir und der Laborchefin, vor einigen Jahren, als du noch unterwegs warst?«

»Du meinst mit der Rothaarigen, die so ein üppiges Gestell hatte?«

Er zeichnete mit seinen Händen eine kräftige weibliche Figur in die Luft und machte ein Gesicht wie ein Drei-Sterne-Koch, der von seinem Lieblingsgericht schwärmt.

»Ja, genau, mit der. Ich kann mich da noch an einen Oktoberfestbesuch erinnern, wo ihr beide so früh das Bierzelt verlassen habt.«

»Tatsächlich«, antworte Wörner ironisch, »ist ja unglaublich, was du alles im Gedächtnis behältst. Kann mich überhaupt nicht mehr daran erinnern, dass da irgendetwas mit ihr gewesen ist.« Er schüttelte demonstrativ den Kopf. »Aber wenn du das weißt?«

»Na, komm schon«, erwiderte Bauer. »Wie sagtest du damals? Wir wollen ein bisschen Achterbahn fahren. Und danach hat euch an dem Abend keiner mehr gesehen.«

Wörner setzte sich an seinen Schreibtisch, der dem von Bauer gegenüberstand, und warf ihm mit einem eleganten Wurf den Bericht auf den Tisch.

»Lies lieber das, ist viel interessanter als meine Jugendgeschichten.«

Während Bauer begann, die zwei Seiten zu überfliegen, redete Wörner weiter: »Eindeutig, schreiben die, beide DNA sind identisch.«

»Hast du ihn schon durch den Computer gelassen?«

»Logisch, aber leider negativ, ist bei uns noch nie aufgelaufen.«

»Wäre auch zu schön gewesen«, erwiderte Bauer mit enttäuschter Stimme. »Vielleicht erfahren wir ja noch etwas mehr, wenn wir da in dem Ort noch etwas herumfragen.«

»Ricardo, ich kann mir das nicht vorstellen. Der Typ ist Mitte dreißig und geht einmal im Jahr ins Kino. Das ist doch nicht normal.«

Bauer griff zum Telefonhörer: »Du hast ja gehört, was die Vermieter gesagt haben. Aber ich rufe jetzt noch mal unseren österreichischen Playboykenner an, der soll uns für morgen noch mal einen Termin mit dem Ehepaar machen.«

Der Gendarm meldete sich direkt: »Guten Morgen, Herr Kollege, ich wollte Sie auch gerade anrufen. Wir haben die Besitzerin von dieser Handynummer, die Sie auf dem Zettel gefunden haben. Ist eine Maria Ivanic, wohnt in Wörgl. Das ist ungefähr fünfzehn Minuten von Kufstein weg. Soll ich sie mal anrufen?«

»Nein, warten Sie mal vorerst. Ich will zuerst noch mal mit dem Ehepaar reden, dann können wir diese Ivanic besuchen«, antwortete Bauer. »Können Sie für morgen noch mal einen Termin organisieren, so um zehn Uhr?«

»Mache ich. Wenn Sie nichts mehr von mir hören, dann treffen wir uns um neun Uhr fünfundvierzig in meiner Dienststelle, einverstanden?«

»Einwandfrei, so machen wir das«, erwiderte Bauer.

Kufstein war in dichte Regenwolken eingehüllt, als sie am nächsten Tag zur vereinbarten Zeit bei dem Ehepaar ankamen.

»Mein Mann muss jeden Moment kommen«, empfing sie die Frau, »er musste nur dringend zu einem Arzttermin. Sein hoher Blutdruck macht uns seit einiger Zeit etwas Sorgen«, seufzte sie.

»Das macht nichts, Sie können uns ja auch sicher weiterhelfen«, antwortete Bauer. »Frau Wegener, wir haben jetzt die Bestätigung, dass die bei uns gefundene Brandleiche die Person ist, die bei Ihnen gewohnt hat.«

Die Frau hielt sich erschrocken die Hand vor den Mund.

»Dann stimmt das wirklich, dass er tot ist? Ich hatte gedacht, vielleicht ist alles doch ein Irrtum.« Sie machte eine kurze Pause.

»Mein Gott, das ist ja schrecklich.«

Bauer schlug seine Aktenmappe auf.

»Kennen Sie eine Maria Ivanic?«

Sie dachte kurz nach, dann schüttelte sie den Kopf.

»Nein, wer soll das sein?«

»Das ist die Frau, von der Herr Kollmann auf einem Zettel die Telefonnummer notiert hatte.«

»Ich habe den Namen noch nie gehört. Klingt etwas ausländisch, nicht? Soll die hier aus Schwoich sein?«

»Nein, sie wohnt in Wörgl«, schaltete sich der Gendarm ins Gespräch ein.

»Ach so, dann ist das kein Wunder, dass ich sie nicht kenne. Weil hier in Schwoich sind mir schon die meisten Leute bekannt. Aber in Wörgl war ich, glaube ich, erst zwei- oder dreimal.«

Die Wohnungstür wurde aufgesperrt, und ihr Mann kam herein.

»Und, ist alles in Ordnung?«, fragte sie besorgt.

»Er hat mir neue Tabletten verschrieben. Und aufregen soll ich mich nicht, hat er gesagt.«

Der Mann grüßte die Beamten und setzte sich zu ihnen.

»Und, gibt's was Neues?«

Seine Frau legte ihre Hand auf seinen Arm: »Du, stell dir vor, die Leiche, die in München gefunden worden ist, ist tatsächlich unser Herr Kollmann.«

»Das habe ich dir doch gleich gesagt, dass der das ist«, entgegnete er betont unbeeindruckt.

Bauer wandte sich an den Mann: »Haben Sie von diesem Kollmann irgendwann mal einen Ausweis gesehen?«

»Nein, haben wir auch nicht gebraucht. Der hat seinen Mietvertrag unterschrieben und in den zweieinhalb Jahren, in denen er hier gewohnt hat, immer pünktlich bezahlt, bis auf den letzten Monat natürlich.«

»Könnten Sie die Mietunterlagen mal herholen?«, fragte Wörner.

»Bleib sitzen, ich mach das schon«, meinte die Frau zu ihrem Mann und ging an den Wohnzimmerschrank, wo sie einen Ordner herausholte. Nach kurzem Blättern zeigte sie ihn Bauer: »Sehen Sie her, hier ist der Mietvertrag, und da sind seine Überweisungen, waren immer spätestens am Dritten des Monats bei uns.«

Bauer las den Namen des Mieters, Robert Kollmann, und sah seine Unterschrift an, ein krakeliges unleserliches Kürzel.

»Wissen Sie, von welcher Bank er die Miete überwiesen hat?«, fragte Wörner.

»Nein, wissen wir nicht. Aber ich habe mal gesehen, wie er aus der Raiffeisenbank unten im Dorf herausgekommen ist.«

»Wir können danach kurz unten vorbeifahren, ich kenne den Filialleiter«, unterbrach der Gendarm den Dialog. Bauer blickte das Ehepaar eindringlich an: »Denken Sie noch mal genau nach: Ist Ihnen nichts in Erinnerung, das uns vielleicht weiterhelfen könnte? Irgendwelche Leute im Dorf, die ihn vielleicht kennen. Oder hat er mal etwas erzählt über seine Familie?«

Das Ehepaar sah sich an, bevor der Mann antwortete: »Wir haben nach dem letzten Gespräch schon nachgedacht, aber es gibt nichts. Er war nicht sehr kontaktfreudig, wissen Sie, man hat sich gegrüßt, aber das war alles.«

Bauer kaute auf seinem Kugelschreiber: »Hatte er eigentlich ein Auto?«

»Am Anfang, als er hier eingezogen ist, kam er mit so einem weißen Auto, es war irgendein Japaner, glaube ich«, sagte der Mann, »aber den hat er kurz danach nicht mehr gehabt. Und dann standen immer wieder andere Autos vor unserem Haus.«

»Sie haben nicht zufällig eines dieser Kennzeichen aufgeschrieben?«, fragte Wörner.

»Nein«, antwortete der Mann, »hat uns ja nicht interessiert. Wir haben uns nur darüber gewundert, dass er immer wieder andere Autos hatte.«

Die Frau ergänzte: »Aber es waren immer weiße Nummernschilder, also deutsche. Eines habe ich mal zufällig angesehen, das hatte ein ›N‹ am Anfang.«

Bauer sah Wörner an, beide dachten sie offensichtlich dasselbe.

Wörner nickte: »Danke, für heute reicht uns das. Sie haben uns schon ziemlich geholfen.«

Bauer wandte sich an den Gendarmen: »Können wir zu dieser Frau nach Wörgl fahren?«

Der österreichische Beamte sah auf die Uhr: »Eigentlich habe ich heute nur bis Mittag Dienst, wir bekommen heute Nachmittag eine neue Küche. Aber ich rufe meine Frau an, soll die früher nach Hause gehen. Wird schon funktionieren.«

Während sie das Haus verließen, telefonierte der Gendarm über sein Handy.

»Geht in Ordnung, meine zweibeinige Regierung ist einverstanden.«

Der Vorhang im Erdgeschoß des gegenüberliegenden Hauses bewegte sich nur leicht zur Seite. Zu wenig, als dass es einer der Beamten bemerkt hätte. Doch der Blick war nun frei, so wie auch einige Wochen zuvor.

Das Haus in Wörgl, einer Kleinstadt, nur wenige Fahrminuten von Kufstein entfernt, war eines der wenigen Hochhäuser im Ort, zehn Stockwerke hinter grauer Waschbetonfassade. Die meisten Balkone waren von großen Satellitenschüsseln blockiert, verschiedentlich dienten sie offensichtlich auch als Abstellraum.

»Ist nicht unsere beste Gegend, aber wenigstens haben sie jetzt endlich anständige Namensschilder an der Tür montiert«, meinte der Gendarm, als sie auf das Haus zugingen.

Er läutete bei Ivanic, mehrmals, aber niemand öffnete. Bauer sah auf die Uhr.

»Na ja, ist fast zwölf Uhr, wird wahrscheinlich in der Arbeit sein.«

»Ich läute mal beim Hausmeister, vielleicht weiß der was von ihr«, erwiderte der Österreicher.

Schnarrend klang die Stimme aus dem kleinen Lautsprecher neben dem Klingelschild.

»Ja bitte?«

»Wir wollten zu Frau Ivanic. Können Sie mir sagen, wann die zu Hause ist?«, fragte der Gendarm.

»Darf ich fragen, was Sie das angeht?«, erwiderte der Hausmeister.

»Wir sind von der Gendarmerie.«

»Sagen Sie das doch gleich, mein Herr. Die Ivanic arbeitet als Bedienung beim Kirchenwirt in Schwoich. Müsste jetzt in der Arbeit sein.«

»Danke, vielen Dank!«

»Also zurück nach Schwoich«, bemerkte Wörner.

Wie der Name schon erahnen ließ, war die Gaststätte neben der Kirche. Ein einfaches Lokal mit einem verrauchten Gastraum, in dem um diese Zeit mehrere Handwerker in blauen Arbeitsanzügen am Stammtisch saßen. Der Wirt, ein dünner, verlebt aussehender Typ mit Augenringen, stand hinter dem Tresen und unterhielt sich mit einem Gast, der vor ihm stand und sich an einem Weißbier festhielt. Mit seinen nikotingelben Fingern zapfte der Wirt gerade ein Bier.

Das Gespräch am Stammtisch verstummte, als die Gäste die Uniform des Gendarmen sahen.

»Lasst euch nicht stören«, bemerkte der Gendarm zu den Handwerkern, »wir brauchen nichts von euch.«

»Vorsicht, geht's bitte auf die Seite«, rief die Bedienung, die in diesem Moment mit zwei Tellern aus der Küche herauskam und der die Beamten den Weg versperrten. Bauer sah sich um. Sie war Anfang dreißig, dem Akzent nach stammte sie vermutlich aus dem ehemaligen Jugoslawien. Der Gendarm wandte sich an sie, nachdem sie die Teller am Stammtisch abgestellt hatte.

»Entschuldigung, sind Sie Frau Ivanic?«

»Ja, wieso?«, antwortete sie leicht gereizt.

»Könnten wir Sie mal eben alleine sprechen?«

Sie sah zum Wirt, der ihr kurz zunickte.

»Passt schon, ich mache das hier.«

»Gut, wir können in den Nebenraum gehen«, sagte sie zu den Beamten und führte sie über den Flur in ein kleines Zimmer, in dem an einer Wand alte Holzstühle übereinandergestapelt waren. Sie nahm vier Stühle und stellte sie im Halbkreis auf.

»So, jetzt können wir uns wenigstens setzen«, meinte sie.

»Frau Ivanic, kennen Sie einen Robert Kollmann?«, fragte sie Bauer.

»Der Name sagt mir gar nichts«, antwortete sie, ohne zu zögern.

»Haben Sie ein Handy?«

Sie sah ihn mit fragendem Blick an: »Natürlich habe ich eines, hat doch heute jeder«, antwortete sie und zündete sich eine Zigarette an. Die Spitzen ihrer verlängerten Fingernägel waren bunt glitzernd mit kleinen Strasssteinen besetzt.

»Können Sie uns mal die Nummer sagen?«

Sie nannte ihre Nummer, und Bauer verglich sie mit der, die auf dem Zettel in der Hosentasche von Kollmann stand. Es war dieselbe.

»Das ist aber merkwürdig, dieser Robert Kollmann hatte einen Zettel bei sich, auf dem Ihre Nummer stand. Und Sie wollen ihn nicht kennen«, setzte Bauer seine Befragung fort.

»Nein, ich kenne keinen Kollmann, keine Ahnung, wie der zu meiner Nummer kommt.«

»Er ist oder besser war etwa Mitte dreißig, hatte dunkle Haare und wohnte gleich da drüben bei den Wegeners.«

Wenn man Bauers Hand folgte, die aus dem Fenster des Nebenraumes zeigte, konnte man das Haus sehen, in dem Kollmann gewohnt hatte.

»Ach du meine Güte, jetzt weiß ich, wen Sie meinen«, antwortete sie überrascht und zog tief an ihrer Zigarette.

»Sie meinen Robert. Ja, dem habe ich mal meine Handynummer gegeben. Er sagte, er wüsste einen Job für mich auf Mallorca. Arbeiten, wo andere Urlaub machen, das wär's doch, hat er gemeint.«

Sie schüttelte mit einem verächtlichen Blick den Kopf.

»So ein Scheißtext. War natürlich nur heiße Luft.«

»Wie haben Sie ihn kennengelernt, Frau Ivanic?«

Sie lehnte sich in ihrem Stuhl zurück und sah an den Beamten vorbei zum Fenster.

»Das muss irgendwann letztes Jahr im Winter gewesen sein, da kam er eines Abends herein. Keiner hat ihn gekannt. Von dem Tag an ist er regelmäßig so ein- bis zweimal die Woche gekommen. Hat immer zwei Weißbier getrunken und gegessen, meistens Rinderbraten mit drei Knödeln. War okay, ich habe ihn anfangs gemocht.«

»Was heißt ›anfangs gemocht‹?«, fragte Wörner.

»Na ja, er war höflich, hat immer ordentliches Trinkgeld gegeben. Aber dann ging es los mit der Anmacherei: Zuerst wollte er mir einen Job auf Mallorca organisieren, dann kam er immer wieder und wollte mit mir weggehen.«

»Und, haben Sie das mal getan?«

Sie lachte laut: »Nein, bestimmt nicht. Der war ein guter Gast, aber sonst hat der mich überhaupt nicht interessiert. Außerdem habe ich einen Freund.«

»Hat er Ihnen sonst etwas von sich erzählt?«

Sie machte eine kurze Pause, in der sie nachzudenken schien.

»Wissen Sie, viel haben wir nicht geredet, ich habe ja immer gearbeitet, wenn er da war. Er hat nur mal etwas erzählt, dass er oft nach Mittelamerika muss. Irgendwann hat er gesagt, dass er bald so viel Geld zusammen hat, dass er für immer in die Karibik gehen kann. Dahin wollte er mich mitnehmen. So ein Trottel«, sagte sie lachend.

»Und geschieden war er. Das hat er zumindest behauptet.«

Sie nahm erneut einen tiefen Zug aus ihrer Zigarette und blies den Rauch an die Decke.

»Auf Mallorca muss er irgendwelche Freunde haben, bei denen wollte er mir nämlich den Job in einem Lokal vermitteln.«

»Wann haben Sie ihn das letzte Mal gesehen?«, fragte Bauer.

Sie fuhr sich mit der Hand durch die Haare. Ihre blonde Frisur wurde am Haaransatz von einem schwarzen Streifen unterbrochen, offensichtlich ihrer natürlichen Haarfarbe. Bauer fand solche Farbenspiele auf dem Kopf immer ungepflegt.

»Genau weiß ich das nicht mehr. Aber ich war Ostern im Urlaub, das war irgendwann Mitte März. Zwei Wochen. Und als ich zurückgekommen bin, kam er nicht mehr.«

»Und Sie haben danach nichts mehr von ihm gehört?«, bohrte Wörner nach.

»Nein, und ich bin auch froh darüber. Darf ich jetzt Sie mal was fragen?«, wandte sie sich an die Beamten. »Warum fragen Sie mich eigentlich das alles?«

»Herr Kollmann ist tot«, erwiderte Wörner.

Sie schien nicht besonders beeindruckt zu sein.

»War er krank?«

»Nicht dass wir wüssten. Er wurde ermordet.«

»Ach du Scheiße.«

Sie drückte nervös ihre Zigarette in den Aschenbecher, als ob die sich vehement dagegen wehren würde. Ihr Blick richtete sich auf Bauer: »Und was soll ich damit zu tun haben?«

»Wir fragen alle Personen, die ihn gekannt haben. Und da gehören Sie auch dazu.«

»Verstehe. Na dann, viel Erfolg bei der Suche. Anscheinend gab es noch andere Leute, denen er auf die Nerven gegangen ist.«

Sie packte ihre Zigaretten und das Feuerzeug ein und stand auf.

»War's das?«

Bauer ignorierte ihren provozierenden Tonfall und antwortete ruhig: »Ich denke schon. Danke.«

Ohne ein weiteres Wort verließ sie den Raum.

»Eine ganz coole Tante, was?«, bemerkte Wörner spöttisch.

»Na ja, als sie hörte, dass er ermordet wurde, ist sie schon etwas unruhig geworden. So cool ist sie dann doch nicht«, erwiderte Bauer.

»Hören wir uns doch mal den Wirt an, vielleicht weiß er etwas mehr. Herr Kollege, können Sie uns den hereinholen?«, wandte sich Bauer an den Gendarmen.

»Mache ich«, sagte der und stand auf.

Rauchend und mit einem Glas Bier in der Hand kam der Wirt kurz darauf ins Zimmer.

»Nehmen Sie bitte Platz, wir haben ein paar Fragen an Sie«, begann Bauer das Gespräch.

Der Wirt nickte wortlos und setzte sich.

»Können Sie sich an einen Gast namens Robert Kollmann erinnern? Der war über den Winter laut Ihrer Bedienung mehrmals pro Woche bei Ihnen. Ein Deutscher, der nebenan bei Wegeners gewohnt hat.«

Die Antwort kam ohne Zögern: »Ja, an den kann ich mich gut erinnern. Der ist der Maria richtig auf die Nerven gegangen, bis ihm Nico eine gestrahlt hat.«

Die Beamten sahen sich erstaunt an.

»Wer ist Nico?«, fragte Bauer.

»Das ist der Freund von Maria, ein kräftiger Bursche. Die Maria kam damals zu mir und sagte, ich soll Robert Hausverbot geben, weil er ihr auf die Nerven geht. Hat ihr dauernd SMS geschrieben und wollte sie immer einladen. Aber er hat gute Zeche gemacht. Darum habe ich ihr gesagt, dass ist ihr Privatproblem. Solange er sich bei mir anständig aufführt, kann er kommen.«

»Und was geschah dann?«, drängte ihn Wörner weiterzuerzählen.

»Genau weiß ich das nicht. Aber als ich ihn länger nicht mehr gesehen habe, habe ich mal Maria nach ihm gefragt. Und da hat sie mir erzählt, dass Nico sich mit ihm unterhalten hat.«

Er setzte ein breites Lächeln auf.

»Sie hat dabei ironisch das Gesicht verzogen. Ich kann mir schon vorstellen, wie die Unterhaltung war. Der Nico ist ein anständiger Kerl, normalerweise. Aber wenn der wütend wird, dann gute Nacht.«

Sein Gesicht drückte deutlichen Respekt aus.

»Ist das der Nico, der in der Druckerei arbeitet?«, fragte der Gendarm.

»Ja, ich glaube schon, Maria hat mal so etwas erzählt«, antwortete der Wirt.

Der österreichische Beamte nickte wissend mit dem Kopf.

»Das stimmt. Wenn der wütend wird, dann wächst kein Kraut mehr. Wenn ich mich richtig erinnere, hat der auch schon wegen Körperverletzung gesessen.«

Bauer stand auf.

»Danke, fürs Erste reicht uns das. Schicken Sie uns doch nochmals die Bedienung.«

Der Wirt verließ den Nebenraum, ohne sich zu verabschieden. Seiner Miene nach war er wenig begeistert, dass seine Bedienung nochmals von der Arbeit abgehalten wurde.

Es dauerte einige Minuten, bis die Frau wiederkam. Sie stellte sich in den Türrahmen und sah die Beamten an.

»Also, was gibt's denn noch? Ich bin hier eigentlich zum Arbeiten. Verstehen Sie?«

Der Gendarm fühlte sich durch ihren bissigen Tonfall sichtbar gereizt. Er verschränkte demonstrativ seine Arme vor der Brust und betrachtete sie mit strengem Blick. Man sah ihm an, dass das für ihn eine Situation ganz nach seinem Geschmack war. Die passende Antwort hatte er schnell parat: »Frau Ivanic, den Ton können Sie abstellen. Wenn Sie wollen, können wir auch zusammen auf die Wache fahren. Aber dann dauert es sicher länger.«

Bauer wies sie mit der Hand an, sich hinzusetzen.

»Ihr Chef hat uns gerade erzählt, dass Ihr Freund Nico dem Robert Kollmann eine gestrahlt hat, wie er sich ausdrückte.«

Die Wut über den Wirt, die sie in diesem Moment ergriff, war ihren Augen deutlich anzusehen.

»Hätte er uns das etwa nicht erzählen sollen?«, hakte Wörner nach.

»Der kann erzählen, was er will. Der Nico hat auf jeden Fall mit der Sache nichts zu tun«, schnaubte sie laut.

Bauer beugte sich über den Tisch, er sah ihr provozierend in die Augen.

»Glauben Sie, wir beide bekommen das noch zusammen, wann und warum der Nico mit dem Kollmann eine Auseinandersetzung hatte?«

Die Bedienung reagierte mit einer verächtlichen Handbewegung: »Mein Gott, der Robert hat nicht mehr aufgehört. Immer wieder die gleiche blöde Anmache. Und das habe ich Nico erzählt. Und dann hat er ihn mal vor dem Lokal erwischt, als Robert mich wieder abholen wollte.«

»Und, was ist dann passiert?«

Es entstand eine Pause, dann zuckte sie mit den Schultern.

»Ich war nicht dabei. Mir ist nur aufgefallen, dass auf der Treppe vor dem Lokal einige Blutspritzer waren, als ich heimgegangen bin. Ich habe Nico gefragt, aber der wollte nicht viel darüber reden. Er hat nur gesagt, dass das Thema Robert erledigt ist.«

»Und mehr wissen Sie dazu nicht?«

»Glauben Sie es mir oder auch nicht. Ist mir egal. Umgebracht hat Nico den Robert sicher nicht.«

Bauer blätterte in seiner Akte: »Wissen Sie noch, wann das war?«

Der Bedienung stand auf und ging zum Fenster.

»Also, das kann ich Ihnen sagen, Sie verrennen sich da total. Der Nico hat den Robert sicher nicht ermordet. Das ist ja Wahnsinn.«

»Wann war dieser Vorfall?«, hakte Bauer nach.

»Wenn Sie es genau wissen wollen, es war am letzten Tag vor meinem Urlaub, und das war der Gründonnerstag.«

»Und danach sind Sie mit Nico weggefahren?«

»Nein, ich bin allein zu meiner Familie nach Novi Sad gefahren. Nico ist hiergeblieben.«

»Wohnt Nico bei Ihnen?«, fragte Wörner.

»Nein, wir haben es mal versucht, aber ging nicht. Der hat seine eigene Bude in Kufstein. Gehört seinem Chef.«

Bauer wandte sich an den Gendarmen: »Haben wir die Personalien von dem Nico?«

»Ja, muss ich nur auf der Dienststelle nachsehen.«

Wörner beobachtete die Frau, die zu schwitzen begann.

»Am besten, wir fahren sofort zu ihm«, sagte er zu den Kollegen.

Bauer und der Gendarm nickten.

»Und Sie rufen nicht Ihren Freund an, verstanden?«, ermahnte Bauer die Bedienung. Sie verließen das Lokal.

»Ich melde mich schnell auf der Dienststelle, dann kann mir der Kollege die Daten geben. Ich weiß, in welcher Druckerei er arbeitet.«

Keine fünfzehn Minuten später standen sie vor einer weißen Fabrikhalle am Ortsrand von Kufstein. Gabelstapler luden Papierpaletten von einem Lastwagen ab.

»Guten Tag. Wir hätten gerne den Chef gesprochen.«

Die Frau am Empfang sah mit großen Augen die Uniform des Gendarmen an. Vermutlich hätte sie es als anmaßend empfunden, weitere Fragen zu stellen. Ohne Zögern sprach sie in ein Mikrofon, das auf ihrem Tisch stand: »Herr Deubler, bitte zum Empfang. Herr Deubler.«

Sie nickte.

»Einen kleinen Moment, bitte, er wird gleich kommen.«

Der Gendarm stellte die Beamten kurz vor, als der Geschäftsführer der Druckerei, ein leger gekleideter Mann Anfang vierzig mit randloser Brille, zu ihnen kam.

»Der Nico ist da, ich hole ihn gleich.« Er zeigte auf einen Raum neben dem Empfang. »Sie können dort ungestört mit ihm reden.«

Kurz darauf saß vor den Beamten ein breitschultriger junger Mann mit langen schwarzen Haaren, die er zu einem Pferdeschwanz gebunden hatte. Seine groben Hände machten einen ungepflegten Eindruck, an der rechten Hand trug er einen silbernen Ring mit einem dreizackigen Stern. Bauer stellte sich kurz vor, dann begann er die Befragung: »Stimmt es, dass Sie am Gründonnerstag einen Robert Kollmann zusammengeschlagen haben?«

Der Drucker verschränkte die Arme und lehnte sich zurück: »Wen soll ich geschlagen haben?« Er schwieg einen Moment, bevor er weiterredete: »Keine Ahnung, wovon Sie reden.«

»Vor dem Kirchenwirt in Schwoich ist am Gründonnerstag

Robert Kollmann zusammengeschlagen worden. Und zwar von Ihnen. Das wissen wir von Ihrer Freundin.«

Der Gesichtsausdruck des Druckers zeigte deutlich, welche Gedanken er gerade über seine Freundin hatte. Bauer war aufgestanden und befand sich nun direkt vor ihm.

»Können Sie sich jetzt erinnern?«

Der Drucker musterte ihn mit einem verächtlichen Blick von oben bis unten: »So, das wissen Sie von meiner Freundin. Ist ja toll.«

Sein Blutdruck erhöhte sich sichtlich, sein Gesicht wurde rot.

»Jetzt sage ich Ihnen mal was: Ob da irgendein Typ Probleme hatte, interessiert mich nicht. Ich auf jeden Fall habe damit nichts zu tun.«

Wörner sprach ihn mit betont ruhiger Stimme an: »Wie Sie ja sicher schon bemerkt haben, sind wir aus München hierhergekommen. Und das machen wir nicht wegen einer kleinen unwichtigen Schlägerei. Dieser Robert Kollmann ist ermordet worden.«

Die Augen des Mannes weiteten sich.

Er stand auf und rief laut: »Ihr spinnt doch. Meint ihr, ich habe den umgebracht?« Er tippte sich mit seinem Zeigefinger an die Stirn. »Nein, Leute, dafür müsst ihr euch schon einen anderen suchen. Mir könnt ihr das nicht anhängen.« Sein Brustkorb hob und senkte sich auffällig.

»Habt ihr überhaupt einen Haftbefehl?«, schrie er den Gendarmen an.

»Noch nicht, aber wenn du so weitermachst, besorgen wir uns den«, antwortete der gelassen.

Der Drucker fixierte ihn mit seinen Augen, die verschiedensten Gedanken schienen ihm dabei durch den Kopf zu jagen. Immer noch schwer erregt, redete er weiter: »Da meint ihr, weil ich schon mal einen gewuchtet habe, könnt ihr gleich zu mir kommen. Vergesst das!«

Er wischte sich nervös mit der Hand über die Stirn.

»So, jetzt ist es genug. Ihr könnt meinen Anwalt anrufen. Der wird euch dann erklären, dass für heute Schluss ist.«

Er machte eine Pause und sah die Beamten reihum an.

»Einverstanden?«

»Mir ist nicht klar, warum Sie so einen Aufzug machen, wenn Sie mit der Sache nichts zu tun haben«, versuchte Bauer, das Gespräch fortzuführen.

»Wir wissen doch, dass Sie mit Kollmann eine Auseinandersetzung hatten, weil er Maria belästigt hat. Deswegen müssen Sie ihn ja nicht ermordet haben. Aber wir müssen wissen, was genau gelaufen ist.«

»Das ist nicht mein Problem. Ich gehe jetzt wieder an meine Arbeit.« Der Drucker stand auf und schob seinen Stuhl an den Tisch. »Und wenn ihr mich braucht, dann wisst ihr ja, wo ich bin. Aber nicht ohne meinen Anwalt, nicht vergessen!« Ironisch lachend machte er mit seinem Zeigefinger eine mahnende Geste. Er hatte sich wieder gefangen. Das Terrain, auf dem er sich jetzt bewegte, war ihm offenbar vertraut.

»Soll ich ihn zurückholen?«, fragte der Gendarm, der wie Bauer und Wörner sichtlich von der Vorstellung des Mannes überrascht war.

»Nein, dürfte nicht viel Sinn haben. Der weiß, wann er was sagen muss und wann nicht«, erwiderte Bauer.

»Für mich passt die Geschichte nicht zusammen: Selbst wenn der den Kollmann zusammengeschlagen hat, heißt das noch lange nicht, dass er etwas mit unserem Mord zu tun hat. Das ist mir eine Nummer zu heftig.« Wörner schüttelte den Kopf.

»Ricardo, da muss es noch etwas anderes geben. Entweder diese Bedienung hat uns nicht alles gesagt, oder der Mord und dieser Nico haben überhaupt nichts miteinander zu tun. Wann war die Tatzeit von unserem Mord?«

Bauer sah in seine Akte: »Am Freitag, 28. März.«

»Und der Streit zwischen diesem Nico und dem Kollmann war am Gründonnerstag.«

Wörner holte einen kleinen Taschenkalender aus seiner Jacke.

»Das war der 13. März. Prüfen wir doch mal, ob er für diesen Tag ein Alibi hat.«

Bauer sah den Gendarmen an: »Ich glaube, vor Ihnen, Herr Kollege, hat er noch am meisten Respekt. Können Sie nochmals versuchen, ihn hierher zu bekommen?«

»Den hole ich mir schon«, antwortete der Gendarm in überzeugtem Ton.

»Sie können ihm ja sagen, dass er sich mit einem Alibi aus der Schusslinie bringen kann. Seine Schlägerei mit Kollmann interessiert uns nicht, wenn er nichts mit dem Mord zu tun hat.«

»Mache ich. Am besten, ich rede zuerst mit seinem Chef, dann kommt er schon«, erwiderte der Gendarm und verließ den Raum.

»Vor vier Jahren hätte ich mir jetzt eine angezündet«, meinte Wörner seufzend und sah mit traurigem Blick in seine leeren Hände. Bauer musste innerlich lachen, sein Kollege sah in diesem Moment so gar nicht wie ein zufriedener Nichtraucher aus. Weniger als zehn Minuten waren vergangen, als der Gendarm und der Drucker wiederkamen.

»Ihr wollt mein Alibi wissen?«

Bauer wollte Ruhe in das Gespräch bringen: »Setzen Sie sich doch noch mal, so viel Zeit wird schon sein, oder?«

Ohne ein Wort setzte sich der Mann auf den nächsten Stuhl.

»Um welchen Tag geht es?«, fragte er, noch immer gereizt.

»Am Freitag, dem 28. März, wurde Kollmann ermordet beziehungsweise in der Nacht vom 28. auf den 29. März. Wo waren Sie da?«

Der Drucker dachte kurz nach, während er sich mit den Fingern durch die Haare fuhr.

»Da war ich sicher mit Maria unterwegs, freitags gehen wir immer ins Starlight.«

»Haben Sie dafür Zeugen?«

Der Drucker sprang plötzlich von seinem Stuhl auf. Bauer war mittlerweile davon überzeugt, dass sie einen Choleriker vor sich hatten: »Wisst ihr was, ich habe jetzt keinen Bock mehr auf euch. Wenn ich es euch sage, freitags bin ich immer im Starlight, und dann fahren wir zu Maria.« Seine Stimme schwoll bedrohlich an.

»Wollt ihr auch noch wissen, was wir da machen?«, schrie er und wandte sich wutschnaubend zur Tür.

»Das kann uns ja Maria sicher bestätigen, oder?«, rief ihm der Gendarm nach. Doch der Drucker war schon wieder im Lärm der Druckmaschinen untergetaucht.

»Wenn wir jetzt diese Maria fragen, bin ich sicher, dass sie uns das bestätigen wird«, sagte Bauer.

Wörner nickte zustimmend: »Dieses Alibi kannst du gleich vergessen, das bringt uns nicht weiter.«

»Aber trotzdem glaube ich nicht, dass er diesen Kollmann ermordet hat. Vor allem hat der ja noch gelebt, als das Auto an der Tankstelle in München war. Die haben ihn ja erst danach im Wald erschossen«, meinte Bauer.

»Da fehlen uns noch einige Teilchen in unserem Puzzle, Paul.«

Er wandte sich an den Gendarmen: »Können wir zu Ihrer Dienststelle fahren und dann noch bei der Bank die Daten von dem Kollmann erfragen?«

»Wir können auf dem Weg schnell bei der Raiffeisenbank vorbeifahren. Muss nur kurz hineingehen und nachfragen.«

Bauer wunderte sich: »Geht das bei Ihnen einfach so, ohne schriftliche Anfrage?«

»Na ja, normal nicht, aber wir Kufsteiner kennen uns, und unter der Hand geht so etwas schon.«

Sie hielten vor einem modernen Bankgebäude mit Glasfassade.

»Bin gleich zurück, aber nicht davonfahren«, scherzte der Gendarm, während er das Auto verließ.

»So etwas müssten wir bei uns mal bringen. Die würden wahrscheinlich direkt beim Staatsanwalt anrufen«, staunte Wörner.

Sie beobachteten die vielen behäbigen Touristen, die ausgerüstet mit Spazierstöcken und Trachtenkleidung die Auslagen der Schaufenster studierten.

»Ein friedliches Städtchen. Da könnte man in Ruhestand gehen, oder?«, meinte Bauer.

»Kann ich mir noch nicht vorstellen, in so einer Seniorenburg vor mich hin zu sinnieren.«

Die Autotür ging auf.

»So, Glück gehabt, der hatte tatsächlich ein Konto. Habe mir auch gleich die Umsätze der letzten drei Monate geben lassen«, meinte der Gendarm und gab Bauer mehrere Ausdrucke in die Hand. Der nahm jedes Blatt und studierte die Zahlen.

»Viel hat sich nicht getan, der hat von diesem Konto nur Strom und Miete bezahlt. Und immer am Ende des Monats hat er genau den Betrag bar einbezahlt, den er für die Ausgaben gebraucht hat.«

Wörner, der auf dem Rücksitz saß, beugte sich nach vorne und sah auf die Papiere, die Bauer in der Hand hielt.

»Also, merkwürdig ist der schon. Womit der wohl sein Geld verdient hat?«

Der Gendarm gab Bauer einen weiteren Zettel, auf dem er etwas mit der Hand notiert hatte: »Das sind seine Daten. Er war sechsunddreißig Jahre alt und ist in Landsberg geboren.«

Bauer las den Zettel.

»Haben unsere Rechtsmediziner gut gearbeitet, die hatten ihn auf fünfunddreißig bis vierzig Jahre geschätzt.«

»Den können wir dann gleich mal überprüfen, ob der bei uns schon mal arbeiten hat lassen. Eine DNA-Probe war zumindest nicht registriert, sonst hätten wir ihn schon früher identifiziert«, bemerkte Wörner.

Der Gendarm fuhr mit ihnen noch zur Dienststelle, wo sie sich verabschiedeten. Bauer und Wörner hatten es jetzt eilig, jeder hatte Pläne für den Abend.

»Wie läuft es eigentlich mit dir und Marion?«, fragte Wörner in beiläufigem Ton, als sie gerade die Grenze nach Deutschland passiert hatten. Auf diese Frage hätte Bauer verzichten können, aber er kannte seinen Kollegen inzwischen: Diese Art Gesprächseinleitung war seine Spezialität. Er nutzte sie immer dann, wenn er selbst keine Lust hatte, viel zu reden, aber gerne unterhalten werden wollte.

Seit er mit seiner neuen Liebe aus den Niederungen des Singledaseins emporgestiegen war, hatte er ein besonderes Interesse an den gescheiterten Beziehungen anderer entwickelt.

»Was da läuft?« Bauer schüttelte den Kopf. »Sag besser, was da vor sich hin gurkt? Ist ein ewiger Kampf. Mal höre ich zwei Wochen nichts von ihr, dann wieder hat sie jeden zweiten Tag etwas: Ich soll Stefan zum Arzt fahren, ich soll mal mit ihm reden, weil er auf sie nicht mehr hört, ich soll ihn doch mal eine Woche nehmen, damit ich sehe, wie das so ist...«

»Kenne ich«, erwiderte Wörner, »ging bei mir damals genauso. Aber als meine Ex dann den neuen Typen hatte, wurde es besser.«

»Ich meine, irgendwie hat sie natürlich die schlechteren Karten, ist ja schon so«, erwiderte Bauer, »Job und Kind, aber ist halt nicht zu ändern, bei einem von uns muss der Kleine schließlich aufwachsen.«

Er hoffte, damit das Thema beendet zu haben, und er hatte Glück, Wörner schien ausreichend unterhalten zu sein. Außerdem musste er sich jetzt mehr auf den Verkehr konzentrieren, da immer wieder Lastwagen auf die Überholspur zogen, ohne besonders auf andere zu achten. Bauer bemühte sich, an Angenehmeres zu denken, nämlich an sein Abendprogramm: Heute hatte er sich vorgenommen, seine neu erstandene DVD mit dem Live-Konzert von Queen aus dem Londoner Wembley-Stadion anzusehen. Ein Genuss für Queen-Fans wie ihn, stand zumindest auf dem Cover. Dazu ein Glas spanischen Rioja und eine Zigarre aus Nicaragua. Er freute sich darauf. Außerdem war da noch Doris. Heute könnte er sie mal anrufen. Sie kamen schnell voran, nach weniger als einer Stunde waren sie in München.

»Also bis morgen. Nimm dich in Acht vor den Frauen«, scherzte Wörner, bevor er an der U-Bahn-Station Odeonsplatz hielt.

»Im Zweifel ruf ich dich an, kennst dich ja damit aus, oder? Übrigens, ich komme morgen etwas später, muss noch was erledigen«, antwortete Bauer und stieg aus. Das Café Hofgarten war voller Menschen, die den warmen Tag ausklingen ließen.

Viele schienen froh, dass der Arbeitstag vorbei war, die Stimmung war fröhlich. Die Bedienungen kamen kaum nach mit den vielen Gästen. Bauer ließ sich von der Stimmung anstecken: Er beschloss spontan, hier den Abend bei einem Glas Roten zu verbringen. Die Röcke der vorbeigehenden Frauen waren zweifellos zu kurz, die Beine zu lang und die Oberteile zu knapp, um jetzt nach Hause zu fahren. So einen Abend musste man im Freien verbringen. Es geht einfach nichts über einen Münchner Sommer, dachte er sich. Doris konnte er auch morgen noch anrufen.

Kapitel 6

»Bis du kommst, ist das Wichtigste immer schon vorbei«, meinte Wörner, als Bauer mit ein paar Minuten Verspätung ins Büro kam und an dessen Schreibtisch stehenblieb.

»Die Kollegen von der Spurensicherung haben angerufen: Den Fingerabdruck von dem Innenspiegel des Golf haben sie auswerten können.«

Bauer blickte ihn neugierig an. »Und?«

»Fehlanzeige. Ist noch nicht registriert. Aber ich habe was anderes Interessantes: Unser österreichischer Chefermittler ist scheinbar ein Frühaufsteher. Er hat mich heute früh schon angerufen, sehr wichtige Neuigkeiten, hat er gemeint.«

»Ist doch kein Wunder, für den ist das sicher der Fall des Jahrhunderts. Was hat er denn gewusst?«, erwiderte Bauer, noch immer etwas enttäuscht von der Sache mit den Fingerabdrücken im Golf.

Wörner suchte auf seinem Schreibtisch ein bestimmtes Blatt Papier, was aufgrund der losen Ordnung, die er pflegte, höchste Konzentration erforderte.

»Der Chef hat mir heute schon einen ganzen Stapel dieser EDV-Informationen hereingeworfen, kein Wunder, dass alles absäuft«, bemerkte er leicht frustriert, während er die Papierstapel vor sich hin und her sortierte.

»Aha, da ist es schon. Also, dieser Nico, der Drucker, hat auch schon mal mit Rauschgift zu tun gehabt. Und wegen Körperverletzung hat er gesessen, aber das haben wir ja gestern schon gewusst.«

Bauer setzte sich an seinen Schreibtisch.

»Und, das war alles?«, fragte er.

»Schön langsam, das Beste kommt doch immer am Schluss. Gestern Abend haben sie in Kufstein auf dem Revier noch eine anonyme Mitteilung erhalten. Der Stimme nach war es eine ältere Frau. Sie hat erzählt, dass Kollmann einige Wochen vor seinem Verschwinden Besuch hatte. Und zwar von einem, wie sie sagte, ziemlich großen Mann mit kurzen, blonden Haaren. Sie meinte, er war so um die dreißig, aber festlegen wollte sie sich da nicht, weil sie ihn nur kurz gesehen hat. Er fuhr einen blauen Mercedes, hat sie gesagt. Der Kollege hat sie dann nach dem Kennzeichen gefragt, aber das hatte sie sich nicht gemerkt. Doch sie wusste, dass der Kollmann und der Besucher den ÖAMTC-Pannendienst gerufen haben. Irgendetwas hat an dem Mercedes nicht mehr funktioniert.«

Bauer lehnte sich entspannt in seinem Stuhl zurück und verschränkte die Arme hinter dem Kopf. Weil er schon öfter Rückenprobleme gehabt hatte, war es ihm genehmigt worden, sich seinen eigenen Bürostuhl mitzubringen. Die Lederpolsterung hob sich deutlich von der üblichen Furnierholzeinrichtung ab, er genoss sie sichtlich in solchen Momenten.

»Klingt nicht schlecht. Haben sie der Frau nicht ihren Namen entlocken können?«

»Sie haben es mehrfach versucht, hat der Kollege beteuert. Aber sie hat gesagt, sie wolle nicht bei den Nachbarn den Ruf bekommen, dass sie herumspioniere.«

»Ja, das wäre natürlich schrecklich und stimmt ja auch überhaupt nicht«, ergänzte Bauer süffisant.

»Diese Leute sind doch meistens unser berühmter Kommissar Zufall. Also nicht so spöttisch«, ermahnte Wörner lächelnd mit erhobenem Zeigefinger. »Der Kollege hat auch schon beim ÖAMTC angerufen. Die haben ihm versprochen, dass sie alle Aufträge, die sie in dem Dorf in diesem Jahr hatten, durchsehen. Viele werden das nicht gewesen sein. Wie sie dem Kollegen erklärt haben, notieren sie immer den Namen des Kunden und sein Autokennzeichen.«

»Hast du den Chef schon informiert?«, fragte Bauer.

»Nein, aber er hat vorher schon seinen Kopf hereingesteckt und gefragt, was in Kufstein war. Ich habe gesagt, wir kommen später mal zu ihm.«

Wörners Telefon klingelte.

»Ja, Herr Kollege, was sagt der ÖAMTC?«

Bauer drückte die Lautsprechertaste.

»Der ÖAMTC hat uns mitgeteilt, dass der Pannendienst am 20. Januar dieses Jahres war, und zwar für einen Mercedes. Anrufer war Robert Kollmann.«

Wörner schrieb die Informationen auf.

»Und haben Sie auch das Kennzeichen von dem Auto?«, fragte er den Gendarmen. Der gab ihm ein Münchner Kennzeichen durch.

»Das sieht nicht schlecht aus, danke vorerst. Wir prüfen das, ich melde mich dann wieder.«

»Ricardo, geh mal schnell an deinen Computer, ich habe gerade ein anderes Programm laufen.«

Bauer gab das Kennzeichen ein: »Die Frau hat recht, es ist ein Mercedes E-Klasse, Baujahr 99. Zugelassen auf Frederic Noll, Knorrstraße 488.«

»Ich schau mal nach, ob wir den schon kennen.«

Die übliche Morgenmüdigkeit war nun vollständig verflogen.

Wenige Sekunden später flimmerte der Name samt den Ermittlungsvorgängen auf seinem Computerbildschirm.

Bauer liebte dieses Puzzlespiel, in solchen Momenten konnte es ihm nicht schnell genug vorangehen.

»Schau an, vorbestraft wegen Rauschgifthandel und Betrug. Ist noch gar nicht so lange wieder draußen, erst seit dem letzten Jahr im Sommer.«

»Was hältst du von einem kleinen Ausflug?«, fragte Wörner.

Beide standen auf.

»Bei dem Wetter immer«, erwiderte Bauer gut gelaunt. Auf dem Weg zum Ausgang mussten sie am Büro des Chefs vorbei. Ein Gespräch mit ihm hatten sie jetzt nicht auf dem Plan. Zu ihrem Glück war der gerade mit einem Telefonat beschäftigt, sodass er sie nicht bemerkte.

Die Knorrstraße führt wie an einer Schnur gezogen aus der Stadt heraus nach Norden. Bürogebäude, Tankstellen und Geschäfte wechselten sich mit Wohngebäuden ab. Wer Geld hatte, fand bessere Wohngegenden.

»Da vorne, dieser Wohnblock muss es sein«, meinte Bauer und deutete auf ein braunes, vierstöckiges Gebäude. Auf der Wiese vor dem Haus standen Metallstangen, an denen sich gerade zwei Frauen mit ihren bunten Teppichen abmühten. Ihre streng gebundenen Kopftücher verrieten, dass sie mit hoher Wahrscheinlichkeit nicht aus Niederbayern stammten. Das Haus hatte drei Eingänge.

»Im Letzten wohnt unser Kunde«, rief Bauer Wörner zu, als er die Hausnummern gelesen hatte. Jemand hatte einen großen Stein unter die offene Haustüre geklemmt, damit sie nicht zufallen konnte. So konnten sie ohne Läuten direkt in den zweiten Stock gehen, wo der Mercedesfahrer Noll wohnte. Bauer horchte an der Wohnungstür: Etwas entfernt, wie hinter einer Zimmertür, waren Fernsehgeräusche zu hören.

»Zu Hause scheint er zu sein«, informierte er Wörner und drückte auf die Klingel.

Nichts rührte sich.

»Um die Zeit wird er wohl kaum vor dem Fernseher eingeschlafen sein«, meinte Wörner kopfschüttelnd.

Nochmaliges Läuten. Das Fernsehgeräusch verstummte, und Schritte näherten sich der Tür. Die Nachbartür öffnete sich, und eine alte Frau mit einem blauen Haushaltskittel sah heraus.

»Bei dem müssen sie öfter läuten. Der hat den Fernseher immer so laut, dass er nichts hört. Sogar nachts.«

Neugierig blieb sie in der Tür stehen. Sie gehörte offensichtlich zu den Mietern, die gerne wussten, was die Nachbarschaft so treibt.

»Danke, Sie können wieder in Ihre Wohnung gehen«, wandte sich Bauer an sie. Wortlos schloss sie die Tür, nicht ohne zuvor den Beamten einen verärgerten Blick zuzuwerfen.

Bauer sah jetzt, dass offensichtlich jemand hinter dem Türspion stand. Eine müde Stimme, die nicht sonderlich erfreut klang, sagte: »Was wollen Sie?«

»Herrn Noll, Polizei, wir müssen kurz mit Ihnen sprechen.«

Schritte entfernten sich in die Wohnung. Kurz darauf wurde ein Schlüssel umgedreht, und die Tür ging einen Spalt auf.

Noll trug einen alten, blauen Morgenmantel, aus dem dünne, bleiche Beine herausragten, die in Badesandalen steckten. Sein Haarschnitt war bürstenförmig, so wie ihn die anonyme Anruferin bei der Gendarmerie beschrieben hatte. Tief liegende Augen blickten aus einem unrasierten, hageren Gesicht auf die Beamten.

»Können wir kurz hereinkommen?«, fragte Bauer. »Muss ja nicht jeder im Haus mitbekommen, was wir besprechen.«

Noll zögerte kurz und öffnete dann wortlos die Tür, sodass Bauer und Wörner in die Wohnung gehen konnten. Er überragte die Beamten um eine ganze Kopflänge.

»Sieht etwas unordentlich aus bei mir«, sagte Noll, während er sie durch einen schmalen Flur ins Wohnzimmer führte. Seinem Ton war nicht zu entnehmen, dass er es als Entschuldigung meinte, eher als Warnung. »Ich hatte nicht mit so hohem Besuch gerechnet.«

Im Fernsehen lief gerade eine Talkshow mit dem Thema *Ich bin dick, keiner mag mich*. Auf dem Tisch stand ein offenes Glas Gewürzgurken sowie ein Teller mit einem angebissenen Wurstbrot.

Noll schaltete den Fernseher aus und setzte sich auf die Couch. Neben ihm stand eine mindestens meterhohe, kitschig bemalte Buddhafigur, quer über ihrem Kopf hingen ein schmutziges Handtuch und ein Slip.

»Geiler Kleiderständer, oder?«, meinte Noll, als er die Blicke der Beamten sah. »Buddha kannst du wenigstens für etwas gebrauchen.« Mit einer lässigen Handbewegung bot er ihnen die beiden braunen abgewetzten Ledersessel an, die zusammen mit einem kleinen Glastisch und einem alten Holzschrank den Raum nahezu füllten.

Bauer musste zuerst eine leere Kartoffelchip-Tüte und ein getragenes Unterhemd weglegen, bevor er sich setzen konnte. Wörner hatte es etwas schwieriger, da auf dem Sessel, der ihm zugedacht war, ein brauner Boxer-Hund eingerollt lag, der sie keines Blickes würdigte, dafür aber einen strengen Geruch absonderte.

»Sheriff, hau ab«, rief Noll und unterstrich sein Kommando mit einer entsprechenden Geste in Richtung Tür.

Die Reaktion des Hundes, wenn man es so nennen wollte, konnte zwei Ursachen haben: Entweder er hieß nicht Sheriff, oder er akzeptierte den Rufer nicht als legitimierten Kommandogeber – jedenfalls zeigte er keinerlei Regung. Nicht einmal die Blickrichtung seiner Augen, die irgendwie ins Nichts starrten, änderte er.

»Der Köter hört nur auf meine Alte«, blaffte Noll verächtlich, ohne weitere Versuche zu unternehmen, den Sessel freizubekommen. Wörner zog die Augenbrauen hoch und beschloss, auf die Sitzgelegenheit zu verzichten. Er lehnte sich mit verschränkten Armen an das Fensterbrett.

»Herr Noll«, begann Bauer das Gespräche, »Sie fahren einen Mercedes, oder?«

»Ja. Und?«

»Waren Sie mit diesem Mercedes am 20. Januar in der Nähe von Kufstein, genauer gesagt in einem Ort namens Schwoich, und haben einen Herrn Kollmann besucht?«

Noll hob mit suchendem Blick einige Zeitungen hoch, die vor ihm auf dem Tisch lagen, und griff suchend in die Taschen seines Morgenmantels.

»Muss nur schnell Kippen holen, bin gleich wieder da«, meinte er, während er aufstand und das Zimmer verließ.

Bauer sah ihm nach. »Paul, schau mal nach der Wohnungstür, nicht dass er sich verdünnisiert.«

»Ist mir auch gerade durch den Kopf gegangen«, erwiderte Wörner und ging in Richtung Tür. In dem Moment kam Noll in das Zimmer zurück. Als Bauer ihn kommen sah, schoss ihm ein Gedanke durch den Kopf. Er beschloss, ihn vorerst für sich zu behalten.

»Haben Sie gedacht, ich mache mich aus dem Staub?«, bemerkte Noll in spöttischem Ton und setzte sich wieder auf die Couch. Er zündete sich eine filterlose Gauloise an und sog den Rauch mit einem tiefen Atemzug ein, als ob er ihn bis in die innersten Verästelungen seines Körpers verteilen müsste.

»Vergessen Sie es, die Zeiten sind vorbei.«

»Also, was wollten Sie wissen?«, fragte er Bauer.

»Waren Sie am 20. Januar in Schwoich?«

Einen kurzen Moment war es still.

»Nein, definitiv nicht. Den Ort kenne ich überhaupt nicht. Wo soll der sein?«

Bauer überlegte einen Moment. Entweder war Noll ein so abgebrühter Typ, dass er sie ohne sichtliche Nervosität anlog, oder jemand anders mit ähnlichem Aussehen hatte das Auto gefahren.

»Der Ort ist in der Nähe von Kufstein.«

Noll antwortete mit leichtem Schulterzucken: »Sie werden es nicht glauben. Aber ich kenne nur das Kufsteinlied.«

Er breitete die Arme aus wie ein Opernsänger auf großer Bühne: »Kennst du die Berge, die Berge Tirols ... und so weiter. Kennen Sie sicher, oder?«

An dem Besuch schien er inzwischen Gefallen gefunden zu haben, als offensichtlich willkommene Abwechslung.

Wörner reagierte gereizt, die Hundeepisode hatte seine Stimmung zusätzlich getrübt.

»Super Gesang. Aber das Lied habe ich noch nie gemocht. Nicht mal, wenn Sie es singen.«

Nolls Miene verfinsterte sich.

»Was haben Sie am 20. Januar gemacht, wenn Sie nicht in Schwoich waren?«, fragte Bauer.

Noll machte sich nicht die Mühe, nachzudenken.

»Das ist jetzt mehr als drei Monate her, und ich soll das heute noch wissen? Keine Ahnung.«

Noll gähnte demonstrativ.

»Fährt außer Ihnen noch jemand mit dem Auto?«, fuhr Bauer fort, während Noll das Zimmer mehr und mehr mit seinem Rauch einnebelte.

»Ab und zu meine Alte, aber das schreibe ich mir nicht auf. Doch die war sicher nicht in Österreich, da würde die gar nicht hinfinden.«

Sein breites Grinsen ließ mehrere Goldkronen sichtbar werden. Während er mit seinem Blick von Bauer zu Wörner wanderte, lehnte er sich aufreizend entspannt zurück: »Wissen Sie, bevor wir hier weiter herumgackern, hätte ich eine Idee: Wie wäre es, wenn Sie mir mal sagen, was Sie eigentlich von mir wollen.« Er nahm wieder einen tiefen Zug. »Sie fragen das ja nicht ohne Grund, oder?«

Bauer blickte zu Wörner. Er spürte deutlich, dass sein Partner allmählich Probleme bekam, sich unter Kontrolle zu halten.

Dessen Blick fixierte Noll, wenig freundliche Gedanken schienen ihm durch den Kopf zu geistern.

Doch seine Strategie war eine andere, er wollte jetzt keine Konfrontation mit Noll, noch nicht.

»Fürs Erste war es das, Herr Noll.«

Nicht nur Wörner sah Bauer fragend an, auch der beim Fernsehen Gestörte schien überrascht, zuckte mit den Schultern.

»Falls nötig, kommen wir einfach noch mal, sie sind ja tagsüber zu Hause, so wie es aussieht«, meinte Bauer in ironischem Tonfall, während er und Wörner zur Tür gingen.

Noll blieb auf der Couch sitzen: »Können Sie machen, wie Sie wollen. Aber das nächste Mal bringen Sie mir was Schriftliches mit. Sonst kann es sein, dass ich für Sie doch nicht zu Hause bin«, rief er ihnen nach.

Bauer schloss die Tür hinter sich.

»So ein Penner«, raunzte Wörner, »der kommt sich wirklich ganz schlau vor.«

Sie setzten sich ins Auto und beobachteten den Hauseingang.

Die Frauen vor dem Haus hieben immer noch auf die Teppiche ein, als ob sie ihnen den Staub mehrerer Generationen herausprügeln müssten.

»Warum hast du denn nicht weitergemacht?«, fragte Wörner.

Bauer holte mit einen Lächeln sein Zigarettenetui aus der Jacke, in das eine Mini-Kamera eingebaut war.

»Na, hast du auch nicht gemerkt, oder?«, fragte er seinen Kollegen, der ihn überrascht ansah.

»In unseren Akten ist ja nur ein altes Foto von ihm, mit dem können wir nichts anfangen. Da hatte er noch lange Haare.

Darum habe ich schnell mal abgedrückt, als er vom Zigarettenholen hereingekommen ist. Hat unser Herr Schlauberger nicht gesehen.«

Wörner schürzte seine Lippen und nickte anerkennend.

»Meinst du, er könnte einer der Typen auf dem Video von der Tankstelle sein, bevor sie diesen Kollmann erledigt haben?«

Bauer zeigte ihm das Foto.

»Schau doch mal hin: Das könnte doch der Lange sein, der beim Tanken ausgestiegen ist. Der hatte zwar eine Baseballmütze auf, aber das Gesicht könnte doch passen, oder?«

Wörner nahm sich die Kamera und betrachtete das Bild: »Könnte sein. Aber ich habe die Videoaufnahme nicht mehr so genau im Kopf. Hast du das Foto dabei?«

»Nein, habe ich im Büro«, erwiderte Bauer.

Sie setzten das Blaulicht auf das Dach ihres Dienstwagens und jagten durch den dichten Stadtverkehr ins Präsidium.

»Erfahre ich auch mal, was es Neues gibt?«, rief ihnen ihr Chef aus seinem Zimmer nach, als sie an ihm vorbeihasteten.

»Wir brauchen dich gleich, sind sofort bei dir«, erwiderte Bauer.

Sie griffen sich den Aktenordner mit den Videoaufnahmen.

Wörner zeigte auf das erste Bild: »Da, schau hin, das ist er. Kein Zweifel.«

»Komm«, erwiderte Bauer, »wir geben dem Chef kurz Bescheid, bevor der durchdreht. Dann holen wir uns das Kufsteinlied.«

Sie eilten in das Zimmer ihres Chefs und berichteten kurz von den Neuigkeiten.

»Kannst du dem Staatsanwalt Bescheid geben?« Bauer war außer Atem.

»Am besten, er kommt dann gleich herüber zur Vernehmung, wenn wir den Typen hier haben.«

»Mache ich. Wollt ihr nicht lieber noch ein paar Leute zur Festnahme mitnehmen?«

Bauer sah Wörner an.

»Ja, schick uns noch zwei nach. Die können dann die Wohnung durchsuchen, wenn wir mit ihm weg sind. Wir fahren schon mal voraus.«

Der BMW mit Bauer und Wörner raste an einer staunenden japanischen Reisegruppe vorbei, die vor dem Hotel Bayerischer Hof heftig diskutierend vor ihrem Bus stand. Wahrscheinlich konnten sie sich nicht einigen, wer am Fenster sitzen durfte, um besser fotografieren zu können. Weniger als eine Stunde war vergangen, als sie wieder an der Tür des Noll läuteten. Nichts rührte sich. Bauer klopfte laut mit seiner Faust gegen die Tür. Keine Reaktion.

»Der Typ wusste genau, dass wir wiederkommen«, bemerkte Wörner verärgert.

»Scheiße, den hätten wir uns gleich schnappen sollen«, schimpfte Bauer, während er wütend weiter die Tür bearbeitete.

Die Nachbarwohnung wurde geöffnet, wieder sah die alte Frau heraus.

»Der ist gleich nach Ihnen weggegangen«, sagte sie mit einer Stimme, der man anhörte, dass sie sicher war, dieses Mal nicht wieder wie ein Schulmädchen weggeschickt zu werden. Jetzt würden die Polizisten sie brauchen.

»Paul, gib schnell eine Fahndung nach seinem Mercedes durch, vielleicht haben wir ja Glück.«

Während Wörner zum Auto lief, ging Bauer zur neugierigen Nachbarin.

»Können Sie uns sagen, ob der Herr Noll hier alleine wohnt oder ob da noch eine Frau zu Hause ist?«

»Wissen Sie, ich interessiere mich eigentlich nicht dafür, was er macht«, antwortete sie in unterkühltem Ton, »aber ab und zu habe ich so ein junges Ding bei ihm gesehen, mit einem Boxer. Der hat dann oft stundenlang gekläfft, schrecklich.«

»Wissen Sie, wie die Frau heißt?«, fragte Bauer.

»Also, jetzt verlangen Sie ein bisschen viel. Woher soll ich das denn wissen? Aber von hier war die nicht.«

»Was meinen Sie damit?«

»Na ja, sie war keine Deutsche. War so eine kleine Asiatin, Thailand oder so.«

Wörner kam die Treppe heraufgerannt: »Also die Fahndung ist draußen. Jetzt können wir nur hoffen.«

Bauer verabschiedete sich von der Nachbarin.

»Angeblich wohnt seine Freundin nicht regelmäßig bei ihm.«

»Ich denke, wir fahren am besten ins Büro zurück«, meinte Wörner verärgert, »das hätte jetzt nicht sein müssen, dass der Typ uns entwischt.«

Bauer rief seinen Chef Hertz an und informierte ihn kurz über die missglückte Aktion.

»Na ja, zumindest wissen wir jetzt mit hoher Wahrscheinlichkeit, wer an dem Mord beteiligt war«, sagte Wörner, während er das Radio einschaltete. Die Regierung hatte beschlossen, die Beamtengehälter in diesem Jahr nicht zu erhöhen, weil im Haushalt wieder mehrere Milliarden fehlten.

»Bei uns geht das halt immer noch am einfachsten, die beschließen, und die Sache ist erledigt.«

Bauer wollte gerade antworten, als Wörner ihn durch eine Handbewegung zum Schweigen aufforderte und das Funkgerät lauter drehte. Ein Streifenwagen meldete an die Einsatzzentrale, dass er den gesuchten Mercedes auf dem Mittleren Ring kurz vor der Autobahn nach Salzburg gestoppt habe. Wörner und Bauer stießen einen Jubelschrei aus.

Sie wiesen den Streifenwagen an, den Fahrer zu ihnen ins Büro zu bringen. Kaum hatten sie das Vernehmungszimmer betreten, kamen die beiden Streifenbeamten und brachten den Flüchtigen: Noll trug nun Jeans und Sweatshirt, verächtlich blickte er Bauer an.

»Den hat er im Kofferraum gehabt«, erklärte einer der Beamten, als er einen kleinen, speckigen Reisekoffer auf den Schreibtisch stellte.

»Soll ich ihm die Handschellen abmachen?«, fragte er.

»Lassen Sie die ruhig mal dort, ich habe keine Lust, durchs Büro zu sprinten«, erwiderte Wörner.

»Danke, den Rest machen wir«, verabschiedete Bauer die beiden.

»Warum sind Sie denn so schnell abgereist?«, wandte sich

Wörner mit spöttischem Ton an Noll, der jetzt mit gefesselten Händen vor ihm saß.

Es kam keine Antwort.

»Wollen Sie einen Rechtsanwalt anrufen?«

Noll blickte zu ihm hoch und schüttelte den Kopf: »Ich wüsste nicht, wofür ich einen brauchen sollte.«

»Gut, dann sagen wir Ihnen jetzt, warum Sie hier sitzen«, schaltete sich Bauer ein. »Sie werden beschuldigt, an der Ermordung eines Robert Kollmann am 20. März dieses Jahres beteiligt gewesen zu sein.«

Nolls Gesichtsausdruck zeigte keinerlei Reaktion.

»Wir haben Sie auf einer Videoaufnahme einer Tankstelle in der Nähe des Tatortes, zusammen mit dem Auto, in dem das Opfer später gefunden worden ist. Außerdem wissen wir, dass Sie Kollmann vor der Tat in Österreich besucht haben.«

Bauer stand jetzt auf: »Dass Sie Kollmann nicht gekannt haben, wie Sie behaupten, können Sie also getrost vergessen.«

Es entstand eine Pause, Wörner und Bauer sahen Noll an. Der schien nachzudenken.

»Geben Sie mir mal das Telefon, damit ich meinen Anwalt anrufen kann«, wies er Bauer an und streckte ihm die gefesselten Hände hin. »So kann ich nicht telefonieren.«

»Sagen Sie mir die Nummer, dann wähle ich für Sie«, erwiderte Wörner. Als sich der Anwalt meldete, ließen sie Noll allein im Raum.

»Der hat natürlich den Priller«, sagte Wörner, als sie vor der Bürotür standen.

»War ja klar«, meinte Bauer, »der verteidigt doch nur solches Volk. Ich habe gehört, gegen ihn soll was laufen, weil er ein Handy für einen Mandanten in den Knast geschmuggelt hat.«

»Ist mir neu, aber das gab's doch schon öfter bei dem. Und am Schluss ist nie was dabei herausgekommen. Blöd ist der nicht, der Typ.«

Sie hörten, dass das Telefonat beendet war, und gingen zurück in ihr Büro.

»Mein Anwalt hat jetzt keine Zeit. Er kommt morgen, wenn es nötig ist. Wie geht es jetzt weiter?«

»Wir sperren Sie auf jeden Fall ein, und morgen entscheidet dann der Haftrichter«, klärte ihn Wörner auf, die Zufriedenheit in seiner Stimme war unüberhörbar.

»Aber das wird länger dauern, da können Sie sich darauf einrichten«, schaltete sich Bauer ein.

»Wenn Sie mit der Sache nichts zu tun haben, können Sie ja mit uns reden. Aber dann müssen Sie uns schon erklären, warum Sie mit diesem Ford Mondeo unterwegs waren, in dem kurz danach ein Mann erschossen wurde.«

Noll stand auf.

»Können wir jetzt gehen?«, fragte er unaufgeregt, als ob es ihm egal wäre, wo er die nächste Zeit verbrachte.

Sie ließen ihn von zwei Kollegen in die Haftzelle bringen.

Bauer sah auf die Uhr: Kurz vor fünf.

»Gehst du noch mit auf ein Bier? Köhler vom Brand geht in Pension, er feiert heute im Augustiner«, fragte Wörner.

»Nein, ich muss heute Stefan abholen, Marion ist irgendwo auswärts und kommt erst später.«

Er sah vor sich schon die glänzenden Augen seines Sohnes, der meistens vollkommen überdreht war, wenn er ihn abholte.

Er bemühte sich, schnell durch den Berufsverkehr zu kommen, doch es dauerte noch fast eine Stunde, bis er bei der Tagesmutter ankam.

Stefan stand bereits vor der Tür und winkte ihm zu.

»Mama hat gesagt, ich darf heute bei dir bleiben.«

Bauer reagierte erstaunt.

»Aber nicht über Nacht. Davon hat sie mir nichts erzählt.«

»Doch, Mama hat gesagt, sie holt mich morgen wieder bei dir.«

»Jetzt fahren wir erst mal nach Hause, dann sehen wir weiter.«

Bauer hatte in seinem Wohnzimmer eine Spielecke für Stefan eingerichtet, die seinen Sohn wie ein Magnet anzog.

»Ich komme gleich, muss nur mal schnell mit Mama telefonieren«, erklärte Bauer.

»Hallo, ich bin es. Stefan hat gesagt, du holst ihn erst morgen wieder bei mir, stimmt das?«

»Habe ich dir das nicht gesagt?«, fragte sie überrascht. »Muss ich total vergessen haben: Ich bin heute Abend in Hamburg, wir fliegen erst morgen zurück. Um fünf hole ich ihn dann nach dem Büro bei dir ab. Die Tagesmutter muss morgen zum Arzt, die kann ihn nicht nehmen. Du kannst doch bestimmt mal einen Tag freinehmen, oder?«

Bauers Gedanken wanderten zu seinem morgigen Tagesplan: Noll vernehmen, eventuell nochmals nach Kufstein fahren, mit dem Richter wegen des Haftbefehls sprechen, et cetera, et cetera. Stefan passte da eigentlich überhaupt nicht hinein. Aber welchen Sinn würde es haben, Marion zu sagen, er könne nicht. Deswegen würde sie bestimmt nicht vorzeitig nach München fliegen.

»Na gut, irgendwie werde ich es schon regeln. Aber das nächste Mal wäre ich dir dankbar, wenn du mir so etwas früher sagen könntest.«

»Na siehst du, es geht schon, wenn man muss. Ich kenne das, weißt du? Pass gut auf ihn auf. Tschüss.«

»Kann ich heute bei dir bleiben, Papa?«, strahlte ihn sein Sohn fragend an.

»Na klar.«

Als Stefan zwei Stunden später beim Vorlesen der Geschichte vom schlauen Bär eingeschlafen war, ging Bauer in das Wohnzimmer und schenkte sich ein Glas Havanna-Rum ein: Er mochte diesen schweren Geschmack, dieses leichte Brennen, wenn die Flüssigkeit im Körper hinunterlief. Irgendwie, dachte er sich, ist es verrückt: Tagsüber verfolgst du Mörder, wirst belogen und getäuscht, und abends sollst du deinem Sohn das Vertrauen in die Welt geben. Er ging mit seinem Glas ans Fenster und sah hinaus: Die Dämmerung hatte das Tageslicht verdrängt. Im Garten gegenüber saßen mehrere Erwachsene, sie schienen etwas zu feiern. Zwei Frauen tanzten ausgelassen mit

Sektflaschen in der Hand, die Männer klatschten. Bauer hätte Lust gehabt, jetzt unter ihnen zu sein. Die Nacht verlief unruhig, immer wieder wachte er auf und sah nach Stefan, für den er ein kleines Zimmer eingerichtet hatte. Den Kopf an sein Stoffkrokodil gelegt, schlief er ruhig in seinem Bett. Als es endlich hell wurde, schlich Bauer leise an Stefans Zimmer vorbei und kochte sich einen Kaffee, dann rief er in der Dienststelle an.

»Kannst du heute mal ohne mich auskommen?«

»Was ist denn mit dir los? Jetzt, wo es spannend wird, machst du schlapp, oder was?«, antwortete Wörner scherzend.

»Unsinn, aber ich muss mich heute um Stefan kümmern. Morgen bin ich wieder da.«

»Alles klar. Dann setzen wir uns morgen zusammen. Unsere Kollegen haben schon gefragt, ob wir etwas für sie zu tun haben.«

»Sag ihnen, wir besprechen das morgen. Du musst nur den Haftrichtertermin erledigen, nicht dass uns der Noll wieder nach Hause geht.«

»Habe ich schon vorbereitet, der Chef weiß auch Bescheid. Da brennt uns nichts an, mach dir keine Gedanken.«

»Gut, dann bis morgen.«

Kapitel 7

Zwei weitere Wochen vergingen: Noll war vom Richter in Haft genommen worden. Zweimal hatten sie ihn zu Vernehmungen vorführen lassen, doch aus ihm war kein Wort herauszubekommen. Nun hatte sein Rechtsanwalt mitgeteilt, dass er bis zur Verhandlung nichts aussagen werde, da er unschuldig sei.

»Ricardo, habt ihr neue Beweise gegen Noll?«, fragte Hertz, als er die wöchentliche Besprechung der Soko »Nachtnebel« eröffnete. Sie saßen zu fünft in einem Besprechungsraum, dessen Fenster direkt zur Bayerstraße zeigten. Trotz sommerlicher Hitze mussten sie die Fenster geschlossen halten, weil sonst der Verkehrslärm jedes Gespräch unmöglich gemacht hätte.

»Wir haben gestern dem Pannenhelfer vom ÖAMTC das Foto von Noll gezeigt, er hat ihn eindeutig erkannt. Nach seinen Angaben haben der Noll und der Kollmann beide beim Auto gestanden, als er den Anlasser repariert hat. Er kann sich daran noch genau erinnern, weil der Noll sehr ungeduldig war. Dauernd wollte er anscheinend wissen, wie lange es noch dauert. Der Pannenhelfer hat ihm dann gedroht, mit der Reparatur aufzuhören, wenn er nicht endlich Ruhe gibt.«

Hertz nickte.

»Claudia, was hast du Neues?«

Claudia Petz war die Jüngste unter ihnen. Anfangs war Bauer über ihre Beteiligung an der Soko nicht erfreut gewesen, sie hatte den Ruf, häufig krank zu sein. Doch die Arbeit in der Soko schien ihr gutzutun, sie hatte noch nicht einen Tag gefehlt.

»Ich habe mir angesehen, mit wem der Noll bei seiner letzten Geschichte zusammengearbeitet hat. Dafür hatte er vier Jahre bekommen. Aber viel war nicht in den Akten: Er ist damals einem verdeckten Ermittler vom LKA mit über fünf Kilo Koks auf den Leim gegangen. Die Kollegen waren überzeugt, dass er die Sache nicht alleine durchgezogen hat. Das Geld besaß er gar nicht, um den Stoff bei seinem Lieferanten zu bezahlen. Aber er hat nach der Festnahme eisern geschwiegen und die Zeit im Knast abgesessen. Es gab mal einen Hinweis auf einen Belgier, der sein Hintermann hätte sein können, aber der ist wenige Monate später bei einer Razzia in Antwerpen von den Kollegen erschossen worden.«

»Und bei seinen anderen Taten, die er vorher begangen hat, gibt es da auch keine Hinweise auf Mittäter?«, fragte Bauer, während er seinen Kollegen Kirner beobachtete, der hoch konzentriert seine Fingernägel mit seinem Taschenmesser reinigte und nur gelegentlich in die Runde blickte.

»Er hat früher wohl mal einen Autohandel gehabt. Da liefen ein paar Sachen gegen ihn wegen Betrugs – Tachoverstellen, geplatzte Schecks und so weiter, aber nichts Größeres. Hat dafür mal ein Jahr bekommen, zur Bewährung.«

»Natürlich«, bemerkte Kirner, der inzwischen seine Maniküre beendet hatte, »hat er ja auch anständig ausgenutzt.«

»Bei dem Autohandel, hatte er da nicht einen Partner?«, warf Wörner ein, der für die Runde gerade Kaffee gemacht hatte.

»Ja, einen Mann aus Düsseldorf, Klemm hieß der. Gegen den ist aber nie ermittelt worden, ich habe extra gestern noch mal im Computer nachgesehen.«

»Merkwürdig«, meinte Bauer, »ein Autohändler, gegen den noch nie ermittelt worden ist.«

Ohne Anklopfen ging plötzlich die Tür auf, und eine Schreibkraft stürzte herein: »Herr Wörner, ich habe ein Telefonat für Sie, anscheinend dringend. Aus einem Krankenhaus.«

Wörner sprang von seinem Stuhl auf.

»Wer ist es?«

»Eine Frau, sie war sehr aufgeregt. Ich habe sie kaum verstanden.«

Wörner lief aus dem Zimmer, die Kollegen sahen ihm mit erstaunten Gesichtern nach.

Kurz darauf kam er zurück.

»Ich muss ins Krankenhaus, Marco ist angefahren worden.«

Er nahm sich seine Jacke von der Stuhllehne und lief aus dem Zimmer.

»Ich fahre dich«, rief Bauer und rannte hinterher.

»Geht klar«, meinte Hertz, »wir machen dann später weiter.«

»Er liegt im Schwabinger Krankenhaus«, sagte Wörner mit aufgeregter Stimme, während sie mit Bauers Auto aus dem Parkplatz herausfuhren und sich mühsam einen Weg durch die Schar von Fußgängern bahnten, als sie den Gehweg kreuzten.

»Da ist er gut versorgt, die haben eine tolle Kinderklinik«, versuchte Bauer ihn etwas zu beruhigen. »Weißt du schon, was genau passiert ist?«

»Stefanie war völlig außer sich, so habe ich sie noch nie erlebt. Sie sagte nur, dass ihn auf dem Fahrrad ein Auto erfasst hat«, erwiderte Wörner. »Er wollte von der Schule nach Hause fahren.«

Sie jagten nun an den prächtigen historischen Gebäuden der Universität vorbei über die Leopoldstraße in Richtung Norden, Studenten saßen in den Straßencafés im Schatten bunter Sonnenschirme.

Die Lüftung im Auto lief auf höchster Stufe, trotzdem war es drückend heiß. Wörner umklammerte mit der rechten Hand angespannt den Haltegriff über der Tür. Autofahrer hupten, weil Bauer immer wieder die Fahrbahn wechselte, um schneller voranzukommen.

»Weißt du schon, was ihm fehlt?«

»Er muss ziemlich schwer verletzt sein, liegt auf der Intensivstation«, antwortete Wörner mit angespannter Stimme, ohne den Blick von der Straße abzuwenden.

»Stefanie hat gesagt, dass er absichtlich angefahren wurde.«

»Was, absichtlich?«, meinte Bauer überrascht. »Das wäre ja ein Ding. Woher weiß sie denn das?«

»Es war ziemlich wirr, sie war ja so aufgeregt. Irgendjemand will das beobachtet haben.«

Kurz danach erreichten sie das moderne Gebäude des Kinderkrankenhauses. Wörner zeigte seinen Ausweis, sodass sie der Pförtner direkt zum Eingang fahren ließ. Ein Polizeiwagen stand schon davor. Im Laufen nahmen sie die Treppen in den vierten Stock und folgten den grünen Wegweisern zur Intensivstation. Beinahe hätten sie ein leeres Bett übersehen, das von einer Krankenschwester aus einem Aufzug herausgeschoben wurde. Personal, das aus den Patientenzimmern kam, sah ihnen verwundert nach, manche schüttelten verständnislos den Kopf. Vor einer Milchglastür mit der Aufschrift »Intensivstation« saßen zwei Polizisten in Uniform, ein Mann und eine junge Frau, neben ihnen Stefanie, Wörners Ehefrau. Als sie ihn sah, sprang sie auf und lief weinend auf ihn zu: »Paul, es ist so schrecklich.«

Er nahm sie in die Arme und versuchte, sie zu beruhigen: Ihr Atem ging stoßweise, sie zitterte am ganzen Körper. Das Gesicht war von Tränen gerötet.

»Er liegt da drin«, sie deutete auf die Glastür. »Sie wissen noch nicht, ob er durchkommt.«

Bauer ging zu den beiden Beamten. Sie erzählten ihm, dass der Junge auf dem Weg von der Schule nach Hause von einem Lastwagen angefahren wurde, der ihn beim Überholen streifte. Der Unfallverursacher fuhr ohne anzuhalten weiter.

»Zum Glück war der Notarzt schon wenige Minuten später am Unfallort, sonst wäre der Junge vielleicht schon tot«, ergänzte die junge Polizistin, die selbst so blass war, als wäre sie gerade aus einer Narkose aufgewacht. »Er hat nämlich ziemlich viel Blut verloren. Vermutlich hat er neben anderen Verletzungen noch einen Schädelbruch, meinte der Notarzt.«

In diesem Moment schoben zwei Krankenpfleger mit ernsten Gesichtern ein Bett aus der Intensivstation: Das Leintuch war über den Kopf gezogen, darunter zeichneten sich deutlich die Umrisse eines Körpers ab. Bauer erschrak und sah zu Wörner und seiner Frau, die aber in diesem Moment mit dem Rücken zum Gang standen und leise redeten. Er ging zu einem der Pfleger: »Ist das Marco Wörner?«

Der wandte sich im Gehen um und sah ihn fragend an: »Wer soll das sein?«

Bauer deutete auf das Bett: »Ich wollte nur wissen, ob das Marco Wörner ist.«

Der Mann schüttelte den Kopf.

»Nein. Der heißt anders.«

Das Bett wurde weiter in Richtung Aufzug geschoben.

Bauer ging zurück.

Er sah einen Moment aus dem Fenster in den Hof, wo gerade ein Notarztwagen mit Blaulicht eingefahren war und mehrere Sanitäter zur Hecktür des Wagens eilten. Keine Minute länger als notwendig wollte er noch hier bleiben. Er wandte sich wieder zu den beiden Polizisten: »War das der Junge?«, fragte die junge Frau.

»Nein, das war jemand anders«, antwortete Bauer. »Was ich euch noch fragen wollte: Was ist eigentlich damit, dass der Lkw den Jungen absichtlich angefahren hat?«

Die Polizistin blickte zu ihrem Kollegen, einem höchstens dreißigjährigen Polizeiobermeister mit Ohrring, der mit den Achseln zuckte.

Ihn schien der Unfall weniger beeindruckt zu haben. Während des Berichts seiner jungen Kollegin hatte er in seinem Notizbuch geblättert. Jetzt sah er Bauer an: »Wir wissen nicht recht, was wir davon halten sollen: Ein Busfahrer stand zur Unfallzeit mit seinem Bus an einer Haltestelle, die schräg gegenüber der Unfallstelle liegt. Er meint, der Lastwagen sei plötzlich nach rechts gezogen, als er gerade den Jungen auf dem Fahrrad überholte. Als ob er es absichtlich gemacht hätte.«

»Hat sich jemand das Kennzeichen des Lkw gemerkt?«, fragte Bauer.

»Nein, der Busfahrer war zu überrascht. Er hat nur gesehen, dass es ein oranger Lkw mit Auflieger war, so ein Baustellenfahrzeug, meinte er. Den Fahrer kann er nicht beschreiben, weil der eine Sonnenbrille aufhatte und außerdem eine Baseballmütze.«

»Gibt es denn keine anderen Zeugen, Fahrgäste aus dem Bus?«, fragte Bauer gereizt. Die gelangweilte Art des Mannes ging ihm auf die Nerven.

»Nein«, antwortete dieser, »der Bus war leer, und auf der Straße war es auch ziemlich ruhig. Wir haben niemanden getroffen, der etwas sagen konnte.«

Bauer schüttelte den Kopf.

»Unglaublich. Mitten in der Stadt am helllichten Tag, und keiner hat was gesehen. Hat denn der Busfahrer wenigstens irgendeine Aufschrift auf dem Lkw erkannt?«

»Er sagt, er sei sich nicht sicher. Es sei alles ziemlich schnell gegangen. Auf jeden Fall sei der Lkw orange gewesen.«

Bauer holte seinen Notizblock aus der Jacke: »Kannst du mir mal die Personalien von dem Busfahrer geben?«

Die Polizistin las ihm den Namen und die Anschrift aus ihrem Block vor, Bauer notierte sich alles und verabschiedete sich.

»Wir haben übrigens eine Fahndung herausgegeben. Möglicherweise hat der Lkw auf der rechten Seite Kratzer, wir haben orangen Lack an der Unfallstelle gefunden«, ergänzte der Polizist.

Bauer nickte zustimmend.

»Danke, Kollegen, ihr könnt jetzt fahren. Wir kümmern uns um die Mutter.«

Stefanie hatte sich inzwischen etwas beruhigt und saß neben ihrem Mann auf einem Stuhl. Bauer hatte sie schon ein paarmal gesehen. Wörner war zu beneiden: eine attraktive Frau Anfang vierzig mit sportlicher Figur.

»Hallo, Ricardo«, begrüßte sie ihn mit zittriger, leiser Stimme.

Sie hatte ihr Gesicht in die Hände gestützt, das Make-up war über dem Gesicht verlaufen.

»Wer tut so etwas?«

Bauer blickte Wörner an, dessen Hände zitterten.

»Was sagen die Kollegen?«

Bauer setzte sich neben ihn und erzählte ihm, was er erfahren hatte.

»Warum sollte denn jemand absichtlich Marco überfahren?«, fragte Wörner mit Kopfschütteln.

»Ich kann es mir auch nicht vorstellen«, antwortete Bauer. »Den Namen von dem Zeugen habe ich, wir können ihn ja später noch mal befragen.«

In diesem Moment ging die Glastür auf, und ein junger Arzt, begleitet von einer Krankenschwester, ging auf Stefanie zu.

»Sind Sie der Vater?«, fragte er an Wörner gerichtet.

»Ja, natürlich«, antwortete Stefanie ungeduldig.

»Er wird jetzt operiert«, sagte der Arzt in ruhigem Ton. »Auf dem Röntgenbild sind innere Verletzungen zu sehen, aber Genaueres können wir erst nach der Operation sagen.«

Stefanie sah ihn durch einen Schleier von Tränen an: »Wird er es überleben?«

»Ich denke schon«, erwiderte der Arzt. »Sehen Sie, er ist jung und hat eine gute Konstitution. Seinen Kreislauf konnten wir stabilisieren. Ich bin recht zuversichtlich.«

Die Krankenschwester neben ihm deutete auf die Stationsuhr, die über dem Eingang hing.

»Ich muss mich entschuldigen«, sagte der Arzt, »mein nächster Patient wartet. Sobald die Operation beendet ist, rufen wir Sie an.«

Er entfernte sich wieder in Richtung Intensivstation, kurz davor drehte er sich nochmals um: »Sie können aber auch gerne hier warten. Kann aber mehrere Stunden dauern, lässt sich nicht vorhersagen.«

Die Glastür schwang auf, und er war verschwunden.

»Ich möchte hierbleiben, Paul«, meinte Stefanie mit schluchzender Stimme.

»Gut, wir warten hier«, erwiderte Wörner. »Ricardo, du kannst ruhig fahren, wir schaffen das schon.«

Bauer klopfte seinem Kollegen aufmunternd auf die Schulter.

»Ruf mich an, wenn du irgendetwas brauchst.«

Er verabschiedete sich von Stefanie und verließ das Krankenhaus.

Wieder im Auto, telefonierte er mit Hertz: »Den Jungen hat es ziemlich erwischt. Aber der Arzt meinte, er wird durchkommen.«

»Na, Gott sei Dank.«

»Merkwürdig ist, dass es einen Zeugen gibt, der behauptet, der Lastwagenfahrer hätte den Unfall absichtlich verursacht.«

»Ist der glaubwürdig?«

»Schwer zu sagen, es ist ein Busfahrer, der direkt am Unfallort mit seinem Bus stand. Sollte normalerweise schon wissen, was er sagt, meine ich.«

»Haben Sie den Lkw-Fahrer?«

»Nein, das ist ja das Problem, der ist abgehauen.«

»Na ja, darum soll sich die Fluchtfahndung kümmern. Hauptsache, der Junge wird wieder gesund. Übrigens, vorhin hat der Kollege von der Gendarmerie in Kufstein angerufen: Er hat sich darüber beschwert, dass von uns noch einmal jemand bei dem Vermieter in Schwoich angerufen hat, ohne ihn zu informieren. Er meint, wir sollten ihm in solchen Fällen Bescheid geben. Weißt du da etwas?«

Bauer war verwundert und überlegte: »Wieso hat der sich beschwert?« Er schwieg einen Augenblick. »Wir waren nur noch ein Mal in Kufstein, und zwar bei dem Zeugen vom ÖAMTC. Der hat ja den Noll identifiziert. Aber danach haben wir niemanden mehr kontaktiert, auch nicht telefonisch. Merkwürdig.«

»Bist du sicher?«, fragte Hertz erstaunt.

»Ich bitte dich, ich weiß doch, was wir gemacht haben. Gib mir mal die Nummer von der Gendarmerie, ich habe den Zettel in meinem Notizbuch im Auto gelassen.«

Hertz gab ihm die Nummer durch.

»Ich rufe den noch mal an. Von uns hat keiner mehr in Schwoich angerufen, da muss er sich getäuscht haben.«

»Ja, bitte mach das, ich will da keinen Ärger haben. Wie geht es eigentlich Paul?«

»Er hat sich wieder gefangen, aber ist natürlich auch mitgenommen, ist ja logisch.«

»Sag ihm, er kann die nächsten Tage freimachen, wenn er will.«

Sie beendeten das Gespräch, und Bauer rief bei der Gendarmerie in Kufstein an. Der Beamte, den er sprechen wollte, war auf einer Gewerkschaftsversammlung. Morgen konnte er ihn wieder erreichen. Der Wetterbericht hatte für die nächsten Tage

Regen angesagt. Bauer beschloss, zum Aumeister zu fahren. Das war der Biergarten, der vom Schwabinger Krankenhaus aus am nächsten gelegen war. Schattige Kastanienbäume, eine frische Maß Bier und etwas Vernünftiges zum Essen: Das war genau das, worauf er jetzt Lust hatte. Später konnte er ja noch mal im Krankenhaus vorbeischauen.

Oder Doris anrufen? Oder nochmals den Single-Reisekatalog studieren: Er musste sich langsam entscheiden, ob er Weihnachten mit dieser Reisegruppe nach Kuba fahren wollte.

Marion hatte ihm gesagt, dass sie über die Feiertage wieder zu ihren Eltern nach Koblenz fahren wolle. Bis zum 6. Januar hatte er also Zeit zu verreisen. Weihnachten allein in München reizte ihn nicht sonderlich. Vielleicht wäre ja auch Doris frei? Er musste sich jetzt endlich mal bei ihr melden. Aber zuerst ein Bier, dachte er sich.

Kapitel 8

»Ich habe mich schon gewundert, dass euer Chef nicht informiert war«, antwortete der Gendarm in Kufstein, als Bauer ihn am nächsten Tag anrief.

»Der konnte ja auch nicht informiert sein, weil wir nämlich nicht dort waren. Definitiv: Von uns war keiner bei diesem Ehepaar in Schwoich, wo der Kollmann gewohnt hat.«

Es entstand eine Pause.

»Also, das verstehe ich nicht. Die Frau Wegener, die Vermieterin, hat mich vorgestern angerufen: Am letzten Freitag, also vor fünf Tagen, war ein Mann bei ihr, der sich als Polizist aus München ausgegeben hat. Er sagte, er müsse wegen dem Herrn Kollmann noch einige Sachen wissen. Dann hat er gefragt, was sie von dem Kollmann weiß, ungefähr dasselbe, was wir sie auch gefragt haben.«

»Und ihr Mann, ist dem auch nichts aufgefallen?«, unterbrach ihn Bauer.

»Sie war an dem Tag allein, weil ihr Mann beim Arzt war. Bei mir hat sie sich beschwert, dass der Besucher sehr unfreundlich gewesen ist.«

»Hat ihr der Mann einen Ausweis gezeigt?«, fragte Bauer.

»Nein, danach hat sie nicht gefragt, wahrscheinlich war sie zu überrascht. Aber sie hat mir noch erzählt, dass er die Namen von Ihnen beiden wissen wollte, die hat sie ihm auch gegeben. Sie hat ja Ihre Visitenkarten gehabt.«

»Hat sie einen Namen von dem Mann oder ein Autokennzeichen?«

»Nein, das fand sie auch merkwürdig, der kam zu Fuß zu ihrem Haus. Ich vermute, dass der sein Auto etwas entfernt geparkt hatte.«

Bauer dachte über das nach, was ihm gerade erzählt worden war: »Also eines ist klar: Da will jemand wissen, was wir in dieser Sache machen, die Frage ist nur, wer war es und warum interessiert ihn das. Seien Sie doch bitte so gut, und fahren Sie noch mal zu dieser Frau. Reden Sie auch mit den Nachbarn, vielleicht haben die ja ein Auto gesehen, das zu diesem Besucher gehört hat. Und lassen Sie sich eine genaue Beschreibung von dem Typen geben.«

»Mache ich, wahrscheinlich schaffe ich es noch heute. Ich rufe dann wieder an.«

Bauer legte den Hörer auf und ging zu Hertz.

Der führte gerade ein Telefonat mit der Staatsanwaltschaft. Er bedeutete ihm, sich zu setzen. Kurz danach legte er auf.

»Hast du schon gehört, was Kirner herausgefunden hat?«, fragte er Bauer.

»Nein, ich habe ihn heute noch nicht gesehen.«

»Er hat nochmals die Liste der Mieter durchgesehen, die in den letzten Monaten das Auto angemietet hatten, in dem Kollmann erschossen wurde.«

»Und, war der Noll dabei?«, fragte Bauer ungeduldig.

»Nein, der nicht, aber seine Frau, diese Thailänderin. Sie hat im Oktober für eine Woche dieses Auto gehabt.«

Bauer schüttelte lächelnd den Kopf: »Hätte ich unserem alten Kirner gar nicht zugetraut, der hat ja noch richtig gute Ideen auf Lager.«

»Ricardo, du tust ihm unrecht«, meinte Hertz, »so schlecht ist er gar nicht.«

»Nein, nein, ist schon okay«, wiegelte Bauer ab. »Wenn er sich auch noch ein Handy anschaffen würde so wie wir alle, dann könnte man richtig gut mit ihm arbeiten.«

Kirner war der Einzige in der Dienststelle, der sich bisher dagegen gewehrt hatte. Er meinte, wenn er Feierabend habe, dann sei das auch verdient. Und in den drei bis vier Wochen im Jahr, in denen er Bereitschaft hatte, bliebe er zu Hause, sodass man ihn dort erreichen könne. Wann immer Bauer oder andere Kollegen versucht hatten, Kirner umzustimmen, nachdem sie ihn wieder einmal dringend benötigt hätten, blieb er stur. Auf Druck reagierte er generell nicht.

»Ich habe jetzt gerade mit dem Staatsanwalt telefoniert: Mit dieser neuen Spur ist er überzeugt, dass wir wesentlich bessere Chancen haben, dass der Noll in Haft bleibt. So leicht kommt er aus der Geschichte nicht mehr heraus.«

»Aber allein war er es nicht, das steht auch fest«, bemerkte Bauer nachdenklich.«

»Natürlich, aber wichtig ist mir, dass wir den schon mal haben. Jetzt müssen wir einfach konsequent weiterarbeiten. Was hat sich mit den Österreichern ergeben?«

Bauer verschränkte seine Arme und lehnte sich zurück: »Ich habe mit dem Kollegen in Kufstein telefoniert, bei der Frau war tatsächlich jemand, der sich als Münchner Polizist ausgegeben hat. Der Kollege fährt heute Nachmittag nochmals zu ihr und lässt sich eine Beschreibung geben.«

Hertz beugte sich nach vorne über seinen Schreibtisch.

»Könnte es sein, dass jemand von der Presse Wind bekommen hat und jetzt Polizei spielt?«

Bauer schüttelte den Kopf: »Kann ich mir nicht vorstellen, also von den Münchner Tageszeitungen macht so was keiner. Höchstens von einer Illustrierten. Könnte vielleicht die junge Reporterin dahinterstecken, die noch ziemlich am Anfang des Falls ein Exklusivinterview von dir wollte und der du nichts sagen konntest? Sie kann ja einen Kollegen geschickt haben.«

Hertz lachte: »Nein, also das kann ich ausschließen, die war noch so unbedarft, das traue ich der nicht zu.«

Bauer dachte nach, die Sache beunruhigte ihn: »Nehmen wir mal an, es war doch ein Journalist: Woher sollte er wissen, wer der Vermieter von diesem Kollmann ist? Ihr habt das doch nicht an die Presse gegeben, oder?«

»Nein«, antwortete Hertz bestimmt. »Die Pressestelle hat nur herausgegeben, dass wir den Toten identifiziert haben und um Mitteilung gebeten, wer Angaben über sein Umfeld machen kann. Sie haben auch das Foto veröffentlicht, das wir von der Passstelle bekommen haben. Aber über Kufstein haben die nichts bekannt gegeben.«

»Kann natürlich sein, dass ein Journalist von irgendwem

einen Tipp bekommen hat, du weißt ja, wie das geht«, meinte Bauer.

»Klar, das könnte sein, das können wir natürlich nie ganz vermeiden«, erwiderte Hertz.

»Komisch ist nur, dass der Besucher von dem Vermieter auch die Namen von Wörner und mir erfragt hat: Er wollte wissen, wer von der Münchner Polizei bei dem Vermieter gewesen ist.«

»Wirst sehen, wahrscheinlich bekommt ihr bald einen Anruf von einem Journalisten, der was über den Fall wissen möchte.«

»Ich sage dir ehrlich, das wäre mir ausnahmsweise sehr recht. Dann wüssten wir wenigstens, aus welcher Ecke der Besucher kommt.« Insgeheim war sich Bauer sicher, dass ihn niemand anrufen würde.

»Hast du was von Paul gehört?«, fragte Hertz weiter.

»Ich habe gestern Abend noch mal mit ihm telefoniert: So wie es aussieht, hat der Junge großes Glück gehabt. Sie haben ihm zwar die Milz herausnehmen müssen, aber ohne die kann er genauso gut leben. Ansonsten meint der Arzt, dass alles wieder verheilen wird, ohne Spätfolgen.«

»Wann will Paul wiederkommen?«

»Er hat gemeint, spätestens am Montag ist er wieder da. Den ganzen Tag zu Hause herumsitzen, hält er nicht länger aus. Stefanie geht es auch wieder besser, seit sie wissen, dass der Junge wieder gesund wird.«

»Kann ich verstehen.« Hertz nickte zustimmend.

Sein Telefon läutete, er nahm den Hörer ab: Während der Anrufer sprach, bemerkte Bauer, wie sich der Gesichtsausdruck seines Chefs verhärtete.

»Und außer dem kann das keiner machen, oder?«, herrschte er den Kollegen an. »Na gut, Kollege, dann kann ich es auch nicht ändern.«

Er knallte den Hörer auf die Gabel.

»Das war der Chef von der Unfallfluchtfahndung, den hatte ich vorher gefragt, ob sie schon was Neues haben.«

»Ja, und, haben sie den Busfahrer nochmals befragt?«, fragte Bauer neugierig.

»Der Sachbearbeiter ist leider krank geworden.« Wütend machte Hertz die hohe Stimme des Anrufers nach. »Aber sie glauben, dass er bald wiederkommt. Die anderen sind alle so beschäftigt, dass sie das nicht übernehmen können.«

»Das ist nicht dein Ernst«, reagierte Bauer aufgebracht.

»Da wird der Sohn eines Kollegen zusammengefahren, noch dazu wahrscheinlich absichtlich, und sie haben keine Zeit, den Zeugen zu vernehmen?«

»So hat er es mir gesagt, du hast es ja mitbekommen«, antwortete Hertz schulterzuckend.

»Weißt du was, dann machen wir das selbst. Ich fahre danach zu dem Busfahrer und befrage den nochmals.«

»Das wird uns Ärger bringen, aber okay, meinen Segen hast du«, erwiderte Hertz.

Bauer schüttelte immer noch den Kopf.

»Denen müsste wirklich mal einer richtig Gas geben. Aber der Chef ist ja speziell mit dem Präsidenten, was man so hört.«

Hertz hob entschuldigend die Arme. »Nehmen wir es so, wie es ist.«

Bauer hatte sich immer noch nicht beruhigt. »Sehe ich anders, aber lassen wir es dabei. Ich habe mir übrigens heute früh die Unfallstelle angesehen.«

Er beugte sich über den Schreibtisch und zeichnete auf einem Blatt eine Skizze.

»Hier hat der Bus gestanden, und dort hat der Lkw den Jungen erwischt. Die Straße ist an der Stelle so breit, dass du einen Radfahrer leicht überholen kannst. Du musst dazu nicht auf die Gegenfahrbahn wechseln.«

»Also könnte stimmen, was der Busfahrer gesagt hat«, meinte Hertz.

»Grundsätzlich schon. Es kann aber genauso sein, dass der Lkw-Fahrer irgendetwas ausweichen wollte oder mit seinem Handy telefoniert hat und deswegen nicht aufpasste. Vielleicht wissen wir bald mehr.«

Trudering, der Stadtteil im Osten, in dem der Busfahrer wohnte, war für Bauer so etwas wie ein weißer Fleck auf dem Stadtplan Münchens: Er konnte sich nicht erinnern, wann er das letzte Mal dort gewesen war, das musste schon Jahre zurückliegen. Wenn man dort nicht wohnte, bot dieser Stadtteil nichts, was einen Besuch provoziert hätte. Kleine Reihenhäuser prägten das Bild, die meisten mehr als dreißig Jahre alt. Ordentlich gepflegte, mit zehn Schritten abzumessende Gärten, kurz gemähtes Gras mit Blumenbeeten an den Rändern. Dazwischen sauber gekehrte Wege und vor den Garagen polierte Mittelklassewagen. Die Kinderspielplätze boten geordnetes Vergnügen, eine Rutschbahn, eine Schaukel, ein Sandkasten, ein Klettergerüst. Er musste bei diesem Anblick schmunzeln: Die Leute, die hier wohnten, zumeist Beamte und städtische Angestellte, hatten ihren Lebenstraum erfüllt. Nun galt es nur noch, auf die Urkunde zum goldenen Dienstjubiläum zu warten. Bauer läutete an der dunkelgrünen Holztüre, worauf ein Hund zu bellen anfing.

Eine kleine, stämmige Frau öffnete und bat Bauer herein, nachdem er sich vorgestellt hatte.

»Richard, kommst du mal«, rief sie in den ersten Stock, als sie im Flur standen. Der Hund, ein Dackel, zwängte sich zwischen ihre Beine und beobachtete aus dieser vermeintlich sicheren Position den Besucher. Sein Schwanz wedelte heftig.

»Mein Mann hat sich ein bisschen hingelegt, hatte heute Frühschicht. Er hat mir erzählt, was er gestern gesehen hat. Ist ja schrecklich«, meinte sie und hielt sich entsetzt die Hand vor den Mund. Sie waren inzwischen ins Wohnzimmer gegangen. Bauers Blick fiel auf einen überdimensionalen Vogelkäfig, der von dem Tisch, auf dem er stand, bis fast unter die Decke reichte.

»Wir haben schon immer Wellensittiche gehabt«, erklärte ihm die Frau, »inzwischen sind es vier geworden. Sind so fröhliche Tierchen«, meinte sie mit einem freudigen Gesichtsausdruck. Bauer konnte in dem Moment keinen Beleg für diese These entdecken: Die Tiere saßen auf diversen künstlichen Ästen und Schaukeln, ohne einen Ton von sich zu geben. Er nahm, wie von der Hausherrin angeboten, auf einer geblümten Stoffcouch Platz. Der Hund schlich vorsichtig um seine Beine herum. Mit den Worten »Sie haben sicher Durst bei der Hitze« stellte ihm die Frau ein Glas Wasser auf den Tisch.

Als Bauer sich bedankte, kam ihr Mann in das Zimmer: ebenfalls von kleiner Statur, bekleidet mit einer blauen Trainingshose und geripptem Unterhemd, das mühsam einen medizinballähnlichen Bauch überspannte. Sein bis auf einen schmalen Haarkranz kahler Kopf saß wie eine Kugel auf dem dicken, kurzen Hals. Quer über seine Stirn lief eine rote Druckstelle, die er sich offensichtlich eben beim Schlafen geholt hatte.

»Machst du mir einen Kamillentee?«, wandte er sich an seine Frau, während er sich in einen Sessel fallen ließ. Sein Atem ging schwer.

»Ich habe es etwas mit dem Magen«, seufzte er erklärend und legte seine Hand darauf, »der Verkehr wird immer schlimmer, jedes Jahr. Als Busfahrer musst du jeden Tag kämpfen: gegen die Verrückten draußen und gegen die in deinem Bus. Und dann noch das, was gestern passiert ist ...«

Er zog die Augenbrauen hoch.

»Sie sind von der Polizei, richtig?«, fragte er.

»Ja, ich komme wegen des Unfalls gestern«, antwortete Bauer. »Die uniformierten Kollegen haben Sie ja schon kurz befragt. Da haben Sie gesagt, dass der Lastwagenfahrer den Jungen absichtlich überfahren hat.«

Der Mann stützte sich mühsam an den Armlehnen auf, um seinen Oberkörper aufzurichten: »Nein, so habe ich das nicht gesagt.«

Er beugte sich nach vorne: »Schauen Sie: Ich stand an der Haltestelle und habe gewartet, war noch zu früh zum Abfahren. Da habe ich den Jungen gesehen, wie er mit seinem Fahrrad am Straßenrand entlanggefahren ist. Dachte mir noch, der fährt wenigstens anständig, die meisten wackeln ja heutzutage in der Mitte der Straße herum. Und dann kam dieser Lastwagen von hinten. Der fuhr eigentlich ziemlich langsam; war so ein oranger Kipper, mit denen sie Baumaterial und so Zeug fahren.«

»Haben Sie irgendeine Aufschrift gesehen?«, unterbrach ihn Bauer.

»Ich habe schon die ganze Nacht nachgedacht, aber ich bin mir nicht mehr sicher: Kann sein, dass über der Windschutzscheibe irgendetwas mit dem Wort Beton stand«, er unterbrach sich und kratzte sich mit dem Kugelschreiber am Kopf, »so etwas wie Betonprofi oder ähnlich. Da war so eine schwarze Schrift mit dicken Buchstaben, glaube ich. Das ging alles ziemlich schnell, wissen Sie«, antwortete er mit einem entschuldigenden Gesichtsausdruck.

»Ist völlig klar, in so einer Situation achtet man nicht auf jede Kleinigkeit«, beruhigte ihn Bauer. Die Frau kam wieder ins Wohnzimmer und brachte den Kamillentee, den sie in eine große Tasse mit der Aufschrift *Von der Kutsche bis zur U-Bahn – Stadtwerke München* gefüllt hatte.

»Lass ihn noch etwas ziehen, dann wirkt er besser«, ermahnte sie ihn im Tonfall einer Krankenschwester, bevor sie wieder den Raum verließ. Der Busfahrer beachtete den Tee nicht und redete weiter: »Ja, und dann, wie der Lastwagen neben dem Jungen mit dem Fahrrad war, hatte ich den Eindruck, dass er nach rechts gezogen ist. Aber ich kann es nicht sicher sagen, war nur mein Eindruck.«

»Ja aber, wenn er sich von hinten an den Jungen angenähert hat, müsste er ihn doch gesehen haben, oder?«, hakte Bauer nach.

»Eigentlich schon«, meinte der Busfahrer mit einem Kopfnicken. »Er müsste ihn gesehen haben. Aber vielleicht war der Junge in dem Moment im toten Winkel, dann hat ihn der Fahrer nicht bemerkt. Ich kenne das.«

»Haben Sie gesehen, wo der Lastwagenfahrer hingesehen hat, als der Unfall passiert ist?«

»Nein, beim besten Willen nicht, ich habe nur den Lastwagen gesehen und mir gedacht, Mensch, der fährt ja den Jungen über den Haufen.«

»Und dann, als der Junge vom Rad gefallen war, was geschah dann?«

»Ich bin sofort über die Straße gelaufen zu dem Jungen. Der hat furchtbar geschrien, hatte bestimmt furchtbare Schmerzen. Seine ganze Kleidung war voller Blut. Ich habe dann über Funk die Zentrale verständigt, die haben den Notarzt geschickt. Dem Lastwagen habe ich noch nachgewunken und geschrien, er soll stehen bleiben, aber der ist weitergefahren, als ob nichts gewesen wäre.«

»Haben Sie nicht auf das Kennzeichen des Lastwagens gesehen?«

»Doch, das habe ich sogar«, antwortete der Mann mit sichtlichem Stolz, »aber es war nichts zu erkennen: Das Nummernschild war so mit Dreck verschmiert, dass ich es nicht lesen konnte.«

»Keinen Buchstaben, keine Zahl?«, hakte Bauer nach.

Der Mann schüttelte den Kopf.

»Die letzte Ziffer war vielleicht eine Sechs«, er machte eine kurze Pause und kratzte sich mit einem Kugelschreiber am Kopf, »oder könnte auch eine Acht gewesen sein. Der war auch schon ziemlich weit weg, als ich ihm nachsah. Musste mich ja zuerst um den Jungen kümmern.«

»Haben Sie vom Fahrer etwas gesehen, als der an Ihnen vorbeigefahren ist?«, setzte Bauer nach.

»Ja, aber natürlich auch nur kurz: Der trug eine Sonnenbrille und hatte so eine blaue Kappe auf.«

»Eine Baseballmütze, mit so einem Schirm vorne?«, fragte Bauer.

»Ja, so sah die aus. Ich glaube, der war noch ziemlich jung.«

»Wie alt, glauben Sie?«

»Vielleicht so Mitte zwanzig, höchstens aber dreißig«, erwiderte der Busfahrer.

»Haben Sie seine Haare gesehen?«

»Nein, das ging so schnell, Haare habe ich keine gesehen, der hatte ja diese Mütze auf.«

»Dann hat er vermutlich sehr kurze Haare gehabt, die durch die Mütze verdeckt wurden?«

»Vielleicht, kann sein. Aber ich kann es nicht beschwören«, antwortete der Mann in leicht verzweifeltem Tonfall.

Bauer konnte sich nur schwer damit abfinden, dass der Mann so wenig zur Aufklärung beitragen konnte. Das ist unser einziger Zeuge, dachte er sich ungeduldig.

»Überlegen Sie noch mal in Ruhe«, redete er dem Mann ins Gewissen und sah ihm dabei in die Augen, »es würde uns schon viel helfen, wenn Ihnen wenigstens noch die Aufschrift des Lastwagens einfallen würde. Die haben doch meistens auch etwas an der Fahrertür stehen.«

»Ich weiß, dass das wichtig wäre«, bemerkte der Mann mit einem Kopfnicken. »Vor einigen Jahren, da habe ich schon einmal einen Unfall beobachtet, bei dem der Fahrer einfach abgehauen ist. Den haben sie aber dann erwischt, weil ich mir das Kennzeichen gemerkt hatte.«

Niemand sollte glauben, dass er ein unaufmerksamer Zeitgenosse war. Diese Botschaft schien ihm wichtig. Mit den Händen bedeckte er sein Gesicht, offensichtlich, um sich besser konzentrieren zu können. Doch es half nichts, kurz danach gab er auf. Kopfschüttelnd meinte er: »Nein, tut mir leid, kann mich nicht erinnern.«

»Waren denn noch andere Leute in dem Bus, Fahrgäste?«

»Nein, um diese Zeit am späten Vormittag ist es meistens sehr ruhig, da war sonst niemand.«

Bauer spürte, dass es keinen Sinn mehr hatte, weiterzufragen. Er stand auf und verabschiedete sich: »Danke, dass Sie sich gleich um den Jungen gekümmert haben. Hier haben Sie meine Visitenkarte, wenn Ihnen noch etwas einfällt, rufen Sie mich bitte an.«

Der Mann erhob sich schwerfällig aus dem Sessel, er machte einen bedrückten Eindruck.

»Tut mir leid, dass ich nicht mehr helfen konnte«, meinte er mit einem Schulterzucken.

»Ist schon in Ordnung«, beschwichtigte ihn Bauer und verließ das Haus.

Bauer sah auf die Uhr: Wenn er sich beeilte, konnte er noch

ins Reisebüro fahren und diese Kubareise organisieren. Er beschloss, vor der Buchung noch so viel wie möglich über die anderen Teilnehmer herauszubekommen. Die Angestellte, bei der als Einziger ein Beratungsstuhl vor dem Schreibtisch frei war, war nicht der Typ, den er auf einer Singlereise erwartete: Sie war vielleicht Anfang fünfzig, korpulent, mit Dauerwelle und Hornbrille. An der rechten Hand trug sie einen silbernen Ehering.

»Ich wollte mich mal grundsätzlich wegen der Singlereise an Weihnachten nach Kuba erkundigen«, meinte er und hoffte, sie würde ohne weitere Nachfragen verstehen, was ihn speziell interessierte. Doch den Gefallen tat sie ihm nicht.

»Den Katalog haben Sie schon angesehen?«, fragte sie ihn und sah dabei unverkennbar auf die hinter ihm hängende Uhr. Ihrem Gesichtsausdruck nach stand der Zeiger zweifellos kurz vor Geschäftsschluss.

»Ja, den Katalog kenne ich. Wissen Sie, ich wollte mich nur noch erkundigen, welche Art von Touristen da bei so einer Reise mitfahren. Ich meine, sind das mehr Frauen, oder ...« Er unterbrach sich, der regungslose Gesichtsausdruck der Angestellten verwirrte ihn. Sie lehnte sich in ihrem Stuhl zurück und schüttelte bedächtig den Kopf: »Ich kann Ihnen gar nichts dazu sagen, wer da mitfährt. Selbst habe ich so eine Reise noch nie gemacht«, bemerkte sie und gab ihm durch den bestimmten Ton zu erkennen, dass sie es begrüßen würde, wenn er sich angesichts der vorgerückten Stunde kurz fassen könnte. »Weihnachten würde ich auch nie wegfahren, da bleib ich bei meiner Familie zu Hause«, meinte sie in belehrendem Ton. Er kam sich vor, als ob er gerade nach den Oberweiten der weiblichen Reiseteilnehmer gefragt hätte.

»Also, wollen Sie jetzt buchen? Viele Plätze gibt es, glaube ich, nicht mehr.«

Bauer wusste in diesem Moment, dass er hier bei dieser Frau definitiv nichts buchen würde, nicht heute und auch nicht ein anderes Mal. Er stand auf und schob den Stuhl ordentlich an seinen Platz zurück.

»Danke, ich muss da noch mal gründlich nachdenken«, verabschiedete er sich. Wenige Minuten später war er zu Hause am Telefon und wählte eine Nummer in Wiesbaden. Es meldete sich die fröhliche Frauenstimme, die er schon seit Wochen vermisste, aber doch nicht angerufen hatte.

»Hallo, Doris.«

»Ricardo! Woher weißt du denn, dass ich in Wiesbaden beim BKA bin?«, begrüßte sie ihn erstaunt.

»Na komm, das schaffe ich gerade noch, sonst kann ich ja gleich in Rente gehen«, erwiderte er gespielt entrüstet.

»Schön, dass du dich meldest. Ich bin nur gerade auf dem Sprung, wir hatten heute unsere letzte Prüfung und feiern noch. Nächste Woche bin ich mit einer Freundin beim Fallschirmspringen, aber danach melde ich mich, einverstanden?«

Das Gespräch verlief etwas anders, als Bauer es sich auf der Fahrt vom Reisebüro nach Hause zurechtgelegt hatte.

»Ja klar, ich wünsche dir einen schönen Urlaub. Bis übernächste Woche.«

Positiv denken, sagte er sich. Die Sache mit Weihnachten ist noch nicht gestorben, kann sich alles noch zum Guten wenden.

Kapitel 9

Sein Sohn war auf dem Weg der Besserung, seit einigen Tagen war Wörner wieder im Dienst. Doch seine Kollegen bei der Sonderkommission merkten ihm deutlich an, dass ihm der Unfall schwer zu schaffen machte.

»Paul, du weißt«, begann Hertz die Besprechung, »wenn du lieber noch ein paar Tage freimachen möchtest, ist das überhaupt kein Problem.«

»Danke, ist in Ordnung. Aber das bringt mich nicht weiter. Wir müssen jetzt sehen, dass wir diese Sache hier endlich klären.«

»Gut«, antwortete Hertz.

»Ich habe mir die Akten nochmals durchgelesen: Wir haben bisher keine Ahnung, was genau in diesem Wald abgelaufen ist. Das Einzige, was wir wissen, ist, dass der Noll an der Sache beteiligt war und er mindestens einen, wenn nicht mehrere Mittäter hatte.«

»Ich habe mir gestern nochmals die alten Akten von dem Noll angesehen«, erzählte Petz, die in solchen Momenten vor Aufregung so schnell sprach, dass alle angestrengt zuhörten, um nichts zu verpassen.

»Da habe ich etwas Interessantes entdeckt: Die Frau von dem Noll, diese Thai, hat doch als Tänzerin gearbeitet. Und die Schwester von ihr lebt auch seit einigen Jahren in München, auch als Tänzerin. Könnt ihr euch noch erinnern an den früheren Partner von Noll, mit dem er das Autogeschäft hatte und dem nie etwas nachzuweisen war?«

Bis auf Kirner, dessen volle Konzentration gerade der Austausch einer Kugelschreibermine beanspruchte, nickten alle.

»Du meinst den Klemm«, ergänzte Wörner.

»Genau. Und der ist mit der Schwester der Thai verheiratet. Er hat wieder einen Autohandel aufgemacht, und sein Partner ist wieder der Noll. Er ist aber dieses Mal nicht offiziell eingetragen. Ich habe mit den Kollegen vom Kfz-Diebstahl gesprochen. Die haben mir gesagt, dass der Klemm hauptsächlich so amerikanische Schlitten importiert.«

Bauer wandte sich an Hertz: »Wir müssen irgendwie mehr über diesen Noll herausbekommen, mit wem er zusammen war, welche Geschäfte er mit dem Klemm zusammen macht und so weiter. Was haltet ihr davon, wenn wir einen verdeckten Ermittler in diese Autohändlerszene schicken?«

Keiner der Kollegen antwortete sofort.

Bauer blickte zu Wörner.

»Paul, kannst du dich noch an den jungen Typen vom LKA erinnern, den wir letztes Jahr mal kennengelernt haben, bei dem Seminar?«

»Ja, ich weiß, wen du meinst. Der hat einen guten Eindruck gemacht«, antwortete Wörner und blickte zu Hertz.

»Ich finde die Idee von Ricardo nicht schlecht: Dieser Kollege vom LKA hat uns erzählt, dass er früher nebenbei tatsächlich mit Autos gehandelt hat, bis ihm sein Chef empfohlen hat, damit aufzuhören. Aber der wäre der ideale Mann, der kennt sich in dem Milieu aus.«

Hertz blickte skeptisch.

»Was versprecht ihr euch von dem Einsatz?«

Bauer zog sein Sakko aus, die Hitze im Raum war wieder kaum zu ertragen: »Wenn er es schafft, mit Klemm ins Geschäft zu kommen, dann erfährt er vielleicht etwas über die anderen, die noch mit dem Klemm und dem Noll zusammenarbeiten. Das Motiv für den Mord muss doch irgendwie mit diesem Geschäft zusammenhängen, warum sollten sie denn sonst den Kollmann erledigt haben.«

Hertz schüttelte den Kopf und hob abwehrend die Hand: »Also jetzt bist du aber etwas weit voraus, Ricardo. Wir wissen bis jetzt überhaupt noch nichts über das Motiv. Kann genauso sein, dass der Kollmann mit dem Noll irgendwie privat Streit gehabt hat, meinetwegen wegen seiner Frau. Vielleicht wollte der Kollmann diese Thai dem Noll ausspannen?«

Bauer zog die Stirn in Falten: »Kann ich mir nicht vorstellen.

Wegen so etwas glaube ich nicht, dass der Noll jemanden umbringen würde, dafür ist der zu sehr Profi.«

Hertz sah Claudia Petz und Kirner an: »Was meint ihr?«

»Ich finde die Idee gut. Wir können doch dabei nur gewinnen. Schlimmstenfalls bringt der verdeckte Ermittler nichts heraus, aber mehr kann uns doch nicht passieren, oder?«

Hertz war deutlich anzusehen, dass er sich mit dem Gedanken an den Einsatz eines verdeckten Ermittlers noch nicht sonderlich wohlfühlte: »Ich muss zuerst mal beim LKA anfragen, ob die den Kollegen überhaupt für uns einsetzen können. Vielleicht ist der ja gerade an einer anderen Geschichte dran.«

Bauer war zufrieden. Er hatte damit gerechnet, dass Hertz nicht sofort begeistert sein würde, denn das Arbeiten mit einem verdeckten Ermittler war immer riskant. Man musste auch daran denken, den Kollegen nicht zu gefährden. Doch wann wollten sie so einen Mann einsetzen, wenn nicht jetzt?

Sie wollten gerade aufstehen, als Kirner die Hand hob, der während der Besprechung wie immer so gut wie nichts gesagt hatte und mit stoischer Ruhe einen Zahnstocher zwischen seinen Zähnen filetiert hatte: »Paul, wie war das eigentlich mit der Pizza, die du geliefert bekommen hast, als wir vorletzte Woche diese Besprechung hatten?« Er richtete seinen Zeigefinger auf Wörner: »Und wo du dann sagtest, dass du gar keine bestellt hast.«

Wenn Kirner aufgeschaut hätte, was er nicht tat, hätte er in eine Runde fragender Gesichter geblickt.

»Was willst du denn mit dieser Pizza?«, fragte Wörner missmutig, »die ist falsch geliefert worden, na und? Kommt doch mal vor, dass die sich täuschen. Ich bin bei denen ja registriert, weil ich öfter was bestelle.«

Kirner schüttelte den Kopf.

»Das war nicht der Pizzabote von Avanti-Pizza, der sonst immer kommt.«

Nun wurde auch Hertz ungeduldig. »Franz, wir haben alle noch zu tun.« Kirner sah ihn kurz an. »Könntest du uns erklären, was diese Pizzageschichte hier soll?«

Kirner ließ sich nicht aus der Ruhe bringen, fuhr sich mit der Hand über den Kopf. Dann blickte er Hertz an: »Nehmen wir mal an, der Unfall mit Pauls Jungen war tatsächlich absichtlich. Dann mussten die den Jungen ja beobachten.«

Er machte eine Pause, als ob er den anderen die Gelegenheit geben wollte, seinen Gedanken zu folgen.

»Aber woher wussten sie denn die Adresse von Paul und dem Jungen? Im Telefonbuch steht er ja nicht, und seine Daten sind im Einwohnermeldeamt auch gesperrt, so wie bei uns allen.«

Bauer wusste nun, was Kirner durch den Kopf ging.

»Du meinst, sie haben den Typen geschickt, nur um herauszubekommen, wie Paul aussieht. Und dann haben sie ihn verfolgt, wie er von der Dienststelle nach Hause gefahren ist.«

Kirner nickte bedächtig. »Respekt, Herr Kollege.«

Bauer musste schmunzeln. Das war typisch Kirner: Stundenlang konnte der bei einer Besprechung dabeisitzen, ohne auch nur den leisesten Verdacht zu erwecken, dass er sich gedanklich daran beteiligte. Und dann ließ er plötzlich fast beiläufig eine Äußerung fallen, die mehr brachte als die gesamte Besprechung.

Hertz zog erstaunt die Augenbrauen hoch.

»Wie war das noch mal, als der Pizzabote kam? Ich habe das gar nicht richtig mitbekommen.«

Wörner schien nun auch Interesse an Kirners Überlegungen zu finden.

»Ich kann mich schon noch erinnern. Es war der Tag, als Ricardo frei hatte, weil er auf Stefan aufpassen musste. Wir waren hier in diesem Zimmer, als die Schreibkraft hereinkam und sagte, es sei jemand mit einer Pizza für mich da.«

Hertz unterbrach ihn.

»Aber in das Zimmer gekommen ist der Typ nicht, oder? Ich kann mich an das Gesicht nicht erinnern.«

»Nein«, fuhr Wörner fort, »ich habe ihn dann an der Tür getroffen, wo ihn die Schreibkraft warten ließ. Er sagte, auf meinen Namen sei eine Pizza bestellt und wollte mir die geben. Auf dem Pizzakarton stand Avanti-Pizza, so wie die immer aussehen, wenn wir welche bestellen. Ich sagte ihm, dass das ein Irrtum sein muss, weil ich keine bestellt habe. Dann hat er sich schnell entschuldigt und ist mit der Pizza wieder gegangen.«

»Ich finde das schon merkwürdig«, meinte Claudia Petz, die bislang schweigend zugehört hatte. »Normalerweise würde der dann doch noch mal in seiner Zentrale nachfragen, ob er sich vielleicht im Namen getäuscht hat. Aber dass der einfach so wieder geht?«

Kirner kaute immer noch an seinem Zahnstocher, der inzwischen vollkommen zerfasert aussah.

»Wir können das doch ganz einfach prüfen«, meinte er ohne jede Aufregung, »wir rufen bei denen an und erkundigen uns, ob sie an dem Tag tatsächlich eine Bestellung für dich hatten. Die führen doch sicher so ein Bestellbuch.«

»Gute Idee, mache ich gleich selbst«, bemerkte Wörner.

Sie standen auf und gingen in ihre Büros.

Das Telefonat war kurz, der Gesichtsausdruck von Wörner deutlich: »Pech gehabt, die schmeißen die Bestellzettel jeden Abend in den Müll. Haben dann nur noch von jedem Tag die Kassenabrechnung. Da steht aber natürlich nicht drauf, wer die Sachen gegessen hat.«

»Scheiße«, meinte Bauer. »Aber ich finde die Idee von Franz trotzdem gut, da könnte was dran sein.«

»Schon möglich, nur werden wir vielleicht nie erfahren, ob der Pizzakurier etwas mit dem Unfall zu tun hat.«

Wörner schien keine Lust mehr zu haben, sich darüber Gedanken zu machen. Bauer dachte, dass es vielleicht auch vernünftiger war, als sich jetzt verrückt zu machen, ohne Beweise zu haben.

»Wie geht es eigentlich Stefanie?«

»Sie macht sich große Sorgen, ob Marco wieder ganz gesund wird. Gestern hat er zum ersten Mal über den Unfall gesprochen. Weißt du, was er gesagt hat?«

Bauer schüttelte den Kopf.

»›Der hat mich doch sehen müssen.‹ Er denkt scheinbar auch, dass der Lastwagen ihn absichtlich überfahren hat. Wir haben versucht, ihm das auszureden.«

»Und, wie hat er reagiert?«

»Ich weiß nicht. Aber wir müssen ihn überzeugen: Wie soll der Junge denn damit klarkommen, dass vielleicht jemand versucht hat, ihn umzubringen. Das wäre ja Wahnsinn für so einen jungen Burschen.«

Seit dem Unfall zeigten sich dicke Sorgenfalten auf Wörners Stirn, die Augen waren tief in ihren Höhlen. Ein dunkler Schatten lag über ihnen.

»Ich habe dir ja erzählt, was der Busfahrer gesagt hat. So überzeugt war der nicht mehr, dass die Sache absichtlich war«, meinte Bauer.

Er dachte daran, wie er sich fühlen würde, wenn Stefan, seinem Sohn, das passiert wäre. Ein beklemmendes Gefühl beschlich ihn.

Wörner stand auf und ging ans Fenster: Der Verkehr rund um den Hauptbahnhof war wie immer dicht, dieser Platz Münchens kannte keine Pause. Lautsprecherdurchsagen, die Zugankünfte ausriefen, vermischten sich mit den Geräuschen der Straßenbahn und des Autoverkehrs.

»Am besten stürze ich mich in die Arbeit, da kann ich noch am besten abschalten.«

Plötzlich öffnete sich die Tür, aufgeregt kam Hertz ins Zimmer: »Wisst ihr, wer gerade angerufen hat?«

Bauer und Wörner sahen sich an: Es war üblicherweise nicht die Art ihres Chefs, Ratespiele zu veranstalten.

»Du wirst es uns sicher gleich sagen«, meinte Bauer leicht verwundert.

»Der Anwalt von Noll: Er will mit uns reden.«

Bauer war erstaunt. Er hatte sich schon damit abgefunden, dass Noll bis zur Verhandlung schweigen würde. Sollte er sich getäuscht haben?

»Ich habe ihm gesagt, er kann heute Nachmittag kommen. Passt das bei euch?«

Beide nickten.

»Bin gespannt. Kann mir nicht vorstellen, was der von uns will«, meinte Wörner skeptisch.

»Auf jeden Fall ist Vorsicht angesagt«, meinte Bauer, »ohne Grund kommt der nicht. Der Priller ist ein ausgeschlafener Bursche.«

Sie gingen noch kurz einen Döner essen. Ihr Haus- und Hoftürke, wie sie ihn nannten, war nur wenige Häuser von der Dienststelle entfernt. Seit Jahren standen er und seine Frau jeden Tag von frühmorgens bis Mitternacht im Laden. Er war stolz darauf, dass er inzwischen jeden Beamten beim Namen kannte. Die größte Freude hatten sie ihm gemacht, als sie für die letzte Weihnachtsfeier bei ihm das Essen bestellt hatten. Er hatte alles serviert, was die türkische Küche hergab. So musste eine orientalische Hochzeit sein, hatten sie sich gedacht.

Bauer sah gerade aus dem Fenster des Ladens hinaus, als der Anwalt von Noll vorbeiging: »Hat es wohl eilig, der Herr Advokat«, meinte er mit einem Kopfnicken zur Straße hin.

»Komm, gehen wir. Ich will jetzt wissen, was der von uns möchte«, erwiderte Wörner und zahlte für beide.

Priller hatte im Besprechungsraum bereits am Tisch Platz genommen, als beide hereinkamen. Es gab viele Gerüchte über ihn, zum Beispiel, dass er sich teilweise von den Zuhältern, die er vertrat, mit üppigen Bordellbesuchen bezahlen ließ. Auch nahm er es wohl mit der Buchhaltung nicht so ernst, die Steuerfahndung war immer wieder bei ihm zu Besuch.

Doch es gab keinen, der von den einschlägigen Kunden so oft beauftragt wurde. Als Bauer ihn sah, mit seinem dunkelblauen Businessanzug, der randlosen, getönten Brille und den nach hinten gegelten Haaren, fühlte er sich provoziert: Priller strahlte eine Überlegenheit aus, die er ihm nicht zugestehen wollte. Das musste ein Auswärtsspiel für ihn sein, er war schließlich in ihrem Büro. Es kann beginnen, dachte sich Bauer und setzte sich bewusst dem Anwalt gegenüber.

Keiner der Beamten hatte Akten mitgebracht, absichtlich. Sie wollten ihm zeigen, dass sie nichts für ihn hatten. Er war derjenige, der etwas liefern musste.

Somit war der Anwalt der Einzige, der aus seinem silbrig glänzenden Metallkoffer ein Blatt Papier holte, auf dem einige

Stichpunkte zu erkennen waren. Er blickte auf und wandte sich an Hertz: »Ich habe Sie angerufen, weil mein Mandant nun doch schon einige Zeit in Untersuchungshaft sitzt, ohne dass wir irgendwelche Fortschritte bei Ihren Ermittlungen gegen ihn feststellen können.«

Der Satz hing wie eine Kriegserklärung im Raum, es war still, alle schienen die Luft anzuhalten.

Die Blicke von Hertz und Bauer kreuzten sich. Hertz gab ihm durch ein leichtes Kopfschütteln zu verstehen, dass er keine vorschnelle Reaktion wollte. Sie warteten, dass der Anwalt weiterredete, doch der machte keinerlei Anstalten, dies zu tun.

»Herr Priller«, ergriff Hertz das Wort, »Sie wollten mit uns reden, sagten Sie. Welche Neuigkeiten haben Sie denn für uns? Möchte Ihr Mandant aussagen?«

Er sprach in betont sanftem Ton, Priller hörte ihm mit einem aufmerksam scheinenden Gesichtsausdruck zu, ohne eine Reaktion zu zeigen. Nur die Augenbrauen zog er kaum merklich in die Höhe.

Als keine Antwort kam, beugte sich Bauer über den Tisch in Richtung des Anwalts: »Falls Sie sich Sorgen machen, dass wir nicht genügend Beweise gegen Ihren Herrn Noll haben, kann ich Sie beruhigen.«

Er machte eine kurze Pause und fixierte den Anwalt: »Wir sind bis jetzt ganz zufrieden.«

Er verschränkte die Arme vor seiner Brust und lehnte sich zurück. Dieser Satz war ihm ein Bedürfnis gewesen. Jetzt fühlte er sich besser. Auch wenn es Hertz wahrscheinlich nicht recht gepasst hatte.

Priller nahm einen Kugelschreiber aus seinem Sakko und tat so, als ob er etwas auf seinem Blatt Papier skizzieren wollte. Bauers Blick fiel auf maniküre Hände, die den Montblanc-Stift wie einen Rohdiamanten zwischen den Fingerspitzen hielten: »Über Ihre Arbeit mache ich mir keine Sorgen. Aber ich habe mir gedacht, vielleicht wäre es ja für beide Seiten leichter, wenn wir mal über folgendes Szenario nachdenken würden.«

Er blickte Bauer in die Augen: »Nehmen wir mal an, jemand

würde die Tat zugeben. Er hat meinetwegen mit dem Opfer Streit gehabt«, er lächelte süffisant, »sagen wir, wegen einer Frau, und den Mann dann erschossen, im Affekt. Also Totschlag, das Opfer hat ihn vielleicht vorher noch provoziert, dann gibt das acht Jahre. Vielleicht auch nur sieben. Und nach fünf geht er wieder heraus.«

Er sah in den erstaunten Gesichtern der Beamten, dass ihm die Überraschung gelungen war.

»Sie haben Ihren Fall gelöst und müssen nicht mehr länger im Trüben fischen, und mein Mandant wüsste, worauf er sich einstellen kann.«

Er stützte die Arme auf und beugte sich über den Tisch zu den Polizisten: »Ist doch ein faires Angebot, oder nicht?«

»Sie geben also zu, dass Ihr Mandant der Täter war?«, fragte Hertz.

Priller schüttelte den Kopf, seine Antwort kam ohne Pause mit schneidender Stimme: »Nein, genau das habe ich nicht gesagt. Ich habe gesagt, nehmen wir mal an, dass jemand zugeben würde, er habe es getan. Das ist eine reine Hypothese, sonst nichts. Das könnte mein Mandant sein, natürlich nur grundsätzlich, aber ebenso jemand anders, den wir jetzt noch gar nicht kennen.«

Hertz' Gesichtsausdruck zeigte deutlich, dass er nicht bereit war, dieses Angebot in irgendeiner Form ernsthaft zu diskutieren.

»Sie wissen, dass wir auf ein solches Angebot nicht eingehen können«, erwiderte er in betont nüchternem Ton.

»Wenn Ihr Mandant ein Geständnis ablegen möchte, kann er dies jederzeit tun.«

Priller setzte ein enttäuschtes Gesicht auf.

»Das wird er vielleicht tun, aber nur unter der Bedingung, die ich genannt habe. Sonst nicht.«

Hertz stand auf, Wörner und Bauer taten es ihm gleich.

»Dann können wir die Besprechung beenden, Herr Anwalt.«

Priller steckte provozierend langsam das Blatt Papier in seinen Metallkoffer und stand auf.

»Schade, hätte allen geholfen. Sehr geholfen, denke ich.«
Er verabschiedete sich mit Handschlag von Bauer und Hertz.
Als er vor Wörner stand, hielt er dessen Hand fest und sah ihm in die Augen: »Ich habe gehört, Ihr Sohn ist verunglückt.« Er machte eine Pause.

»Meine besten Wünsche für seine Genesung«, säuselte er mit einem Ausdruck gespielten Bedauerns.

So sehr er diese Besprechung sicher in seinem Kopf vorbereitet hatte, mit dem, was jetzt geschah, hatte er vermutlich nicht gerechnet: Wörner zog seine Hand zurück, packte mit beiden Händen den Anwalt am Hemdkragen und drückte ihn gegen die Wand, wobei er ihn gegen einen Garderobenständer stieß, der krachend umfiel. Das Blut schoss dem Anwalt in den Kopf, Schweiß trat ihm auf die Stirn. Erschrocken versuchte er, Wörner wegzudrücken und sich zu befreien. Hertz kam ihm zu Hilfe.

»Paul, das bringt doch nichts«, ermahnte er ihn und schob sich zwischen die beiden Kontrahenten.

Als Wörner vom Anwalt abließ, atmete der hörbar aus. Er schüttelte den Kopf, während er seinen Anzug überprüfte und die Krawatte wieder zurechtrückte.

»Sie sind ja ein Irrer«, meinte er mit aufgebrachter Stimme. Er wandte sich an Hertz: »Sie sollten besser auf Ihre Mitarbeiter aufpassen. Der Unfall hat sich einfach herumgesprochen, und darum habe ich auch davon gehört. Das ist alles«, antwortete er wütend und wandte sich in Richtung Tür. Bevor er hinausging, drehte er sich nochmals zu Hertz um: »Sie sollten über mein Angebot noch mal nachdenken. Es hat für alle nur Vorteile, glauben Sie mir.«

Ohne weiter auf eine Antwort zu warten, ging er hinaus.

»Woher weiß dieser miese Typ von dem Unfall?«, schrie Wörner, sodass Bauer die Tür schließen musste, um nicht alle Kollegen in dem Stockwerk auf den Plan zu rufen.

Hertz versuchte, Wörner zu beruhigen: »Das muss doch keinen besonderen Grund haben: Das kann er vom Krankenhaus wissen oder von den Kollegen, die an der Unfallstelle waren. Der kennt doch jede Menge Leute.«

Wörner war nun richtig in Rage: »Das glaube ich nicht. Die im Krankenhaus wissen gar nicht, was ich von Beruf bin. Ich habe das denen absichtlich nicht erzählt.«

»Aber dein Sohn kann es denen doch gesagt haben«, setzte Hertz nach.

Wörner schüttelte nur den Kopf.

Bauer ging nochmals das Gespräch mit Priller durch den Kopf: Er war schwer einzuschätzen, sicherlich ein perfekter Schauspieler. Was sollten die guten Wünsche für Marco? Die Gesundheit des Jungen interessierte ihn zweifellos herzlich wenig. Aber warum dann? Steckte doch mehr dahinter?

Hertz legte Wörner die Hand auf die Schulter: »Paul, du bist in der Sache natürlich besonders angespannt. Wäre ich genauso. Aber wir sollten deswegen keine Fehler machen.«

Wörner starrte schweigend aus dem Fenster.

»Wichtig ist, dass wir möglichst schnell herausfinden, was da wirklich passiert ist und was für ein Motiv dahintersteckt. Vielleicht ist Noll überhaupt nicht der, der geschossen hat.«

»Hast du mit dem LKA wegen des verdeckten Ermittlers gesprochen?«, fragte Bauer.

»Ja, das wollte ich euch gerade noch sagen, das geht klar. Morgen Vormittag wird er zu uns zu einer Besprechung kommen.«

Er sah zu Bauer: »Ich dachte, Ricardo, du übernimmst am besten die Führung von dem Kollegen. Der ist noch ziemlich jung. Deine Erfahrung kann er sicher gut gebrauchen.«

Bauer nickte. Er hoffte, dass sie jetzt weiterkommen würden. Sie wussten noch zu vieles nicht. Dieses Gefühl bereitete ihm Unbehagen. Wörner wirkte immer noch, als ob er jeden Moment explodieren könnte. Er verabschiedete sich mit einem kurzen »bis morgen«, das er zwischen den Zähnen hervorpresste. Sie ließen ihn gehen.

»Kannst du auf Paul etwas achten?«, fragte Hertz sichtlich besorgt. »Ich fürchte, er verrennt sich da. Wir haben doch keinerlei Beweise, dass da ein Zusammenhang besteht zwischen dem Unfall und unserer Geschichte hier.«

Bauer zuckte mit den Schultern.

»Der Busfahrer ist schwer zu beurteilen. Er war sich nicht sicher, dass der Lastwagenfahrer den Jungen absichtlich vom Rad geholt hat. Aber so, wie er den Unfall geschildert hat, spricht schon einiges dafür, dass das kein Zufall war. Und warum wünscht Priller dem Jungen Gute Besserung?«

Hertz setzte sich nochmals an den Tisch und stützte den Kopf auf die Hände: »Ist schon merkwürdig, da gebe ich dir recht.«

Sein Gesicht war blass, seine Augen müde.

»Aber das wäre ja unglaublich, wenn das stimmen würde ...«

Die Tür ging auf, und Kirner kam herein: »Ricardo, da ist jemand für dich am Telefon, aus Kufstein, hat er gesagt.«

Bauer ging in sein Büro.

»Können Sie sich noch an mich erinnern, Herr Bauer? Ich bin Nico, der Drucker.«

Bauer war überrascht.

»Ja, natürlich kann ich mich noch erinnern. Was gibt's?«

»Ich habe was erfahren, das Sie vielleicht interessieren könnte. Kennen Sie das Fortuna, den Club in Kufstein?«

Bauer musste nicht lange nachdenken, er kannte in Kufstein keinerlei Lokale, geschweige denn Clubs.

»Nein, nie gehört.«

»Den sollten Sie sich mal anschauen. Da war nämlich dieser Typ öfters, der bei Ihnen ermordet wurde. Habe ich gehört.«

Während Bauer dem Drucker zuhörte, überlegte er, was der mit seinem Anruf bezweckte.

»Und was hat das mit diesem Mord zu tun?«

»Na hören Sie mal, den wollen Sie doch mir anhängen. Und als ich gehört habe, dass sich der Typ dort ziemlich wichtig gemacht hat und mit Kohle geprasst hat, dachte ich mir, das sage ich Ihnen.«

»Das ist nett, ich weiß aber immer noch nicht, warum das für uns wichtig sein soll.«

Der Drucker schnaufte deutlich hörbar ins Telefon: »Mein Gott, kann doch sein, dass er den Mädels dort was erzählt hat. Ob er Stress mit jemandem hatte oder was weiß denn ich«, er wurde ungeduldig, »ist doch nicht mein Job. Ich will nur, dass Sie mir meine Ruhe lassen, ich habe nämlich mit dieser Scheiße wirklich überhaupt nichts zu tun.«

Bauer wollte gerade antworten, als er das Besetztzeichen hörte: Der Drucker hatte aufgehängt.

Er suchte die Visitenkarte des Gendarms in Kufstein.

»Kollege, kennen Sie den Club Fortuna in Kufstein?«

»Na sicher, ist ja unser Einziger. Aber läuft nicht besonders, was ich so gehört habe. Besitzer ist übrigens ein Münchner. Wieso, was ist mit dem?«

Bauer erzählte ihm vom Anruf des Druckers.

»Ich kenne eines der Mädchen, die dort arbeiten. Sie hat bei uns mal ihren damaligen Zuhälter angezeigt. Seitdem ruft sie mich ab und zu an.«

Bauer überlegte, ob es das wert war, deswegen nach Kufstein zu fahren.

»Wenn Sie wollen, kann ich mal mit ihr reden. Ich weiß ja, worum es geht. Vielleicht hat sie was gehört.«

»Das klingt gut. Und wenn da wirklich was Interessantes dabei herauskommt, können wir immer noch nach Kufstein kommen«, erwiderte Bauer.

»Übrigens«, fuhr der Gendarm fort, »ich war noch einmal in Schwoich bei der Vermieterin von dem Kollmann, der Frau Wegener. Sie hat gesagt, der Mann, der sich bei ihr als Polizist aus München ausgegeben hat, war ungefähr fünfzig Jahre alt und ziemlich dick. Er hatte dunkle Haare und war mit einer grauen Hose und einem hellgelben Hemd bekleidet.«

Bauer notierte sich die Beschreibung.

»Danke, Herr Kollege. Mal sehen, vielleicht läuft uns dieser Mann in Zukunft noch mal über den Weg.«

Kapitel 10

Der kleine Raum im Polizeipräsidium Düsseldorf war kahl und ohne Fenster. Entlang der Wände waren mehrere Tische, auf denen Computerbildschirme standen. Drei Beamte saßen mit Kopfhörern davor. Täglich verbrachten sie mehrere Stunden damit, das Neueste von dem abzuhören, was die Telefonüberwachungen ihrer verschiedenen Kriminaldienststellen bei den Verdächtigen aufgezeichnet hatten. Autoschieber, Betrüger, kriminelle Banden, Falschgeldhändler, es fehlte nichts, womit sich kriminell Geld verdienen ließ. Doch es wurde immer aufwendiger: Jeder Kriminelle hatte inzwischen mehrere Handys, dazu die normalen Nummern und dann noch E-Mail.

»Wir müssen das in München endlich in den Griff kriegen, sonst fliegt uns die Sache um die Ohren.«

Die Stimme des Mannes war teilweise schlecht zu verstehen, das Gespräch wurde über ein Mobiltelefon geführt. Offensichtlich fuhr er irgendwo über Land, dort waren erfahrungsgemäß die Verbindungen oft noch schlechter als in der Stadt. Er sprach rheinländischen Dialekt, so wie der Anrufer, der aus Neuss kam. Dessen Personalien waren bekannt, ein Immobilienmakler. Es war immer schwer, das Alter aufgrund der Stimme zu schätzen, aber vermutlich war der Angerufene zwischen vierzig und fünfzig. Mehr als eine Stunde hatten die beiden Männer nur über Belanglosigkeiten wie Urlaub und einen tiefergelegten Mercedes gesprochen, den sich einer gekauft hatte. Jetzt begannen sie offensichtlich erstmals über Dinge zu reden, die für die Polizei von Interesse waren. Der Beamte, der in der Mitte saß, nahm seinen Stift und begann, sich Notizen zu machen. Um das Wort *München* zeichnete er einen Kreis.

»Du weißt, dass wir alles versuchen. Wir kriegen das gebacken«, antwortete die ältere Stimme. Der Jüngere war so leicht nicht zufriedenzustellen: »Der Crash hat die Grünen anscheinend nicht beeindruckt. Ihr müsst da nachlegen, ist das klar? Kümmere dich darum«, erwiderte der andere, der nun hörbar erregt war.

»Reg dich ab, wir haben bis jetzt doch auch alles erledigt, oder hat es irgendwelche Probleme gegeben?«

»Nein, aber die Jungs werden langsam nervös, fragen mich schon jeden Tag, was in München los ist.«

»Bleib locker, ist doch schon alles geplant.«

»Aber dieses Mal muss es funktionieren, wir können keinen weiteren Stress gebrauchen.«

»Ist in Ordnung, habe schon verstanden. Du kriegst Bescheid.«

Damit war das Gespräch zu Ende.

Der Beamte nahm den Kopfhörer ab: Er sah auf seinen Zettel, was er aufgeschrieben hatte.

Bislang hatten sich die Täter, bei denen seine Dienststelle die Telefone überwachte, vor allem mit Versicherungsbetrug beschäftigt. Sie verursachten absichtlich Autounfälle mit Schäden, die teuer zu reparieren waren. In Autowerkstätten, die mit zu dem Kreis gehörten, wurden die Autos dann notdürftig repariert, sodass man von außen die Schäden nicht mehr sehen konnte. Dann wurde von den Versicherungen kassiert und mit denselben Autos wieder dasselbe Spiel von vorne begonnen. Mit im Boot hatten sie zwei korrupte Gutachter, die viel zu hohe Schäden bestätigten. Über zwei Millionen hatten die Täter bislang kassiert. Aber alles war in der Umgebung von Düsseldorf und Köln geschehen, außer einem angeblichen Unfall in Aachen. Aber was war in München gelaufen?

Vielleicht hatten die Täter nur ihr Betätigungsfeld ausgeweitet. Aber was sollte die »Grünen« beeindrucken? Damit meinte der Anrufer vermutlich die Polizei. Der Beamte überlegte, wen er in München kannte. Vor einigen Monaten war er bei einem Seminar gewesen, an dem auch Kollegen von dort teilgenommen hatten. Er nahm sich vor, bei ihnen mal nachzufragen, wenn er in den nächsten Tagen bei der Telefonüberwachung noch mehr Hinweise auf München bekommen sollte. Momentan war das noch zu wenig.

Kapitel 11

Es war ein heißer Sommertag, der Wetterbericht hatte fünfunddreißig Grad vorhergesagt. Bauer hatte deshalb beschlossen, das Gespräch mit dem verdeckten Ermittler bei dessen Dienststelle zu führen.

Die dortigen Büros lagen in einer ruhigen Gegend, sodass man die Fenster öffnen konnte. Peter Magnus war Ende zwanzig, groß und auffällig schlank. Mit seinen scheitellos nach hinten frisierten, halblangen blonden Haaren, seinem Ring im rechten Ohr und dem Siegelring, den er an der rechten Hand trug, konnte er es mit jedem Szenegänger aufnehmen. Er trug eine schwarze Jeans und eines dieser ärmellosen Shirts, die lächerlich aussahen, wenn daraus Arme wie Fischgräten herausragten. Doch bei Magnus passte es, offensichtlich trainierte er regelmäßig. Als Bauer ihn so sah, dachte er an seinen Blick in den Spiegel, der ihn heute Morgen erschreckt hatte: Diesem stetig wachsenden Hüftring musste er endlich eine Stoppmarke setzen.

»Der Chef hat mir kurz gesagt, was ich für euch machen soll«, eröffnete Magnus das Gespräch. »Du weißt, dass ich früher mit Autos gehandelt habe?«, fragte er Bauer.

»Ja, darum bin ich ja auf dich gekommen. Außerdem haben mir Kollegen gesagt, dass du einen guten Job machst.«

»So, sagt man das«, antwortete er mit einem Grinsen. »Liegt wahrscheinlich daran, dass mir die Sache Spaß macht. Dieses Hinter-dem-Schreibtisch-Sitzen würde ich nicht aushalten.«

Bauer erzählte ihm, was sie bisher bei den Ermittlungen erfahren hatten und welche Informationen sie brauchten.

»Dieser Autohändler Klemm, sagst du, ist der Partner von dem Noll, den ihr eingebuchtet habt, oder?«

»Ja«, antwortete Bauer. »Früher haben sie offiziell zusammen gehandelt, heute ist es anscheinend so, dass das Geschäft nur noch auf den Klemm eingetragen ist und der Noll nur inoffiziell mitarbeitet. Keine Ahnung, warum die das so gemacht haben.«

»Und die Frau von dem Noll, diese Thai, ist die Schwester der Frau des Klemm?«

»Ja. Die beiden waren früher Tänzerinnen«, erwiderte Bauer, »wahrscheinlich haben Klemm und Noll die beiden nach Deutschland gebracht und geheiratet, damit sie hier eine Aufenthaltserlaubnis bekommen.«

Magnus nickte: »Na ja, das Übliche, wie immer. Also zunächst sollte ich mir mal den Autoplatz von denen ansehen, was die da verkaufen. Dann können wir entscheiden, wie wir anfangen: Wahrscheinlich wird am besten sein, wenn ich denen am Anfang etwas abkaufe. Habt ihr das mit dem Geld schon geregelt?«

»Hertz hat gesagt, er organisiert das«, meinte Bauer. »Daran wird es ja hoffentlich nicht scheitern.«

Magnus lächelte: »Da habe ich schon anderes erlebt, aber bei einem Mord werden sie das Geld schon locker machen.«

»Wann kannst du anfangen?«

»Jederzeit, der Chef hat mich nur für diese Sache freigestellt, ich stehe euch ganz zu Diensten.«

»Gut. Ab sofort treffen wir uns nicht mehr in der Dienststelle, sondern in einem Boardinghaus am Frankfurter Ring. Dort kann man monatsweise Wohnungen anmieten. Ich miete da unter anderem Namen für die Zeit des Einsatzes ein Appartement. Wir können uns dann dort ungestört treffen, und es kann auch nichts passieren, wenn dir mal jemand nachfahren sollte.«

»Klingt gut. Ich gehe ab heute auch nicht mehr in meine Dienststelle, dann sind wir auf der sicheren Seite.«

Bauer war mit dem Gespräch zufrieden, er hatte den Eindruck, dass Magnus der richtige Mann für diesen Job war. Seine Überlegungen zeigten, dass er Erfahrung mit solchen Einsätzen hatte.

»Gut. Dann rufst du mich an, wenn du dir den Autoplatz angesehen hast.«

Bauer sah auf die Uhr: Bei dem Wetter wollte er mit Stefan noch zum Schwimmen gehen. Er beeilte sich, heute hatte er die Chance, ausnahmsweise mal pünktlich zu sein. Auch wenn er keinen großen Wert darauf legte, sich bei der Tagesmutter beliebt zu machen. Aber er dachte daran, dass sich Stefan über jede Stunde freute, die er allein mit seinem Papa verbringen konnte, ganz besonders, wenn sie zum Baden zum Feringasee gingen. Der lag kurz hinter der Stadtgrenze im Osten Münchens, in der Nähe der Fernsehstudios. Rundherum standen schattige Bäume, die ihn sehr beliebt machten.

Sie hatten da schon einen festen Rhythmus: Zuerst etwas schwimmen, dann in der Sonne liegen und trocknen, und danach noch in den kleinen Biergarten am See, wo sie zusammen einen Wurstsalat und eine große Breze aßen. Er rief von unterwegs bei der Tagesmutter an, damit sie Stefan fertig machte zum Abholen. Eine halbe Stunde später saßen beide im Auto und fuhren zum See. Stefan war müde, er schlief in seinem Kindersitz schon nach wenigen Minuten ein, die Hitze schien ihn erschöpft zu haben. Als Bauer das sah, änderte er seinen Plan, und sie fuhren nach Hause, wo er Stefan ins Bett brachte.

»Bist du einverstanden, dass er heute bei mir bleibt?«

Marion war noch im Büro und war gerade kurz vor einer Besprechung.

»Warum, was hat er denn?«

»Er hat gar nichts, er ist nur müde und schläft jetzt. Ich möchte ihn nicht noch mal aufwecken. Morgen früh bringe ich ihn zur Tagesmutter.«

»Meinetwegen, aber essen sollte er schon noch etwas. Bei der Tagesmutter hat er in letzter Zeit nie Appetit.«

Bauer schüttelte den Kopf, er konnte sich in dem Moment kaum vorstellen, den Jungen aufzuwecken, um ihn zum Essen zu zwingen.

»Ich mach das schon, keine Angst.«

Stefan schlief durch bis zum nächsten Morgen, ohne noch einmal aufzuwachen.

Kapitel 12

Wörner war schon mit seinem Computer beschäftigt und schrieb etwas, als Bauer ins Büro kam. Er sah auf seine Armbanduhr.

»Was ist denn eigentlich mit dir los, langsam wird es mir schon peinlich, dass ich immer nach dir komme. Schläfst du so schlecht?«

Wörner drehte sich vom Computer weg zu Bauer: »Ich kann seit dem Unfall von Marco nicht mehr richtig durchschlafen, und um fünf Uhr ist die Nacht vorbei. Egal wann ich ins Bett gehe.«

»Und wie geht es Stefanie?«, fragte Bauer, dem in diesem Moment zum ersten Mal auffiel, dass um Wörners Augen dunkle Ränder lagen.

»Stefanie geht es genauso, nur mit dem Unterschied, dass sie meistens bis zwei, drei Uhr nicht einschlafen kann und dann morgens wie gerädert im Bett liegt.«

»Machst du dir Sorgen, dass es tatsächlich eine absichtlicher Unfall war und die Typen es noch einmal versuchen?«

Wörner schüttelte den Kopf.

»Ehrlich gesagt, ich weiß nicht, was ich davon halten soll. Aber es ist ein beschissenes Gefühl, verstehst du, wenn deine Familie in den Job mit hineingezogen wird. Sollen sie mich angehen, das kriege ich schon geregelt. Aber den Jungen ...« Er unterbrach sich und sah Bauer an.

»Vielleicht sollten wir für ihn und Stefanie Personenschutz organisieren, was meinst du?«, meinte Bauer.

»Ich glaube, das würde die beiden noch mehr belasten. Denn dann wären sie davon überzeugt, dass das kein normaler Verkehrsunfall war.« Wörner lehnte sich in seinem Stuhl zurück und verschränkte die Arme. Er wirkte ausgelaugt, sein Gesicht war fahl.

»Weißt du, noch können sie glauben, dass es Zufall war. So haben wir es auch Marco gesagt, und inzwischen hat er auch aufgehört, ständig darüber nachzudenken. Außerdem muss er sowieso noch mindestens drei Wochen im Krankenhaus bleiben.«

Als Bauer seinen Kollegen so ansah, dachte er darüber nach, wie sehr dieser Unfall Wörner offensichtlich mitgenommen hatte: Von Wörners sonstiger Lockerheit und Energie war nichts mehr zu spüren. Es war zweifellos ein großer Unterschied, ob man Mitte vierzig oder Ende fünfzig war. Die Nerven waren nicht mehr so belastbar, das war nicht zu übersehen.

»Vielleicht sollten wir Stefanie verdeckten Personenschutz geben, dann bemerkt sie nichts, und du hast ein besseres Gefühl.«

»Ja, mag sein.« Wörner wirkte zu müde, um sofort eine Entscheidung treffen zu können. »Ich werde darüber nachdenken.«

»Übrigens, ich habe mit Magnus gesprochen, du weißt schon, dem verdeckten Ermittler vom LKA«, fuhr Bauer fort. »Macht mir einen guten Eindruck. Er wird sofort anfangen.«

Bauer war sich nicht sicher, ob Wörner zugehört hatte. Der rieb sich mit der Hand die Augen.

»Wollen wir hoffen, dass es mit ihm vorwärts geht.«

Bauers Telefon läutete. Auf dem Display sah er die Nummer der Gendarmerie Kufstein.

»Unser Österreicher meldet sich«, sagte er zu Wörner, während er abhob.

»Guten Morgen, Herr Kollege«, begrüßte ihn der Gendarm mit einer energievollen Stimme, die Bauer um diese Uhrzeit bewunderte.

»Ich habe das Mädchen angerufen, das im Fortuna arbeitet. Aber leider Pech gehabt, die Handynummer gibt es nicht mehr. Vielleicht hat sie aufgehört, keine Ahnung. Ist auch schon mindestens zwei Monate her, dass ich mit ihr gesprochen habe. Aber dann bin ich einfach hingefahren und habe mir den Laden angeschaut; war schon lange nicht mehr drin gewesen, aber sieht nicht schlecht aus. Haben umgebaut und total renoviert. Überall jetzt edle Leuchter und schwere Teppiche an der Wand, richtig edel. In den Zimmern haben die alles, was man sich vorstellen kann.«

Sein Tonfall drückte unüberhörbar die Bewunderung aus, die ihn offensichtlich ergriffen hatte.

»Zimmer, in denen die ganze Decke verspiegelt ist, eine Suite mit Whirlpool, Folterkammer für die Sadomaso-Burschen, wirklich alles.«

Bauer zog die Augenbrauen hoch und blickte zu Wörner. Er hoffte, dass sich die Beschreibung der Bordellräume nun dem Ende zuneigte.

»Und die Mädels«, er pfiff anerkennend, »vom Feinsten. Die meisten aus dem Osten, echt scharfe Gestelle.«

»Kollege«, unterbrach ihn Bauer, wobei er sich bemühte, im Ton ruhig zu bleiben, obwohl er langsam ungeduldig wurde, »was haben Sie denn über unseren Kollmann erfahren?«

»Darauf wäre ich gleich gekommen«, erwiderte der Gendarm in leicht beleidigtem Ton.

»Zuerst wollte mir der Geschäftsführer nichts sagen. Ist übrigens genau wie der Besitzer ein Münchner. Ich habe ihm das Foto gezeigt, aber er meinte, den Mann noch nie gesehen zu haben. Da habe ich ihm gesagt, er soll doch noch mal genau nachdenken, wir können sonst auch gerne jede Woche mal bei ihm eine Razzia machen. Da hat er sich dann doch das Foto von dem Kollmann noch mal genauer angeschaut. Und siehe da, plötzlich glaubte er, dass der Kollmann doch schon bei ihm gewesen ist.«

Bauer stellte seinen Telefonapparat auf Laut, sodass Wörner mithören konnte.

»Wie der Geschäftsführer gesagt hat, ist Kollmann bis vor einigen Monaten meistens am Freitagabend gekommen. War beliebt bei den Mädels, weil er immer Champagner ausgegeben hat. Und danach ist er immer mit der Gleichen aufs Zimmer gegangen, einer Angie. Zumindest ist das der Name, unter dem sie hier arbeitet. Ich habe dann mit der Angie geredet, ist übrigens die einzige Österreicherin, eine Wienerin. Sie sagte, dass Kollmann ihr erzählt hat, dass er oft in der Dominikanischen Republik ist und dass das ein tolles Land ist, wo er später mal leben möchte. Manchmal ist er mehrere Wochen nicht gekommen, aber wenn er dann das erste Mal wieder im Fortuna auftauchte, war er braun gebrannt und hat erzählt, dass er wieder in der Dominikanischen Republik war.«

»Was macht diese Angie für einen Eindruck«, unterbrach ihn Bauer, »ist die glaubwürdig?«

»Ich weiß es nicht bestimmt. Sie wissen doch, die Mädels sind immer schwer einzuschätzen«, antwortete der Gendarm im Tonfall eines erfahrenen Milieu-Ermittlers. Bauer musste daran denken, dass der Kollege normalerweise Verkehrsunfälle aufnahm und Radarmessungen machte.

»Aber ich denke schon, dass sie keinen Unsinn erzählt hat. Die ist schon etwas älter, vierunddreißig, genau gesagt. Und hat mir nicht so ausgesehen, als ob sie Drogen nimmt. Aber damit ich es nicht vergesse: Als sie mich dann zur Tür gebracht hat, erzählte sie noch etwas Interessantes: Wie der Kollmann das letzte Mal im Fortuna war, hat er ihr erzählt, dass er in der Karibik ein tolles Geschäft gemacht hat und bald für immer dorthin gehen wird. Er wollte sie dann zu einem Urlaub einladen. Hat aber nichts mehr von sich hören lassen.«

»Wusste sie noch, wann das war?«

»Das habe ich sie auch gefragt, aber sie sagte, es war irgendwann im Februar oder März, auf jeden Fall hat noch Schnee gelegen. Daran konnte sie sich noch erinnern, weil sie in dem Moment, als Kollmann von der Karibik geredet hat, daran dachte, wie schön es in der Sonne wäre statt im Schnee. Hat sie mir zumindest erzählt.«

Bauer warf Wörner einen Blick zu, der ihm mit der Hand Zeichen gab, dass er die Informationen des Gendarmen für den Moment ausreichend fand. Bauer überlegte, ob sie nicht doch besser selbst nochmals nach Kufstein fahren sollten, um mit dem Mädchen zu reden. Aber wahrscheinlich würden sie auch nichts anderes erfahren als der Gendarm.

»Danke, Kollege, die Personalien von der Angie haben Sie ja sicher aufgeschrieben?«

»Natürlich, liegen bei mir auf dem Schreibtisch.«

»Einwandfrei. Also war der Hinweis von dem Drucker doch nicht so schlecht. Mal sehen, wenn wir noch mehr brauchen, melden wir uns wieder.«

»Ganz so ein stiller Geselle war unser Kollmann anscheinend doch nicht«, sagte Bauer und blickte zu Wörner, der sich während des Telefonats Notizen gemacht hatte.

»Das mit der Dominikanischen Republik scheint zu stimmen, das hat er zumindest dieser Bedienung«, er machte eine Pause, »wie hieß die gleich wieder?«

»Ivanic, Maria Ivanic«, antwortete Bauer.

»Ja genau, also dieser Ivanic hat er das ja auch erzählt.«

»Na ja«, entgegnete Bauer, »dass er zwei Leuten dieselbe Geschichte erzählt, muss nicht bedeuten, dass sie auch stimmt.«

Wörner sah ihn gereizt an: »Das weiß ich schon auch, dass der natürlich genauso gut beiden den gleichen Mist erzählt haben kann. Aber gehen wir einfach mal davon aus, dass es stimmt und er wirklich regelmäßig in die Karibik gefahren ist, in die Dominikanische Republik. Scheinbar hat er dort irgendwelche Geschäfte gemacht, so wie er dieser Angie beim letzten Mal erzählt hat.«

»Möglich, nur welche?«, antwortete Bauer.

»Womit kann man auf dieser Insel Geschäfte machen?«

»Vielleicht mit Immobilien? Ich habe kürzlich in einem Bericht gesehen, dass da laufend neue Feriensiedlungen gebaut werden und auch viele Deutsche sich was kaufen«, meinte Wörner.

»Ich kenne sogar einen Kollegen, der sich dort was gekauft hat«, meinte Bauer.

»Wer?«, fragte Wörner erstaunt.

»Der Berger von der Sitte, der fliegt schon seit mindestens zehn Jahren jeden Urlaub dorthin, und neulich hat er mir erzählt, dass er sich günstig was gekauft hat.«

»Aha, wahrscheinlich hat sich der mit dem Kollmann über den Kaufpreis gestritten und ihn deswegen gleich umgebracht«, meinte Wörner mit einem gezwungenen Lächeln.

»Scherzkeks. Aber wir sollten mal versuchen, bei den Fluggesellschaften zu prüfen, wie oft und wann Kollmann dorthin geflogen ist.«

»Den Job kannst du Claudia geben, die macht das gerne«, empfahl Bauer.

»Oder Drogen? Da soll einiges von dem Zeug aus Kolumbien ankommen«, meinte Wörner.

»Genauso kann es sein, dass er an irgendeiner Kneipe beteiligt war und sich alle paar Wochen seinen Anteil abgeholt hat«, sagte Bauer.

»Das Herumraten bringt uns jetzt nicht viel weiter. Paul, wir bekommen das schon noch heraus. Nur Geduld. Ich gehe jetzt kurz in die Stadt, muss mir unbedingt neue Schuhe kaufen.«

Bauer hob seinen rechten Fuß über die Schreibtischkante, sodass eine durchgelaufene Sohle sichtbar wurde.

»So werde ich nicht mehr weit kommen.«

»Vielleicht solltest du doch mal mehr als vierzig Euro ausgeben«, meinte Wörner. »Mit dem Loch kannst du ja gleich barfuß gehen.«

»Ich werde es mir zu Herzen nehmen«, meinte Bauer mit untertänigem Ton. Kleidung und Schuhe waren ihm nicht wichtig, er sah nicht ein, warum er dafür viel Geld ausgeben sollte. Auch wenn das nicht die ersten Schuhe waren, die er in kurzer Zeit bis zur letzten Sohlenfaser durchgelaufen hatte. »Und am Abend treffe ich mich mit Magnus. Mal sehen, was der am ersten Tag herausbekommen hat.«

Wenige Minuten später war er inmitten des Sprachengewirrs, das um den Hauptbahnhof herrschte. Die Verkaufsstände, die die Händler auf den Gehsteigen platziert hatten, waren von Schnäppchenjägern umringt. Menschen mit ketchuptriefenden Sandwiches tasteten sich durch T-Shirts und Billigjeans. Bauers Blick fiel auf die Auslagen eines Schuhgeschäftes: Eine riesige Auswahl, und das teuerste Paar kostete gerade mal fünfzig Euro. Schlecht sehen sie nicht aus, dachte er sich. Doch dann erinnerte er sich wieder an sein Loch, durch das sich gerade wieder einige Kieselsteine hindurchdrückten. Wörner sollte seine Chance bekommen, dieses Mal würde er auf ihn hören. Wahrscheinlich war doch etwas Wahres daran, dass teurere Schuhe auch bessere Sohlen haben. Er drehte um und ging auf der Bayerstraße in Richtung Fußgängerzone, in der die besseren Geschäfte auf Kundschaft warteten.

Kapitel 13

Das Appartement in dem Boardinghaus war sehr zweckmäßig eingerichtet, in freundlichem Ton mit hellem Holz. Bauer dachte sich, dass man dort gut einige Zeit wohnen könnte. Nur der Verkehrslärm des vorbeiführenden Frankfurter Rings, einer der Hauptverkehrsstraßen Münchens, wäre auf Dauer lästig gewesen. Aber für die Zwecke, für die sie die Wohnung benötigten, war es ideal. Zumal es auch noch eine Tiefgarage hatte, von der man direkt in die richtige Etage fahren konnte. Er war etwas früher dort angekommen und hatte an der Rezeption nochmals erklärt, dass er keine Zimmerreinigung benötigte. Sonst hätte sich das Personal irgendwann gewundert, dass die Betten nie benutzt werden. Es klopfte an der Tür. Als er öffnete, stand vor ihm die junge Asiatin, die er schon zuvor an der Rezeption gesehen hatte.

»Entschuldigen Sie, ich wollte nur fragen, ob Sie mit dem Zimmer zufrieden sind«, fragte sie mit leiser, schüchterner Stimme, so als ob sie große Angst hätte, bei etwas Wichtigem zu stören.

»Danke, es passt alles«, antwortete Bauer, während nun hinter der Asiatin Magnus stand, der soeben gekommen war.

Als sie sich umdrehte und weggehen wollte, stieß sie mit ihm zusammen. Ihr Körper, der Magnus bis zur Brust ging, fuhr vor Schreck zusammen, sodass ihr das Schlüsselbund aus der Hand fiel. Sie hob es rasch auf und murmelte ein kaum vernehmliches »Entschuldigung«. Dann ging sie rasch in Richtung Aufzug, wobei sie den beiden Männern noch einen fragenden Blick zuwarf.

»Da haben wir ja gleich einen guten Einstand, wenn du als Erstes das Personal erschreckst«, meinte Bauer lachend.

»Würde mich interessieren, was die jetzt über uns denkt«, bemerkte Magnus, während er hinter sich die Tür schloss.

»Ich habe denen gesagt, dass ich von auswärts bin und hier

einige Wochen für eine Firma als Berater arbeiten werde. Das haben die ohne großes Fragen akzeptiert. Darum werden sie sich auch nicht wundern, wenn manchmal tagelang niemand im Zimmer ist.«

Sie setzten sich an einen runden Glastisch vor dem Fenster, das in einen Hinterhof zeigte. Bauer nahm den kleinen Topf mit Kunstblumen, der in der Mitte stand, und stellte ihn auf das Fensterbrett.

»Wie war der Besuch auf dem Autoplatz von Klemm?«

»Du kennst die Adresse?«, fragte Magnus.

»Nein, ich war noch nie dort. Habe nur gelesen, irgendwo an der Wasserburger Landstraße.«

»Ist leicht zu finden, du fährst einfach stadtauswärts, und nach der Shell-Tankstelle auf der rechten Seite, noch vor dem Burger King, ist der Platz. Haben auch eine große Tafel dort, *Klemm-Autohandel*.

Ist nicht geteert, nur Schotter. Sie haben hauptsächlich BMW und Mercedes, alle für 15 000 Euro oder teurer. Und einen Porsche verkaufen sie, einen alten 928er. Den kauft ja heute kein Mensch mehr.«

Bauer lächelte. Da sprach die Erfahrung des Autohändlers aus Magnus' Mund.

»Insgesamt haben sie vielleicht so ungefähr dreißig Stück. Alle ziemlich gepflegt, frisch gewaschen und ohne größere Lackschäden. Das Büro ist in einem Container, der am Rand des Platzes steht. So ein weißer Metallkasten, mit zwei Fenstern. Auf dem Dach eine Satellitenschüssel. Gerade als ich mir die Autos angesehen habe, ist ein Typ herausgekommen. Könnte der Klemm selbst gewesen sein. Habt ihr ein Foto von dem?«

»Ich habe Claudia gesagt, sie soll eines bei der Passstelle der Stadt besorgen, die haben ja immer eins. Aber sie hat mir gesagt, dass dort keines ist: Der Typ hat sich seinen Ausweis nicht in München ausstellen lassen. Vermutlich hat er zu der Zeit, als er seinen Pass bekommen hat, woanders gewohnt. Aber wenn wir es unbedingt brauchen, müssen wir halt sehen, wo er vorher gewohnt hat. Nur der Kirner, ein Kollege, hat ihn mal gesehen, bei einer Zeugenvernehmung. Ich habe mit ihm gestern noch gesprochen: Klemm müsste jetzt so ungefähr fünfzig Jahre alt sein, dunkle Haare und eine ziemlich kräftige Figur haben. Über dem rechten Auge hat er eine quer verlaufende Narbe. Kirner meinte noch, dass er auffällig kurze Beine hatte.«

»Dann könnte das der Klemm gewesen sein, den ich gesehen habe. Er ist nur kurz zu einem Mercedes gegangen, der vor dem Container stand, und hat eine Tasche aus dem Kofferraum geholt. Dann verschwand er wieder in dem Container.

»Hat er dich registriert?«

»Nein, glaube ich nicht, zumindest nicht bewusst. Es waren noch mehrere Leute auf dem Platz und haben sich Autos angesehen.«

»Was schlägst du vor, wie wir die Sache angehen?«, meinte Bauer.

Er hatte sich bereits seine Gedanken gemacht, aber ihn interessierte, was Magnus sich ausgedacht hatte.

»Ich habe mir überlegt, ob ich ihm vielleicht ein Auto abkaufen sollte, als Start für die Geschäftsbeziehung. Und wenn ich dann mit ihm ins Gespräch komme, könnte ich mehrere kaufen.«

»Und welche Geschichte willst du ihm erzählen, warum du mehrere Autos kaufst?«

»Ich könnte ihm sagen, dass ich einen Partner in Polen habe, zu dem ich die Autos exportiere.«

Bauer stand auf und ging zur Minibar, die in die Kommode integriert war, auf der auch der Fernseher stand.

»Möchtest du auch etwas?«

»Kannst mir ein Mineralwasser geben.«

»Trinkst du nie Alkohol?«, fragte Bauer, während er Magnus die Flasche Mineralwasser hinstellte und für sich ein Bier einschenkte.

»Sehr selten. Das Problem ist immer, wenn du mit den Jungs zu trinken anfängst, kannst du schlecht nach einem Bier aufhören. Und dann hast du am nächsten Tag eine riesige Birne und kannst dauernd die Taxis bezahlen. Mein Chef beschwert sich jedes Mal, wenn ich ihm wieder eine Taxirechnung vorlege.«

Bauer hatte sich wieder auf seinen Stuhl gesetzt und sah kurz aus dem Fenster: Zwei Männer standen im Hof und unterhielten sich, wobei einer mit seiner Hand auf ein Fenster über Bauer zeigte.

»Deine Idee mit Polen ist nicht schlecht. Unser Ziel muss es sein, dass du möglichst häufig Grund hast, bei denen im Büro zu sitzen. Nur so können wir mitbekommen, welche Geschäfte sie machen und wer da alles dazugehört.«

Magnus sah ihn fragend an.

»Aber wenn ich von denen Autos kaufe, habe ich ja einen Grund, warum ich öfters zu ihnen ins Büro komme.«

»Ja, schon«, antwortete Bauer, »aber ich denke, dass wir auch einen Weg finden sollten, dass sie zusätzlich auch von dir Autos kaufen. Dann würde der Kontakt noch enger werden. Wir könnten zum Beispiel von Mercedes Autos kaufen und dann an den Klemm weiterverkaufen, sagen wir mit einem Rabatt von dreißig Prozent. Du kannst sagen, du hast spezielle Kontakte dort, und deswegen bekommst du diese Prozente. In Wirklichkeit würden wir bei Mercedes die Autos regulär kaufen und dann einfach mit Rabatt weitergeben. Die würden dann glauben, dass du bei Mercedes eine große Nummer bist, sonst würdest du ja nicht diese Prozente bekommen.«

Magnus nickte.

»Klingt gut. Hast du eigentlich mit deinem Chef schon über Geld gesprochen? Ein paar Euro werden wir für die Sache schon brauchen.«

»Ich habe mit ihm geredet. Die Sache ist bei uns inzwischen von hoher Priorität, sogar der Präsident hat sich erkundigt, wie es läuft. Seit der Autounfall mit dem Jungen von Wörner passiert ist, sind sie sehr hellhörig geworden. Wir bekommen auf jeden Fall das Geld, das wir brauchen.«

Magnus zog die Augenbrauen hoch und nickte anerkennend: »Ich glaube, ich sollte öfter für euch arbeiten. Bei uns im LKA sind sie zur Zeit unglaublich geizig, jeden Euro musst du begründen.«

»Das sind sie normalerweise bei uns schon auch«, erwiderte Bauer, »aber bei der Sache ist das anders.«

Magnus faltete die Hände zusammen: »Gut, dann haben wir ja alles geklärt. Ich werde mir morgen bei deinem Chef mal das Geld für den ersten Deal holen und mich dann auf den Weg machen. Ich rufe dich an, sobald ich Neuigkeiten habe.«

Bauer wartete noch etwas, während Magnus die Wohnung verließ. Er wollte vermeiden, dass sie zusammen beim Verlassen des Hauses gesehen wurden. Er sah auf die Uhr, kurz vor acht. Morgen war er wieder an der Reihe, Stefan abzuholen. Sein Kühlschrank war leer, wie er heute Morgen festgestellt hatte, als er zur Abwechslung mal wieder statt in einem Stehcafé zu Hause frühstücken wollte. Aber jetzt war es zu spät zum Einkaufen, er musste es auf morgen Mittag verschieben. Stefan hatte sich Fischstäbchen gewünscht, sein Lieblingsgericht nach Spaghetti mit Ketchup, die sie aber beim letzten Mal gegessen hatten. Bauer musste lächeln: In Gedanken sah er seinen Sohn, wie der mit höchster Eile ein Stäbchen nach dem anderen in seinen kleinen Mund hineinschob. Das letzte war meistens noch im Mund, wenn das nächste schon nachgelegt wurde.

In dieser Zeit wurde nichts gesprochen, alle Konzentration galt den Fischstäbchen. Und wie aus heiterem Himmel war es dann mit einem Mal genug, die Gabel wurde weggelegt, und immer noch schwer kauend kam die Meldung »Stefan voll.«

Bauer verspürte jetzt schon den Fischgeruch in seiner Nase, der wieder tagelang in seiner Wohnung hängen würde.

Kapitel 14

»Das kannst du vergessen. Für die Karre gebe ich dir maximal vierzehntausend, das ist für einen Achtundneunziger sowieso ein Wahnsinn. Dann hast du immer noch zwei geschnappt.«

Der Autohändler saß an seinem Schreibtisch in dem Bürocontainer, der sich durch die seit zwei Tagen herrschende Hitze so aufgeheizt hatte, dass ihm der Schweiß auf der Stirn stand. Sein fülliger Körper, dessen Gewicht zweifellos um einiges jenseits von hundert Kilo lag, dampfte, das blaue Hemd zeigte dunkle Schweißflecken unter den Achseln. Durch das kleine Fenster drang noch mehr warme Luft herein, die ein kleiner Tischventilator gleichmäßig verteilte.

»Mir ist es egal, mein Angebot steht. Aber mehr geht nicht, alter Gierschlund. Also, tschüss.«

Er legte auf und sah seinen Besucher an, der kurz zuvor durch die Tür gekommen war und nun vor seinem Schreibtisch stand. Magnus hatte sich schon kurz im Raum umgesehen, zwei Schreibtische, einer links und einer rechts von der Tür, an der Wand Bilder von Sportwagen und ein Pirelli-Kalender mit einem barbusigen Model. An der Wand in der Mitte des niedrigen Raums stand ein weinrot lackierter Tresor mit vergoldetem Griff. Hinter dem zweiten Schreibtisch saß ein ungefähr fünfzigjähriger Mann mit Halbglatze im Rollstuhl, vor sich einen Aschenbecher, der übervoll mit Zigarettenkippen war.

»Was kann ich für Sie tun?«, wandte sich der Autohändler an Magnus.

»Ich interessiere mich für den Dreizwanziger, Baujahr 2000, den sie draußen stehen haben. Brauche den für den Export.«

Der Dicke stand auf und ging um den Schreibtisch herum zu seinem Besucher. Das Hemd hing ihm aus der Hose, die kurzen, behaarten Beine ragten aus einer knielangen Cordhose. Magnus' Blick fiel auf ein Jachtmagazin, das aufgeschlagen auf dem Schreibtisch lag und in dem eine Anzeige mit einem roten

Stift umrandet worden war. Die Schrift war jedoch zu klein, um sie aus der Entfernung lesen zu können.

»Kommen Sie, den können wir uns gleich anschauen.« Im Hinausgehen wandte er sich zu dem Rollstuhlfahrer: »Erwin, wenn der Franz anruft wegen seinem SL, sag ihm, der dauert noch mindestens zwei Wochen. Mercedes hat mal wieder irgendwie Mist gebaut, der Seebauer hat mich gerade angerufen.«

Der Rollstuhlfahrer seufzte laut und tastete nach seiner Zigarettenschachtel: »Da wird er wieder toben. Der wollte doch morgen mit seiner Schnecke zum Gardasee fahren.«

»Ich kann es auch nicht ändern«, erwiderte der Dicke ärgerlich, »muss er die Alte halt noch ein paar Tage zu Hause vögeln. Soll froh sein, dass er überhaupt noch darf.«

Über die Treppe, die zur Containertür führte, war ein Brett gelegt worden, vermutlich für den Rollstuhlfahrer. Der Dicke balancierte vorsichtig mit halb ausgebreiteten Armen auf dem Brett, das unter seinem Gewicht spürbar wackelte. »Irgendwann breche ich mir noch den Hals«, schimpfte er. »Welches Auto haben Sie gemeint?«, fragte er Magnus, der hinter ihm ging.

»Den da hinten, neben dem Zaun«, antwortete er und wies mit der ausgestreckten Hand die Richtung.

»Sie haben ein gutes Auge, ist ein toller Wagen. Super in Schuss, scheckheftgepflegt. Würde ich am liebsten selbst fahren. Aber ich habe ja schon einen.« Sie gingen über den Kies zu dem Mercedes.

Magnus hatte sich vorgenommen, nicht beim ersten Besuch zu kaufen, um mehr Gelegenheiten für Unterhaltungen mit dem Händler zu bekommen. So ging das Gespräch über den Kilometerstand, die nächste TÜV-Untersuchung und kleine Lackschäden auf der Motorhaube.

»Wie sieht's mit dem Preis aus?«, fragte Magnus. »Die Achtundzwanzig, die auf dem Schild stehen, sind schon etwas übertrieben.«

Der Dicke sah ihn prüfend an: Sein Gesichtsausdruck sollte offensichtlich eine Mischung aus Bestürzung und Unverständnis darüber ausdrücken, dass Magnus nicht diese einmalig günstige Gelegenheit erkannte.

»Sie wissen schon, wie die normalerweise gehandelt werden?«, fragte der Dicke in überraschtem Ton.

»Normal kosten die mit der Kilometerleistung so um die fünfundzwanzig.«

Der Autohändler griff in seine Hosentasche und holte ein kleines Handtuch hervor, mit dem er sich über die Stirn wischte.

»Für fünfundzwanzig kriegen Sie keinen mit der Ausstattung. Die haben dann meistens kein Schiebedach oder fünf Vorbesitzer, wo Sie nie wissen, wie die mit dem Auto umgegangen sind. Dieser hier ist aus zweiter Hand, top gepflegt.« Er ging zum Kofferraum und öffnete die Klappe.

»Das müssen Sie mal anschauen«, meinte er zu Magnus, während er die Abdeckung des Reserverads hochhob, »sogar hier finden Sie keinen Schmutz. Alles super gepflegt.«

Magnus beugte sich hinein und nickte.

»Gepflegt ist er schon. Aber trotzdem, achtundzwanzig ist mir zu viel.«

Der Dicke knallte den Kofferraumdeckel zu.

»Dann tut es mir leid, aber bei dem geht nichts. Den verkauf ich blind für den Preis.«

»Kein Problem, ich lasse es mir noch mal durch den Kopf gehen. Werde auch noch mit meinem Partner in Polen reden, der muss ihn ja schließlich bezahlen.«

Sie gingen nun wieder in Richtung Bürocontainer, der Autohändler sah Magnus an: »Nach Polen wollen Sie den bringen?«

»Ja, ich exportiere gebrauchte Mercedes nach Polen.«

»Hat sich auch geändert: Früher haben die unsere alten Gurken gekauft, aber heute nehmen sie nur noch Qualität. Zu mir kommen auch ab und zu zwei Brüder aus Warschau, die kaufen immer recht ordentlich ein.«

Sie standen nun wieder bei der Rampe, die in den Container führte. Der Dicke war vorausgegangen, jetzt wandte er sich nochmals zu Magnus um: »Vielleicht könnten wir gute Geschäfte machen. Sie sehen ja«, er zeigte mit seinem Arm über den Autoplatz, »ich habe jede Menge gute Mercedes hier. Aber der Preis muss stimmen, sonst lass ich sie lieber stehen.«

»Wir werden sehen«, erwiderte Magnus in betont beiläufigem Ton. »Ich schau wieder vorbei, wenn ich mit meinem Partner gesprochen habe.«

»Kommen Sie mit, ich gebe Ihnen noch meine Visitenkarte mit der Handynummer. Dann können Sie mich jederzeit erreichen, bin nämlich nicht immer auf dem Platz.«

»Franz hat schon angerufen: Ich habe ihm erklärt, was du mir gesagt hast«, meinte der Rollstuhlfahrer, als sie den Container betraten. »Der war vielleicht sauer. Wenn er übermorgen den SL nicht bekommt, hat er gesagt, dann kannst du ihn dir verreiben.«

Der Dicke ging ohne einen Blick zum Rollstuhlfahrer an seinen Schreibtisch.

Halblaut redete er vor sich hin: »Ja, ja, der Franz. Der hat es auch nur eilig, wenn er von mir etwas braucht. Umgekehrt macht der sich auch keinen Stress.«

Während er eine Schublade aufzog, um eine Visitenkarte herauszuholen, sah er den Rollstuhlfahrer an: »Wie viel Anzahlung haben wir vom Franz?«

»Dreißigtausend«, erwiderte der. Das Gesicht des Dicken bekam einen zufriedenen Ausdruck, er schnalzte mit den Fingern.

»Na, da wollen wir doch mal sehen, wer sich da was verreibt.«

Grinsend gab er Magnus die Visitenkarte.

»Die Handynummer ist immer an, bis Mitternacht.« Er zwinkerte Magnus zu: »Für die Mädels. Fürs Geschäft bis acht.«

Sein breites Lachen entblößte eine Reihe von Goldzähnen, Magnus lächelte mit einem verschwörerischen Blick zurück.

»Verstehe. Irgendwann geht ja auch das Vergnügen vor.«

»Genau«, erwiderte der Dicke und öffnete ihm die Tür.

Erneut läutete das Telefon, der Rollstuhlfahrer hob ab.

»Werner, für dich.«

»Also, ich muss. Hoffe, wir sehen uns bald«, verabschiedete sich der Autohändler.

Im Hinausgehen warf Magnus nochmals einen Blick auf die Kennzeichen der beiden Autos, die direkt vor dem Container standen. Ein schwarzer BMW hatte eine behindertengerechte Ausstattung mit Handgas, gehörte also vermutlich dem Rollstuhlfahrer. Daneben war ein blauer Mercedes der S-Klasse geparkt. Er merkte sich die beiden Kennzeichen, eines aus München und das andere aus Ebersberg, einer Kleinstadt eine halbe Stunde östlich vom Autohof entfernt. Bei seinem Auto warf er nochmals einen Blick auf die Visitenkarte: Sie war auf weißem, glänzendem Karton mit goldenem Rand gedruckt. Werner Klemm hieß der Mann, mit dem er geredet hatte, genau der, zu dem er Kontakt aufnehmen sollte. Der erste Schritt hatte also funktioniert, dachte er zufrieden. Er beschloss, sich noch etwas bei den zahlreichen Autohändlern in der Gegend umzusehen. Für die weiteren Treffen mit Klemm konnte es nicht schaden, sich noch besser über den aktuellen Automarkt zu informieren. Es war nun schon einige Jahre her, dass er sich damit intensiv beschäftigt hatte. Doch bevor er losfuhr, machte er sich in sein kleines Notizbuch einige Anmerkungen zu dem Gespräch: Die Kennzeichen der beiden Autos vor dem Bürocontainer und die aufgeschlagene Jachtzeitung mit dem Inserat waren das Wichtigste, was er notierte.

Kapitel 15

Bauer wunderte sich, als er ins Büro kam: Im Gegensatz zu den letzten Wochen, in denen Wörner immer vor ihm am Schreibtisch gesessen hatte, war heute dessen Stuhl leer. Gerade hatte er sich hingesetzt, als Hertz hereinkam. Wie schon die gesamten letzten Tage wirkte er müde, sein Gesicht war farblos.

»Paul hat angerufen, seine Frau hatte heute Nacht einen Nervenzusammenbruch«, berichtete er mit betroffener Stimme. Bauer sah ihn erstaunt an.

»Ist es ernst?«

»Paul meinte, sie hätte stundenlang geweint, aber jetzt ist sie in der Klinik und hat Beruhigungsmittel bekommen. Er ist bei ihr.«

»Ich hatte mich schon gefragt, wie sie mit dem Unfall zurechtkommt«, meinte Bauer, »Paul hat davon überhaupt nichts mehr erzählt. Ich habe mir nicht vorstellen können, dass sie das so einfach wegsteckt.«

»Hat sie offensichtlich auch nicht«, antwortete Hertz. »Ich habe jetzt übrigens für seine Frau und den Sohn verdeckten Personenschutz angefordert. Die werden sich so verhalten, dass beide nichts bemerken, aber sie sind dann wenigstens einigermaßen sicher.«

Bauer nickte.

»Finde ich eine gute Idee. Ich habe mir gestern Abend die ganze Sache nochmals durch den Kopf gehen lassen: Je länger ich darüber nachdenke, desto überzeugter bin ich, dass der Unfall kein Zufall war. So wie der Busfahrer die Situation geschildert hat, kann es fast nicht anders sein.«

Hertz zuckte mit den Schultern.

»Irgendwann werden wir es schon herausbekommen. Wie läuft denn die Sache mit dem Magnus, dem verdeckten Ermittler?«

»Ich habe mich mit ihm schon getroffen, der Bursche macht

mir einen guten Eindruck. Gestern Abend hat er mich kurz angerufen, er war schon bei dem Autoplatz und hat mit dem Klemm gesprochen. Jetzt muss er ein paar Tage Pause machen, bevor er wieder hinausfährt, sonst sieht das auffällig aus. Er hat mir auch zwei Kennzeichen gegeben, die werde ich dann gleich mal überprüfen.«

Hertz blickte anerkennend: »Der ist momentan unsere große Hoffnung, dass wir in der Sache weiterkommen.«

Das Telefon läutete. Hertz gab Bauer ein Zeichen, dass er ohnehin wieder gehen musste, und verließ das Zimmer.

»Ricardo, servus, hier ist Gerd vom K 223.«

Bauer war überrascht. Es war schon mindestens ein Jahr her, dass sie beide miteinander geredet hatten. Früher waren sie zusammen immer freitags zum Squash-Spielen gegangen, aber nach einem Achillessehnenriss hatte der Kollege aufgehört zu spielen. Sie wollten sich danach mehrfach auf ein Bier zusammensetzen, aber es hatte aus unterschiedlichen Gründen nie gepasst.

»Was bewegt dich denn, deinen alten Sportfreund aus besseren Tagen anzurufen?«

»Entschuldige, ich weiß, ich wollte mich schon öfter melden wegen unserem Bier. Aber können wir vielleicht nachholen. Ich habe was für dich.«

Bauer wurde neugierig: »Schieß los, bin schon ganz Ohr.«

»Ihr habt doch momentan diesen Mord in Lohhof, wo die Leiche im Auto verbrannt ist.«

»Ja, richtig, Paul und ich sind an der Sache dran.«

»Hör zu: Gestern Abend ruft mich ein alter Informant an, den ich schon seit Ewigkeiten kenne, ich glaube, schon mehr als zehn Jahre. Er hat uns schon öfter interessante Hinweise gegeben, auf Verstecke von Diebesgut und solche Sachen. Nichts Weltbewegendes, aber auch nicht schlecht. Darum hat der auch meine Handynummer. Seit einem halben Jahr sitzt er wieder mal im Knast, in Stadelheim. Ist betrunken Auto gefahren, und das auch noch ohne Führerschein. In der Krankenstation hat er diesen Noll kennengelernt, den Typen, den ihr wegen des Mords eingesperrt habt.«

»Ja, stimmt, der sitzt auch in Stadelheim.«

»Genau. Mein Mann hat mir erzählt, dass der Noll ziemlich unbeliebt ist bei den anderen Knackis, weil er so hochnäsig tut, als ob er etwas Besonderes wäre. Vor zwei Wochen haben ihn deshalb wohl zwei Typen in der Dusche zerlegt, sodass er seit mehreren Tage auf der Krankenstation liegt. Hat sich etwas gebrochen, ich glaube, den rechten Arm. Und dort arbeitet mein Informant als Helfer.«

»Nehmen die jetzt schon Knackis als Krankenschwestern?«, fragte Bauer ironisch.

»Nein, als Krankenschwestern natürlich nicht, aber als Helfer haben die immer schon so Leute wie ihn genommen. Er hat früher mal als Krankenwagenfahrer gearbeitet, bei seinem letzten Aufenthalt in Stadelheim war er auch schon in der Krankenstation eingesetzt. Aber ist ja auch nicht so wichtig: Auf jeden Fall hat er am letzten Wochenende Ausgang gehabt, und irgendwie kam er mit dem Noll darauf zu sprechen. Und da hat der ihn gefragt, ob er nicht für ihn einen Brief mit hinausnehmen könne und jemandem bringen, der ihn dafür auch bezahlen würde. Mein Mann hat mitgemacht, auch weil ihn die zweihundert Euro gereizt haben, die ihm der Noll versprochen hat. Und wie er dann draußen war, hat er mich angerufen. Er erzählte mir, von wem er einen Brief hat, und ob mich das interessieren würde. Es war schon nach Dienstschluss, und ich hatte deine Handynummer nicht, sonst hätte ich dich sofort angerufen. Aber ich dachte mir, könnte ja interessant sein, darum habe ich mich mit ihm getroffen.«

»Hättest du doch beim Dauerdienst angerufen, die haben ja meine Handynummer«, warf Bauer ein, der etwas verärgert darüber war, dass er nicht verständigt wurde.

»Ja, hast recht, daran habe ich gar nicht gedacht. Aber ist nicht schlimm, ich denke, die Sache ist trotzdem gut gelaufen. Ich habe von meinem Mann den Brief bekommen: Es war ein Kuvert, auf das hatte dieser Noll einen Mädchennamen geschrieben, Janine. Mein Mann sollte den Brief in der Flamingo-Bar abgeben, was er später auch getan hat. Aber erst haben wir uns in der Wohnung seiner Freundin getroffen: Sie war nicht da, weil sie abends als Bedienung arbeitet. Mit der guten alten Wasserdampfmethode haben wir den Brief aufgemacht.

»Hast du das noch beherrscht?«, fragte Bauer in leicht misstrauischem Ton.

»Na entschuldige mal, ich hatte auch ein Leben vor der Polizei. Und da hat es dann doch auch Vorteile, wenn man ein schlechter Schüler war: Wenn der Lateinlehrer mir einen Brief an die Eltern mitgegeben hat, habe ich immer zuerst hineingeschaut, was er geschrieben hat. Und da habe ich diese Wasserdampfmethode perfektioniert, das kannst du mir glauben. Sie haben nie etwas bemerkt. Und ich wusste immer, wann es wieder angesagt war, Blumen für meine Mutter zu organisieren oder freiwillig unseren Rasen zu mähen. Also die Sache beherrsche ich, lange Übung.«

»Hast mich überzeugt«, antwortete Bauer scherzend.

»Okay, also ich bin dann schnell in das Hotel nebenan, und die waren so nett, mich den Brief kopieren zu lassen. Ist interessant, was er geschrieben hat. Wenn du willst, kann ich dir den Text faxen.«

»Ja klar, bitte«, erwiderte Bauer.

»Glaubst du, dass dein Mann noch mehr Informationen von dem Noll bekommen kann?«

»Leider nicht, ich habe ihn deswegen schon gefragt. Aber Noll kommt morgen wieder aus der Krankenstation heraus in seine normale Zelle. Und da hat mein Informant keinen Kontakt mehr zu ihm.«

»Schade, aber na gut, wenigstens hat er den Brief weitergeben können. An wen hat er denn das Kuvert in der Flamingo-Bar übergeben?«

»Er ist zum Geschäftsführer gegangen und hat nach der Janine gefragt. Der hat ihm dann eine Thai gezeigt, die sich in dem Club so nennt. Heißt sicher in Wirklichkeit anders. Und der hat er dann den Brief gegeben. Sie war etwas überrascht, hat er mir gesagt. Aber als er sagte, von wem der Brief ist, hat sie genickt und ihn genommen.«

»Also gut, ich danke dir. Kannst den Brief losschicken, ich stehe schon neben dem Fax.«

Wenige Minuten später hielt Bauer einen handgeschriebenen Brief in seinen Händen, dessen Schrift kaum zu entziffern war.

Werner,
der Anwalt hat mir gesagt, wenn nicht bald das Geld auf sein Konto kommt, soll ich mir einen anderen Verteidiger suchen. Er war richtig angefressen. Wieso ist der immer noch nicht bezahlt? Glaube ja nicht, dass ich mich hier einlochen lasse und Ihr da draußen auf Eurem Arsch sitzt und nichts tut. Kümmere Dich endlich um die Sachen, die Dein Job sind. Ich meine es ernst: Sonst vergesse ich auch, was wir ausgemacht haben!
Und gib dem Anwalt nächstes Mal Kaffee für mich mit. Die Brühe hier kann keiner trinken.
Frederic

Bauer las den Brief ein zweites Mal. Es stimmte also, was sie schon vermutet hatten: Noll und dieser Autohändler Werner Klemm arbeiteten immer noch zusammen. Er überlegte, was Noll wohl mit dem »kümmere Dich um die Sachen, die Dein Job sind« gemeint hat. War Klemm an dem Mord beteiligt?

Er verspürte ein ungutes Gefühl: Von dem, was sie wissen müssten, von dem, was notwendig war, um den Fall wirklich zu klären, davon waren sie irgendwie noch weit entfernt. Er kam sich vor wie jemand, der durch eine Nebelnacht wandert und immer wieder an einen Baum stößt. Jemand, der gerade mal so viel weiß, dass er in einem Wald ist, aber sonst keine Ahnung hat, wo er herumirrt. In solchen Momenten bekam er immer Hunger. Wahrscheinlich wollte sein Körper, dass er auf andere Gedanken kam, und da es ohnehin Mittagszeit war, stand er auf, um zum Essen zu gehen. Einmal in der Woche gönnte er sich einen Besuch in einem Restaurant des Hauptbahnhofs: War das Essen früher dort nur etwas für Unerschrockene gewesen, so hatte sich dies nach der Renovierung und dem Einzug neuer Lokale deutlich geändert. Heute wollte er wieder einmal ein frisch gebratenes Steak genießen, das am offenen Herd zubereitet worden war. Er mochte auch die Atmosphäre dort, genoss es, in aller Ruhe die Menschen zu beobachten und zu studieren: Viele, die gehetzt von einem Gleis zum anderen rannten, um den Anschluss nicht zu verpassen, andere, die stundenlang herumsaßen, als wäre der Bahnhof ihr Wohnzimmer. Und noch einen Grund gab es seit Kurzem, der ihm den Bahnhof noch sympathischer machte: Seine Gedanken wanderten zu der Bedienung, die er dort letzte Woche zum ersten Mal gesehen hatte. Wahrscheinlich stammte sie aus Südamerika, ihr dunkler Teint deutete jedenfalls darauf hin. Bauer sah vor seinen Augen die schlanken Hüften und das herzliche Lächeln, mit dem sie bediente. Gespannt bog er um den Pressekiosk herum und fühlte sich schlagartig gut: Sie hatte Dienst. Das Steak war dann auch noch perfekt, aber das war schon fast Nebensache. Fünfundvierzig Minuten können verdammt kurz sein, dachte er sich, als er ein letztes Mal beim Zahlen ihr Lächeln bewunderte und dabei großzügiger als sonst Trinkgeld gab. Ob sie wohl jeden so anlächelt, fragte er sich und zog seinen Bauch ein, als er an ihr vorbei zum Ausgang ging. Heute Abend würde er mit dem Fasten beginnen. Unwiderruflich.

Hertz winkte ihn ins Büro.

»Der Staatsanwalt findet, dass wir übertreiben mit unserer Sorge für Pauls Frau und den Jungen. Er sehe da keine Gefahr. Kann wahrscheinlich hellsehen, der Herr Doktor iur.«

Erregt redete Hertz weiter: »Wer bei so einer Dienststelle arbeitet, sollte genug Nerven haben und nicht gleich bei jeder Gelegenheit eine Verschwörung wittern, meinte dieser Schlauberger.«

Er ging zu seinem Aktenschrank und holte eine Flasche Henessy Cognac heraus.

»Jetzt brauche ich einen. Trinkst du einen mit?«, fragte er Bauer, während er den Korken von der Flasche zog und zwei Gläser herausholte.

»Na gut, schenk mir auch einen ein, ich habe auch etwas Interessantes für dich.«

»Warte kurz«, erwiderte Hertz, »zuerst muss ich mich ein wenig beruhigen.« Er schenkte Bauer ein Glas ein und setzte sich auf seinen Stuhl. Nachdem er Bauer zugeprostet hatte, fuhr er kopfschüttelnd fort: »Das hättest du sehen müssen: Ich habe ihm von dem Unfall und dem Auftritt von dem Anwalt erzählt, und er hat nicht mal aufgeschaut. Ich saß vor seinem Schreibtisch, und er hat irgendeinen Bericht korrigiert. Und wenn ich gestoppt habe, hat er nur gemeint, ›reden Sie nur weiter, ich höre Ihnen schon zu.‹«

Bauer konnte sich nicht erinnern, wann er Hertz zuletzt so erregt gesehen hatte. Musste schon einige Zeit zurückliegen.

»Ich bin mir vorgekommen wie ein kleiner Schuljunge.«

»Aber ein kleiner Trost ist doch, dass die bei der Staatsanwaltschaft immer noch in diesen Katzenklos sitzen, oder?«, meinte Bauer, um die Stimmung zu entspannen.

Hertz sah ihn an und nickte grinsend: »Das stimmt, habe ich mir heute auch wieder gedacht: Der arbeitet in einem Zimmer, das ist vielleicht zehn Quadratmeter groß, wenn überhaupt. Kein Bild, keine Pflanze, nur ein Foto von seiner Tochter auf dem Schreibtisch. Und auf dem Boden, wo du hinschaust, nur rote Akten. Der Stuhl, auf dem ich gesessen habe, war der einzige freie Platz. Alle anderen Stühle und sogar der kleine Besprechungstisch waren voll. Da würde ich durchdrehen.«

»Kann ich mir gut vorstellen, wie es da aussieht. Ich war letzte Woche auch mal drüben, und teilweise sitzen die ja sogar zu zweit in diesen Löchern«, erwiderte Bauer. »Aber vergessen wir das jetzt, ich habe etwas Besseres.«

Er nahm das Telefax in die Hand und zeigte es Hertz.

»Vorhin hat mich ein Kollege vom Einbruch angerufen, den kenne ich schon seit einigen Jahren. Und der hat einen Typen als Informanten, der gerade in Stadelheim sitzt und da den Noll kennengelernt hat. Und als dieser Typ gestern Ausgang hatte, wollte der Noll, dass er einen Brief für ihn in die Flamingo-Bar mitnimmt. Das hat er auch gemacht, aber vorher hat ihn der Kollege noch kopieren können. Hier ist er, lies mal, ist echt interessant.«

Bauer gab Hertz den Brief.

»Verdammt noch mal, was läuft denn da?« Mit fragendem Blick sah Hertz zu Bauer: »Geht es dir auch so: Ich habe irgendwie das Gefühl, dass die mit uns ein Spielchen treiben, und wir kapieren nicht, was da läuft.«

»Das habe ich mir heute auch schon gedacht. Aber eines steht auf jeden Fall fest: Der Brief war für Werner Klemm. Anscheinend hat der Noll diesem Typen doch nicht ganz vertraut, sonst hätte er ihn ja gleich zu dem Autoplatz von Klemm schicken können.«

»Und der Klemm soll den Anwalt bezahlen«, erwiderte Hertz.

»Entweder der Klemm hängt in dieser Sache mit drin, oder er zahlt Noll den Anwalt, weil sie befreundet sind und die Frauen Geschwister.«

Bauer nahm einen Schluck aus seinem Cognacglas.

»Könnte man sich daran gewöhnen«, meinte er, »aber bleiben wir beim Thema. Ich denke, mit Magnus haben wir einen guten Mann auf Klemm angesetzt. Bin wirklich gespannt, was er uns noch erzählen wird. Morgen Abend treffe ich ihn übrigens wieder.«

Hertz stand auf und überlegte offensichtlich, ob er sich noch ein Glas einschenken sollte. Zögernd stand er vor der Flasche, aber dann stellte er sie wieder in den Aktenschrank.

»Hat Claudia eigentlich schon von den Airlines erfahren, wohin der Kollmann in letzter Zeit geflogen ist?«

Bauer schüttelte den Kopf: »Ich habe gestern mit ihr gesprochen. Bis jetzt haben wir keinen einzigen Flug gefunden, den er benutzt hat. Ich frage mich, wie der in die Dominikanische Republik gekommen ist, geschwommen wird er ja nicht sein.«

»Ist das sicher, dass die Airlines das auch so lange speichern?«, fragte Hertz.

»Claudia haben sie gesagt, dass sie die Namen der Kunden speichern und für mindestens sechs Monate auch die Flugdaten.«

»Aber es kann doch ebenso sein, dass der Kollmann nur Geschichten erzählt hat und überhaupt nicht dort war. Er kann in der Zeit, in der er nicht in der Wohnung in Österreich war, auch in Deutschland oder sonst wo unterwegs gewesen sein«, meinte Hertz.

»Klar, das kann natürlich auch sein, dass der überall nur diese Geschichte erzählt hat, um sich bei den Nutten wichtig zu machen«, erwiderte Bauer.

Er sah auf die Uhr, die über der Tür des Chefzimmers hing. Sie sah aus, als wäre sie eigentlich für einen Bahnhof gedacht und versehentlich am falschen Ort gelandet. Weißes Zifferblatt, große, schwarze Ziffern und Zeiger, schlichte Form.

»Entschuldige, aber ich muss gehen. Wir können ja morgen weiterreden. Ich habe meiner Vermieterin versprochen, dass ich ihr einen Sonnenschirmfuß besorge. Seit ich ihr vor einigen Wochen angeboten habe, für sie mal was zu besorgen, wenn ihre Tochter keine Zeit hat, bedenkt sie mich mit regelmäßigen Aufträgen.«

»Das klingt richtig honorig, ist das für dich die tägliche gute Tat, die jeder vollbringen soll?«, fragte Hertz spöttisch.

»Ja, wahrscheinlich nennen wir es so«, antwortete Bauer mit einem leicht resignierten Ton.

»Die Tochter denkt sich bestimmt schon, geschieht mir ganz recht, wenn ich so leichtsinnig bin und ein solches Angebot mache. Eigentlich ist die Frau nämlich noch ganz fit, fährt sogar noch Auto. Aber so eine Lieferung frei Haus ist natürlich doch etwas Feines.«

Bauer hob die Schultern.

»Also, bis morgen. Hast du von Paul noch mal was gehört, kommt der morgen wieder?«

Hertz schüttelte den Kopf: »Nein, seit heute Morgen nichts mehr. Ich hoffe nur, dass seine Frau sich wieder beruhigt. Sonst muss ich ihn vielleicht von dem Fall abziehen.«

Bauer dachte daran, wie schlecht sein Kollege in den letzten Tagen ausgesehen hatte.

»Das würde er bestimmt nicht wollen. Aber wenn du ihn angesehen hast, dann ist dir sicher aufgefallen, wie ihn der Unfall mitgenommen hat. Ich werde mit ihm mal reden, sobald er wieder da ist.«

»Ja, das wäre gut. Ich weiß vor allem nicht, wie stabil seine Frau ist.«

Bauer musste an seine Ehe mit Marion denken und den Grund für das Scheitern. Das Thema kannte er bestens, diese immer wiederkehrenden Diskussionen hatte er noch nicht vergessen.

»Irgendwie geht es uns doch allen gleich, die Frauen haben einfach Schwierigkeiten, unseren Job zu verstehen.«

Hertz lehnte sich zurück und fuhr sich mit beiden Händen durch das Haar: »Bei mir ist das anders, ich erzähle zu Hause generell nichts vom Beruf. Das habe ich von Anfang an so gemacht, und sie hat es inzwischen akzeptiert.«

Bauer kam dies durchaus bekannt vor: Von einigen Kollegen wusste er, dass sie derartiges Verhalten für richtig hielten.

»Das kannst du so machen, solange der Dienst nicht dein Privatleben tangiert. Aber in einem Fall wie bei Paul, da funktioniert das nicht mehr.«

»Das kann schon sein, aber das ist ja auch nicht der Normalfall«, erwiderte Hertz kurz. Sein Tonfall verriet, dass er seine Methode für die allein richtige hielt und das Thema für ihn schon seit Jahren keines mehr war. Bauer verspürte keine Lust, mit Hertz eine intensivere und, wie er überzeugt war, fruchtlose Diskussion zu führen.

»Ich denke, der entscheidende Punkt ist der Junge: Das ist es, was beide belastet«, erwiderte Bauer.

»Verstehe ich, ist auch eine schwierige Situation«, antwortete Hertz mit leichtem Kopfnicken.

»Ich glaube, wir müssen mehr tun, um das Motiv für den Mord an Kollmann herauszubekommen. Dann haben wir auch eine Chance, mehr über die Hintergründe des Unfalls zu erfahren. Zumindest, wenn er wirklich absichtlich war«, meinte Bauer. Er verspürte Unruhe, irgendwie mussten sie aktiver werden. Es ging ihm alles zu langsam.

»Und, was schlägst du vor?«

Bauers Blick fiel wieder auf die Uhr: »Reden wir morgen darüber, ich muss jetzt wirklich. Sonst bekomme ich noch Ärger mit meiner alten Dame«, meinte er zwinkernd. »Wenn ich Pech habe, setzt sie mir aus Rache die Miete herauf; das würde mir gerade noch fehlen.«

Er verließ das Zimmer und eilte das Treppenhaus hinunter. Sein Auto hatte er wie fast jeden Tag vor der Bäckerei gleich gegenüber dem Dienstgebäude geparkt. Wenn er am Morgen spätestens um viertel nach sieben ankam, erwischte er meistens gerade noch einen der letzten Plätze. Drei Euro Parkgebühr für den Tag, das war es wert, nicht schon am Morgen in der U-Bahn von missmutigen Gesichtern umringt zu sein. Als er zum Dienst gefahren war, hatte es nach einem sonnigen Tag ausgesehen, doch nun prasselte heftiger Regen auf Bauer herab. Die Autos fuhren spritzend vorbei, die Fußgänger wichen schimpfend vom Randstein zurück. Er hatte das Gefühl, schon eine Ewigkeit zu warten, bis er endlich die Straße überqueren konnte und in sein Auto sprang. Fast wäre er noch ausgerutscht, doch im letzten Moment konnte er sich an der bereits offenen Autotür festhalten. Sein Hemd klebte wie ein feuchter Lappen auf der Haut, unter seinen Beinen bildete sich schnell eine kleine Wasserlache. Er verfluchte seine Vermieterin, schließlich hatte er wegen ihr seinen Schirm im Büro vergessen. Der Feierabendverkehr konnte seine Stimmung nicht heben, Schritt für Schritt ging es langsam voran. Es ist inzwischen wirklich ein Wahnsinn geworden, dachte er sich, auf kurzen Strecken hatte der Autofahrer gegen jeden noch so langsamen Fußgänger keine Chance. Er hatte das Gefühl, dass es seit Jahren immer mühsamer wurde: Anscheinend hatte es sich die Stadtverwaltung zum Ziel gesetzt, an jeder noch so kleinen Kreuzung eine Ampelregelung zu installieren. Nahezu jede Woche entdeckte er wieder eine neue Ampel, die ihn auf seinem Heimweg bremste. Seine nasse Kleidung dampfte. Nach langen zwanzig Minuten hatte er endlich sein Ziel erreicht. Wenigstens hatte der plötzliche Regenguss die Folge, dass wenige Leute zum Einkaufen gingen. Im

Baumarkt war es deshalb ungewöhnlich ruhig, keine Schlangen an der Kasse. Nach wenigen Minuten war Bauer wieder in seinem Auto, mit einem weißen Sonnenschirmfuß, wie ihn seine Vermieterin gewünscht hatte. Das Gebläse arbeitete auf Hochtouren, doch er spürte nicht, dass seine Kleidung trockener würde. Mühsam konnte er seine Scheiben frei halten, die immer wieder von innen anliefen.

Der Regen hatte inzwischen aufgehört. Er hätte darauf gewettet, und er hätte gewonnen: Als er sein Auto parkte und zu seiner Wohnung ging, sah die Vermieterin schon aus ihrem Küchenfenster neben der Eingangstür: »Ich hatte schon gedacht, Sie haben mich vergessen«, begrüßte sie ihn in leicht gekränktem Ton. Bevor er antworten konnte, entdeckte sie scheinbar, dass er bis auf die Haut durchnässt war. Das änderte ihre Stimme, sie seufzte nun in fürsorglichem Ton: »Oje, Sie sind ja ganz nass. Da müssen Sie aber aufpassen, dass Sie sich nicht erkälten.« Mahnend reckte sie ihren Finger aus dem Fenster. »Ich habe erst letzte Woche krank im Bett gelegen. Habe ich mir bei der Gartenarbeit geholt. Der Wind war kühl, und ich habe wegen der Arbeit geschwitzt.«

»Ich stelle Ihnen den Sonnenschirmfuß vor die Türe«, antwortete Bauer, während er die Haustüre aufsperren wollte.

»Warten Sie, ich muss Ihnen doch das Geld geben.«

Bauer wusste, dass dieser eigentlich schlichte Vorgang mindestens ein Gespräch von einer halben Stunde mit sich bringen würde. Und dazu fühlte er sich in dem Moment definitiv zu nass.

»Danke, das können wir auch später machen. Ich muss mich unbedingt umziehen.«

»Verstehe«, erwiderte die Vermieterin enttäuscht. »Dann erledigen wir es ein anderes Mal.«

Sie schloss das Fenster, während er den Sonnenschirmfuß vor ihrer Tür abstellte und schnell die Treppen hinauf in seine Wohnung flüchtete.

Er zog sich die Hose und das Hemd aus und stellte sich unter die Brause. Das warme Wasser auf der Haut und der herbe Duft des Duschgels waren eine Wohltat, er freute sich auf den Abend: Das Fußballspiel Bayern gegen Chelsea, dazu ein Glas kubanischen Rum. Und morgen würde er wieder seinen Sohn sehen. Er trocknete sich gerade ab, als das Telefon läutete. Bauer wunderte sich, nur wenige hatten diese Nummer: Seine Dienststelle, ein paar Freunde, und Marion. Eigentlich erwartete er von keinem einen Anruf. Alle anderen Leute, die er kannte, wussten nur seine Handynummer. Er hatte das bewusst so arrangiert: Dadurch war gesichert, dass nicht zu viele seine Wohnanschrift wussten und dadurch vielleicht auch die falschen Leute darüber Bescheid wussten. Außerdem hatte es den Vorteil, dass er entscheiden konnte, wann er seine Ruhe wollte und das Handy abstellte. Vor allem, wenn Stefan bei ihm war, schaltete er es aus. Sein Sohn sollte nicht das Gefühl bekommen zu stören, nachdem sie ohnehin nicht oft zusammen waren.

Eine nasse Spur durchs Wohnzimmer ziehend, ging er ans Telefon.

»Ricardo, hallo, hier ist Paul.«

Die Stimme klang müde und kraftlos. Bauer legte das Handtuch beiseite und setzte sich auf die Couch.

»Du klingst nicht gut, was ist los?«

»Hast du heute Abend vielleicht Zeit? Es gibt einige Probleme, die ich mit dir gerne besprechen würde. Vielleicht bei einem Bier?«

Bauer kam in den Sinn, was er noch vor wenigen Minuten für diesen Abend geplant hatte, aber Paul war kein Schwätzer. Wenn der mit ihm sprechen wollte, dann hatte es einen ernsten Grund.

»Ja sicher, wir können uns in der Kneipe am Rosenkavalierplatz treffen. Da können wir in Ruhe reden.«

»Gut, ist acht Uhr in Ordnung?«

»Acht Uhr passt«, erwiderte Bauer, »bis dann«, und legte auf.

Seine Biedermeieruhr, die an der Wand im Wohnzimmer hing, zeigte fünf Minuten vor sieben. Er legte sich auf die Couch und schloss die Augen: Eine halbe Stunde Erholung war drin, und die brauchte er jetzt.

Die Fußballübertragung im Fernsehen machte sich auch in dem Lokal bemerkbar, wo Bauer und Wörner sich trafen. Als Bauer ankam, waren nur wenige Tische besetzt. Es war ein freundlich eingerichtetes Bistro, helles Holz, gemütliche Rattanmöbel und große Fenster, an denen die Besucher des benachbarten Kinos vorbeiliefen. Wörner saß schon an einem Tisch am Fenster und winkte Bauer zu. Er trug ein graues Sweatshirt, das sein fahles Gesicht noch blasser aussehen ließ. Die dunklen Ringe unter den Augen, die Bauer schon zuletzt aufgefallen waren, schienen noch stärker geworden zu sein.

»Du wolltest bestimmt das Fußballspiel ansehen«, meinte Wörner, als sie sich mit Handschlag begrüßten.

»Wenn du meine Vermieterin wärst und mich um ein Gespräch gebeten hättest, dann hätte ich dir abgesagt«, erwiderte Bauer. »Also vergiss es, ist doch klar, dass ich komme, wenn du anrufst. Hast du schon bestellt?«

»Ja, ich war so frei, für dich ein Weißbier mitzubestellen. Dein Geschmack hat sich doch nicht geändert, oder?«

»Nein, passt. Danke.«

Die Bedienung, eine höfliche ältere Frau, stellte die Gläser auf den Tisch. »Wollen Sie etwas zu essen?«

Wörner blickte Bauer fragend an: »Also ich nicht, du, Ricardo?«

»Nein danke.«

Bauer dachte an seinen Blick in den Spiegel, der ihn in den letzten Wochen zunehmend in Schrecken versetzt hatte.

Zu Wörner gewandt, meinte er: »Ich habe mir jetzt vorgenommen, abends nichts mehr zu essen. Außer wenn Stefan da ist. Ich kann meine Wampe nicht mehr sehen.«

»Mach mehr Sport«, erwiderte Wörner, »dann kannst du auch mehr essen. Aber nur futtern und keine Bewegung, da ist klar, dass du auseinandergehst wie ein Hefeteig.« Sie stießen mit ihren Biergläsern an.

»Also, jetzt pack aus, wo brennt es?«
»Ricardo, ich habe Schwierigkeiten.«
Wörner blickte Bauer in die Augen.
»Ich bin jetzt seit über fünfunddreißig Jahren bei der Polizei. Und du weißt, dass ich wahrlich schon ein paar Fälle hatte, die nicht so ohne waren.«
Bauer nickte zustimmend.
»Aber dass meine Familie in eine Sache mit hineingezogen wird, das hat es noch nie gegeben. Niemals.«
Bauer sah, dass Wörners Gesicht plötzlich wieder Farbe bekam. Er fragte sich, worauf sein Kollege hinauswollte.
»Du weißt, dass ich vor Stefanie ziemlich unterwegs war«, fuhr er mit wieder ruhigerer Stimme fort, »war eine schöne Zeit, keine Frage. Aber jetzt habe ich Familie, und das passt, ich brauche dieses ständige Hin und Her nicht mehr.«
Bauer wusste, wovon Wörner sprach, dieses Gefühl der Familie kannte er, auch wenn es bei ihm Vergangenheit war.
»Stefanie hat überlegt, bei mir auszuziehen. Sie sagt, dass sie damit nicht leben kann, ihr Kind ständig in Gefahr zu wissen. Das hält sie nicht aus.«
Bauer fühlte sich in diesem Moment, als ob er eine Zeitreise von vier Jahre zurück machen würde. Der Satz traf ihn fast wie damals, obwohl er dieses Mal nicht für ihn bestimmt war. Nach einer kurzen Pause war er wieder mit seinen Gedanken zurück bei ihrem Gespräch: »Ist denn Marco schon aus dem Krankenhaus heraus?«
»Nein, noch nicht. Aber er soll nächste Woche entlassen werden, und das ist der Grund, warum sie so nervös ist.«
»Verstehe. Glaubt sie denn, dass Marco absichtlich überfahren wurde?«
»Sie vermutet es, ist ja nicht blöd. Muss ja nur eins und eins zusammenzählen: Der Busfahrer glaubt es, Marco vermutet es auch und dann noch dieser Auftritt von dem Rechtsanwalt bei uns. Ich habe ihr das erzählt. Sie hat ein Recht darauf, denke ich. Ist schließlich der Sohn von uns beiden, nicht nur meiner.«

Bauer fiel sein Gespräch mit Hertz ein, das er heute geführt hatte.

»Ich habe heute mit unserem Chef darüber gesprochen, allgemein, nicht speziell wegen dir. Er erzählt generell nichts zu Hause, aber ich habe ihm dann schon gesagt, dass das in so einem Fall unmöglich ist. Was möchtest du tun?«

»Ich wollte dich fragen, ob du mal an einem der nächsten Abende kommen könntest.«

Bauer war überrascht, er kannte Stefanie kaum.

»Ich habe ihr erzählt, dass du auch einen Sohn hast. Vielleicht hilft es, wenn sie auch von dir hört, was wir alles unternehmen, um die Täter zu finden. Und dass wir in der Lage sind, sie und Marco in der Zwischenzeit mit Personenschutz wirksam zu schützen.«

»Glaubst du, dass ich sie leichter überzeugen kann als du?«, fragte Bauer zweifelnd.

»Bei mir denkt sie, ich sage das alles nur, um sie zu beruhigen und zu vermeiden, dass sie auszieht. Du bist da etwas neutraler, kann ich mir vorstellen. Dir glaubt sie vielleicht eher.«

Bauer sah nach links, wo sich gerade ein junges Pärchen, er mit Piercing in der Nase, hinsetzte. Obwohl das Lokal immer noch nahezu leer war, hatten die beiden genau den Platz ausgesucht, von dem aus sie vermutlich jedes Wort hören konnten, das er und Wörner sprachen. Er warf Wörner einen vielsagenden Blick zu und nickte mit dem Kopf in Richtung des Pärchens.

»Könnten sich ja gleich auf unseren Schoß setzen«, meinte der verärgert.

Leise sprach Bauer weiter: »Hast du denn mit ihr schon gesprochen?«

»Nein. Ich wollte erst hören, was du dazu sagst. Aber ich bin sicher, sie ist einverstanden. Momentan ist sie, glaube ich, für alles dankbar, was ihr helfen könnte, mit der Situation klarzukommen. Sie hat in den letzten Nächten kaum geschlafen, sieht aus, als wenn sie auf Drogenentzug wäre.«

»Na ja«, meinte Bauer mit einem Lächeln, »da passt ihr ja wieder zusammen, wenn ich mir dich so anschaue.«

»Hast gut lachen«, erwiderte Wörner, »das nimmt einen schon mit, das kann ich dir sagen.«

»Ist mir schon klar, war nicht so gemeint«, erwiderte er und schlug ihm freundschaftlich auf die Schulter. »Ginge mir sicher genauso. Gut, dann redest du mit ihr, und wenn sie einverstanden ist, komme ich bei euch mal vorbei.«

»Ja, das wäre gut. Aber ich muss dich vorwarnen, es wird nicht einfach werden: Sie ist seit dieser Sache sehr misstrauisch, fragt mich vor allem dauernd, wann wir denn endlich diesen Mordfall klären.« Er zuckte mit den Schultern.

»Und du weißt selbst, wie wenig ich darauf sagen kann.«

Bauer dachte an das, was sie bisher über die Hintermänner des Mordes wussten. Es war wenig, verdammt wenig.

»Wir müssen da mit offenen Karten spielen bei deiner Frau: Zuerst soll sie das Gefühl bekommen, dass sie und Marco sicher sind. Das lässt sich ja machen, muss Hertz einfach noch mehr Personenschutz organisieren.«

»Er hat mir gesagt, dass er für Marco und Stefanie schon ein Team besorgt hat. Ich habe sie schon vor unserem Haus gesehen.«

»Stimmt, aber sie arbeiten zivil, es sollte niemand ihren Einsatz bemerken.«

»Das hat er mir auch gesagt, aber das geht bei uns kaum, in unserer Straße kannst du nicht den ganzen Tag im Auto sitzen, ohne dass das auffällt.«

»Na gut, das kann man dann nicht ändern. Aber zusätzlich zum Personenschutz müssen wir einfach an der Sache dranbleiben.«

Im Lokal wurde nun die Hintergrundmusik lauter, vermutlich war der Wirt der Meinung, dass die Gäste jetzt genug geredet hatten.

Bauer lehnte sich über den Tisch zu Wörner: »Außerdem, von unserem verdeckten Ermittler Magnus erwarte ich mir einiges. Und morgen fahre ich nochmals nach Österreich und besuche mit dem Kollegen den Club. Unser Gendarm hat da ja schon recht ordentlich vorgearbeitet. Vielleicht kann uns das Mädchen noch mehr über den Kollmann erzählen.«

Wörner bedeutete Bauer mit einem Handzeichen, dass er vorschlug zu gehen.

»Das geht auf mich«, meinte er, als die Bedienung die Rechnung brachte.

Die Abendluft vor dem Lokal war angenehm frisch, die Gäste der Sieben-Uhr-Vorstellung verließen gerade das Kino und gingen aufgeregt diskutierend an ihnen vorbei.

»Kommst du morgen wieder in den Dienst?«, fragte Bauer.

»Ich werde noch einen Tag bei Stefanie bleiben, aber am Freitag bin ich wieder da. Da kommt die Schwiegermutter für ein paar Tage zu uns.«

»Wie kommst du mit ihr klar?«

»Mit der habe ich mich immer schon gut verstanden«, antwortete Wörner ruhig, »die hat auch schon einiges erlebt: Ihr Mann, Stefanies Vater, ist bei einem Autounfall ums Leben gekommen. Und die Firma, die sie danach alleine führen musste, hat letztes Jahr pleitegemacht. Die wirft so leicht nichts mehr um.«

»Wenigstens etwas. Dann sehen wir uns am Freitag.«

»Danke fürs Kommen«, sagte Wörner und drückte mit beiden Händen Bauers rechte Hand. »Viel Erfolg morgen in Österreich.«

Wörner, der nur wenige Minuten entfernt wohnte, stieg auf sein Fahrrad, das er vor einem Supermarkt abgestellt hatte. Bauer ging zu seinem Auto in die Tiefgarage des Einkaufszentrums. Auf der Heimfahrt hörte er im Radio gerade noch die Schlussminuten des Fußballspiels, Bayern gewann schließlich knapp mit 2:1.

Er öffnete das Fenster und ließ die frische Luft herein. Die Zeitung, die auf dem Rücksitz lag, wirbelte durch das Auto und verteilte sich über die gesamte Rückbank. Seine Gedanken wanderten zu seinem Gespräch mit Wörner: Irgendwie war er in den letzten Jahren immer etwas neidisch gewesen auf dessen intakte Familie. Er dachte an seinen eigenen Sohn und was er tun würde, wenn der in Gefahr wäre. Das Schwierige war, sich einzugestehen, dass es absoluten Schutz nicht gab. Nicht mal für den Sohn eines Polizisten. Dieses Gefühl der Ohnmacht konnte er nur durch den Gedanken verdrängen, dass sie alles Mögliche taten, um Wörners Familie zu schützen. Sie mussten einfach besser sein als die anderen.

Kapitel 16

Am nächsten Morgen fiel es Bauer nicht schwer, aufzustehen: Er war gespannt darauf, ob der Besuch in Österreich neue Informationen bringen würde. Hertz war davon weniger überzeugt, als er ihm im Büro seinen Plan mitteilte. »Der österreichische Kollege hat doch schon ausführlich mit ihr gesprochen. Meinst du nicht, dass das vergeudete Zeit ist?«, fragte Hertz missmutig, nachdem er gerade von seinem Vorgesetzten erfahren hatte, dass er in diesem Jahr nicht befördert würde.

»Ich habe mir anfangs auch gedacht, dass es nicht notwendig ist, nochmals dorthin zu fahren«, erwiderte Bauer. »Aber ich will es trotzdem versuchen, vielleicht kann das Mädchen uns doch etwas sagen, was uns endlich weiterbringt. Über das Motiv für den Mord wissen wir überhaupt noch nichts, das passt mir nicht.«

»Nicht nur das«, meinte Hertz missgelaunt. »Gestern hat mich der Staatsanwalt noch angerufen: Der Richter hat ihm angedeutet, dass er Noll wieder aus der Untersuchungshaft entlassen wird, wenn wir nicht bald weitere Beweise bringen.«

»Das ist nicht sein Ernst«, meinte Bauer ungläubig.

»Doch. Er meinte, bisher haben wir zwar einiges, was dafür spricht, dass Noll in irgendeiner Form an dem Mord beteiligt war.«

Hertz stand auf und ging zu dem Waschbecken in der Ecke seines Zimmers, um eine Gießkanne zu füllen. Er drehte den Hahn zu stark auf, sodass er erschrocken vor dem starken Wasserstrahl zurückwich.

»Aber mehr haben wir auch nicht. Weder wissen wir, wer tatsächlich den Kollmann ermordet hat, noch kennen wir ein Motiv.«

»Aber dass der Noll beteiligt war, das steht doch fest. Wir haben ja nicht gesagt, dass wir mit den Ermittlungen schon fertig sind«, erwiderte Bauer verständnislos.

»Ich kann dir nur sagen, was mir der Staatsanwalt berichtet hat. Der ist ja auch unserer Meinung, aber es zählt nun mal, was der Richter sagt.«

»Dann müssen wir uns beeilen. Ich fahre dann nach Kufstein. Der österreichische Kollege hat mir gesagt, dass er die Privatanschrift von diesem Mädchen kennt. Es ist am besten, wir reden mit ihr zu Hause, dann bekommen die im Club nicht alles mit.«

Hertz war damit beschäftigt, seine Grünpflanzen zu gießen, die er auf Schreibtisch und Fensterbrett platziert hatte.

»Dann wünsche ich dir viel Glück.«

»Übrigens: Ich habe gestern noch mit Paul gesprochen: Er wird morgen wiederkommen.«

»Wie geht es ihm?«

»Ging ihm schon besser«, antwortete Bauer. »Der packt das schon.«

Auf die Fahrt nach Kufstein freute er sich immer wieder: Der allmähliche Übergang von der flachen Landschaft um München zu dem hügeligen, saftig grünen Voralpenland war wie eine Fahrt in den Urlaub. Und mit einer Stunde Fahrtzeit auf der gut ausgebauten Autobahn war die Strecke in keiner Weise anstrengend.

Wie gewohnt erwartete ihn der Gendarm bereits, als Bauer die kleine Wache in Kufstein betrat. Kein Geräusch war in dem Zimmer zu hören, kein Polizeifunk, kein Telefonläuten. So wie auch bei den vorangegangenen Besuchen. Nur im Nachbarzimmer, dessen Tür offen stand, saß ein Beamter an seinem Schreibtisch und telefonierte. Schien privat zu sein, er stritt sich gerade mit seiner Frau, ob er nach dem Fußballtraining direkt nach Hause kam oder noch auf ein Bier ging. Hier ist die Welt noch in Ordnung, dachte Bauer, bei denen bricht kein Stress aus.

»Sind Sie heute alleine?«, fragte der Gendarm mit leichtem Erstaunen.

»Ja, der Kollege ist anderweitig beschäftigt. Aber ich bin sicher, wir beide schaffen das auch, oder?«, erwiderte Bauer augenzwinkernd.

»Kein Problem. Wir können meinetwegen sofort zu dem Mädchen fahren. Aber wahrscheinlich schläft sie noch, wird etwas patzig sein, wenn wir sie wecken.«

»Das geht vorüber«, antwortete Bauer, »wenn wir länger warten, ist sie vielleicht schon unterwegs, und wir stehen umsonst vor der Tür.«

Sie fuhren mit dem Auto des Gendarmen, der zuerst noch eine nahezu vollständige Büroausstattung sowie eine Polizeikelle vom Beifahrersitz entfernen musste, bevor Bauer sich hineinsetzen konnte.

»Die lebt ganz anständig, ist meines Wissens eine Doppelhaushälfte. Ein Freund von mir hat gleich um die Ecke vor Kurzem gebaut, darum kenne ich die Gegend. Sie wohnt da mit ihrer Mutter und zwei Hunden.«

»Solange es keine Dobermänner sind, ist es mir egal«, meinte Bauer.

»Kann ich nicht versprechen, aber ich werde Sie beschützen«, meinte der Gendarm scherzend und zeigte auf seine Pistole, die er am Gürtelholster zu seiner Uniform trug.

»Dann bin ich ja beruhigt«, erwiderte Bauer, während sie im Zentrum Kufsteins an kleinen Geschäften und einem mondänen Sparkassengebäude mit Glasfassade vorbeifuhren. Bauer musste an das gestrige Telefonat mit dem Kundenbetreuer seiner Bank denken, in dem der ihm relativ kompliziert erklärt hatte, warum die Verzinsung bei allen Banken derzeit so niedrig sei und die Banken selbst kaum etwas verdienen würden. Er war beruhigt zu sehen, dass dieses Gewerbe scheinbar doch noch nicht vollkommen am Boden lag.

»Da sind wir«, sagte der Gendarm, nachdem sie in ein Wohngebiet eingebogen waren und nun vor einem offensichtlich frisch gestrichenen Haus standen. Das Weiß hob sich deutlich von dem meist schon verblichenen Anstrich der Nachbarhäuser ab, auch die Fenster wirkten neu.

»Nicht schlecht für eine kleine Prostituierte«, meinte der Gendarm ironisch.

»Kann man lassen«, antwortete Bauer und folgte dem Gendarmen, der bereits an der Gartentür stand und läutete. Um das Haus verlief ein schmaler Garten, vor dem Eingang war ein ordentlich gepflegtes Blumenbeet, das in bunten Farben blühte. Hundegebell drang aus dem Haus, nach Bauers Einschätzung eher von kleinwüchsigen Vierbeinern als von Dobermännern. Sie läuteten nochmals.

Im ersten Stock ging ein Fenster auf und eine ältere Frau mit Lockenwicklern sah heraus: »Ja bitte?«, fragte sie und erschrak sichtlich, als sie die Uniform sah.

»Könnten wir Ihre Tochter sprechen?«, fragte der Gendarm.

»Um was geht es denn?«, wollte die Frau wissen, »sie schläft noch.«

Bauer war ein großer Freund solcher Gespräche über größere Entfernungen hinweg, so hatte wenigstens die Nachbarschaft auch etwas Abwechslung vom eintönigen Alltag.

»Das müssten wir schon selbst mit ihr besprechen«, erwiderte der Gendarm. »Seien Sie doch so nett, und wecken Sie Ihre Tochter, wir warten hier so lange.«

Ohne ein weiteres Wort schloss die Frau das Fenster und verschwand im Zimmer.

»Habe ich mir schon gedacht, die ist bestimmt erst um vier Uhr heimgekommen, und jetzt ist es wie viel?« Fragend sah er Bauer an. »Ich habe heute meine Uhr zu Hause vergessen.«

»Kurz vor elf. Sechs Stunden Schlaf müssten ihr doch genügen, oder?«, meinte Bauer und sah zum Nachbarhaus, wo in diesem Moment eine Frau mittleren Alters anfing, ihr Rosenbeet zu schneiden. Mit verstohlenem Blick versuchte sie, sich gleichzeitig einen Überblick über das Geschehen vor dem Nachbarhaus zu verschaffen.

Im Haus hatten sich die Hunde immer noch nicht beruhigt, sie bellten ohne Pause.

»Das würde mich wahnsinnig machen«, meinte der Gendarm, »meine Tochter löchert mich schon seit Monaten, dass sie auch einen Hund möchte. Jetzt haben wir ihr zum Geburtstag eine Schildkröte gekauft, die bellt wenigstens nicht. Mal sehen, wie lange das reicht.«

Bauer musste grinsen.

»Sie haben sich wahrscheinlich gesagt, Hauptsache vier Beine, oder?«

»Genau, ist doch ein fairer Kompromiss, oder nicht?«

Die Haustür ging auf, und zwei höchstens dreißig Zentimeter hohe graue Pudel schossen zum Gartentor und sprangen wie wild daran hoch. Dahinter stand eine nicht mehr ganz taufrische Frau im Morgenmantel, die sich die Augen rieb. Zweifellos empfand sie in diesem Moment das grelle Tageslicht als Zumutung.

»Meine Mutter hat gesagt, Sie wollen zu mir«, sagte sie mit leiser Stimme, die über das Gebell der Hunde hinweg kaum zu verstehen war.

»Ja, richtig«, antwortete der Gendarm, den die Frau offenbar nicht wiedererkannte, obwohl er erst vor wenigen Tagen mit ihr im Club geredet hatte.

»Könnten wir vielleicht hereinkommen?«, meinte er nun schon etwas ungehalten, »wir stehen jetzt schon einige Zeit hier draußen.«

»Entschuldigung, Entschuldigung«, antwortete die Frau theatralisch, »vielleicht bin ich gerade vor zwei Minuten aus dem Bett gestiegen.«

Sie drückte den Türöffner, worauf das Gartentor aufsprang.

»Sissi, Ramon, kommt sofort zurück«, rief sie mit einer plötzlich sehr kräftigen Stimme. Sie schien nun wach geworden zu sein. Die Hunde gehorchten tatsächlich und drehten um, nachdem sie Bauer und den Gendarmen mit ihren feuchten Schnauzen beschnuppert hatten. Als der Gendarm nahe vor ihr war, erinnerte sie sich wieder an ihn.

»Ach, Sie sind es. Tut mir leid, ich habe Sie gar nicht erkannt. Bei Tageslicht sehen die Menschen immer total anders aus als im Club.«

»Außerdem war ich da ja in Zivil«, entschuldigte sie der Gendarm.

»Genau.«

Die Frau führte sie ins Wohnzimmer, das über die gesamte

Breite des Hauses ging. Durch die Fensterfront, die die Wand zum Garten hin bildete, schien die Vormittagssonne herein, die von den weiß gestrichenen Wänden reflektiert wurde. Auf der großen Terrasse sah Bauer massive Holzmöbel im Landhausstil. Er konnte sich nicht erinnern, jemals zuvor unangemeldet in eine so aufgeräumte Wohnung gekommen zu sein. Ob Telefonbücher, Zeitschriften oder Post: alles lag akribisch an seinem Platz auf einer stilvollen alten Kommode oder auf dem Glastisch, der zwischen der Sitzgruppe stand. Keine Wäsche lag herum, keine benutzten Gläser waren zu sehen. Die Frau schien eine Vorliebe für Antiquitäten zu haben, ein aufwendig restaurierter Sekretär stand neben dem Fernseher. An den Wänden hingen gerahmte Fotos, die romantische Sonnenuntergänge am Meer zeigten und Aufnahmen von Monaco.

»Suchen Sie sich einen Platz aus«, sagte die Frau und wies auf zwei bordeauxrote Sessel und eine Couch. Sie setzte sich auf einen ledernen Würfel, der aussah wie ein großer Medizinball.

»Ich muss mich darauf setzen, brauche ich für meinen Rücken«, meinte sie erklärend zu dem ungewöhnlichen Sitzplatz.

Bauer saß ihr gegenüber: Sie machte trotz des Morgenmantels und des ungeschminkten Gesichts einen eleganten Eindruck. Ihre dichten, dunklen Haare gingen bis zur Schulter, mit ihren langen, gepflegten Händen strich sie sich Strähnen aus der Stirn. Ihre Füße steckten in weißen Frotteepantoffeln mit vergoldeter Verzierung.

»Möchten Sie einen Kaffee?«, fragte sie die beiden Beamten.
»Ich brauche jetzt auf jeden Fall einen, sonst kriege ich nichts auf die Reihe.«

Als beide nickend zustimmten, ging sie in die Küche, die durch eine Tür mit dem Wohnzimmer verbunden war. Bauer sah durch das Fenster die alte Frau im Garten, mit der sie vorhin gesprochen hatten. Sie kehrte gerade mit einem Besen die Terrasse, die Pudel sprangen um sie herum. Nach wenigen Minuten kam die Tochter mit einem Tablett zurück, auf das sie neben dem Kaffee auch einen Teller Schokoladenkekse gestellt hatte. Bauer nahm sich vor, dieser Versuchung zu widerstehen.

»So, jetzt können wir anfangen«, sagte sie, nachdem sie sich wieder auf ihr Spezialmöbel gesetzt hatte.

»Wir wollten Ihrer Mutter nicht sagen, warum wir hier sind«, begann der Gendarm das Gespräch, »Sie muss ja nicht wissen, was Sie beruflich machen, oder?«

Die Frau lächelte: »Das ist sehr rücksichtsvoll von Ihnen, aber meine Mutter weiß, wo ich arbeite. Sie ist mit zwanzig mit einem amerikanischen Soldaten, der fast dreißig Jahre älter war, nach Hawaii gegangen. War eine bildhübsche Frau, meine Mutter, ich habe Bilder aus der Zeit gesehen. Er hatte ihr erzählt, dass er reich geerbt habe und sie dort im Luxus leben könnten. Doch als sie dort waren, hat er in wenigen Jahren alles versoffen. Und dann kam sie zurück, hatte einige Affären, die alle in die Hose gegangen sind.«

Sie sah zum Fenster hinaus, wo die alte Frau noch immer die Terrasse kehrte. Die Pudel sprangen wie zuvor ausgelassen um sie herum.

»Und am Schluss achtete sie in einem Club in Innsbruck auf die Mädels, bis ich ihr gesagt habe, sie solle aufhören und zu mir kommen. Da war sie schon fünfundsechzig«, erzählte sie mit einem Kopfschütteln.

Der Gendarm nahm das Gespräch wieder auf: »Ich habe Ihnen ja schon bei unserem ersten Gespräch gesagt, dass es um diesen Kollmann geht, der bei Ihnen als Kunde war«, begann er das Gespräch. »Der Kollege hier ist aus München, wo der Kollmann tot aufgefunden worden ist. Er wollte mit Ihnen noch ein paar Dinge besprechen.«

Bauer wandte sich an die Frau, die ihn mit einem offenen Blick musterte: »Sie haben gesagt, dass Kollmann bei Ihnen als Gast war und erzählt hat, dass er in die Karibik gehen möchte.«

»Stört es Sie, wenn ich rauche?«, fragte sie die beiden Beamten, während sie eine Schachtel mit besonders dünnen Zigaretten öffnete.

»Ist Ihr Haus«, meinte der Gendarm mit einer einladenden

Handbewegung. Während sie mit einem Cartierfeuerzeug die Zigarette anzündete, schlug sie die Beine übereinander, sodass sich der Morgenmantel einen Spalt öffnete und die Knie zu sehen waren. Mit einer raschen Handbewegung schlug sie den Mantel wieder zu, bevor sie sich an Bauer wandte: »Ich habe noch mal über diesen Kollmann oder wie der heißt nachgedacht. Seinen Namen habe ich ja erst von Ihnen gehört«, erklärte sie, wobei sie den Gendarm anblickte.

»Der war vielleicht vier oder fünf Monate freitags bei uns, manchmal jede Woche, dann hat es aber auch wieder Pausen gegeben, wo er zwei oder drei Wochen nicht gekommen ist. Anfangs hat er einige unserer Ausländerinnen ausprobiert, dann ist er zu mir gekommen. Das ist oft so, weil diese Mädels kein Gefühl haben, da spürt der Gast sehr schnell, dass es nur um Geld geht.«

Bauer war geneigt zu fragen, um was es denn bei ihr ginge, aber er verkniff sich die Unterbrechung im letzten Moment.

»Ich bin lange genug im Geschäft, um zu wissen, was die Gäste wollen.«

Sie blies den Rauch an die Decke und nahm einen Schluck Kaffee. Geräuschlos stellte sie die weiße Porzellantasse wieder auf die Untertasse.

»Anfangs hat er so gut wie nichts geredet, wollte immer nur eine ganz einfache Nummer. Kam mir ziemlich schüchtern vor. Aber an einem Abend konnte er nicht. Das war ihm total peinlich, das weiß ich noch«, erzählte sie grinsend.

»Er meinte, es liege vielleicht an der Klimaumstellung, er sei gerade aus der Karibik gekommen. Und da haben wir dann etwas geredet. Ich erzählte ihm, dass ich ein großer Fan von Monaco bin. Zum Formel-1-Rennen werde ich immer von einem Stammkunden auf sein Boot eingeladen.«

Sie drehte sich um und zeigte auf ein Foto an der Wand, das sie mit mehreren Mädchen in Bikinis auf dem Vorderdeck einer weißen Motorjacht zeigte. »Das ist das Boot, auf dem wir immer sind. Ein italienisches Schiff, eine Ferretti. Kennen Sie sich ein bisschen aus mit Booten?«, wandte sie sich an Bauer.

»Keine Ahnung, ich habe in Nizza mal im Hafen ein paar von diesen Jachten besichtigt, aber das ist auch schon alles«, antwortete er.

»Ist ja auch nicht wichtig«, beschwichtigte sie, »auf jeden Fall ist so eine Ferretti mit das Beste, was es gibt: weißes Leder, Kirschholzeinrichtung, riesiges Vorderdeck mit Dusche zum Sonnenbaden, riesige Kabinen, wirklich Klasse. Der Kollmann hat mich dann gefragt, auf was für einem Boot wir immer sind, weil er sich mit Motorjachten gut auskennt. Er überführt solche Boote oft von Mallorca aus in die Karibik, wenn die Eigner den Winter dort verbringen wollen, hat er gesagt.«

»Hat er irgendetwas davon erzählt, mit wem er diese Überführungen macht, da benötigt man ja eine größere Crew, vermute ich mal«, unterbrach sie Bauer.

»Für diese Boote müssen Sie mindestens fünf Mann haben, sonst geht das nicht«, meinte sie.

»Aber da hat er mir nichts gesagt, mit wem er das macht. Als er dann das letzte Mal bei mir war, ist er ziemlich aufgekratzt gewesen, er meinte, dass er ein super Geschäft gemacht hat und jetzt dann ganz in die Karibik geht. Er hat immer von der Dom-Rep gesprochen, die hat er wohl gut gekannt. Zumindest hat er so getan.«

Sie drückte ihre Zigarette in dem silbernen Aschenbecher aus, der vor ihr stand.

»Ich war noch nicht dort, deswegen kann ich nicht beurteilen, was er mir erzählt hat.«

Bauer versuchte zusammenzufügen, was sie bisher über Kollmann erfahren hatten.

»Also Sie vermuten, dass er sein Geld mit Bootsüberführungen verdient hat«, fragte Bauer.

»Das habe ich nicht behauptet. Ich habe keine Ahnung, ob man davon leben kann. Aber zumindest hat er das gesagt, und das passt ja auch irgendwie, oft war er mehrere Wochen nicht da. So eine Überführung dauert sicher einige Zeit.«

Der Gendarm hatte inzwischen die Hälfte der Schokoladenkekse gegessen und suchte nervös in seinen Hosentaschen nach einem Taschentuch, um sich die deutlich sichtbaren Spuren von den Fingern zu wischen.

»Hat er Ihnen nie etwas erzählt von irgendwelchen Partnern oder vielleicht Agenturen, für die er arbeitet?«, setzte Bauer nach.

Die Frau schüttelte den Kopf: »Nein, andere Namen hat er nie genannt. So viel haben wir auch nicht geredet. Wissen Sie, er hat immer nur eine halbe Stunde bezahlt, und die ist schnell herum. Nur das letzte Mal, da haben wir sogar noch eine Flasche Champagner getrunken.«

Sie lachte: »Aber da war er schon angetrunken, als er gekommen ist. Hatte sogar meinen Namen vergessen, sagte immer Cornelia zu mir. Geredet haben wir da nicht mehr viel.«

»Wie hat er eigentlich bei Ihnen bezahlt? Bar oder mit Kreditkarte?«

»Immer bar, so wie fast alle. Mit Karte wollen die meisten nicht, haben Angst, dass es jemand erfährt, den es nichts angeht.«

Sie zuckte mit den Schultern.

»Ist einfach so in unserem Geschäft, wie bei McDonald's, keiner gibt's zu, aber jeder geht gerne hin.«

»Haben Sie jemals ein Auto bei ihm gesehen?«

»Lassen Sie mich überlegen.« Sie machte eine Pause und zündete sich eine neue Zigarette an.

»Nein«, antwortete sie in bestimmtem Ton, »er ist immer mit dem Taxi gekommen. Ich habe ihm meistens noch ein Taxi gerufen, deswegen weiß ich das so genau.«

»Der Besitzer und der Geschäftsführer des Clubs sind Münchner, hat mir mein Kollege erzählt«, fuhr Bauer fort.

»Das stimmt, sind aber beide schon viele Jahre in Österreich. Der Chef hat auch noch einen Klub in Wien, da habe ich auch schon gearbeitet.«

»Haben Sie den Eindruck, dass die den Kollmann kannten?«

Sie schürzte ihre Lippen und schüttelte bedächtig den Kopf.

»Glaube ich nicht. Egon, der Besitzer, ist sowieso so gut wie nie da. Und der Geschäftsführer hat den Kollmann behandelt wie jeden anderen Gast. Die haben nie was Persönliches miteinander geredet.«

Sie machte eine Pause und zog intensiv an ihrer Zigarette.

»Nein, die haben sich bestimmt nicht gekannt. Das hätte ich schon gemerkt.«

Bauer hatte sich während des Gesprächs Stichpunkte in sein Notizbuch geschrieben, das er jetzt zuklappte. Er stand auf, worauf der Gendarm den letzten Schokoladenkeks vom Teller nahm und sich ebenfalls erhob.

»Können Sie mir vielleicht eine Telefonnummer geben, wo ich Sie erreichen kann, wenn ich noch eine Frage haben sollte?«, sagte Bauer.

»Habe ich alles schon beim letzten Mal aufgeschrieben«, presste der Gendarm zwischen seinen kauenden Zähnen hervor, »kann ich Ihnen dann geben.«

»So, jetzt hoffe ich, dass wir Sie nicht um allzu viel Schlaf gebracht haben«, verabschiedete sich Bauer, als sie an der Haustür standen.

»Normalerweise schlafe ich bis eins«, meinte die Frau in beiläufigem Ton, »aber ab und zu ist es auch mal weniger, so wie heute. Ist kein Problem.«

Gerade als sie den Beamten zum Abschied die Hand geben wollte, stoppte sie.

»Warten Sie, da fällt mir noch etwas ein, vielleicht ist das interessant für Sie: Als er beim letzten Mal hier war, fragte er mich, ob ich mit ihm etwas einnehmen möchte, dann würden wir noch mehr Spaß haben. Er holte dann ein kleines Päckchen weißes Pulver hervor.«

Sie zeigten mit ihren Fingern die Größe des Päckchens an.

»War ungefähr so viel, eindeutig Koks. Das habe ich gleich gesehen. Ich habe ihm gesagt, das Zeug interessiert mich nicht. Aber er hat sich eine Nase voll reingezogen.«

»Sind Sie sicher, dass es Kokain war?«, fragte Bauer.

»Hundertprozentig«, antwortete die Frau. »Wenn Sie schon so viele Mädels wie ich gesehen hätten, die sich das reinziehen, dann würden Sie es auch blind erkennen.«

»Aber Koks hatte er nur beim letzten Besuch dabei oder zuvor auch schon?«

»Mir hat er es nur beim letzten Mal gezeigt. Aber ich kann nicht sagen, ob er sonst nicht auch etwas dabei hatte und es sich vielleicht auf der Toilette reingezogen hat. Etwas komisch drauf war er öfter.«

Bauer nickte: »Woher er das Zeug hatte, wissen Sie nicht?«

»Ich bitte Sie, der wird doch nicht so dämlich sein und mir auf die Nase binden, wer ihm den Stoff verkauft«, antwortete sie Bauer und sah ihn mit einem verständnislosen Gesichtsausdruck an.

»Hätte ja sein können. Aber trotzdem, vielen Dank. Könnte interessant sein für uns.«

Sie sah den Beamten noch nach, als diese schon in das Auto einstiegen.

»Was halten Sie von ihr?«, fragte der Gendarm mit nachdenklichem Gesicht, wie wenn er das Urteil eines Sachverständigen einholen wollte.

»Ich denke schon, dass sie uns die Wahrheit gesagt hat. Warum sollte sie uns Mist erzählen, dazu hat sie ja keinen Grund.«

»Wie sieht's aus, ist noch Zeit für ein Bierchen?«, fragt der Gendarm, den die Schokoladenkekse scheinbar durstig gemacht hatten. Bauer sah auf seine Uhr: »Sind Sie mir nicht böse, Kollege, aber ich habe in München noch so viel zu erledigen, und wegen der Baustelle am Inntaldreieck muss ich mit mindestens eineinhalb Stunden Fahrt rechnen.«

»Ist kein Problem, auch wenn ich Ihnen jetzt nicht zeigen kann, was für schöne Wirtshäuser wir hier haben. Mit Blick auf unsere Berge, und das Essen ist auch nicht schlecht«, erwiderte der Gendarm bedauernd. Bauer sah ihm deutlich an, dass er den Arbeitstag gerne in einer Gaststätte beendet hätte. Wahrscheinlich hätte er seinen Kollegen erklärt, sie hätten noch eine Dienstbesprechung abgehalten. Bauer überlegte nochmals, es klang schon verlockend. Aber er wusste, dass er auch noch einkaufen musste für heute Abend, wenn Stefan da sein würde.

»Ich war sicher nicht das letzte Mal hier. Und dann nehmen wir uns die Zeit, abgemacht?«

Sie kamen gerade bei dem Gebäude der Gendarmerie an.

»Abgemacht. Sie können mich jederzeit anrufen, so etwas lässt sich immer einschieben«, antwortete der Gendarm und gab Bauer noch einen Zettel, auf dem die Personalien und die Telefonnummern von Angie standen, die sie gerade besucht hatten.

Bauer überflog die Daten: »Für ihre vierunddreißig sieht sie wirklich noch gut aus.«

»Ja, ich vermute, dass sie sich mit Alkohol zurückhält. Das macht bei denen immer wahnsinnig viel aus, wenn die regelmäßig saufen, dann werden sie einfach schnell alt«, bemerkte der Gendarm.

»Sie scheinen sich ja gut auszukennen, sind wohl Frauenkenner, Herr Kollege?«, fragte Bauer grinsend.

»Ach, wissen Sie, wir kennen die Mädels schon, Kufstein ist ein kleiner Ort.«

Bauer verabschiedete sich und fuhr auf die Autobahn.

Sein Handy klingelte: »Sag mal, was soll das denn?«, herrschte ihn Marion an.

Bauer kramte in seinem Gedächtnis, ob er vielleicht irgendeinen Termin vergessen hatte, aber auf die Schnelle fiel ihm nichts ein.

»Das ist aber eine tolle Begrüßung. Ich habe keine Ahnung, wovon du sprichst«, antwortete er verärgert.

»Du kannst doch nicht einfach einen Kollegen zur Tagesmutter schicken, damit der Stefan abholt. Da solltest du uns schon vorher Bescheid geben.«

»Was?«, schrie er ins Telefon, um das Motorengeräusch zu übertönen »Was soll ich gemacht haben?«

Beinahe wäre er auf einen Lkw aufgefahren, der ohne Blinkzeichen auf die Überholspur bog, um ein Wohnwagengespann zu passieren.

»Vor wenigen Minuten war ein Mann bei Frau Heilmeier«, erwiderte Marion, »der sagte, er sei ein Kollege von dir und solle Stefan abholen.«

»Ich habe niemanden hingeschickt«, antwortete Bauer entsetzt, während ihm tausend Gedanken durch den Kopf schossen.

»Und wo ist Stefan jetzt?«

»Frau Heilmeier hat Gott sei Dank super reagiert und Stefan nicht gehen lassen. Und als sie dann mich angerufen hat, ist der Typ verschwunden.«

Bauer sah jetzt gerade die Bremslichter der vorausfahrenden Autos aufleuchten, offenbar war er nun am Stau vor der Baustelle am Inntaldreieck angelangt, wo die Autobahnen aus Innsbruck und Salzburg in Richtung München zusammenliefen. Er überlegte, wie er den Stau umgehen könnte.

»Ich werde sofort zur Tagesmutter fahren und mir das genau erzählen lassen. Rufe du sie bitte nochmals an und sage ihr, dass nur ich persönlich Stefan hole.«

»Ricardo, was ist da schon wieder los?«, fragte Marion erschrocken.

»Ich kann es momentan nur vermuten. Aber du kannst dich darauf verlassen, ich kümmere mich darum, dass Stefan nichts passiert.«

»Das will ich hoffen.« Es entstand eine Pause. Bauer dachte schon, dass die Verbindung unterbrochen war. Doch dann hörte er Marion wieder: »Ich kann dir gar nicht sagen, wie ich von deinem Beruf die Nase voll habe. Wird denn da nie Ruhe sein?«

Bauer hörte, dass Marion weinte. Verdammter Stau, murmelte er vor sich hin. Er hätte jetzt wahrlich genug zu tun, anstatt hier die Zeit zu vergeuden.

»Marion, du musst mir vertrauen, Stefan wird nichts passieren«, redete er beruhigend auf sie ein.

»Wenn du bei Frau Heilmeier bist«, sie machte eine Pause, während sie offensichtlich mit den Tränen kämpfte, »dann kannst du sie auch gleich beruhigen. Sie hat zu mir gesagt, sie hat Angst, dass der Typ nochmals kommt und sie dann nichts mehr dagegen machen kann.«

»Ich werde mit ihr reden. Wenn notwendig, werde ich Polizeischutz organisieren, das ist ganz klar.«

Der Stau schien länger zu sein, Bauer überlegte, ob er ein Blaulicht im Kofferraum hatte.

»Wann holst du Stefan ab?«

»Ich fahre jetzt sofort hin, in spätestens einer Stunde bin ich dort.«

»Beeil dich, ich habe kein gutes Gefühl«, erwiderte Marion mit besorgter Stimme.

»Ich sage dir Bescheid, sobald ich mit der Tagesmutter gesprochen habe.«

Er fuhr scharf nach rechts auf den Standstreifen und ging zum Kofferraum. Wenige Augenblicke später war das Blaulicht montiert, und er raste mit Martinshorn am Standstreifen an dem zähfließenden Kolonnenverkehr vorbei. Der Motor des schon etwas in die Jahre gekommenen BMW jaulte auf, er war sicher schon lange nicht mehr so gehetzt worden. Eine endlose Kette von Lastwagen schob sich in Richtung Norden. Der Staub wirbelte auf, wenn er immer wieder nach rechts von der Fahrbahn abweichen musste, um nicht mit Autofahrern zusammenzustoßen, die in eine Autobahnausfahrt fuhren. Unterwegs rief er noch Hertz an und erzählte ihm, was passiert war. Er bat ihn, zur Tagesmutter einen Streifenwagen zu schicken. Eine Dreiviertelstunde später kam er schweißgebadet bei dem Reihenhaus an. Im Streifenwagen saßen zwei weibliche Uniformierte, die er kurz begrüßte.

»Die Frau hat vorhin kurz herausgeschaut. Wir haben ihr gesagt, dass wir wegen dem Jungen da sind«, sagte die Fahrerin zu Bauer.

»Danke, ihr könnt dann fahren, ich hole jetzt meinen Sohn ab.«

Er läutete, und als wenn sie schon hinter der Tür gewartet hätte, öffnete Frau Heilmeier fast im selben Moment.

»Gut, dass Sie kommen, Herr Bauer. Ich habe schon auf Sie gewartet, Ihre Frau hat mir Bescheid gesagt.«

In diesem Moment kam Stefan mit seinem Stoffkrokodil im Arm freudestrahlend dahergerannt. Er übersah einen Ball, der auf dem Teppich lag, und fiel der Länge nach auf den Boden.

Bauer rechnete schon mit Tränen, aber Stefan stand sofort wieder auf und lief ihm in die Arme.

»Ich müsste Sie noch sprechen«, unterbrach die Frau die Begrüßung. Bauer erklärte seinem Sohn, dass er noch einmal kurz zu seinen Spielkameraden zurückgehen sollte. In ein paar Minuten werde er ihn wieder holen. Der Junge machte nicht den Eindruck, dass ihn diese Idee begeisterte. Enttäuscht trabte er zurück in das Wohnzimmer.

»Können Sie mir erklären, was das heute war?«, fragte die Frau Bauer gereizt.

»Nein, kann ich momentan noch nicht«, antwortete Bauer in bestimmtem Ton. »Aber Sie haben in jedem Fall hervorragend reagiert, das kann ich Ihnen wirklich sagen.«

Das Lob schien die Frau zu überraschen, ihr Gesichtsausdruck wurde sofort freundlicher.

»Ich habe das doch mit Ihrer Frau von Anfang an ausgemacht, dass nur Sie beide den Jungen abholen. Und daran habe ich mich gehalten. Man hört ja immer wieder was von Kindesentführungen und solchen Sachen.«

Bauer dachte daran, wie unsympathisch er diese Frau bisher immer gefunden hatte. Heute hatte sie das alles wettgemacht.

»Erzählen Sie mir bitte nochmals genau, wie der Besuch von diesem Mann abgelaufen ist.«

»Kommen Sie, setzen wir uns«, sagte sie und führte ihn in eine kleine Küche, in der außer den üblichen Geräten und weißen, abgeschlagenen Hängeschränken nur ein kleiner Tisch mit zwei Stühlen stand. Eine Vielzahl bunter Zettel mit Notizen hing an einer Pinnwand, die neben dem Tisch an der Wand befestigt war. Die Frau räumte hastig mehrere schmutzige Teller in die Spüle.

»Wir haben gerade gegessen, ich bin noch nicht zum Abwaschen gekommen«, entschuldigte sie sich.

Sie wischte sich die Hände an der karierten Schürze ab, die sie um die Hüfte gebunden hatte, und setzte sich zu Bauer an den Tisch: »Also, es war kurz nach dem Mittagessen, um halb eins, als es läutete. Ein Mann stand vor der Tür und sagte, er ist ein Kollege von Ihnen und soll den Stefan abholen.«

»Wie hat der Mann denn ausgesehen?«, fragte Bauer.

»Er war ungefähr so groß wie Sie und hatte braune Haare, ganz kurz, so einen Stiftenkopf.« Sie demonstrierte mit Daumen und Zeigefinger die Länge der Haare.

»Wie alt war er?«

Sie zuckte mit den Schultern.

»Ich hab's befürchtet, dass Sie mich das fragen. Beim Schätzen des Alters bin ich immer schon schlecht gewesen. Da bin ich auch bei den Männern meiner Freundinnen schon oft ins Fettnäpfchen getreten. Aber er war jünger als Sie, vielleicht Anfang dreißig? Oder vielleicht auch etwas älter?« Sie sah in Bauers Gesicht, was sie offensichtlich verunsicherte. Kopfschüttelnd fuhr sie fort: »Tut mir leid, besser kann es nicht sicher sagen.«

Bauer ging durch den Kopf, wie sinnlos es sein würde, mit so einer Beschreibung nach einem Verdächtigen zu suchen. Eigentlich war er solche Beschreibungen gewöhnt, die wenigsten Zeugen waren besser als diese Frau. Aber dieses Mal hätte er viel darum gegeben, mehr damit anfangen zu können.

»Können Sie mir seine Kleidung beschreiben?«

»Das kann ich besser«, erwiderte die Frau erleichtert: »Er hat eine helle Hose angehabt, ich glaube, es war Cord, und ein kariertes Hemd.« Sie machte eine kurze Denkpause, wobei sie ihren Kopf auf die Arme stützte.

»Es war hellblau mit dunkelblauem Karo-Muster.« Ihr Blick wanderte nachdenklich auf den Fußboden: »Ja genau, hellblau mit dunkelblauem Karo.«

»Na sehen Sie, so schlecht sind Sie doch gar nicht im Beobachten«, versuchte Bauer, ihr Mut zu machen. Er wusste, dass die Frau noch wichtig werden könnte.

»Danke, ich bemühe mich. Was mir noch einfällt: Irgendwie sah er ausländisch aus, seine Augen waren schmäler als normal. Und seine Gesichtsfarbe war etwas dunkler. Außerdem war er sehr nervös. Hat ziemlich schnell gesprochen und wollte sofort ins Haus kommen, um den Stefan zu holen. Als er mit mir an der Tür stand, hat er immer versucht, an mir vorbeizusehen, wie wenn er den Jungen gesucht hätte.«

»Hat er den Stefan gesehen? War der in der Nähe der Tür?«, fragte Bauer.

»Nein, die Kinder haben im Wohnzimmer und auf der Terrasse gespielt, die Zimmertür war zu. Er konnte ihn nicht sehen.«

»Dann hat Stefan auch nichts mitbekommen von dem Besuch?«

»Nein, ganz sicher nicht.«

Während die Frau redete, versuchte sich Bauer ein Bild von dem Besucher zu machen. Viel kam dabei nicht heraus.

»Gut, und wie ging es dann weiter?«, fragte Bauer.

»Ich war sehr überrascht und habe ihm gesagt, dass mit Ihrer Frau ausgemacht ist, dass nur Sie beide den Jungen abholen. Er hat dann gesagt, dass Sie einen dringenden Fall haben und deswegen nicht mehr bei mir anrufen konnten.«

»Hat er sich eigentlich mit einem Namen vorgestellt?«

»Nein, er hat nur gesagt, er ist ein Kollege von Ihnen.«

»Und dann, was haben Sie danach gemacht?«

»Entschuldigen Sie bitte, ich muss mir schnell ein Glas Wasser holen, habe einen ganz trockenen Mund.«

Sie stand auf und füllte sich ein Glas aus dem Wasserhahn. In einem einzigen Schluck leerte sie es.

»So, jetzt geht's wieder. Ist immer so, wenn ich mich aufrege. Wo waren wir?«, fragte sie Bauer.

»Ich habe Sie gefragt, was er dann gemacht hat, als Sie ihm Stefan nicht mitgeben wollten.«

»Ah ja, ich habe gesagt, dass er bitte warten soll, ich muss kurz Ihre Frau anrufen. Da ist er laut geworden und hat mich angeschrien, dass er nicht die Zeit hat, vor meiner Tür herumzustehen. Er hätte auch noch etwas anderes zu tun. Ich habe dann nur gesagt, er muss trotzdem einen Moment warten und habe die Tür zugemacht.«

»Haben Sie ihn danach noch mal gesehen?«

»Ja, wie ich hier in die Küche gegangen bin, um Ihre Frau anzurufen, da habe ich durch das Fenster gesehen, dass er mit einem Handy telefoniert hat. Das war aber nur sehr kurz, dann ist er ganz eilig weggegangen. Dorthin.«

Sie zeigte mit ihrer Hand in die Richtung, wo auch der Streifenwagen vorher gewartet hatte.

»In ein Auto haben Sie ihn nicht einsteigen sehen?«, fragte Bauer.

»Nein, ich kann ja von hier nur bis zu der Hecke des Nachbarn sehen, er ist noch weiter nach hinten gegangen.«

»Verstehe.«

Bauer überlegte, ob er die Frau in Details einweihen sollte.

»Hören Sie zu: Ich kann Ihnen momentan leider nicht mehr sagen, als dass diese Sache vermutlich mit einem Fall zu tun hat, den wir bearbeiten. Eines steht jedenfalls fest: Sie und die anderen Kinder sind nicht in Gefahr. Hier geht es nur um Stefan.«

Die Frau sah ihn ungläubig an.

»Sind Sie da sicher? Sie kennen doch den Mann gar nicht, der heute hier war.«

»Das stimmt. Aber wir wissen ziemlich sicher, warum er hier war. Es gab in der Vergangenheit einen ähnlichen Fall bei einem Kollegen, der auch damit zusammenhängt.«

»Na gut, ich verlasse mich da auf Sie. Muss aber auch noch mit meinem Mann sprechen, der ist gerade beim Einkaufen. Wenn der nicht einverstanden ist, müssen Sie Stefan vielleicht so lange bei sich behalten, bis das geklärt ist.«

»Wann kommt denn Ihr Mann wieder?«

Bauer wusste beim besten Willen nicht, wie er gleichzeitig den Fall bearbeiten sollte und seinen Sohn beaufsichtigen. Mit Marion brauchte er gar nicht erst zu reden, dass sie Urlaub nahm, um auf den Kleinen aufzupassen. *Das ist dein Job*, hörte er sie schon sagen. *Du hast uns die Sache auch eingebrockt, nicht ich.*

»Ich denke, jeden Moment, der ist nur kurz zum Supermarkt gegangen.«

In diesem Augenblick hörten sie, wie der Haustürschlüssel umgedreht wurde und ihr Mann hereinkam. Er stellte zwei voll bepackte Plastiktüten auf die Ablage und begrüßte Bauer.

»Meine Frau wird Ihnen ja schon erzählt haben, was heute passiert ist«, meinte er in vorwurfsvollen Ton, als ob Bauer ihm den Fremden geschickt hätte. Bauer wusste von Marion, dass der Mann viele Jahre in einer Schreinerei gearbeitet hatte, aber wegen seiner fünfzig Jahre nach deren Pleite keine neue Stelle mehr gefunden hatte. Das schien ihm aufs Gemüt geschlagen zu haben. Tiefe Falten zogen sich durch sein Gesicht, seine wenigen Haare, die er noch hatte, hingen strähnig über die Stirn. Auf seinen eingefallenen Wangen zeigten sich einige Bartstoppeln, die Rasur war heute offensichtlich ausgefallen.

»Ja, das hat sie«, erwiderte Bauer. »Und ich habe ihr auch schon erklärt, dass es nur um meinen Sohn geht. Weder Sie noch die anderen Kinder sind in Gefahr.«

Der Mann fuhr sich mit seiner fleischigen Hand über den Kopf und sah seine Frau an: »Du weißt, was wir ausgemacht haben. Ich will hier keinen Ärger, mir reicht schon, dass ich jeden Tag die Bälger im Haus haben muss.«

Bauer spielte gedanklich die verschiedenen Varianten durch, wie er auf den Mann reagieren konnte. Wenn er nach seiner augenblicklichen Stimmung reagiert hätte, dann wäre Stefan sicher den letzten Tag bei dieser Frau gewesen. Aber das hätte niemandem genützt, hätte alles nur noch komplizierter gemacht. Also verwarf er diese Variante.

»Ich verstehe Ihre Aufregung«, sagte er in ruhigem Ton zu dem Mann, der mit dem Rücken am Kühlschrank lehnte.

»Aber wir werden alles tun, um für Sie jeden Ärger zu vermeiden. Ab morgen wird den ganzen Tag ein Fahrzeug mit zwei Beamten vor der Tür stehen und den Eingang beobachten. Außerdem bekommen Sie meine Telefonnummer, unter der Sie mich jederzeit anrufen können.« Bauer sah dem Mann ins Gesicht, um seine Reaktion zu erkennen.

Doch der zog nur die Augenbrauen hoch und wandte sich zur Tür. Im Hinausgehen murmelte er: »Macht doch, was ihr wollt.«

Mit einem lauten Knall schlug er die Küchentür zu, sodass die Frau zusammenzuckte. Sie schüttelte den Kopf, die Szene schien ihr peinlich zu sein.

»Seit er keine Arbeit mehr hat, ist er oft unausstehlich. Es ist eine Schande, dass so einer wie er nichts mehr findet.«

Bauer hoffte, dass sich die Frau in seinem Sinn entscheiden würde.

»Ich werde nachher noch mal mit ihm reden: Wissen Sie, ich halte das nicht aus, die drei Kinder und dann noch Streit mit ihm«, sie deutete mit dem Kopf zur Tür, »wenn er sich wirklich querstellt, dann müssen Sie Stefan bei sich behalten, bis die Sache geklärt ist.«

»Gut, machen wir es so: Wenn ich nichts mehr von Ihnen höre, dann bringe ich Stefan morgen früh wieder, und die zwei Polizisten werden den ganzen Tag aufpassen, dass hier nichts passiert.«

Er holte aus seiner Brieftasche eine Visitenkarte und schrieb seine Handynummer darauf: »Und hier haben Sie auch noch meine Handynummer, da können Sie mich immer erreichen.«

Sie nahm die Karte und heftete sie mit einer bunten Nadel an die Pinnwand zu den anderen Notizen.

»Wie gesagt, ich kann es Ihnen nicht versprechen. Aber ich werde es versuchen. Allein schon wegen der anderen Kinder, sie würden Stefan sicher sehr vermissen.«

Sie standen auf, und die Frau holte Stefan aus dem Wohnzimmer, wo er schon hinter der Tür gewartet hatte. Bauer hoffte, dass er von dem ganzen Theater nichts mitbekommen hatte.

»Fahren wir jetzt nach Hause?«, fragte er leise, wobei er etwas verschüchtert wirkte. Bauer hob ihn hoch und küsste ihn auf die Nase: »Als Erstes kaufen wir uns ein großes Erdbeereis, und dann bauen wir einen neuen Legobahnhof.«

»Meinen Rucki brauche ich noch«, erwiderte Stefan und drehte seinen Kopf nach hinten zur Garderobe. Die Frau hatte den knallgelben Rucksack inzwischen schon unter einem bunten Knäuel von Kinderjacken und Taschen hervorgeholt und gab ihn Stefan, der ihn nur mit Mühe mit seinen kleinen Fingern halten konnte.

»Also«, meinte Bauer im Hinausgehen zu der Frau, »wenn ich nichts mehr von Ihnen höre, dann bis morgen früh.«

Sie nickte bedrückt und machte den Eindruck, dass sie in diesem Moment an das Gespräch mit ihrem Mann dachte, das ihr nun bevorstand.

»Warum war Onkel Anton so böse?«, fragte Stefan verschüchtert, als ihn Bauer auf die Rückbank setzte. Bauer machte die Tür zu und ging um das Auto herum auf die Fahrerseite, um Zeit zum Nachdenken zu gewinnen. Er beschloss, seinem Sohn nicht zu erzählen, was geschehen war, dazu war er zu klein. War nur zu hoffen, dass auch Heilmeiers so vernünftig waren, woran er zumindest bei dem Mann seine Zweifel hatte. Er stieg ein und drehte sich zu Stefan um: »Ich glaube, Onkel Anton war heute einfach nicht gut aufgelegt, vielleicht hat er sich über irgendetwas geärgert. So etwas kommt immer wieder mal vor.«

Er beobachtete Stefans Reaktion. Zärtlich drückte der sein grünes Krokodil fest an sich und lachte ihn an. Die Erklärung schien ihn beruhigt zu haben. Sie fuhren zum Rotkreuzplatz zu Sarcletti, der Eisdiele, die über München hinaus für ihr selbstgemachtes Eis berühmt war. Die kleinen Tische vor dem Geschäft waren voller Leute, die vor ihren bunt verzierten Eisbechern saßen und den Verkehr beobachteten. Bauer nutzte dieses Mal aus, dass er mit dem Dienstwagen unterwegs war, und stellte sich in das absolute Halteverbot. Vor der Eisdiele war wie üblich kein Parkplatz zu finden. Kurz danach saßen sie vor ihren Erdbeerbechern, und Stefan war so damit beschäftigt, mit dem langen Löffel die Erdbeeren und das Eis in seinen kleinen Mund zu zirkeln, dass die Erinnerung an Onkel Anton seine Stimmung offensichtlich nicht mehr trübte. Bauer fiel ein, dass er vergessen hatte, Marion anzurufen. Er ließ Stefan kurz alleine sitzen und ging ein paar Schritte von den Leuten weg, ohne aber seinen Sohn aus den Augen zu lassen. Marion hatte sich wieder beruhigt, als er sie anrief. Er erzählte ihr kurz das Gespräch mit der Tagesmutter und ihre Abmachung, dass ab morgen zwei Beamte auf Stefan aufpassen würden. Begeistert war sie nicht, aber Bauer war erleichtert, wie sie reagierte. Wenigstens hatte sie ihm keine weiteren Vorwürfe gemacht. Danach besprach er sich noch kurz mit Hertz, der wie erwartet keinerlei Schwierigkeiten machte und die Beamten für den nächsten Tag beim Personenschutz organisierte.

Stefan hatte inzwischen einen unübersehbaren Teil des Eises über sein Gesicht verteilt, sodass Bauer mehrere Servietten benötigte, um seinen Sohn wieder gesellschaftsfähig zu machen.

Sie bezahlten und fuhren nach Hause. Als Bauer in den Rückspiegel sah, musste er lächeln: Stefan hatte die Hitze offensichtlich müde gemacht, an sein Stoffkrokodil geklammert war er eingeschlafen.

Legospielen fiel aus.

Kapitel 17

»Wir müssen in München einem kündigen, dringend. Sonst kocht uns die Scheiße dort über«, sagte eine männliche Stimme.

»Das ist aber auch wirklich bescheuert gelaufen, normal stellt er sich nicht so an«, antwortete ein anderer Mann in hessischem Dialekt.

»Wir sollten jetzt nicht so viel quatschen«, erwiderte der Anrufer, »wir treffen uns zur üblichen Zeit in Düsseldorf am bekannten Platz.« Der Mann mit dem hessischen Dialekt schien in einem Bahnhof zu sein, im Hintergrund waren Zugdurchsagen zu hören.

»Alles klar, bis dann.«

Der Beamte im Düsseldorfer Polizeipräsidium machte sich eifrig Notizen auf dem Blatt Papier, das er neben die Computertastatur gelegt hatte. Was er hörte, beunruhigte ihn. Er und seine Kollegen verfolgten inzwischen mehr als vier Monate die Gespräche dieser Tätergruppe, und er war sich ziemlich sicher, was dieser Satz von der »Kündigung« bedeutete. Das Telefonat war ziemlich kurz, es wurde von einem Handy aus geführt, dessen Besitzer sie inzwischen kannten: ein Immobilienmakler, der ursprünglich aus Hamburg stammte, aber jetzt in Neuss lebte, und es auffällig schnell zu großem Vermögen gebracht hatte. Sie wussten aber immer noch nicht, wie er das geschafft hatte. Mit Immobilien allein war es kaum vorstellbar. Den Mann mit dem hessischen Dialekt hatte er zum ersten Mal gehört, der musste neu sein. Der Beamte stoppte die Wiedergabe und suchte aus seinem Telefonbuch die Nummer des Polizisten in München heraus, den er bei einem Lehrgang kennengelernt hatte. Hoffentlich konnte er ihn erreichen, sonst könnte es zu spät sein.

Der Tag hatte für Bauer hektisch begonnen: Stefan hatte schon seit einigen Wochen morgens keine Lust aufzustehen, sodass Bauer ihm jeweils gut zureden musste, um ihn aus dem Bett zu locken. So war es auch an diesem Tag, und dann hatte Bauer auch noch vergessen, frische Milch zu kaufen, sodass Stefan auf seine geliebten Frosties in Milch verzichten musste. Diesen Fehler konnte Bauer nur dadurch ausgleichen, dass er schnell zum Bäcker lief und frische Brezen holte. Mehr als eine halbe Stunde später als geplant waren sie kurz vor dem Haus der Tagesmutter, als Stefan bemerkte, dass sie in all der Hektik sein Krokodil zu Hause vergessen hatten.

Er weinte so herzergreifend, dass Bauer schnell klar wurde, dass es keine Alternative gab, als schnell zurückzukehren, soweit der Berufsverkehr das zuließ, um den unersetzlichen Gefährten holen. Danach war Stefans Stimmung wieder gerettet, und Bauer konnte ihn bei der Tagesmutter abliefern. Da sie ihn gestern nicht mehr angerufen hatte, war es ihr offensichtlich geglückt, ihren Mann davon zu überzeugen, dass sie mit den zwei Polizeibeamten vor der Tür sicher waren.

Wörner saß nach seinen freien Tagen erstmals wieder gegenüber an seinem Schreibtisch, er schien diese Nacht mal geschlafen zu haben, zumindest waren die Augenringe schwächer geworden. Doch immer noch war er ungewohnt blass.

Das Telefon läutete, und Bauer hob ab.

»Kannst du mal schnell zu mir ins Büro kommen?«, fragte Hertz. »Ich habe gerade einen Anruf aus Düsseldorf bekommen, ist eilig.«

»Komme gleich nach vorne«, erwiderte Bauer und stand auf. »Bin kurz beim Chef«, sagte er zu Wörner, der sich gerade einen Überblick über die Akten auf seinem Schreibtisch verschaffte.

Hertz saß hinter seinem Schreibtisch und kaute an einem Kugelschreiber. Auf Bauer machte er einen nervösen Eindruck, sein Blick war unruhig. Er bedeutete Bauer, sich in den Stuhl vor ihm zu setzen.

»Hör mal zu: Mich hat gerade ein Kollege aus Düsseldorf angerufen, den habe ich mal bei einem Lehrgang kennengelernt. Die haben seit mehreren Monaten eine Telefonüberwachung laufen, und da ist ihm vor einigen Wochen schon mal ein Gespräch aufgefallen, wo die Typen sich über eine Sache in München unterhalten haben. Da sagte einer, der Crash in München hat die Grünen nicht beeindruckt.

Der Kollege konnte damals nichts damit anfangen, hat es sich aber notiert. Und heute Morgen hat er ein Gespräch abgehört, das gestern Nachmittag geführt worden ist. Die sind nicht live dabei, das ist nicht zu machen, hat er mir gesagt. Da müssten sie ständig nachts arbeiten.« Hertz' Gesichtsausdruck wurde besorgt.

»Und da hat der gleiche Typ, der damals schon an dem Gespräch beteiligt war, gesagt, dass in München wieder etwas schiefgelaufen ist und sie nun eine Kündigung brauchen. Weißt du, was bei denen Kündigung heißt?«

»Nein«, erwiderte Bauer, der eine gewisse Vorahnung hatte, »was Vernünftiges vermutlich nicht.«

»Der Kollege hat es mir gesagt, weil die das Wort schon mal in der TÜ hatten. Mit hoher Wahrscheinlichkeit ist Mord gemeint.«

Bauer sah Hertz in die Augen und erkannte, dass sich sein Chef ebenso wie er gerade bewusst wurde, was das bedeuten konnte.

»Du denkst, dass das mit unserem Fall zu tun hat?«, fragte Bauer, der sich schon ziemlich sicher war, dass die Antwort nur »Ja« lauten konnte. Hertz nickte.

»Denken wir doch mal genau nach: Der erste Anruf war kurz nach dem Unfall von Pauls Sohn, und der zweite jetzt, nachdem sie deinen Sohn entführen wollten. Das ist doch kein Zufall.«

»Und der Auftritt von dem Anwalt passt auch dazu«, erwiderte Bauer. »Die wollen Druck machen, dass wir die Ermittlungen beenden.«

»Genauso sehe ich das auch.«

Hertz bückte sich und holte aus der untersten Schreibtischschublade eine noch ungeöffnete Zigarettenschachtel hervor.

»Seit wann rauchst du denn wieder?«, fragte Bauer überrascht.

»Ich brauche das jetzt für die Nerven«, antwortete Hertz,

während er in seinen Schubladen nach einem Feuerzeug suchte. Endlich entdeckte er eines und versuchte, damit seine Zigarette anzuzünden, aber offensichtlich war das Gas ausgegangen.

»Vergessen wir's«, sagte er und steckte die Zigarette zurück in die Packung.

»Sollen wir nicht Paul Bescheid geben, den betrifft es ja schließlich genauso?«

»Du hast recht, ich rufe ihn an.«

Kurz darauf kam Wörner ins Büro und setzte sich neben Bauer vor den Schreibtisch. Hertz informierte ihn über die Neuigkeiten.

»Was meinst du, was wir tun sollen?«, fragte er Bauer.

»Wenn wir davon ausgehen, dass die Sache uns betrifft, und ich glaube, das sollten wir tun, dann müssen wir auf jeden Fall den Personenschutz für die Leute organisieren, die es betreffen kann.«

Hertz streckte die Finger seiner rechten Hand aus und fing der Reihe nach an, jeweils einen Namen dazu zu nennen: »Pauls Frau und sein Sohn haben bereits Personenschutz, fehlen noch deine Frau, ich meine deine Ex-Frau, Marion, und dein Sohn, wenn er nicht bei der Tagesmutter ist.«

Bauer nickte.

»Richtig, Paul und ich können auf uns selbst aufpassen.«

Wörner nickte schweigend. Sein Gesichtsausdruck verriet, dass ihm die Information von dem geplanten Mordanschlag schwer zu schaffen machte.

»Seid ihr sicher?«, fragte Hertz. »Denkt daran, dass wir keine Ahnung haben, wie professionell der Typ ist, der da angesetzt worden ist.«

Bauer hatte den letzten Satz seines Chefs nicht mehr aufgenommen, seine Gedanken beschäftigten sich gerade damit, wie er Marion erklären sollte, dass sie Personenschutz bekommen sollte.

»Was sagst du dazu?«, bohrte Hertz nach, als Bauer keine Antwort gab.

Der lenkte seinen Blick wieder auf seinen Chef: »Entschuldige, war gerade mit meinen Gedanken woanders. Du meintest, ob Paul und ich nicht auch Personenschutz bekommen sollten?«

»Ja, wir sollten uns das überlegen«, meinte Hertz.

»Ich meine, wenn wir ein paar Vorsichtsmaßnahmen beachten wie zum Beispiel jeden Tag eine andere Strecke ins Büro und nach Hause fahren, keine öffentlichen Verkehrsmittel und keine Spaziergänge, dann dürfte nichts passieren.«

Hertz schüttelte den Kopf.

»Nein, das gefällt mir noch nicht. Was haltet ihr davon, wenn wir jedem von euch ein Begleitfahrzeug mit zwei Mann geben, das die Fahrtstrecken vorab überprüft und dann auch euere Wohnadressen, bevor ihr heimfahrt?«

Bauer nickte: »Das kann nicht schaden, ja, klingt vernünftig.«

Beide schauten zu Wörner, der noch kein Wort gesagt hatte.

»Irgendwie ist das doch Wahnsinn, oder nicht?«, fragte er, während sein Blick zwischen Hertz und Bauer hin- und herwanderte.

»Wenn wir ehrlich sind, haben wir doch keine Chance. Überlegt doch mal: Der Typ kann uns abknallen, wenn wir morgens aus dem Haus gehen, vor der Dienststelle, überall. Da ist es doch scheißegal, ob wir ein Begleitkommando haben oder nicht.«

Hertz versuchte, die Situation zu entspannen.

»So ist es auch wieder nicht: Wir sitzen ja nicht untätig herum. Vielleicht bekommen wir ja einen Hinweis auf den Mann, der da offensichtlich geschickt werden soll. Ich habe mit dem Kollegen in Düsseldorf vereinbart, dass sie dieses Telefon ab sofort rund um die Uhr abhören. Wenn sich irgendetwas tut, geben sie mir sofort Bescheid.«

»Wieso wissen die eigentlich nicht, welche Typen da miteinander telefoniert haben?«, fragte Wörner ungeduldig.

»Einen kennen die Kollegen, das ist ein Immobilienmakler aus Neuss, aber den Typen, den er angerufen hat, konnten sie nicht identifizieren. Die Handynummer, die er benutzt hat, ist so eine Prepaid-Karte, die auf eine Person eingetragen ist, die schon seit einigen Monaten nicht mehr in Deutschland ist, ein Marokkaner. Vermutlich hat der das Handy weiterverkauft.«

»Na toll«, murmelte Wörner.

»Und warum schnappen die sich nicht einfach diesen verdammten Makler und setzen ihn auf den Topf, bis er auspackt?«

Hertz hatte inzwischen Streichhölzer in seiner Kugelschreiberablage entdeckt und zündete sich eine Zigarette an.

»Das habe ich mit dem Kollegen besprochen. Der sagt, davon hält er gar nichts: Der Makler muss ein ziemlich abgezockter Typ sein, die hatten ihn schon mal bei einer Vernehmung. Der gibt nichts zu, was man ihm nicht eindeutig beweisen kann.«

Wörner stand auf und öffnete das Fenster. Sofort drangen der Straßenlärm und die Hitze ins Zimmer, sodass sich Bauer und Hertz fragend ansahen. Wörner bemerkte, dass das keine gute Idee war, und schloss das Fenster wieder.

»Ja, aber wir haben doch dieses Telefonat, das kann man ihm doch vorhalten.«

Hertz zog tief an seiner Zigarette und blies den Rauch an die Decke.

»Die haben nicht von einem Mord gesprochen, nur von einer *Kündigung*, wie die das umschreiben. Und damit kannst du ihm gar nichts anhängen.«

»Außerdem verbauen wir uns die Chance, noch mehr zu erfahren, wenn wir den Typen jetzt festnehmen. Dann sind die ja gewarnt«, ergänzte Bauer.

»Also ich denke, das müssen wir so weiterlaufen lassen«, fuhr Hertz fort. »Außerdem haben wir ja auch noch unseren verdeckten Ermittler. Was macht denn Magnus?«, wandte er sich an Bauer.

»Der war bis jetzt zwei Mal bei dem Autohändler, läuft bis jetzt ganz gut. Wir treffen uns heute Abend. Er hat mich gestern angerufen und gesagt, es gibt Neuigkeiten. Die Sache braucht natürlich etwas Zeit, aber das wussten wir ja von Anfang an.«

Wörner war inzwischen wieder zu seinem Stuhl zurückgekehrt.

»Was haltet ihr davon, wenn wir uns diesen Noll nochmals vorknöpfen? Der weiß doch, was da läuft, nicht umsonst hat er doch den Brief aus dem Knast heraus geschrieben.«

Bauer lehnte sich in seinem Stuhl zurück und fuhr sich mit den Händen durch die Haare.

»Ich kann mir nicht vorstellen, dass uns der was erzählt, du hast doch gehört, was sein Anwalt gesagt hat, keine Aussage mehr bis zur Verhandlung.«

Wörner stand wieder auf und ging aufgeregt im Raum auf und ab: »Vielleicht sollten wir ihm klarmachen, dass wir ihn uns schnappen, wenn unseren Frauen oder unseren Jungs auch nur noch ein Haar gekrümmt wird.«

Sein Blick richtete sich auf Hertz, er trat nahe an dessen Schreibtisch heran: »Du kannst mir glauben, dann hole ich ihn mir persönlich, da kann er sich seinen Anwalt irgendwohin stecken, das interessiert mich dann nicht mehr.«

»Paul, beruhige dich«, sagte Bauer in ruhigem Ton.

»Du tust dich leicht, Ricardo, deinen Sohn haben sie ja nicht angefahren. Glaubst du, ich verkrieche mich jetzt vor denen und warte darauf, bis der Nächste von uns dran ist?«

Wütend schüttelte er den Kopf.

»Nein, das kannst du vergessen. Lange schaue ich mir das nicht an, dann hole ich mir diesen verdammten Autohändler, oder meinetwegen diese Thai von dem Noll; dann kann er sehen, wie es ist, wenn man auf seine Familie losgeht.«

Hertz blickte mit sorgenvollem Gesicht zu Wörner, der immer noch unruhig im Büro umherlief.

»Paul, bitte setz dich. Das macht mich nervös.«

Wörner ging zurück zu seinem Stuhl und warf Hertz einen verärgerten Blick zu.

»Wäre es dir lieber, wenn ich dir freigebe und du mit deiner Familie an einen sicheren Ort gehen kannst, bis die Sache vorbei ist?«, fragte Hertz in ernstem Ton.

Es entstand eine Pause, Wörner vergrub nachdenklich das Gesicht in seinen Händen.

»Da muss ich mit Stefanie reden, die muss ja eigentlich

Unterricht halten. Habe keine Ahnung, ob sie freibekommen kann.«

»Bis wann kannst du das klären?«, fragte Hertz ungeduldig.
Wörner stand auf.

»Kann ich sofort versuchen, sie ist zu Hause. Freitag ist immer ihr freier Tag.«
Er ging in sein Büro.

»So nützt er uns einfach nichts, ich will, dass er sich freinimmt«, sagte Hertz zu Bauer.

Der nickte: »Ich hätte ihn gerne dabei, aber ich fürchte, du hast recht. Er soll sich um seine Frau und den Jungen kümmern. Sonst dreht er uns noch durch.«

Wörner kam zurück und blieb vor dem Schreibtisch von Hertz stehen: »Sie ist einverstanden. Der Arzt hat ihr sowieso schon angeboten, sie für die nächsten Wochen krankzuschreiben, bis sie sich nervlich wieder erholt hat.«

»Und wo wollt ihr hinfahren?«, fragte Hertz.

»Wir könnten ins Allgäu fahren. In der Nähe von Kempten haben ihre Eltern eine Ferienwohnung, die kennt sonst niemand. Da sind wir sicher, außerdem ist es wirklich eine schöne Gegend.«

Wörner redete jetzt wieder ruhiger, die Aussicht auf eine Auszeit schien ihm gutzutun.

»Ich hoffe, ihr versteht das nicht falsch«, fuhr er fort, während er zu Bauer blickte, »aber ich habe nicht mehr so lange bis zur Pensionierung. Wenn ich mir vorstelle, dass jetzt vielleicht noch meine Ehe in die Brüche gehen soll, wegen solchen Typen, dann ist es mir das einfach nicht wert.«

Bauer hatte Verständnis für Wörners Entscheidung.

»Was hältst du davon, dass ich dir Claudia als Partnerin gebe, bis die Sache ausgestanden ist?«, wandte sich Hertz an Bauer.

»Denkst du nicht, dass das vielleicht ein bisschen riskant für sie ist? Immerhin ist sie dann auch im Fokus, und so lange ist sie ja noch nicht dabei.«

Hertz schien darüber nachzudenken, er nahm sich noch eine Zigarette aus der Packung und zündete sie an.

»Wir können sie ja hauptsächlich die Büroarbeiten machen lassen. Sie kann den Kontakt nach Düsseldorf halten und die Abklärungen machen, zum Beispiel für die Informationen, die uns der verdeckte Ermittler liefert.«

»Ich glaube, das ist am vernünftigsten«, antwortete Bauer, der erleichtert war, nicht auch noch auf eine junge Kollegin aufpassen zu müssen. Es genügte ihm schon, dass er noch nicht wusste, wie er Marion beibringen sollte, dass sie ab sofort Polizeischutz hatte.

»Was macht eigentlich Franz, den habe ich schon ein paar Tage nicht mehr gesehen?«, warf Wörner ein. Bauer kam in den Sinn, dass es eigentlich schon viel über einen Kollegen wie Kirner aussagte, wenn man ihn mehrere Tage überhaupt nicht vermisste.

»Ach, das habe ich ganz vergessen euch zu sagen«, erwiderte Hertz, »Franz hat sich beim Fußball das Schienbein gebrochen. Der wird einige Zeit ausfallen.«

»Bei was?«, fragte Wörner ungläubig.

»Der hat doch schon immer in so einer Altherrenmannschaft gekickt, hast du das nicht gewusst?«

Bauer und Wörner sahen sich überrascht an.

»Nein, wirklich nicht«, erwiderte Bauer, »darauf muss man ja auch erst kommen. Spielt der da die Eckfahne?«

Hertz zog die Augenbrauen hoch, sein Blick sollte zweifellos Missbilligung ausdrücken: »Du wirst lachen, aber der Bergmann von der Sitte hat mir erzählt, dass Franz bei ihnen den Spitznamen ›Netzer‹ hat, weil er so tolle Pässe schlägt.«

»Ich glaube es dir ja«, sagte Wörner, »soll er seinen Spaß haben.«

Bauer stellte sich gerade Kirner im Sportdress vor, der fassähnliche Oberkörper auf den krummen, kurzen Beinen – er sollte sich vielleicht doch mal ein Spiel dieser Mannschaft ansehen, wenn Kirner wieder fit war.

»Gut, dann müssen wir nur noch kurz besprechen, wie wir es mit Marion und deinem Sohn machen«, sagte Hertz und blickte zu Bauer.

»Ich gehe schon mal«, unterbrach ihn Wörner und verabschiedete sich mit einem Handschlag von Hertz.

»Ich gebe Ricardo meine Telefonnummer, dann könnt ihr mich erreichen, wenn ihr mich braucht.«

»Geht in Ordnung«, meinte Hertz, »hoffen wir, dass es nicht zu lange dauert.«

»Ich bin noch kurz im Zimmer, wir sehen uns noch«, meinte er zu Bauer gewandt und ging hinaus.

»Ich werde Marion heute Abend informieren, dass sie ab sofort Personenschutz hat. Der Kommandoführer bekommt von mir alle Adressen, die von der Tagesmutter, Marions Firma und natürlich von zu Hause.«

Hertz nahm einen Zettel von seinem Schreibtisch und gab ihn Bauer: »Das ist der Einsatzleiter, ich habe dir alle seine Telefonnummern aufgeschrieben, Dienststelle und Handy. Werde ihn vorab informieren.«

Bauer las den Namen, er kannte ihn von einer früheren Dienststelle.

»Das ist ein erfahrener Mann«, antwortete Bauer zufrieden, »mit dem müssten sie es in den Griff kriegen.«

»Ich habe mit den Personenschützern gesprochen, sie werden höchste Sicherheitsstufe fahren. Mehr Schutz geht nicht.«

Hertz beugte sich über den Schreibtisch zu Bauer: »Oder willst du auch an einen sicheren Ort verschwinden? Aber dann habe ich ein Problem: Wer arbeitet dann für uns an dem Fall?«

Bauer schüttelte den Kopf: »Vergiss es. Marion kann nicht so einfach freimachen wie Pauls Frau. Die würden ihr wahrscheinlich kündigen, wenn sie mitten in einem Projekt freinimmt, egal aus welchem Grund.«

Bauer stand auf: »Wird aber trotzdem heute Abend ein fröhliches Gespräch werden, freue mich schon richtig darauf. Wird wahrscheinlich glauben, dass ich schon neugierig darauf bin zu erfahren, mit wem sie sich wann trifft.«

»Alles Gute«, meinte Hertz, »sie muss das doch verstehen, oder nicht?«

»Mal sehen, ich werd's dir am Montag erzählen.« Er ging in sein Büro, wo Wörner gerade dabei war, seine Akten zu sichten, die auf dem Schreibtisch lagen.

»Wahrscheinlich ist es am besten, ich übergebe die eiligen Sachen an Claudia, damit sie sich darum kümmert, solange ich nicht da bin.«

»Wäre mir recht«, antwortete Bauer, »ohne dich wird es für mich genug zu tun geben die nächsten Tage.«

»Du findest meine Entscheidung nicht richtig, oder?«, fragte Wörner und sah dabei aus, als fühlte er sich nicht besonders wohl.

»Unsinn, habe ich überhaupt nicht so gemeint«, antwortete Bauer, während ihm gleichzeitig einfiel, dass er sich in einer Stunde mit Magnus verabredet hatte. »Ich würde es wahrscheinlich in deiner Situation genauso machen. Sieh zu, dass du im Allgäu abschalten kannst. Ich halte dich auf dem Laufenden.«

»Die Telefonnummer der Wohnung im Allgäu habe ich dir auf den Schreibtisch gelegt, ab morgen Mittag werden wir dort erreichbar sein.«

»Alles klar«, meinte Bauer und las den Zettel, den Wörner ihm auf den Tisch gelegt hatte.

»Was heißt denn das unter den Telefonnummern: Bambus zweimal, Yucca einmal, Kaktus einmal?«

Wörner machte ein Gesicht wie ein Schuljunge, der seinen Eltern eine schlechte Note beichten muss: »Ich wollte dich noch bitten, meine Pflanzen zu gießen. Die Putzfrau ist doch in Rente gegangen, die das bis jetzt immer gemacht hat. Und der neuen traue ich nicht recht«, meinte er kleinlaut. Bauer blickte zu den verschiedenen grünen Gewächsen, die sein Partner auf dem Schreibtisch und auf einem Beistelltisch neben dem Fenster stehen hatte.

»Da bin ich aber schon mächtig stolz, dass du mir so ein großes Vertrauen entgegenbringst. Danke.«

Er verneigte sich mit einer ausladenden Handbewegung vor Wörner.

»Darauf kannst du auch stolz sein«, erwiderte Wörner. »Unser Gespräch zu dritt mit Stefanie hat sich ja dann wohl auch fürs Erste erledigt, oder?«

»Ja, ich denke schon. Aber trotzdem danke. Ich gehe dann jetzt noch zu Claudia und dann bin ich weg.«

Er gab Bauer die Hand und sah ihm in die Augen: »Danke. Pass auf dich auf, und schnappt euch diese Penner.«

Bauer sah ihm nach, wie er mit einigen Aktendeckeln unter dem Arm das Zimmer verließ. Er setzte sich und atmete tief durch. Ein Blick auf seine Uhr sagte ihm, dass er nur noch knapp eine Stunde hatte, bis er mit Magnus verabredet war. Aber zuvor musste er noch Marion anrufen und ihr sagen, dass er heute Abend dringend mit ihr sprechen musste.

Im Büro war sie nicht, er wählte ihre Handynummer: »Ricardo, mach es kurz. Ich bin gerade auf der Fahrt zu einem Meeting«, begrüßte sie ihn in gehetztem Ton.

»Es ist wichtig, sonst würde ich dich nicht anrufen. Wir müssen etwas Dringendes besprechen, aber nicht jetzt, am Telefon. Hast du heute Abend Zeit?«

»Du weißt doch, dass ich Stefan habe. Also bin ich auch zu Hause. Um was geht es denn?«

»Ich habe dir doch gesagt, nicht jetzt am Telefon. Ich komme so gegen halb neun vorbei. Dann können wir das besprechen. Passt dir die Zeit?«

Es entstand eine kurze Pause, in der er sie »Mensch, fahr doch endlich zu« rufen hörte.

»Heute sind wieder nur Schlafmützen unterwegs. Eigentlich wollte ich mir heute mal einen ruhigen Abend machen, hatte eine hektische Woche. Aber wenn es so wichtig ist, wird ja nicht ewig dauern.«

»Nein, ich mache es so kurz wie möglich.«

»Gut, also bis später.«

Er legte den Hörer auf und sah auf die Uhr. Er musste los.

Dieses Mal war Magnus vor ihm in der Wohnung und stand in der Küche, um sich einen Kaffee zu machen.

»Möchtest du auch einen?«

»Danke, lieber nicht, hatte heute schon genug, was meinen Kreislauf auf Touren gebracht hat. Gib mir lieber ein Wasser.«

Er ließ sich in die Couch fallen, die so weich war, dass er halb versank.

»Was spricht unser Autohändler?«

Magnus kam aus der Küche und setzte sich in einen Sessel.

In seinem blauen Leinensakko, das er zu einem weißen T-Shirt trug, sah er aus wie ein Urlauber in einem Nobelhotel am Mittelmeer.

Er holte einen Zettel aus seiner Hosentasche: »Muss mir auch schon alles aufschreiben, damit ich nicht die Hälfte vergesse«, sagte er grinsend und überflog mit einem Blick seine Notizen. An einer bestimmten Stelle stoppte er: »Genau, das war es. Also pass auf: Nach dem ersten Treffen habe ich ein paar Tage gewartet, sonst hätte das nicht echt ausgesehen. Dann bin ich wieder hin und habe mit ihm noch mal wegen dem Preis gesprochen. Er wollte zunächst nicht heruntergehen, war irgendwie merkwürdig. Obwohl ich bei den anderen Händlern gesehen habe, dass sein Preis zu hoch war. Aber dann haben wir uns doch geeinigt, das Auto steht jetzt hier unten in der Tiefgarage.«

Er deutete mit seiner Hand auf den Boden.

»Aber das ist eigentlich Nebensache. Das Interessantere kommt noch: Als ich zu dem Autoplatz gekommen bin, war das Büro offen, aber keiner war drin. Auch der Rolli-Fahrer war nicht da. Ich bin trotzdem reingegangen, weil ich gesehen habe, dass der Dicke mit einem Kunden ein Auto angesehen hat. Er hat mich nicht bemerkt. Innen habe ich mir kurz diese Jachtzeitung angesehen, die schon beim letzten Mal auf seinem Schreibtisch war. Lag wieder dort. Kannst du dich noch erinnern, da war doch ein Inserat markiert gewesen?«

Bauer überlegte kurz, dann fiel es ihm wieder ein.

»Ja, davon hast du erzählt.«

»Genau. Und in dem Inserat stand«, Magnus blickte auf seinen Zettel, »*Bieten Schiffsüberführungen mit erfahrener Crew von und in die Karibik.* Darunter die Telefonnummer von dem Autoplatz und die Handynummer von Klemm.«

»Wieso machen die denn Schiffsüberführungen?«, fragte Bauer.

»Hast du nicht gesagt, dass dieser Kollmann herumerzählt hat, er sei öfter in der Karibik?«

»Stimmt, das hat die Bedienung behauptet, und im Club in Kufstein hat er es anscheinend auch herumerzählt.«

»Vielleicht hat es ja da irgendwelche Probleme gegeben, und die haben ihn deswegen erledigt?«

Bauer überlegte, doch es fiel ihm nichts ein, warum man in diesem Geschäft jemanden umbringen sollte.

»Ich habe einen Freund angerufen, der hat viele Jahre auf der Jacht von einem amerikanischen Firmenchef gearbeitet. Der kennt sich in dem Metier aus. Er hat mir erzählt, dass viele dieser großen Jachten im Herbst vom Mittelmeer aus in die Karibik überführt werden, weil die Bootseigner im Winter lieber dort herumschippern. Ist ja auch logisch.«

Bauer stand auf, um sich noch ein Glas Mineralwasser aus der Küche zu holen. »Red nur weiter, ich höre schon zu.«

Magnus fuhr fort: »Und weil die meisten keine Lust haben, selbst die weite Strecke über den Atlantik zu tuckern, lassen die das von solchen Firmen machen. Die Herrschaften kommen dann mit dem Flieger nach.«

»Manche trifft es wirklich hart, was? Muss ich mir merken, wenn ich mal eine solche Jacht haben sollte«, lachte Bauer.

»Die Dinger kosten so ab zwei Millionen Euro, nur zur Info«, erwiderte Magnus.

»Und im Frühjahr geht dann die gleiche Reise wieder zurück, damit sie im Sommer im Mittelmeer kreuzen können.«

Bauer überlegte, wie die Informationen zu dem passten, was sie bisher wussten.

»Also gut, denken wir mal laut: Der Kollmann hat möglicherweise für den Klemm und damit auch für den Noll, der ja bei uns sitzt, Boote in die Karibik überführt oder von dort hierher. Ist ja auch egal. Kann man denn damit richtig Geld verdienen?«

Magnus kratzte sich am Kopf und verzog dabei das Gesicht.

»Also, mein Freund hat gemeint, dass es da viele Leute gibt, die das anbieten. Und die meisten Bootseigner haben ihre feste Crew, die das erledigt. Ist ja auch irgendwie Vertrauenssache, so einen Millionentopf über den Atlantik zu bringen. So wie er mir das erklärt hat, gibt es da nicht viel zu verdienen.«

»Aber warum machen die dann das Geschäft?«, fragte Bauer nachdenklich und sah auf den Teppichboden, wo er zwei Schritte von sich entfernt einen dunklen Fleck entdeckte.

»Gute Frage«, meinte Magnus. »Aber ich muss dir noch weitererzählen: Kurz darauf kam dann der Klemm in den Container und war ziemlich erschrocken, als er mich gesehen hat. Ich hatte ihn durch das Fenster kommen sehen und habe schon auf dem Besucherstuhl gesessen. Von meinem Blick in die Jachtzeitung hat er nichts mitbekommen. Willst du nicht doch einen Kaffee«, fragte Magnus, als er sich gerade eine zweite Tasse aus der silbernen Kaffeekanne einschenkte, die ziemlich klobig vor ihnen auf dem Glastisch stand.

»Ja, eine kannst du mir geben, langsam werde ich doch müde«, antwortete Bauer und ließ sich in die Couch zurückfallen.

»Ich hole dir schnell eine Tasse«, meinte Magnus und ging in die Küche, wo er mit einer weißen Porzellantasse zurückkam, die einen von oben nach unten verlaufenden Sprung hatte.

»Tut mir leid, war die letzte, die noch da war. Das Geschirr hier ist etwas dürftig.«

Bauer nahm sie in die Hand und drehte sie mit einem misstrauischen Blick.

»Na ja, wird schon halten«, meinte er und verfolgte gespannt, wie Magnus den Kaffee in die Tasse goss. Sie war dicht.

»Aber es geht noch weiter«, fuhr Magnus fort. »Als ich mit Klemm den Autodeal perfekt hatte, habe ich so beiläufig auf die Jachtzeitung hingedeutet und gefragt, ob er ein Boot hat. Meine Frage hat ihn scheinbar etwas überrascht. Er schüttelte kurz den Kopf und meinte, dass er kein Boot hat. Die Zeitung sei von einem Kunden liegen gelassen worden.«

»Das klingt aber merkwürdig: Immerhin lag die Zeitung ja

schon bei deinem ersten Besuch auf seinem Schreibtisch, noch dazu aufgeschlagen.«

Magnus nickte: »Ja, das kannst du vergessen, die hat niemand dort aus Versehen liegen gelassen. Die gehört schon ihm.«

»Oder diesem Rollstuhlfahrer«, erwiderte Bauer.

»Na ja, ob ausgerechnet der ein Boot hat, bezweifle ich.«

»Das nicht, aber es kann doch sein, dass der sich nebenbei irgendwie um die Vermittlung von solchen Bootsüberführungen kümmert. Ein Vermögen wird er bei dem Autohändler kaum verdienen.«

»Das sicher nicht, der machte mir eher den Eindruck, dass er vor allem den Telefondienst macht.«

Bauer musste aufstehen, in der tiefen Couch wäre er sonst jeden Moment eingeschlafen. Er ging im Zimmer auf und ab: »Also gut, nehmen wir jetzt einfach mal an, der Kollmann und dieser Klemm und meinetwegen auch der Rollstuhlfahrer haben irgendwie gemeinsam etwas mit diesem Bootsgeschäft zu tun. Aber was steckt dahinter?«

Er sah nach unten in den Innenhof des Gebäudes, wo eine junge Frau ihren kleinen Jungen auf ein rotes Tretauto setzte.

»Der Kollmann hat ja auch erzählt, dass er ein gutes Geschäft gemacht hat und für immer in die Dominikanische Republik gehen wird. Ich sehe nicht, wie man da ein gutes Geschäft machen kann.«

»Ich habe dazu momentan auch keine Idee«, sagte Magnus.

»Aber ich habe den Klemm heute angerufen und ihm gesagt, dass ich noch eine E-Klasse brauche, wenn es geht, nächste Woche. Wir haben für Montag ausgemacht, dass ich vorbeikomme. Vielleicht ergibt sich eine Gelegenheit, mit dem Rolli-Fahrer zu plaudern. Der hat mir einen recht freundlichen Eindruck gemacht. Ist eher der Typ gutmütiger Brummbär.«

»Ja, versuche das. Ich glaube schon, dass wir da auf einer richtigen Spur sind. Und achte vor allem darauf, ob noch jemand im Zusammenhang mit diesen beiden Typen auftaucht. Du weißt, bei dem Mord müssen mehrere dabei gewesen sein. Und der Rollstuhlfahrer war es sicher nicht.«

Magnus erhob sich aus seinem Sessel und brachte das Geschirr in die Küche. Bauer stand immer noch am Fenster und beobachtete die Frau, die jetzt winkend dem Kind auf dem Tretauto zusah, wie es im Kreis fuhr. Er sah auf die Uhr: Bald würde er auch eine Frau mit einem kleinen Jungen treffen. Die Frage war nur, ob diese Frau auch so gut gelaunt sein würde, wenn er mit ihr gesprochen hatte.

»Also, bis Montag«, rief ihm Magnus zu, kurz darauf hörte er die Wohnungstür ins Schloss fallen. Bauer wartete fünf Minuten. Gerade hatte er in der Küche noch mal nachgesehen, ob sie alles ausgeschaltet hatten, und wollte zur Tür gehen, als das Telefon läutete. Er erschrak: Niemand hatte diese Nummer, nicht mal auf der Dienststelle war sie bekannt. Er ging zurück ins Zimmer, wo das Telefon auf einem schmalen Schreibtisch stand.

»Ja bitte«, meldete er sich.

»Guten Abend, hier ist die Rezeption«, meldete sich eine freundliche weibliche Stimme. »Tut mir leid, dass wir Sie stören müssen, aber die Miete für das Appartement ist immer noch nicht bezahlt.« Bauer dachte kurz nach: Am Tag nachdem er das Appartement organisiert hatte, war er zu Hertz gegangen und hatte ihm den Mietvertrag hingelegt. Der versprach, sich darum zu kümmern, dass die Miete überwiesen wurde, und zwar von dem verdeckten Konto, das sie für solche Zwecke hatten. Offenbar hatte das nicht funktioniert.

»Oh, das tut mir sehr leid, da muss irgendetwas bei der Bank schiefgelaufen sein«, antwortete Bauer. »Sie können sich darauf verlassen, dass es am Montag erledigt wird.«

»Bitte seien Sie so gut, es sind jetzt nämlich schon fast zwei Wochen, und Sie wissen ja, die Miete ist immer am Ersten fällig.«

»Ja, ich weiß. Ab sofort kommt sie pünktlich, dafür werde ich sorgen.«

Er war wütend: Wenn die von der Verwaltung ein Mal etwas außer der Reihe machen müssen, dann funktioniert es schon nicht, dachte er bei sich. Er sah auf die Uhr, kurz vor acht. Wenigstens würde er wohl pünktlich bei Marion sein, und, wenn alles glatt ging, spätestens in zwei Stunden endlich zu Hause. Er hatte jetzt schon genug von dem Tag.

Er fuhr mit dem Lift in die Tiefgarage und setzte sich in seinen alten BMW. Den Dienstwagen hatte er bei der Dienststelle gelassen. Hertz sah es nicht gerne, wenn er ihn am Wochenende benutzte.

Bauer bog in den Frankfurter Ring ein, wo nur wenige Autos an ihm vorbeifuhren. Den größten Teil des Berufsverkehrs hatte München, wie immer freitags um diese Uhrzeit, schon hinter sich: Die vielen Pendler, die vor allem aus dem bis zu zweihundert Kilometer entfernten Niederbayern kamen, waren schon zu Hause. Spätestens mittags um ein Uhr strömten sie aus den Fabriktoren von BMW und anderen großen Betrieben und verstopften alle Straßen, die nach Norden führten.

Er legte eine CD mit ruhiger spanischer Musik ein. Das Geplapper dieser jungen, dynamischen Moderatoren bei den Radiosendern wollte er sich jetzt nicht antun. Gedanklich versuchte er, sich schon mal auf das kommende Gespräch vorzubereiten.

»Komm herein«, begrüßte ihn Marion, die auf ihn einen entspannten Eindruck machte. Er ging in das Wohnzimmer, an dessen Einrichtung sich seit seinem Auszug nicht viel verändert hatte. Nur seine Bücher hatte er mitgenommen, stattdessen hatte Marion mehrere kleine Vasen und Holzfiguren in die Schrankwand gestellt.

»Ist Stefan schon im Bett?«, fragte er und sah zur Tür des Kinderzimmers, die geschlossen war.

»Ja«, antwortete Marion, die in die Küche gegangen war, »sie hatten heute Kinderfest in der Pfarrei. Er war todmüde, als wir nach Hause kamen. Möchtest du etwas trinken?«, fragte sie ihn, nachdem er sich einen Sessel genommen hatte.

»Danke, wenn du vielleicht ein Bier hast. Brauche ich vielleicht zur Beruhigung«, meinte er mit einem Augenzwinkern.

»Ich werde dich nicht aufregen«, meinte Marion ernst, während sie in die Küche lief, »du bist ja derjenige, der offensichtlich eine Überraschung für mich hat.«

»Du hast Glück«, rief sie, »ich habe zufällig noch eines im Kühlschrank. Das habe ich gekauft, als mein Vater letzte Woche da war, um mir im Kinderzimmer ein paar Regale aufzubauen.« Bauer überlegte, ob er das als versteckten Vorwurf an sich verstehen sollte, weil nicht er diese Arbeit gemacht hatte. War ja das Zimmer des gemeinsamen Sohnes. Er entschied sich dafür, es nicht so aufzufassen. Nicht unnötig aufregen, dachte er sich. Marion kam zurück. Sie stellte ihm das Bier hin und setzte sich gegenüber auf die Couch. Es war schon einige Monate her, dass sie so zusammengesessen hatten. Bauer wollte lieber nicht an das letzte Gespräch denken, nach dem über eine Woche Funkstille zwischen ihnen geherrscht hatte. Nur Stefan zuliebe hatten sie sich wieder verständigt.

»Geht es um den Personenschutz für Stefan bei der Tagesmutter?«, begann sie das Gespräch.

Bauer hatte sich vorgenommen, betont ruhig zu versuchen, ihr den Grund für den Personenschutz zu erklären. Er erzählte ihr kurz etwas von dem Mordfall und danach von den Ereignissen, über die er sie bisher noch nicht informiert hatte und die der Anlass für den Personenschutz waren.

»Ja, das hast du mir ja schon am Telefon gesagt, warum Stefan bei der Tagesmutter bewacht wird.«

Er wusste, jetzt kam der schwierigere Teil, der Personenschutz für sie.

»Dieses Mal geht es nicht nur um Stefan. Wir sind der Meinung, dass auch du gefährdet sein könntest. Deswegen haben wir auch für dich Personenschutz organisiert.«

Sie stand auf und ging zum Fenster.

»Sitzen die vielleicht jetzt schon vor der Tür?«, fragte sie aufgeregt und sah auf die Straßen, wo ein Auto nach dem anderen geparkt war.

»Nein, ich wollte es dir erst erklären. Aber sie stehen bereit, warten nur auf meinen Anruf.«

»Weißt du, was das für mich bedeutet? Jeden Termin denen mitzuteilen, überhaupt kein Privatleben mehr zu haben?«

In diesem Moment schien ihr der Gedanke zu kommen, von

dem Bauer gehofft hatte, dass sie ihn möglichst nicht haben würde.

»Und dir erzählen sie dann jeden Tag, was ich gemacht habe, oder?«

»Nein, das werden sie nicht tun«, antwortete er und bemühte sich, weiterhin mit ruhiger Stimme auf sie einzureden.

»Sie berichten nur, wenn ihnen etwas verdächtig vorkommt. Du bekommst von mir die Telefonnummer von dem Einsatzleiter, und nur dem musst du sagen, wann du wegfährst und wohin. Ich erfahre davon überhaupt nichts.«

Sie sah ihn misstrauisch an.

»Das glaubst du doch wohl selbst nicht, dass der das alles für sich behält.«

»Doch, das wird er tun. Was sollte er mir denn berichten? Klingt ja gerade so, als ob du was zu verbergen hättest.«

»Unsinn, ich habe nichts zu verbergen. Ich will nur mein Leben leben, verstehst du, und nicht schon wieder ständig mit deinem Job zu tun haben.«

Bauer stand auf, er wurde wütend.

»Ich habe mir diese Situation nicht ausgesucht, vielleicht kannst du das auch mal sehen. Mir geht es darum, dass dir und Stefan nichts passiert. Und daran kann ich nichts Falsches erkennen.«

Seine Stimme war lauter geworden, lauter, als er sich vorgenommen hatte.

»Lassen wir es, das bringt nichts«, sagte sie mit leiser Stimme. Sie ging vom Fenster weg und setzte sich wieder auf die Couch.

»Gib mir die Nummer von dem Mann, ich werde ihn anrufen, sobald wir das Haus verlassen.«

Sie streckte ihren Arm in seine Richtung, ohne ihn anzusehen. Er holte aus seiner Jacke den Zettel und gab ihn ihr.

»Sonst noch was?«, fragte sie und sah ihn mit erschöpften Augen an.

Er schüttelte den Kopf.

»Nein, momentan war es das. Wir versuchen, die Sache so

schnell wie möglich aus der Welt zu schaffen. Das ist für uns alle eine ziemliche Belastung, das kannst du mir glauben.«

Sie stützte ihr Gesicht in beide Hände und nickte leicht. Nach einer kurzen Pause stand sie auf und brachte ihn zum Ausgang.

»Sag Stefan liebe Grüße von mir.« Er öffnete die Tür.

»Mache ich. Hoffen wir, dass alles gut geht«, meinte sie zum Abschied.

Bauer atmete tief durch, als er die Treppen hinunterlief.

Er war froh, dass er das Gespräch hinter sich hatte. Irgendwie konnte er sie verstehen: Sie hatte wirklich die schlechteren Karten von ihnen beiden erwischt. Er stieg in sein Auto und spürte, dass er hungrig war. Seine Gedanken wanderten von dem geschmacklosen Joghurt in seinem Kühlschrank, den er sich gestern mit besten Vorsätzen gekauft hatte, zum Italiener, der neben seiner Wohnung vor kurzem aufgemacht hatte. Hin- und hergerissen näherte er sich seinem Ziel. An der letzten Ampel griff er sich mit der rechten Hand prüfend an den Bauch: Kein Zweifel, das Maximum, das er vertreten konnte, war Italiener, aber ohne Wein, nur Mineralwasser. Ist nun mal so im Leben, dachte er sich, bei Kompromissen müssen beide Seiten etwas nachgeben.

Kapitel 18

Hertz war gerade ins Büro gekommen und hatte die Fenster geöffnet, um frische Luft hereinzulassen, als das Telefon läutete: Es war Staatsanwalt Branner.

»Mit dem Noll wird es langsam knapp. Der Richter hat mir gesagt, er muss ihn spätestens in zwei Wochen entlassen, wenn wir nicht weitere Beweise auf den Tisch legen.«

Hertz berichtete ihm den aktuellen Stand.

»Das bringt uns noch nicht viel. Jetzt fehlt Ihnen ja auch noch ein wichtiger Mann, wenn dieser Wörner freimacht. Ist das nicht etwas übertrieben?«

Hertz stand auf und schloss die Fenster, der Verkehrslärm war zu laut: »Ich habe es ihm freistellen müssen, er ist erfahren genug, um das selbst zu entscheiden. So wie er in den letzten Tagen ausgesehen hat, hätte er uns auch nichts genützt.«

»Na ja, müssen Sie wissen«, antwortete der Staatsanwalt in einem Ton, der wenig Verständnis ausdrückte.

»Aber sehen Sie zu, dass wenigstens Ihre restlichen Leute vorankommen. Die Blamage brauche ich nicht, dass wir den Noll herauslassen müssen. Schönen Tag.«

Er hatte aufgehängt.

Hertz dachte an die Kollegen in Düsseldorf, vielleicht hatten sie Neuigkeiten aus der Telefonüberwachung. Es war kurz vor halb elf, er wählte die Nummer, die er inzwischen auswendig kannte.

»Guten Morgen. Wie sieht es aus bei euch?«

»Wir haben gerade noch mal alle Aufnahmen überprüft: Leider schlechte Nachrichten: Die Leitung von diesem Makler ist tot«, erwiderte der Düsseldorfer Beamte. »Seit jetzt schon achtundvierzig Stunden kein einziges Gespräch mehr drauf. Keine Mailbox, keine SMS. Ich vermute, der hat wieder mal das Handy gewechselt, das hat er schon einmal vor einigen Wochen gemacht. Da haben wir dann auch fast zwei Wochen gebraucht, bis wir wieder seine neue Nummer hatten.«

»Aber der muss doch ein Telefon haben, über das ihn seine Kunden erreichen können?«, fragte Hertz ungläubig.

»Ja, das hat er auch, aber über diese Nummer wird überhaupt nichts geredet, was für uns interessant ist. Das läuft alles immer nur über diese spezielle Nummer. Und die hat er jetzt anscheinend wieder getauscht.«

Hertz raufte sich die Haare: »Jetzt haben wir also keine Ahnung, was in dieser Sache mit dem Mordauftrag passiert, vorausgesetzt, es ist einer.«

»Moment mal«, erwiderte der Beamte am anderen Ende.

Hertz hörte, wie im Hintergrund mehrere Personen miteinander sprachen.

»Bin wieder da. Ich habe gerade mit den Kollegen gesprochen, die den anderen, den normalen Anschluss überwachen. Sie haben auch keinen Hinweis, was in dieser Sache passiert. Wie gesagt, heiße Sachen bespricht er nur auf dieser speziellen Nummer.«

»Habt ihr sonst noch etwas über den Makler herausbekommen?«, fragte Hertz ungeduldig.

»Ja, wir waren gestern noch unterwegs. Der verkauft vor allem neue Wohnungen, momentan insbesondere in einer Siedlung im Süden von Düsseldorf. Er hat da den Alleinauftrag. Ein Angestellter von ihm sitzt in einer Musterwohnung und zeigt Interessenten die Wohnungen. Diesen Typen haben wir mal unauffällig bei einer Verkehrskontrolle überprüft: Ist ein dreiunddreißigjähriger ehemaliger Bankangestellter, hat einige kleinere Betrügereien hinter sich.«

»Und außer diesen Betrügereien habt ihr bei denen nichts gefunden?«, setzte Bauer nach.

»Nein, aber es ist irgendwie merkwürdig: Sein Geschäft läuft nicht so besonders, und mit den Betrügereien hat er bisher auch höchstens zwei- bis dreihunderttausend gemacht. Aber er lebt auf total großem Fuß, zwei Porsche, Haus in Nizza und in Fort Lauderdale, und eine Frau, die früher hier mal Miss Nordrhein-Westfalen war.«

»Vielleicht verdient sie ja durch ihren Modeljob Geld«, meinte Hertz.

»Nein«, antwortete der Düsseldorfer Beamte, »die muss ziemlich unzuverlässig sein, deswegen engagiert sie keiner mehr. Sie geht nur jeden Tag ins Fitnessstudio und fährt mit ihrem BMW-Cabrio zum Reiten, hat ein eigenes Pferd in einem Gestüt stehen.«

»Habt ihr schon mal daran gedacht, den Typen zu observieren?«

Der Beamte am anderen Ende der Leitung lachte.

»Ja, das haben wir. Aber das kannst du vergessen. Ist ein Profi: Fährt mit dem Taxi zu einem Kaufhaus, geht vorne hinein und hinten wieder hinaus, steigt dann wieder in ein Taxi, und das Spielchen macht er so drei- bis viermal, bis er zu einem Treff fährt.«

»Schöne Scheiße.«

»Genau, treffend gesagt. Du kennst das ja. Wir haben es schon ein paarmal versucht, aber er ist nicht zu halten.«

»Wann wollet ihr eigentlich bei ihm und den anderen Typen wegen dieser Betrügereien zuschlagen?«

»Uns fehlen noch einige Informationen, ich denke, in drei bis vier Wochen werden wir so weit sein.«

»Gut. Du rufst mich an, wenn ihr wieder was hört in unserer Sache?«

»Ja klar, mache ich. Aber wie gesagt, es kann dauern, wir müssen erst seine neue Handynummer herausfinden.«

»Alles klar. Viel Erfolg.«

Kapitel 19

Der Mann in der ausgewaschenen Jeans und dem naturfarbenen Leinenhemd, das über die Hose hing, schien auf jemanden zu warten: Immer wieder sah er auf die Uhr, die er am rechten Handgelenk trug. Von den Gästen in dem Café nahe am Bahnhof beachtete ihn niemand, hier war man Fremde gewohnt. Die kurzen, blonden Haare hatte er mit Gel nach hinten frisiert, stahlblaue Augen blickten aus einem braun gebrannten Gesicht, das von einer breiten Nase dominiert wurde. Seine hervortretenden Wangenknochen gaben seinem Gesichtsausdruck eine gewisse Härte. Um den Hals trug er eine lange goldene Kette, an der er seine Sonnenbrille eingehakt hatte. Trotz des weiten Hemdes konnte man erkennen, dass er durchtrainiert war, an seinen Unterarmen hoben sich deutlich kräftige Muskeln ab.

Er mochte vielleicht Ende dreißig sein. Die anderen Gäste im Lokal interessierten ihn nicht, er wusste, dass ihn niemand kennen würde. Er war in seinem Leben erst ein Mal in dieser Stadt gewesen, und auch das nur für zwei Tage. Die schmiedeeisernen Zeiger der Uhr über der Theke zeigten kurz vor sieben, als die Tür aufging und ein weiterer Mann in das Café kam. Er war Mitte vierzig, Typ Geschäftsmann, brauner Anzug mit Nadelstreifen, weißes Hemd, Krawatte, beige Lederschuhe mit braunen Kappen. Die Haare trug er länger, als es eigentlich modern war. Nach einem kurzen Blick durch den Raum, in dem um diese Zeit nur zwei ältere Pärchen und eine Gruppe Mädchen saßen, traf sich sein Blick mit dem des Mannes, der schon mehr als eine halbe Stunde wartete. Er ging mit schnellen Schritten in dessen Richtung.

»Tut mir leid. Der Flieger ging mit Verspätung raus, und dann sind wir auch noch Warteschleifen vor der Landung geflogen.«

Er gab dem Wartenden die Hand und setzte sich zu ihm an den kleinen Tisch im Eck gegenüber der Eingangstür. Vor ihm stand eine leere Kaffeetasse.

»Ist kein Problem, hatte nur gedacht, dass sich vielleicht was geändert hat.«

Der Ältere drehte sich um und hielt Ausschau nach der Bedienung. Als sie ihn sah, deutete er auf die Kaffeetasse, was sie mit einem Nicken quittierte.

»Nein, es bleibt wie besprochen. Warten wir nur kurz, bis sie den Kaffee gebracht hat.« Ungeduldig blickte er nach dem Mädchen, das gerade an der Kaffeemaschine hantierte.

Kurz darauf stellte sie ein kleines, silbernes Tablett mit dem Kaffee und einem Glas Leitungswasser auf ihren Tisch.

»Ich habe das Foto dabei, sehen Sie es sich am besten mal auf der Toilette an.«

Er zog aus seinem Sakko ein kleines weißes Kuvert und schob es mit der rechten Hand über den Tisch. Er hielt es zwischen Daumen und Mittelfinger, weil ihm das vorderste Glied des Zeigefingers fehlte.

»Dann kann ich Ihnen noch ein paar Takte dazu erzählen.«

Wortlos stand der Jüngere auf und ging quer durch das Café zur Toilette. Fünf Minuten später war er zurück, der Ältere beugte sich inzwischen über einen Teller Gulaschsuppe mit Semmel.

»Entschuldigung, ich habe seit heute Morgen nichts mehr gegessen«, bemerkte er kauend und löffelte gierig die Suppe in sich hinein.

»Glauben Sie, dass Sie ihn auf der Straße erkennen?«

Der Suppenteller war inzwischen bis auf den letzten Rest leergelöffelt. »Das Foto ist leider nicht besonders, aber besser ging es in der Kürze nicht. War so schon schwierig genug.«

Der Jüngere sah sich um, weil sich in dem Moment eine Frau mit einem Kind an den Nachbartisch setzte.

»Ich denke schon. Aus dem Haus, in dem er wohnt, werden schon nicht mehrere Leute kommen, die aussehen wie sein Zwillingsbruder.«

»Kann ich mir nicht vorstellen«, antwortete der Ältere, der gerade das letzte Stück seiner Semmel in den Mund geschoben hatte.

»Ist auch möglich, dass der in einer eigenen Hütte wohnt, vielleicht einem Reihenhaus oder so, die verdienen ja nicht schlecht.«

Der Jüngere sah wieder zu der Frau am Nachbartisch, die schien aber mit ihrem Kind beschäftigt zu sein, das gerade Buntstifte aus einem Rucksack auspackte.

»Haben Sie gesehen, auf der Rückseite habe ich Ihnen die Adresse aufgeschrieben. Müsste noch stimmen, ist nämlich erst zwei Wochen alt, meine Info.«

»Ja, habe ich gesehen«, erwiderte der Jüngere, der nun nervös zu werden schien.

»Was ist das für eine Handynummer, die darunter steht?«

»Dort können Sie anrufen, wenn Sie irgendwelche Unterstützung brauchen. Der Mann kennt keine Details, er hat nur die Anweisung, Ihnen zu helfen, wenn Sie anrufen. Ist absolut zuverlässig. Nur er geht an dieses Telefon.«

»Ist die Nummer sauber?«

Der Ältere neigte den Kopf hin und her: »Welche ist schon sauber. Seien Sie vorsichtig, wie immer.«

»Aber meine Nummer ist ab sofort tabu. Egal, was passiert, Sie rufen nur die Nummer auf dem Foto an, verstanden?«

»Ja, werde mich daran halten. Ist das mit der Kohle geregelt?«

Am Nachbartisch fing das Kind an zu schreien, es hatte seinen Eisbecher umgeworfen, und eine rote Kirschsoße verteilte sich gerade über das Bilderbuch.

»Wie beim letzten Mal: Die Hälfte habe ich dabei, ist in einem Kuvert in der Zeitung, die auf dem Tisch liegt. Den zweiten Teil gibt es danach.«

»Gut, dann können wir jetzt gehen«, meinte der Jüngere und stand auf, »ich sitze nicht gerne unnötig lange herum.«

Er nahm die Zeitung und hob einen handlichen, silbernen Metallkoffer vom Boden, den er unter seinen Stuhl gestellt hatte.

»Sie können ja schon mal rausgehen, ich muss nur noch zahlen.«

Kurz darauf standen sie vor dem Lokal und gingen in Richtung Fußgängerzone. Passanten eilten an ihnen vorbei, kurz vor Geschäftsschluss hatte es jeder eilig.

»Wissen Sie schon, wo Sie übernachten werden?«

Der Jüngere sah den anderen mit einem fragenden Blick an.

»Das haben Sie mich das letzte Mal auch gefragt, und ich habe Ihnen erklärt, dass Sie das nicht zu interessieren braucht. Wissen Sie noch?«

»Stimmt. Ist mir auch egal.« Er machte eine abfällige Handbewegung.

»Wie lange werden Sie brauchen?«

Ein Taxifahrer hupte, sie standen gerade vor einer Hotelzufahrt.

»Eine Woche, zwei Wochen? Kann ich jetzt noch nicht sagen, muss mir erst mal die Gegend anschauen.«

Er blickte sich um, zwei junge Frauen mit hochhackigen Schuhen kamen kichernd aus dem Hotel geschlendert.

»Schöne Stadt. Könnte ich es fast länger aushalten.«

»Also gut, dann sind wir so weit. Ich muss zum Flieger.«

Sie gaben sich die Hand. Der Ältere stieg in ein Taxi, das vor dem Hotel stand, und fuhr ab, ohne sich nochmals umzusehen.

Der Mann mit der Sonnenbrille ging in das Bahnhofsviertel, das nur wenige Minuten entfernt war. Er war überzeugt, dort kleine Hotels zu finden, wo sich niemand über einen Gast wunderte, der sein Zimmer bar im Voraus bezahlte. Unterwegs ging er in ein Schreibwarengeschäft, wo er sich einen Stadtplan kaufte. Sein Programm für heute Abend stand fest. Zwei Querstraßen weiter war er am Ziel.

»Füllen Sie bitte den Meldezettel aus«, sagte der alte Mann hinter der Rezeption zu ihm und schob ihm ein Formular samt Kugelschreiber hin. Die Pension Gloria war direkt an der Schwanthaler Straße gelegen, einer lauten, vierspurigen Straße nahe dem Hauptbahnhof.

Vergilbte, halblange Gardinen waren durch eine große Fensterscheibe neben dem Eingang zu sehen. Eine Reklametafel mit einem faustdicken Loch leuchtete über der Tür. Orientalische Gemüsehändler, Spielotheken, Sexkinos und einfache Hotels bestimmten das Bild. Die wenigen, die dort dauerhaft wohnten, taten das selten freiwillig: Hausmeister, die hier ihre Arbeit hatten, Sozialhilfeempfänger und Gaststättenpersonal, das von seinen Chefs oft in muffigen Appartements mit Stockbetten untergebracht war. In den billigen Hotels traf sich, was aus naheliegenden Gründen nicht woanders übernachten konnte: Prostituierte, die trotz Sperrgebiet in den Lokalen um den Bahnhof Freier suchten und dann mit auf ihr Zimmer nahmen, Tänzerinnen der Nachtbars und Taschendiebe, die von dort morgens in die Fußgängerzone ausschwärmten. Gelegentlich wurden auch vom Sozialamt Leute hier untergebracht, bis man eine passende Wohnung für sie gefunden hatte. Der alte Mann an der Rezeption achtete nicht auf das, was der neue Gast auf den Meldezettel schrieb. Er blätterte in dem großen, abgegriffenen Kalender, der vor ihm lag: Namen in kaum leserlicher Schrift, teils durchgestrichen, teils mit gelbem Marker hervorgehoben, dazwischen ein großer, eingetrockneter Kaffeefleck.

»Wie lange wollen Sie bleiben?«, fragte er den Mann, der vor ihm stand und inzwischen mit seinen Augen das Foyer abwanderte. Mit brauner Tapete und goldenem Rautenmuster beklebte Wände, eine Sitzgruppe mit grünen Plastikstühlen und ein junger Typ in einem Footballdress, wahrscheinlich Amerikaner, der mit Baseballmütze und Kopfhörer auf den Ohren teilnahmslos vor sich hinstarrte.

»Wahrscheinlich eine Woche.«

Er blätterte weiter: »Ein Zimmer nach hinten hätte ich noch, das ist etwas ruhiger. Hat sogar Dusche. Die meisten anderen haben nur Etagenbad.«

Er blickte den Gast über seine Lesebrille hinweg an.

»Wollen Sie das?«

Der Gast wandte seinen Blick wieder zu dem Alten an der Rezeption: »Ja, nehme ich.«

»Wie zahlen Sie?«

Der Mann holte aus seiner Hosentasche ein zusammengerolltes Bündel Fünfzigeuroscheine: »Was kostet das Zimmer für eine Woche?«

»Dreihundertfünfzig.«

Er zählte sieben Scheine ab und legte sie auf den Tresen. Der alte Mann drehte sich um und holte einen Schlüssel mit einem schweren Metallanhänger aus einem der Fächer hinter sich.

»Nummer vierundzwanzig, zweiter Stock.«

Er nahm das Geld und gab dem Gast den Schlüssel zusammen mit einem gelben Zettel, *Hausordnung* stand darauf in fünf Sprachen. Zehn Punkte waren genannt, darunter das Verbot, auf den Zimmern zu kochen und Essensabfälle aus dem Fenster zu werfen.

»Übrigens, Lift gibt es keinen«, sagte der Mann und wandte sich wieder seiner Zeitung zu, die er vorher zur Seite gelegt hatte. Der Gast nahm seinen Koffer und ging zur Treppe. Je weiter er sich vom Eingang der Pension entfernte, desto stärker wurde der Geruch nach Schweiß und Essen, der ihm in die Nase stieg. Das Kochverbot schien nicht sonderlich zu beeindrucken. Aber trotzdem war dieses Haus ideal: Der Alte würde ihn schon morgen nicht mehr beschreiben können. Wenn sie ihn überhaupt jemals fragen sollten, woran er zweifelte.

Das Zimmer war noch kleiner, als er erwartet hatte: Direkt an der Tür stand schon das Bett, ein altes Metallgestell, sodass die Tür dagegenschlug, als er sie öffnete. Rechts davon zwischen Bett und Wand war gerade so viel Platz, dass er durchgehen konnte. Neben dem schmalen Fenster, dessen Griff abgeschraubt war, stand ein zweitüriger dunkelbrauner Holzschrank. Statt Schlüsseln war eine schmale Kette mit einem Haken von einer Schranktür zur anderen gespannt, sodass sie nicht von selbst aufgingen. Im Vorbeigehen warf er einen kurzen Blick ins Bad, dessen Tür ausgehängt war, vermutlich, weil sie beim Öffnen ans Bett geschlagen hätte. Eine Duschkabine, ein Waschbecken, ein angerosteter Spiegel mit einer runden, fassungslosen Birne über einem kleinen, schmutziggrauen Waschbecken. Er öffnete den Schrank und stellte seinen Koffer hinein, wobei ihm der strenge Geruch von Mottenpulver entgegenschlug. Durch das Fenster sah er, dass es draußen langsam finster wurde. Er wollte keine Zeit mehr verlieren, wenige Minuten später war er wieder auf der Straße. Wie er auf dem Stadtplan gesehen hatte, musste er nur mit einer Straßenbahn fünf Stationen fahren, um an sein Ziel zu kommen. Ein Auto war jetzt noch überflüssig. Das konnte er sich besorgen, wenn es so weit war. Bis dahin war aber noch einiges zu tun.

Kapitel 20

Bauer wachte mit Kopfschmerzen auf: Er war auf der Couch vor dem Fernseher eingeschlafen. Um Mitternacht hatte er noch eine alte Derrick-Folge ansehen wollen. Doch er konnte sich nur noch erinnern, dass eine Leiche gefunden worden war, dieses Mal ein Rechtsanwalt, der blutüberströmt hinter seinem Schreibtisch lag. Danach musste er wohl eingeschlafen sein, Derrick samt willfährigem Assistenten in Aktion war ihm nicht mehr in Erinnerung. Er blickte auf die alte Biedermeieruhr neben dem Schrank, deren Uhrwerk so entspannt gleichmäßig tickte. Acht Uhr. Die Sonne tauchte das Zimmer bereits in hellstes Licht, es schien ein heißer Tag zu werden. Mühsam setzte er sich auf und rieb sich die Augen wach: Sein Hemd hing ihm mit unzähligen Knitterfalten über dem Bauch, darunter sah er seine nackten Beine, die in schwarzen Socken steckten. Seine Hose hatte er wohl nachts irgendwann instinktiv ausgezogen. Sie lag zusammengeknüllt vor der Couch. In dem unbarmherzigen Licht fiel sein Blick auf die Staubschicht, die wie ein Film den hellen Parkettboden überzog. Nichts wäre ihm in dem Moment lieber gewesen, als sich sofort wieder in einen tiefen Schlaf bis Montagmorgen zu versetzen. Es war eines der Wochenenden, die er nicht besonders mochte: Stefan war bei Marion, somit stand all das an, wozu er unter der Woche keine Zeit hatte und noch viel weniger Lust. Wäsche waschen, den Geschirrspüler einräumen, die Wohnung sauber machen und einkaufen. Anfangs nach der Trennung von Marion hatte er immer mindestens die Hälfte seiner Einkäufe nach einiger Zeit wegen Ablauf des Verfallsdatums wieder in den Müll geworfen. Doch er hatte dazugelernt, die Quote war auf ungefähr ein Viertel gefallen, wobei sie jedoch im Sommer gerade bei Obst deutlich in die Höhe schnellte. Brenner, ein Kollege vom Mord, hatte ihm neulich seine Putzfrau, eine Polin, angeboten, weil die noch eine zweite Stelle suchte. »Die ist auch sonst ganz ansehnlich, mir ist sie nur zu kräftig«, hatte der noch einen »Mehrwert« in Aussicht gestellt. Doch er konnte sich nicht vorstellen, jemand Fremdes in seiner Wohnung herumstöbern zu lassen, egal, ob ansehnlich oder nicht. Dazu war sein Leidensdruck noch nicht groß genug. Aber der Gedanke daran half schon etwas, sollte es unerträglich werden, gab es zumindest einen Ausweg.

Er schlurfte in sein fensterloses Bad. Die Dunkelheit war angenehm, darum ließ er das Licht ausgeschaltet und begnügte sich mit dem schmalen Lichtstrahl, der durch die halb geöffnete Tür hereinfiel. Zum Duschen würde das reichen. Und danach wollte er weitersehen.

Beim Ausziehen der Socken wäre er beinahe in die Dusche gestürzt, in letzter Minute konnte er sich an der Türklinke festhalten. Er überlegte, woher die Kopfschmerzen kommen konnten. Der Besuch beim Italiener fiel ihm wieder ein und der halbe Liter Rotwein, den er ziemlich schnell hinuntergeschüttet hatte. Er konnte sich noch erinnern, wie er zur Thunfischpizza Mineralwasser bestellt hatte, getreu seinem Vorsatz. Doch dann war sein Blick auf den sportlich schlanken Typ am Nachbartisch gefallen, mit einer ganzen Rotweinflasche vor sich. Vielleicht war es doch nicht der Alkohol, hatte er sich gedacht, der für seine ja ohnehin nur vorübergehenden Gewichtsprobleme verantwortlich war. Er hatte sich darauf einen halben Liter offenen Rotwein gegönnt. Wahrscheinlich hatten sie da irgendwelche Billigsorten zusammengepanscht, was er jetzt ausbaden musste. Er tastete den Kopf Zentimeter für Zentimeter mit seinen Fingern ab, um herauszufinden, wo genau der Schmerz saß. Das Resultat war relativ einfach: Er war überall, fing über den Augen an und zog sich bis zum Hinterkopf. Die Dusche tat ihm gut, vor allem das kalte Wasser am Ende. Im Halbdunkel trocknete er sich ab und versuchte, seine Gedanken zu sortieren. Er hatte immer noch keinen Plan für das Wochenende, abgesehen von den Pflichtübungen. Mit einem Handtuch um die Hüften ging er ins Wohnzimmer zurück und öffnete die Balkontür. Die Luft war schon ungewöhnlich warm für diese Uhrzeit. Kaum hatte er den Balkon betreten, da wusste er, dass er gerade den ersten Fehler des Tages gemacht hatte.

»Guten Morgen, Herr Bauer, herrlich heute, nicht wahr?«, schallte ihm die Stimme seiner Vermieterin entgegen. Wie jeden Samstag war sie in ihrem Garten, um neue Blumen zu pflanzen oder mit dem prüfenden Blick eines Minensuchers auf der Suche nach Unkraut über den Rasen zu streifen. Gesprächspartner waren dabei herzlich willkommen, auch wenn das Vergnügen meist einseitig war. Vom Haus aus gesehen links war eine mannshohe Hecke gepflanzt, die um diese Jahreszeit so dicht war, dass man nicht hindurchsehen konnte.

Die Nachbarn auf der anderen Seite konnten sich zwar nicht des Schutzes einer hohen Hecke erfreuen, aber sie hatten ein Wochenendhaus im Bayerischen Wald und standen daher an solchen Tagen nicht als Gesprächspartner zur Verfügung. Blieb somit nur er, ihr Mieter, wenn er so leichtsinnig war, sich auf dem Balkon zu zeigen. Eigentlich hatte er deswegen für sich am Samstag den Balkon zur »No-go area« erklärt, aber der Rotwein vom Vorabend hatte ihn das vergessen lassen.

»Ja, ist wirklich wunderschön«, antwortete er in einem Ton, der genauso von einem Roboter hätte stammen können.

»Übrigens, der Sonnenschirmfuß, den Sie mir neulich besorgt haben, passt nicht richtig.« Ihre Stimme war für diese Uhrzeit eindeutig zu schrill, dachte sich Bauer. »Der Schirm schwankt immer ziemlich, auch wenn nur ein leichter Wind geht.« Sie wackelte dabei mit ihrer Unkrauthacke hin und her, um ihm das Malheur optisch anschaulich zu verdeutlichen. In ihren viel zu großen blauen Gartenhandschuhen hatte sie dabei etwas von einer dieser modernen Performancekünstlerinnen, die er neulich mal in einer Kultursendung gesehen hatte. »Könnten Sie sich das vielleicht mal anschauen?«

Sie blickte zu ihm nach oben, wobei sie sich eine Hand als Schutz gegen die Sonne vor das Gesicht hielt. Bauer spürte, dass sein Kopf noch Mühe hatte, einen geschickten Abgang aus dieser Szene zu finden. Doch bevor er noch antworten konnte, schien sich das Blatt zum Guten zu wenden: »Oh, Entschuldigung, ich habe gar nicht gesehen, dass Sie noch gar nicht angezogen sind. Machen Sie sich doch erst mal in Ruhe fertig.«

Mit einem Blick, der eine Mischung aus peinlicher Berührtheit und Belustigung ausdrückte, drehte sie sich von ihm weg und sah in den Garten hinaus.

»Danke, mache ich«, sagte er halblaut vom Balkon herunter, und wäre beinahe noch über die Türschwelle gestolpert, als er sich mit einem eiligen Schritt rückwärts ins Wohnzimmer zurückzog. Er ging in sein Schlafzimmer und zog sich ein frisches T-Shirt und eine Jogginghose an, seinen traditionellen Putzdress. Das Telefon läutete. Seine Kopfschmerzen wurden wieder stärker. Er suchte den Hörer, der nicht in der Ladestation war. Inzwischen hatte es schon mindestens fünfmal geklingelt, schließlich fand er den Hörer zwischen den Kissen auf einem Sessel.

Er setzte sich auf die Couch und nahm das Gespräch an. Eine weibliche Stimme meldete sich. Eine, die er kannte. Von einer Frau, die ihm schon seit einiger Zeit durch den Kopf ging.

»Hallo, Ricardo, störe ich dich?«

In seinem Körper begannen alle möglichen Funktionen plötzlich zu arbeiten, doch auch die Kopfschmerzen wurden stärker.

»Hallo, Doris. Nein, überhaupt nicht. Bist du wieder zurück?«

Er setzte sich in einen Sessel und legte die Füße auf den Glastisch, der vor ihm stand.

»Ja, schon seit einer Woche. Ich hatte dir doch erzählt, dass ich nach dem Lehrgang beim BKA noch mit einer Freundin zum Fallschirmspringen fahre, weißt du nicht mehr?«

Er musste sich eingestehen, dass sein Kopf heute einfach noch nicht zum Nachdenken fähig war. Er schüttelte über sich selbst den Kopf, natürlich hatte sie ihm das gesagt.

»Du musst entschuldigen, aber ich glaube, der Rotwein, den ich gestern hatte, hat mir nicht gutgetan. Mein Kopf ist wie nach einer Explosion, alles verstreut.«

»So, dann können wir ja nur hoffen, dass du wieder alles zusammenfindest, was du brauchst.«

Bauer stand wieder auf, im Sitzen fühlte er sich noch schlechter.

»Wird schon wieder, ich werde mir jetzt doch eine Aspirin gönnen.«

Doris wirkte auf ihn schon unglaublich munter, irgendwie eine Spur zu fit für ihn in seinem Zustand.

»Ich wollte dich fragen, ob du morgen Abend mit in den Biergarten kommst? Soll ja am Wochenende über dreißig Grad werden.«

Er musste nicht lange nachdenken, die Aussicht auf diesen Sonntagabend würde die anstehenden Hausarbeiten doch erheblich erträglicher machen.

»Gerne, wo willst du hingehen?«

»Wir dachten an den Hirschgarten. Da haben sie die besten Brezen.«

Bauer stutzte bei dem Wort »wir«, dahinter konnte sich schließlich alles Mögliche verbergen.

»Wer ist wir?«, fragte er so neutral, wie es ihm nur möglich war.

»Von meinem Fallschirmclub ein paar Leute und mein Bruder«, sie machte eine kurze Pause, »der ist seit einem Monat auch wieder solo.«

Bauer überlegte, er kannte also niemand von den Leuten, deren Gesellschaft er morgen genießen sollte. Das gefiel ihm nicht sonderlich, eigentlich war er kein Freund von derartigen Gruppenerlebnissen. »Was machst du beruflich…?, ah, bei der Polizei, hm, ist bestimmt interessant, oder…«. Meist kam dann noch ein ganz persönliches Erlebnis mit der Polizei, das die Leute ihm unbedingt erzählen mussten, zum Beispiel die genauen Umstände, wie sie vor einigen Jahren mal einen Verwarnungszettel wegen Falschparkens bekommen hatten. Er kannte diese Unterhaltungen, bei denen er sich oft vorgekommen war wie der Kommissar aus dem Tatort, den die Leute jetzt endlich mal live etwas fragen konnten. Ein Treffen nur mit Doris wäre ihm lieber gewesen. Aber es konnte ja vielleicht der Anfang sein…

»Wenn du mir versprichst, dass ihr nett seid zu einem Polizisten, der von der Hausarbeit gestresst ist, dann komme ich«, meinte er spaßend.

»Ich werde die anderen darauf vorbereiten«, lachte sie, »also bis morgen. Wir treffen uns um sechs am Eingang.«

Bauer legte auf. Um nicht wieder einzuschlafen, holte er sich den Staubsauger aus dem Abstellraum und begann, damit durch die Wohnung zu wandern. Er war gerade im Wohnzimmer, als er wieder das Telefon hörte.

»Guten Morgen, Kollege. Dormeier. Ich bin der Einsatzleiter beim Personenschutz deiner Frau.«

Bauer kannte die Stimme nicht, klang noch sehr jung.

»Seid ihr vor Ort?«

»Ja natürlich, wir stehen hier rund um die Uhr, so wie es mit eurem Chef vereinbart ist. Ich rufe nur an, weil wir heute Morgen einen Typen in einem Audi kontrolliert haben, der uns aufgefallen ist. Ich dachte mir, wir geben dir mal die Personalien, vielleicht könnt ihr damit was anfangen.«

»Wieso ist er aufgefallen?«, fragte Bauer.

»Er ist eine Stunde lang immer wieder durch die Straße gefahren, immer an der Wohnung deiner Frau vorbei. Wir haben ihn dann von einer Streife kontrollieren lassen. Denen hat er gesagt, dass er nur nachsehen wollte, wann jemand nach Hause kommt, der in einem der Nachbarhäuser wohnt. Er wollte aber nicht verraten, wer das ist.«

»Wie alt ist der Mann?«

Es entstand eine kurze Pause.

»Ich habe gerade nachgesehen: Er ist sechsundzwanzig.«

Bauer fielen nur zwei Gründe ein, warum dieser Mann so häufig durch die Straße gefahren war: Entweder, er wollte eine Freundin überprüfen, oder aber er hatte etwas vor, das mit ihrer Sache zusammenhing.

»Gib mir mal den Namen.«

Im Hintergrund war das Krächzen eines Funkgerätes zu hören.

»Isar 80/12, ich melde mich gleich«, antwortete der Beamte

in sein Mikrofon und wandte sich wieder an Bauer, dem er die vollständigen Personalien durchgab. Bauer kannte den Namen nicht. Er ließ ihn noch mal durch sein Gedächtnis wandern, bei seiner heutigen Verfassung konnte das nicht schaden.

»Habt ihr ihn schon im Computer überprüft?«

»Ja, nur einen Führerscheinentzug wegen Trunkenheit vor einigen Jahren, sonst nichts.«

»Danke für die Nachricht, aber mir sagt der Name nichts. Trotzdem werde ich ihn mir merken, falls er uns noch mal über den Weg läuft.«

»Gut, das war's auch schon. Inzwischen ist er wieder weggefahren. Ach übrigens, deiner Frau haben wir auch Bescheid gegeben. War etwas aufgeregt danach, vielleicht solltest du sie mal anrufen.«

»Mache ich«, antwortete Bauer wie automatisch. Gleichzeitig las er nochmals den Namen, den er vor sich auf einem Zettel stehen hatte: Er weckte in ihm keine Erinnerung. Auch nicht im Entferntesten.

Der Staubsauger lag immer noch mahnend vor ihm. Marion würde er gleich danach anrufen, nahm er sich vor, aber zuerst musste er dieses Ungetüm loswerden. Der Motor surrte wieder los, Bauer zog das Gerät ins Schlafzimmer. Das Telefon läutete erneut. Er vermutete, dass es Marion war, und schaltete den Staubsauger aus.

»Ja bitte«, meldete er sich.

»Habe ich dich aufgeweckt?«

Er hatte richtig vermutet, Marion. Sie sprach schnell, ihre Stimme klang aufgeregt.

»Nein, bin schon seit über einer Stunde auf den Beinen. Wenn auch nicht besonders fit, aber das ist jetzt nicht wichtig.«

»Dein Kollege, der Chef von diesem Personenschutz, hat mich angerufen. Der hat mich ganz schön nervös gemacht wegen diesem Mann, der da umhergefahren ist. Meinst du, dass da was sein kann?«

Bauer suchte sich wieder eine Sitzgelegenheit, ein Sessel war ihm am nächsten. Er rieb sich mit der freien Hand das Gesicht, um etwas wacher zu werden.

»Ich kann es dir nicht sagen, aber ich glaube eher, dass der wegen seiner Freundin hin- und hergefahren ist. Aber selbst wenn er wegen unserer Sache unterwegs ist, euch kann wirklich nichts passieren. Du hast ja gesehen, wie aufmerksam die Kollegen vor deiner Wohnung sind.«

Es war einen Moment ruhig am anderen Ende, im Hintergrund hörte er, dass sein Sohn weinte.

»Ich habe Stefan in sein Zimmer gebracht, er weint ziemlich. Vorhin, als der Beamte mich angerufen hat, bin ich erschrocken, und das hat Stefan sofort mitbekommen. Seitdem weint er und fragt dauernd nach dir.«

Bauer überlegte, wenn Stefan sich nicht beruhigen würde, dann musste er hinfahren.

»Hat er jetzt aufgehört zu weinen?«

»Momentan höre ich nichts, aber ich habe auch seine Zimmertür geschlossen. Vorhin hat er gesagt, er möchte bei dir übernachten, er hätte sonst Angst.«

»Hast du ihm von dem Personenschutz erzählt?«

»Nein, bist du denn verrückt. Dann wird er ja völlig nervös.«

Bauer stand auf und schloss die Balkontür, ein Nachbar hatte gerade seinen lärmenden Motorrasenmäher gestartet.

»Gut, ich denke auch, dass er noch zu jung ist, um ihm das zu erklären. Was meinst du dazu, dass er bei mir übernachten möchte?«

»Ich habe mir überlegt, ob er vielleicht morgen bei dir schlafen könnte. Heute Abend sind wir bei einer Freundin in Ingolstadt, da werden wir auch übernachten. Die haben auch einen Jungen in seinem Alter, da wird er sicher abgelenkt sein. Aber morgen Nacht wäre es vielleicht nicht schlecht. Du könntest ihn dann am Montagmorgen zur Tagesmutter fahren.«

Bauer dachte an den Sonntagabend, an Doris, ihre Freunde. Das war gestrichen, das wusste er in dem Moment. Aber er fand auch eine positive Seite: Vielleicht war das die Chance, an einem anderen Tag mit ihr allein etwas zu unternehmen.

»Können wir so machen. Bringst du ihn dann morgen bei mir vorbei?«

»Ja, wir werden so gegen sechzehn Uhr zurück sein, dann fahre ich ihn zu dir.«

»Einverstanden. Und wenn er immer noch weint, dann kannst du mich ja noch mal anrufen, dann rede ich mit ihm.«

Marion war ruhiger geworden. Als sie das Gespräch beendeten, hatte er das Gefühl, dass die Situation wieder im Griff war. Auch schlechter Rotwein hat seinen Vorteil, dachte er sich, man regt sich nicht auf. Der Körper kann sich gar nicht aufregen, weil der Kreislauf nicht hochfährt. Er startete noch mal seine Staubsaugertour. Während des monotonen Geräusches ging er den Rest des Tages durch: putzen, einkaufen, Doris absagen, Mittagsschlaf mit open end.

Das Programm kam ihm überschaubar vor, in spätestens drei Stunden müsste er beim letzten Punkt sein, dachte er sich.

Doris war enttäuscht, dass er absagte, aber sie zeigte Verständnis für seine Begründung.

»Du solltest auch auf dich achten, Ricardo«, meinte sie, als er ihr kurz von den Hintergründen erzählte. Er fand es angenehm, als er ihre Sorge um ihn heraushörte.

»Das mache ich, schon deswegen, weil wir momentan noch so wenig über die Hintergründe wissen.«

Sie vereinbarten für die nächste Woche, wieder zu telefonieren und dann einen neuen Termin zu vereinbaren.

Der Mittagsschlaf mit open end dauerte mit Unterbrechungen bis Sonntag mittag. Er konnte noch in Ruhe ein spätes Frühstück mit Brot und Wurst essen, dann kamen auch schon Marion und Stefan.

Als er die Wohnungstür öffnete, lief Stefan sofort an ihm vorbei in sein Zimmer, wo er sich auf die Legosteine stürzte. Sie hatten vereinbart, dass diese Bausteine nur bei ihm waren, sonst hätten sie eine doppelte Ausstattung kaufen müssen. Für Stefan waren sie deshalb immer ein magnetischer Anziehungspunkt, wenn er zu ihm kam.

»Möchtest du hereinkommen?«

»Nein danke«, sie schüttelte den Kopf, »ich werde nach Hause fahren, bin ziemlich müde.«

»Hat er gestern Abend noch Schwierigkeiten gemacht?«, fragte Bauer.

»Nein, er war so mit Martin beschäftigt, dem Sohn von Marina, dass er gar nicht mehr daran gedacht hat. Aber heute Morgen, da war das Erste, dass er heute Nacht bei dir schläft.«

»Und morgen Abend holst du ihn wieder von der Tagesmutter ab, oder?«, fragte Bauer.

»Ja, wie besprochen.«

Beide schwiegen einen Augenblick.

»Denkst du, dass er dort auch wirklich sicher ist?«, fragte sie mit leiser Stimme. Bauer sah ihr in die Augen, sie sah müde aus. Ihre dunklen Haare hingen ihr in Strähnen über die Stirn, ihr Gesicht war blass.

»Ich werde morgen noch mal mit den Personenschützern reden. Aber du kannst sicher sein, die lassen ihn nicht aus den Augen.«

Er legte ihr seine Hand auf die Schulter.

»Den Sohn eines Kollegen zu schützen, ist für die etwas Besonderes. Das nehmen sie schon sehr ernst.«

Sie nickte und ging langsam die Treppen zum Ausgang hinunter. Er sah ihr noch nach, ein unruhiges Gefühl beschlich ihn. Nachdenklich schloss er die Tür. Bauer ging nun zu Stefan, der voller Eifer mit seinen Legosteinen bastelte. In seiner blauen Latzhose und gelbem Pulli hatte er sich zwischen den Steinchen auf den Bauch gelegt und bastelte nun mit seinen kleinen Händen an fundamentalen Bauwerken.

»Was hältst du davon, wenn wir zum Kleinhesseloher See fahren?«

Stefan drehte sich um, sein Gesicht lachte Bauer freudig an.

»Toll, Papa, das machen wir.«

Eine halbe Stunde später hatten sie dort einen der letzten Parkplätze gefunden, die bei strahlendem Sonnenschein noch frei waren. Unzählige Spaziergänger genossen den Schatten der ausladenden alten Bäume, die die Wege säumten. Der Kleinhesseloher See, am Ende des Englischen Gartens gelegen, war der einzige Ort, wo man fast mitten in der Stadt auf einem See Boot fahren konnte. Stefan liebte das, seit sie vor zwei Monaten zum ersten Mal dort gewesen waren.

Bauer hatte in der vergangenen Woche noch extra eine kleine Schwimmweste für ihn gekauft, knallrot mit blauen Streifen. Als nun das grünliche Wasser sanft an ihrem Tretboot entlangglitt und Stefan die Enten füttern konnte, waren offensichtlich die Erinnerungen an die Aufregung vom Vortag weit weg. Als sie gegen acht Uhr noch eine Pizza bei dem Italiener neben Bauers Wohnung verzehrt hatten, war für Stefan der Tag zu Ende. Bauer holte sich noch ein kühles Weißbier aus dem Kühlschrank, bevor er auf seiner Couch in einer Wochenendzeitung blätterte. Eine Schauspielerin beklagte sich in einem Interview, dass ihr keine vernünftigen Rollen mehr angeboten würden, ein Fußballer antwortete auf die Frage nach seinem Lieblingsessen: Spaghetti mit Tomatensoße. Bauer legte die Zeitung beiseite und sah sich noch die Nachrichten im Fernsehen an, bevor er ins Bett ging. Sein morgiges Treffen mit Magnus ging ihm durch den Kopf. Hoffentlich war er weitergekommen, die Zeit lief ihnen langsam davon.

Kapitel 21

Das Haus war in einer ruhigen Seitenstraße, nur wenige Meter nach hinten vom Gehweg versetzt. Zwei Stockwerke, oben zwei Fenster zur Straße, unten eines, links vom Haus ein kleiner Garten mit Terrasse, durch eine dichte Thujahecke vom Gehweg getrennt. An einer Stelle konnte der Mann durchsehen, der in diesem Moment wie ein zufällig vorbeigehender Spaziergänger das Haus passierte. Ein Baum war offensichtlich krank, seine braunen Äste hingen schlaff herab. Die schwüle Hitze des Tages hatte sich gelegt, viele Anwohner kamen nach Hause. Sie waren mit den Fernbedienungen ihrer Garagen beschäftigt und beachteten ihn nicht. Der Anblick, der sich ihm auf der Terrasse bot, stellte ihn zufrieden: Ein Mann mittleren Alters mit in einer knielangen, gelben Hose und blauem Hemd saß auf der Terrasse, neben ihm eine gleichaltrige, auffallend dünne Frau in einem Bikini mit braunen Haaren, die sie zu einem Pferdeschwanz zusammengebunden hatte. Auf dem Rasen baute ein ungefähr zehnjähriger Junge gerade ein Indianerzelt auf, während eine alte, weißhaarige Frau in einem Liegestuhl auf der Terrasse lag und offensichtlich schlief. Das Foto seines Mannes hatte er noch gut vor Augen, es gab keinen Zweifel. Es war der Mann, der jetzt auf der Terrasse saß. Die Adresse war also richtig. Mit einem kurzen Blick prüfte er die Umgebung des Hauses: Zum Nachbargrundstück hin stand eine halbhohe Mauer, die zum Teil durch Sträucher verdeckt war. Dahinter hörte er einen Hund bellen, dem Ton nach ein stattliches Exemplar. Er ging auf die andere Seite des Hauses, wo sich eine Doppelgarage befand. Seine Augen wanderten die Straße entlang: Die Ausfahrt würde er auch von einiger Entfernung aus noch gut einsehen können. Er war zufrieden, der Anfang war vielversprechend. Das Wochenende konnte er jetzt freimachen und sich um ein Auto kümmern. Er nahm den Zettel mit der Telefonnummer aus der Jacke, den ihm der Mann im Café gegeben hatte. Am Ende der Straße war eine Telefonzelle, die er ansteuerte. Ein Handy benutzte er nicht mehr bei solchen Aktionen, seit er wusste, welche Möglichkeiten die Polizei durch die neue Technik hatte. Niemand sollte wissen, wo er gerade war. Er ließ es läuten am anderen Ende, er hatte Zeit, doch niemand nahm ab. Nochmals wählte er die Nummer, wieder das Gleiche. Wut stieg in ihm auf, das war stümperhaft. »Immer erreichbar«, hatte er gesagt. Das würde er klären müssen, bevor es ernst wurde. Er nahm sich vor, es später nochmals zu versuchen.

Inzwischen war es fast finster, die Familie war von der Terrasse verschwunden, als er auf seinem Weg zur Straßenbahn nochmals dort vorbeiging. Wieder zurück in der Pension, wählte er nochmals die Nummer vom Telefon aus, das in einer Ecke des Foyers hing. Der alte Mann war ersetzt worden durch einen Nachtportier, einen jungen Typen mit Nasenring und tätowierten Unterarmen, die aus seinem schwarzen T-Shirt blass heraushingen. Der Walkman auf seinem Kopf schirmte ihn wirksam von allen Außengeräuschen ab. Vor sich hatte er ein buntes Tattoo-Magazin aufgeschlagen, in dem er blätterte. Wer in die Pension hereinkam, schien ihn nicht zu interessieren, er hob nicht einmal den Kopf. Dieses Mal wurde das Telefon von einem Mann abgenommen: »Hallo.«

»Ich habe Ihre Nummer von einem Freund bekommen«, antwortete der Anrufer. »Können Sie mir ein Auto besorgen, das ich ab Sonntag benutzen kann? Sollte unauffällig sein, also vielleicht nicht gerade gelb oder rot.«

Der Mann am anderen Ende der Leitung schien zu überlegen, nach einer kurzen Pause antwortete er.

»Wenn die Karre bei der Aktion nicht verbrennt, dann schon.«

Der Anrufer schüttelte verständnislos den Kopf, erwartete der andere vielleicht über das Telefon eine Erklärung?

»Nein, natürlich nicht. Wann und wo kann ich den Wagen haben?«

»Gut, ich verlasse mich auf Sie. Morgen ab vier Uhr steht er auf dem Parkplatz an der Ecke Leopold- und Ungererstraße, ein blauer 3er BMW. Ist ganz leicht zu finden. Hinten rechts auf dem Kofferraum hat er einen gelben Aufkleber. Den Schlüssel finden Sie auf dem rechten Hinterreifen. Aber das Auto muss sauber bleiben, verstanden.«

»Das haben Sie schon mal gesagt.«

Er hängte auf. Sein Blick schweifte durch das Zimmer: Hier würde er nicht den ganzen Abend verbringen, dachte er sich. Er verließ nochmals die Pension und ging in eine Tabledance-Bar, deren Leuchtreklame auf der anderen Straßenseite in schrillen Farben blinkte. Nur zwei betrunkene Engländer waren mit ihm in der Bar, die Luft war stickig von der Hitze des Tages. Ein junges Mädchen mit schon deutlichem Bauchansatz mühte sich an einer Stange ab.

Die Bardame gefiel ihm besser, groß, schlank, lange dunkle Haare, slawischer Typ. Sie hatte diese kühle Arroganz, die ihn immer schon angemacht hatte. Die Engländer gingen bald, doch er blieb bis zum Schluss und trank mit ihr. Die Sonne schaute schon wieder hinter den Häusern hervor, als er an dem gepiercten Nachtwächter vorbei in sein Pensionszimmer ging. Als ihn ein Streit im Nachbarzimmer aufweckte, war es schon nachmittags. Er stand auf und gab in einem verrauchten Wettbüro neben der Pension ein paar Pferdewetten auf.

Dann holte er sich den BMW: Der Parkplatz war fast leer, das Wetter war den Münchnern offensichtlich zu schön für einen Bummel durch Schwabing. Direkt neben der Einfahrt stand der BMW, er erkannte ihn sofort. Er ging um das Auto herum und war zufrieden: Nichts Auffälliges, ein Wagen, wie Hunderte in der Stadt herumfuhren. Schnell löste er den gelben Aufkleber vom Kofferraumdeckel und griff sich den Schlüssel vom Hinterrad, dann fuhr er zurück durch die fast autofreie Stadt. Mehr als eine halbe Stunde musste er in den Straßen um die Pension herum nach einem Parkplatz suchen. Es kümmerte ihn nicht, seine Gedanken waren schon beim morgigen Tag: Es würde endlich losgehen, Tage wie diese waren für ihn Zeitverschwendung. Nach einem Dönerkebap aus dem Imbiss bei der Pension, der ihm noch einige Stunden im Magen liegen sollte, ging er aufs Zimmer. Die dicke Frau, die jetzt an der Rezeption arbeitete, kannte er noch nicht. Sie sah ihn für einen kurzen Moment über ihre Halbbrille hinweg an, als er an ihr vorbeiging, dann füllte sie weiter das Kreuzworträtsel aus, das vor ihr lag. Neben ihr stieg der Qualm einer Zigarettenkippe aus dem Aschenbecher auf. Auch sie würde kein Problem werden.

Am nächsten Morgen war er früh auf den Beinen, er wollte keinesfalls zu spät kommen. Der morgendliche Berufsverkehr wurde erst allmählich stärker, in nur zehn Minuten war er an der Adresse. Lediglich ein Auto stand auf der Straße, die Anwohner hatten offensichtlich alle in den Garagen geparkt. Er stellte seinen BMW einige Meter vom Haus entfernt ab und ging zu Fuß daran vorbei. In der Küche brannte Licht, eine Frau öffnete gerade den Kühlschrank, als er hineinblickte. Ohne stehen zu bleiben ging er weiter und auf der anderen Straßenseite zurück zu seinem Auto. Aus dem Nachbargrundstück kam eine junge Frau mit einem dunklen Jeep gefahren, auf dem Rücksitz ein kleines Mädchen. Das Kind sah ihn durch das Fenster an, als das Auto vorbeifuhr.

Er setzte sich in seinen Wagen, es war kurz vor sieben Uhr. Soweit er sehen konnte, keinerlei Bewegung auf der Straße. Keine Fußgänger, keine Autos. Das gefiel ihm nicht. Lange würde er hier nicht unbemerkt stehen können. Er drehte die Sitzlehne so weit nach unten, dass er gerade noch über das Armaturenbrett hinweg auf die Garage blicken konnte. Ein vorbeifahrender Autofahrer konnte ihn jetzt kaum sehen. Die aufgehende Sonne ließ das Metalltor silbern blitzen. Es war vollkommen still in der Straße, nur aus der Ferne war der Lärm einer Hauptstraße zu hören. Durch einen kleinen Spalt des geöffneten Fensters konnte er jedes Geräusch in seiner Umgebung hören. Die Pistole unter seiner linken Achsel drückte gegen seine Seite, aber er mochte diesen Druck, sie beide waren ein Team. Ein Mann kam aus dem Haus, er hob seinen Kopf, um ihn deutlicher zu sehen. Jetzt konnte er ihn erkennen, es war sein Mann. Er trug einen grauen Anzug mit weißem Hemd und Krawatte. Über die rechte Schulter hatte er sich einen Rucksack gehängt. Ohne auf die Straße zu schauen, ging der Mann vom Hauseingang zur Garage und öffnete das Tor. Die Rückfront eines silbernen Audi war zu sehen, schien ein neues Auto zu sein. Kurz war das Motorengeräusch zu hören, und der Audi fuhr rückwärts auf die Straße, wo er zwei Fahrzeuglängen vor ihm zum Stehen kam. Der Mann stieg aus und schloss die Garage, im Weggehen winkte er der Frau zu, die jetzt aus dem geöffneten Küchenfenster heraussah. Sie winkte zurück, während der Mann wieder in sein Auto einstieg und losfuhr. Er folgte ihm. Sie fuhren nach einigen hundert Metern an der nächsten Kreuzung auf eine Hauptstraße. Hier war der Verkehr inzwischen sehr dicht, viele Lieferwagen und Busse, immer wieder verdeckten sie ihm die Sicht. Er musste sich sehr anstrengen, um den Mann nicht zu verlieren. Immer wieder wechselte der die Spur, er schien es eilig zu haben. Sie fuhren nun auf der Nymphenburger Straße, rechts und links säumten Bäume die Fahrbahn. Plötzlich blinkte der Mann und bog links in eine kleine Seitenstraße ein, passierte ein vielstöckiges, graues Waschbetongebäude und fuhr sofort wieder rechts in die nächste Straße ein. Nach wenigen Metern bremste der Mann und bog in eine Tiefgaragenabfahrt. Er hatte gerade noch die Bremslichter gesehen, bevor der Audi in der Tiefgarage verschwand.

Er war einige Meter weiter hinten stehen geblieben. Weniger als fünf Sekunden war der Mann gestanden, um seinen Ausweis an das Lesegerät für die automatische Toröffnung zu halten. Verdammt knapp, die Zeit, vielleicht zu knapp, dachte er sich. Er fuhr sein Auto in eine Parklücke und stieg aus. Rechts und links Bürogebäude, um diese Zeit die meisten noch leer. Zwei Frauen kamen ihm entgegen und unterhielten sich. Eine sah ihn kurz durch ihre getönte Brille an, als sie an ihm vorbeigingen, dann betraten sie das Bürogebäude, vor dem er gerade stand. Hinter der gläsernen Eingangstüre schien sie etwas zu ihrer Begleiterin zu sagen, worauf sich beide kurz zu ihm umdrehten, bevor sie in den Lift einstiegen. Er bemerkte das nicht, sein Augenmerk galt den Parkplätzen auf der Straße und ihrer Lage zur Tiefgarage. Zwei kamen infrage, direkt gegenüber der Einfahrt. Ein weißer Lieferwagen einer Druckerei und ein brauner Golf standen jetzt dort. Er würde sein Auto schon am Vorabend dort abstellen müssen, damit er am Morgen den Platz sicher hatte. Das Gebäude, in dem die Tiefgarage war, lag jetzt voll im Sonnenlicht. Hinter den Fenstern sah er vereinzelt Leute, die in den Büros arbeiteten. Keiner von ihnen sah auf die Straße. Wenn er Glück hatte, würde er den Job ohne Zeugen erledigen können. Wenn er dort zuschlagen würde. Doch davon war er noch nicht überzeugt. Der Platz war vielleicht nicht schlecht, aber sicher nicht optimal. Vielleicht könnte er noch Alternativen finden, in Ruhe. Er dachte an die übereilte Aktion, die ihn vor mehreren Jahren beinahe das Leben gekostet hatte. Das würde ihm nicht noch einmal passieren, das hatte er sich geschworen.

Kapitel 22

Gerade stieg Bauer wieder in sein Auto ein, nachdem er seinen Sohn bei der Tagesmutter abgeliefert hatte, als sein Handy läutete: »Wollte mal wissen, wie es bei euch ausschaut?«

Wörners Stimme klang unsicher.

»Könnte besser sein«, antwortete Bauer.

»Die Telefonüberwachung in Düsseldorf ist immer noch unterbrochen, ich glaube auch nicht, dass da noch etwas kommt. Aber heute Mittag treffe ich Magnus, ich hoffe, da kommt etwas Neues. Wie geht es euch?«

Er bog in eine Seitenstraße ein und hätte fast einen Fahrradfahrer übersehen, der gerade noch durch abruptes Bremsen verhindern konnte, auf der Motorhaube von Bauer zu landen. Das erzürnte Gesicht und die erhobene Faust konnte Bauer noch im Rückspiegel beobachten.

»Stefanie geht das alles ziemlich auf die Nerven. Sie glaubt nicht, dass sie das hier lange aushält, hat sie gesagt.«

»Aber ihr seid doch gerade erst drei Tage dort«, meinte Bauer verwundert.

»Das schon, aber die Ferienwohnung ist für drei Leute zu klein, zwei Zimmer, da gehst du dir schnell auf die Nerven. Und dem Jungen wird auch schon langweilig, der hat ja seine ganzen Freunde in München.«

Die letzten Worte hatte Bauer kaum noch verstanden, weil im Hintergrund bei Wörner ein lautes Motorengeräusch alles übertönte.

»Das ist der Mähdrescher, fährt hier auf dem Weg zu seinem Feld so drei- bis viermal pro Tag vorbei«, rief Wörner ins Telefon.

»Paul, ich rufe dich an, sobald ich was Neues weiß«, antwortete Bauer und beendete das Gespräch. Wenn Wörner schon nach drei Tagen Probleme hatte, dann kam da wohl noch einiges auf ihn zu.

Er fuhr am Bahnhofsvorplatz vorbei, der um diese Zeit immer voll war mit Taxis. Noch einmal musste er abbiegen, wieder einen Schwarm von Fahrradfahrern passieren lassen, dann war er am Gebäude seiner Dienststelle angekommen. Er hatte Glück, nur wenige Meter vom Eingang entfernt fand er einen Parkplatz. Mit einem Blick streifte er die Schlagzeilen der Boulevardzeitungen, die in Zeitungskästen am Eingang des Dienstgebäudes angeboten wurden: Eine behauptete, ein achtwöchiger Bilderbuchsommer würde nun beginnen, eine andere stellte entrüstet die Frage, ob ein bekannter Schlagersänger schon wieder untreu geworden sei. Das Foto der angeblichen Verführerin im Bikini wurde gleich mitgeliefert. Im Treppenhaus schlug ihm der Geruch von Erbrochenem entgegen. Vermutlich hatte sich wieder mal ein Festgenommener übergeben, bevor er zur Vernehmung gebracht wurde. Als Bauer an Hertz' Büro vorbeiging, hörte er ihn rufen: »Ricardo, komm doch mal kurz.«

Vor sich hatte sein Chef einen Aktenordner aufgeschlagen und notierte gerade etwas auf einem weißen Blatt Papier.

»Setz dich«, sagte er zu Bauer und zeigte auf den grauen Stuhl, der vor seinem Schreibtisch stand.

Hertz sah müde aus, seine Augen wirkten stumpf und ausdruckslos.

»Ich mache mir Sorgen wegen dir und Wörner«, begann er das Gespräch und nahm seine Brille ab.

»Ich wollte Verstärkung vom Personenschutz anfordern, aber für dich haben sie keine Leute mehr. Der Direktor war außerdem dagegen. Er möchte das nicht so hoch aufhängen, sonst wird die Sache noch bei der Presse bekannt, meinte er. Und dann hätte er Bedenken, dass das einen schlechten Eindruck in der Öffentlichkeit machen könnte, wenn jetzt auch die Polizei Angst hat.« Er zuckte mit den Schultern und zog die Augenbrauen hoch. Bauer sah vor sich das Bild des Kriminaldirektors, den er zuletzt bei der Weihnachtsfeier vor einen halben Jahr gesehen hatte: ein kleiner, dürrer Typ mit spitzem Kinn und hohlen Wangen, dem niemand, den Bauer kannte, über den Weg traute. Er war von der Verkehrspolizei gekommen und hatte noch nie in seinem Leben einen Tatort gesehen, geschweige denn einen Mord bearbeitet. Dafür hatte er Sekretärinnen bearbeitet, zwei in den letzten drei Jahren, die danach beide um Versetzung gebeten hatten.

»Na ja, der muss es ja wissen, der Herr Direktor.«

Hertz sah Bauer mit ernstem Blick in die Augen: »Sollte ich mich deiner Meinung nach mit ihm anlegen?«

Bauer erkannte am Tonfall, welche Antwort erwartet wurde. Aber er hatte keine Lust, sich zurückzuhalten.

»Das überlasse ich dir, du bist hier der Chef. Meine Meinung über den Mann kennst du schon seit einiger Zeit.«

»Die kenne ich. Aber das bringt uns nicht weiter. Hast du mit Wörner gesprochen?«

Bauer lehnte sich in seinem Stuhl zurück und verschränkte die Arme: »Gerade vorhin. Ihm fällt jetzt schon die Decke auf den Kopf, nach drei Tagen.«

Hertz zog die Augenbrauen hoch.

»Aber wenigstens ist er da sicher«, fuhr Bauer fort.

»Das denke ich auch«, erwiderte Hertz, dessen Gesichtsausdruck sich entspannte. »Aber wie kommen wir hier weiter? Ich habe das Gefühl, dass wir auf der Stelle treten.«

»Ich setze auf Magnus. Wenn dieser Noll mit Klemm und noch anderen aus diesem Autogeschäft zusammengearbeitet hat, dann sind wir dort richtig. Und ich bin überzeugt, dass es so ist: Unser Opfer, der Kollmann, ist in die Karibik gefahren. Und bei Klemm hat Magnus ein Jachtmagazin gesehen, wo Bootsüberführungen über den Atlantik angeboten wurden.«

Bauer stand auf und stellte sich vor den Schreibtisch: »Das passt doch zusammen. Ich treffe heute Nachmittag Magnus, ich habe mir da etwas überlegt, das uns weiterbringen könnte. Will es aber erst mit ihm besprechen.«

»Meinetwegen. Aber denk an deine eigene Sicherheit, wenn du unterwegs bist. Von der Dienststelle aus kann dich jeder verfolgen. Die Adresse kennt man«, sagte Hertz in bedächtigem Tonfall.

»Mache ich. Wo ist eigentlich Claudia?«

»In ihrem Büro. Ich habe ihr gesagt, sie soll später nochmals zu der Stelle fahren, wo der Unfall mit Wörners Sohn war, und zwar zur selben Zeit, zu der das damals passierte. Dann trifft sie wenigstens auch die Leute, die um diese Zeit regelmäßig zu Hause sind. Vielleicht hat ja doch einer von den Anwohnern dort etwas gesehen, zum Beispiel das Kennzeichen von dem Lastwagen. Franz wird sie begleiten.«

»Gut, ich habe ein paar Dinge im Büro zu erledigen, dann werde ich zu Magnus fahren.«

In seinem Zimmer sah er als Erstes den gelben Zettel, den er sich am Freitag noch aufs Telefon geklebt hatte: *Gießen* hatte er in großen Buchstaben darauf geschrieben. Seufzend nahm er die grüne Plastikgießkanne, die ihm Wörner auf den Tisch gestellt hatte, und erledigte seine Gärtnerpflichten. Das heiße Wochenende hatte den Pflanzen bereits zugesetzt, einzelne Blätter hingen schon vertrocknet nach unten. Vorsichtig schnitt er sie ab. Das Telefon läutete. Er stellte die Gießkanne auf seinen Schreibtisch und nahm ab: »Guten Morgen, Herr Kollege«, hörte er in unverkennbarem Tiroler Dialekt. In diesem Moment fiel ihm ein, dass sie immer noch auf den Bericht aus Kufstein warteten, der die Überprüfung des Alibis von diesem Drucker betraf.

»Sie hätten wir fast schon vergessen«, meinte er in leicht ironischem Ton.

»Entschuldigen Sie«, meinte der Gendarm, »aber ich musste zweimal zu der Ivanic fahren, sie hatte eine Woche Urlaub und war da bei ihrer Schwester in Belgrad. Aber am Freitagabend habe ich sie erreicht.«

»Und, was sagt sie zu dem Alibi ihres Freundes Nico?«

»Na ja, wie wir uns schon gedacht haben. Sie hat mir erzählt, dass sie immer freitags in diese Diskothek gehen, ins Starlight. Und in den letzten Monaten haben sie das immer gemacht, hat sie gesagt. Außer als sie im Urlaub war. Deswegen ist sie auch sicher, dass sie an diesem 28. März dort waren. Sie fahren immer so gegen zweiundzwanzig Uhr dorthin und bleiben dann bis zum Schluss gegen vier Uhr.«

»Hat sie sonst noch etwas gesagt über das Verhältnis von Nico und Kollmann?«

»Nein, kein Wort mehr. Als ich sie noch mal darauf angesprochen habe, wurde sie ziemlich madig. Mehr weiß sie dazu nicht, hat sie behauptet.«

»Danke, Kollege, fürs Erste reicht uns das. Ich melde mich, wenn wir noch etwas brauchen.«

Bauer dachte kurz noch mal an den Drucker, wie der sich bei ihrer Vernehmung aufgeführt hatte. Doch für eine Beteiligung an dem Mord hatten sie bis jetzt keine Hinweise.

Er klärte noch telefonisch, ob die Mietzahlungen für das Appartement nun endlich funktionierten. Die Frau in der Verwaltung sagte Ja, wobei sie ihm zu verstehen gab, dass ihr die Sache schon sehr merkwürdig vorkam. Bauer verzichtete auf weitere Erklärungen, es war ihm vollkommen egal, ob die Frau das verstand. Danach verließ er das Büro.

Auf dem Weg durchs Treppenhaus kam ihm der Gedanke, dass Hertz nicht so unrecht hatte: Bis jetzt war er tatsächlich ziemlich leichtsinnig bei seinen Fahrten gewesen. Er nahm sich vor, vorsichtiger zu sein. Auf dem Weg zum Appartement sah er immer wieder in den Spiegel, doch die Autos, die hinter ihm fuhren, wechselten ständig. Er wusste, dass er gute Observanten nur schwer entdecken würde, vor allem im Stadtverkehr. Aber es beruhigte ihn trotzdem zu wissen, was hinter ihm geschah. Die Frau an der Rezeption grüßte ihn freundlich. Er genoss das Gefühl, dass die Miete bezahlt war. Als er aufsperrte und in die Wohnung ging, sah er Magnus angezogen auf der Couch liegen. Der schreckte mit dem Kopf hoch, als er ihn hörte, und rieb sich die Augen.

»Hast du mich jetzt erschreckt«, meinte er verschlafen.

»Habe nicht gewusst, dass junge Leute schon ein Mittagsschläfchen brauchen«, erwiderte Bauer.

»Wir hatten gestern den Junggesellenabschied von einem alten Schulfreund, ist ein bisschen später geworden.«

Magnus ging ins Bad. Bauer hörte den Wasserhahn laufen, kurz danach kam Magnus mit nassem Gesicht zurück.

»Die Erfrischung habe ich jetzt gebraucht«, meinte er, während er sich mit einem Handtuch abtrocknete.

»Wie war dein letzter Besuch bei Klemm?«, fragte Bauer, der sich inzwischen einen Sessel genommen hatte.

Magnus ging in die Küche und schaltete die Kaffeemaschine ein.

»Möchtest du auch einen?«

»Ja, gerne«, antwortete Bauer.

Kurz danach kam Magnus mit zwei Tassen Kaffee und setzte sich zu Bauer.

»Ich war letzte Woche zweimal bei ihm, habe mir ein neues Auto ausgesucht, über das ich jetzt mit ihm verhandle. Mit Klemm ist es etwas schwierig, mit ihm wird man nicht so leicht warm. Aber der Rollstuhlfahrer war wieder da, und mit ihm konnte ich mich einige Zeit unterhalten. Der Klemm hatte gerade einen Kunden auf dem Platz, mit dem er einige Autos besichtigt hat.«

Magnus trank einen Schluck Kaffee und setzte die Tasse vorsichtig auf, wie wenn sie ein äußerst wertvolles Stück wäre. Als er aufsah, blickte er in Bauers verwundertes Gesicht. »Wir haben nur zwei davon in der Küche. Also schön aufpassen«, meinte er augenzwinkernd.

»Der Rollstuhlfahrer heißt übrigens Erwin. Hat mir erzählt, dass er seit sechs Jahren bei Klemm arbeitet. Sein Job ist vor allem das Telefon. Ich habe ihn dann vorsichtig auf diese Jachtsache angesprochen. Da hat er gesagt, dass sie immer im Herbst und im Frühjahr zwei bis drei Schiffe in die Karibik überführen, genauer gesagt von Mallorca aus in die Dominikanische Republik. Ich habe ihn dann gefragt, wer das denn macht, aber damit wollte er nicht recht herausrücken. Hat nur gesagt, Leute von ihnen. Aber ich hatte schon den Eindruck, dass er die Typen kennt, die die Schiffe herumschippern.«

Bauer machte sich Notizen, dann sah er zu Magnus auf.

»Weißt du, was wir bräuchten?«

Magnus zuckte die Schultern.

»Keine Ahnung.«

»Von den beiden, diesem Erwin und von Klemm, die Fingerabdrücke. Ich habe dir doch gesagt, dass wir auf der Rückseite des Innenspiegels in diesem Golf einen frischen Fingerabdruck gesichert haben. Könnte doch sein, dass der von Klemm stammt oder vielleicht sogar von dem Rollstuhlfahrer. Möglicherweise war der auf dem Beifahrersitz und hat an dem Spiegel herumgemacht.«

Magnus blickte ihn fragend an.

»Und wie hast du dir das vorgestellt?«

»Das Beste wäre, du nimmst das nächste Mal irgendeinen Prospekt oder so etwas Ähnliches mit einer glatten Oberfläche mit und siehst zu, dass die beiden es in die Hand nehmen. Dann hätten wir die Fingerabdrücke und könnten sie vergleichen.«

Magnus nickte.

»Könnte funktionieren.« Er machte einen Augenblick Pause. »Weißt du, was wir machen können?« Seine eigene Idee schien ihn zu begeistern, seine Augen leuchteten.

»Ich besorge mir den Prospekt einer Jacht und nehme den das nächste Mal mit, wenn ich zu Klemm fahre. Ich frage ihn, ob er die Jacht gut findet. Kann ihm ja sagen, dass ein Bekannter von mir sie kaufen möchte. Und weil ich weiß, dass sie Bootsüberführungen machen, dachte ich mir, ihn zu fragen.«

Bauer überlegte, ob das glaubwürdig war.

»Und während des Gesprächs gebe ich ihm den Prospekt in die Hand«, fuhr Magnus fort, »und dann haben wir die Fingerabdrücke. Und dem Rollstuhlfahrer gebe ich ihn auch zum Anschauen.«

Bauer nickte.

»Könnte funktionieren, einen Versuch ist es auf jeden Fall wert. Wann willst du wieder hinfahren?«

Magnus war aufgestanden und öffnete das Fenster, das zum Hinterhof zeigte. Die Luft im Raum war stickig.

»Ich kann morgen Vormittag noch mal hinausfahren, kein Problem.«

Bauer sah auf die Uhr, es war kurz vor zwei.

»Aber zuerst musst du dir noch den Prospekt besorgen. Hast du eine Idee, wo du einen bekommst?«

Magnus runzelte die Stirn.

»Mal sehen, ich kenne ein paar Typen von früher, die haben inzwischen Boote auf Ibiza. Einer hat mehrere Diskotheken in München, der andere ...«, er machte eine kurze Pause, irgendwie schien er nach den passenden Worten zu suchen, »ach was, was soll ich lange herumreden, du kennst ihn sowieso. Es ist der Neger-Toni, der die Sexy-Alm hat und die Night-Ranch.«

Bauer zog die Augenbrauen hoch.

»Woher kennst du denn den Neger-Toni?«

»Ich habe doch früher nebenbei noch diesen Autohandel gehabt, und da hat er mir mal einen 911er abgekauft. Und so sind wir ins Reden gekommen. Und dann habe ich ihn mal in der Sexy-Alm besucht. Aber er weiß bis heute nicht, dass ich Polizist bin.«

Er wusste offensichtlich, welche Frage jetzt kommen musste.

»Nein, ich habe nicht«, sagte er mit demonstrativem Kopfschütteln, »genau ein Bier und eine Bacardi-Cola habe ich mir gegönnt. Also wenn das nicht anständig ist, oder?«, fragte er mit einem Grinsen auf den Lippen.

»Das ist hochanständig«, erwiderte Bauer respektvoll.

Magnus stand auf.

In dem Moment läutete Bauers Handy. Er warf Magnus einen entschuldigenden Blick zu und nahm das Gespräch an. Es war Hertz.

»Kannst du noch mal ins Büro kommen, Claudia und Franz haben bei den Zeugenbefragungen wegen dem Unfall von Pauls Sohn jemanden gefunden, der zu dem Lastwagen etwas weiß.«

Bauer hatte vergessen, dass die beiden heute auch unterwegs waren.

Vermutlich auch deswegen, weil er sich von ihrer Zeugenbefragung nichts erwartet hatte.

»Ich bin in einer halben Stunde im Büro, wir sind hier gerade fertig.«

Er beendete das Telefonat.

»Also, ich besorge mir den Prospekt, und dann geht's los. Sobald ich das erledigt habe, rufe ich dich an«, meinte Magnus, während er schon auf dem Weg zur Wohnungstür war. Er zog sie hinter sich zu.

Bauer sah in den Hof: Die zwei Männer, die er schon beim ersten Mal dort gesehen hatte, standen wieder unten und unterhielten sich heftig gestikulierend. Er schloss das Fenster und ging aus der Wohnung. Im Auto stellte er einen Musiksender ein und dachte an das Telefonat mit Hertz: Die Stimme war ziemlich aufgeregt gewesen, ein Hinweis zu dem Lastwagen und seinem Fahrer – das klang tatsächlich interessant. Ein schneller Blick in den Rückspiegel sagte ihm, dass niemand auf der Straße auf ihn gewartet hatte, als er aus der Tiefgarage in die Straße eingebogen war. Er hatte es jetzt eilig.

Kapitel 23

Inzwischen war er überzeugt, alle Angestellten der Pension zu kennen: Den alten Mann, der ihn empfangen hatte, den jungen, gepiercten Typen, der meistens Nachtdienst hatte, und die Dicke, die immer irgendetwas zu essen in ihrer Nähe hatte: auch jetzt, als er die Pension wieder verließ, hatte sie ein großes Wurstbrot in den Händen. Sie kaute so mit ihren aufgeblasenen Backen, dass sich das gesamte Gesicht wie eine einzige fleischige Masse hin und her bewegte. Eine alte Frau mit Kopftuch zog gebückt einen vorsintflutlichen Staubsauger über den abgetretenen Teppich am Eingang. Das ursprüngliche Rot war nur noch in Ansätzen erkennbar.

Nach seiner morgendlichen Aktion hatte er sich zwei Stunden in seinem Zimmer ausgeruht, doch jetzt war es wieder Zeit, aufzubrechen. Bald würde der Mann vermutlich seine Mittagspause machen, und da wollte er unbedingt dabei sein. Es gab in dem Bürogebäude eine Kantine, das Schild hatte er schon am Morgen gesehen. Wenn der Mann dort hineingehen sollte, würde er ihn allein lassen. Der Platz war ungeeignet. Aber genauso gut konnte der Mann in eines der Lokale gehen, die er in der Umgebung des Gebäudes gesehen hatte. Dann würde es interessant. Er kannte inzwischen den Weg von der Pension zu seinem Ziel. Die Hitze machte die Autofahrer aggressiv, Radfahrer wurden ausgebremst und andere Autos geschnitten. Er hielt sich zurück und fuhr langsam, nur keinen Unfall bauen und die Polizei auf den Plan rufen, war seine Devise. Seine Zeit war ausreichend, im Radio spielten sie Musik der 80er-Jahre. Er ließ das Fenster herunterfahren und genoss den kühlen Fahrtwind. Als er sich dem Gebäude näherte, suchte er nach einem günstigen Parkplatz. Der Eingang des Gebäudes war auf der Vorderseite, während die Tiefgarageneinfahrt auf der Rückseite des Gebäudes lag. Er vermutete, dass der Mann mittags zu Fuß das Haus verlassen würde. Wenn der Mann allerdings mit seinem Auto wegfahren würde, dann könnte er es nicht sehen. Dieses Risiko musste er eingehen. Er fuhr langsam die Straße vor dem Gebäude entlang, als vor ihm der gelbe Lieferwagen eines Kurierdienstes aus einer Parklücke fuhr. Im Rückspiegel sah er, wie ein Polizeiwagen hinter ihm langsamer wurde und zum Überholen blinkte. Er setzte den Blinker und fuhr in die Parklücke, die Polizisten fuhren an ihm vorbei. Sein Blick suchte nach dem Eingang: Der Platz war nicht ideal, denn der Eingang lag nun hinter ihm, sodass er ihn nur im Rückspiegel sehen konnte.

Doch es war kein besserer Platz frei, und außerdem würde er so nicht bemerkt werden. Er verstellte den Spiegel noch etwas, nun konnte er die gläsernen Flügeltüren des Gebäudes gut einsehen. Die Uhr an seinem Armaturenbrett zeigte elf Uhr vierundfünfzig. Die Mittagszeit schien hier früh zu beginnen, immer mehr Leute kamen aus dem Gebäude, die meisten gut gekleidet und in kleineren Gruppen von zwei oder drei. Er erkannte den Mann sofort wieder, er kam zusammen mit einer jungen Frau heraus. Der Mann hatte sein Sakko ausgezogen und trug jetzt nur noch die graue Hose und das weiße Hemd. Die Frau, bekleidet mit halblangem Rock und weißer Bluse, wirkte etwas steif, aber attraktiv. Lange, schlanke Beine, schmale Hüfte, kurze, blonde Haare. Die beiden unterhielten sich, und der Mann sah sie immer wieder an, während sie in seinem Rücken die Straße überquerten. Er musste jetzt den Kopf drehen, sonst hätte er sie aus den Augen verloren. Sie gingen nun auf der anderen Straßenseite einige Schritte in seine Richtung, dann betraten sie ein kleines, italienisches Lokal, in das zuvor schon andere aus dem Bürogebäude verschwunden waren. Er musste nun aussteigen, der Blick war ihm durch mehrere Lieferwagen versperrt. Als er an dem Lokal vorbeiging, sah er die beiden an einem Tisch am Fenster sitzen, das bis zum Boden reichte. Vermutlich war in den Räumen früher ein Laden gewesen, daher dieses Schaufenster. Das Pärchen unterhielt sich angeregt, sie machten auf ihn einen vertrauten Eindruck. Er rief sich das Bild von der Frau ins Gedächtnis, die er am Freitag zusammen mit dem Mann in dem Garten des Hauses gesehen hatte: Es war zweifellos nicht dieselbe Frau. Soweit er sehen konnte, war das Lokal voll besetzt. Er wäre ohnehin nicht hineingegangen, das Risiko war zu groß. Für ihn war klar, dass die beiden dort bis zum Ende der Mittagspause bleiben würden, also ging er zurück zu seinem Auto. Nun konnte er sich allmählich einen Parkplatz auf der Tiefgaragenseite suchen, von dort würde es später weitergehen. Immer mehr Menschen kamen aus dem Gebäude, doch an ihn würde sich später keiner mehr erinnern, davon war er überzeugt. Mehr als eine halbe Stunde musste er die Straße auf und ab fahren, bis ein Platz frei wurde, der ihm gefiel. Er stieg aus und setzte sich in ein Café. Vier Stunden waren das Mindeste, womit er rechnete, bevor es weiterging. Um vier Uhr saß er wieder im Auto. Immer wieder fuhren Polizeifahrzeuge vorbei, doch die meist jungen Polizisten, die darin saßen, beachteten ihn nicht.

Er hatte sich eine Geschichte bereitgelegt, falls sie ihn kontrollierten und fragten, warum er hier wartete. Aber man wusste nie, wie sie reagierten, und jede Geschichte hatte ihre Schwachstelle. Langsam leerten sich die umliegenden Bürogebäude. Den meisten Leuten war anzusehen, dass sie sich auf einen warmen Sommerabend freuten. Er nahm sich vor, heute Abend einen dieser Biergärten zu besuchen, wenn alles gut laufen würde. Aus der Tiefgarage fuhren jetzt fast im Minutentakt Autos, doch der silberne Audi, auf den er wartete, war noch nicht darunter. Allmählich wurde es ihm zu lange. Er suchte mit seinen Augen die Fenster der Häuser ab, von denen aus man sein Auto sehen konnte. Niemand war zu sehen. Doch man konnte nie wissen, ob nicht doch irgendein neugieriger Hausmeister ihn schon beobachtete. Eine halbe Stunde gab er sich noch, dann musste er für heute aufhören. Kein Risiko, hatte er sich vorgenommen.

Wieder kam ein Auto aus der Tiefgarage, doch er konnte nur das silberne Heck sehen, weil ihm in diesem Moment ein vorbeifahrendes Auto die Sicht nahm. Aber dann hatte er freie Sicht: Es war der silberne Audi, auf den er wartete. Schnell startete er den Motor und fuhr auf die Fahrbahn. Drei Autos waren zwischen ihm und dem Audi. Zweimal bogen sie rechts ab, er hatte Glück, dass er an den Verkehrsampeln immer noch in letzter Sekunde mitkam. Dann war er direkt hinter dem Audi. Neben dem Mann sah er eine zweite Person, die er aber von hinten nicht erkennen konnte. Sie fuhren in eine andere Richtung als zum Wohnort des Mannes, es ging über die Landshuter Allee zum Rotkreuzplatz. Plötzlich fuhr der Audi ohne zu blinken rechts in eine Einfahrt und hielt an. Er musste vorbeifahren, sonst hätten sie ihn bemerkt. Nach einigen Metern kam die nächste Einfahrt, und er fuhr hinein. Im Audi sah er immer noch den Mann und die andere Person sitzen. Nun konnte er sie erkennen, es war die Frau vom Mittagessen. Sie unterhielten sich, dann sah er, wie sich die beiden Gesichter annäherten und küssten. Er dachte an die Person, die das jetzt sicher gerne wüsste, doch das war nicht sein Job. Aber es eröffnete neue Möglichkeiten. Die Beifahrertür des Audi ging auf, und die Frau stieg aus. Er beschloss, den Mann alleine weiterfahren zu lassen, die Frau war jetzt interessanter. Schnell stieg er aus dem Auto aus und folgte ihr. Sie ging über eine kleine Grünfläche zu einem neuen Wohnhaus, wo sie an der Eingangstüre stehenblieb und in ihrer braunen Handtasche nach etwas suchte.

Kurz danach holte sie den Schlüssel heraus und sperrte auf. Eine Frau mit einem kleinen Kind an der Hand ging langsam an dem Haus vorbei. Er wartete, bis die Frau aus dem Audi im Eingang verschwunden war, dann lief er zum Haus. Kurz bevor die Tür wieder zufiel, konnte er seinen Fuß hineinstellen. Der Verkehrslärm war ziemlich laut, aber er konnte trotzdem ihre Schritte im Hausflur hören. Als sie verstummt waren, ging er hinein. Direkt am Ende des Ganges, der von der Eingangstür wegführte, war das Treppenhaus mit einem Lift. An der Stockwerksanzeige leuchtete gerade eine rote Zwei. Sie veränderte sich nicht mehr, als er vor dem Lift stehenblieb und die Anzeige beobachtete. Er hörte, wie weiter oben eine Tür aufgesperrt wurde und kurz danach ins Schloss fiel. Danach war es still, kein Geräusch mehr, auch nicht das Herumdrehen eines Schlüssels von innen. Er betrat den Lift und drückte nochmals mit seinem Arm gegen die rechte Seite, wo er seine Waffe trug. Kühl spürte er den Griff auf seiner Haut. Er tippte mit seinem Finger auf die Taste mit der zwei. Die Schiebetür ging zu, langsam setzte sich der Aufzug in Bewegung.

Kapitel 24

Bauer jagte durch die Stadt, bis er zur Leopoldstraße kam. Sie war wieder einmal ein einziger Stau, mehrere Kilometer, von der Münchner Freiheit bis zum Siegestor. Und auf der Busspur kroch ein Bus nach dem anderen, sodass er auch dort nicht schneller vorankam. Er ärgerte sich, dass er daran nicht gedacht hatte und eine andere Strecke gefahren war. Gerade stand er wieder an einer der vielen roten Ampeln, als sein Handy läutete.

»Kann ich dich kurz sprechen?«, fragte Marion. Mit ihrem Anruf hatte er jetzt nicht gerechnet.

»Ich bin etwas im Stress, aber geht schon, was gibt's?«

»Kannst du mir sagen, wie lange das hier noch so weitergeht? Ich habe jetzt schon die zweite Nacht nicht geschlafen, träume jedes Mal von irgendwelchen Leuten, die Stefan entführen oder ihn erschießen.«

Hinter sich hörte er ein Hupkonzert, die Ampel hatte auf Grün umgeschaltet. Er fuhr weiter und versuchte dabei, seine Gedanken zu sammeln.

»Nein, es tut mir leid, aber das kann ich dir nicht sagen. Die Sache ist ziemlich kompliziert. Aber mit dem Personenschutz seid ihr beide wirklich sicher«, er machte eine kurze Pause, weil er einem Auto ausweichen musste, das in zweiter Reihe parkte, »ich hoffe ja selbst, dass es nicht mehr lange dauert, bis alles vorbei ist.«

»Mehr kannst du mir nicht sagen? Die Tagesmutter hat mich auch gerade angerufen und mich gefragt, ob ich weiß, warum Stefan heute so unruhig ist und nichts isst.«

»Marion, ich kann dir wirklich nicht mehr sagen, aber jetzt ist es ohnehin etwas ungünstig. Ich melde mich heute Abend bei dir, einverstanden?«

»Aber bitte nicht später als neun, ich muss heute mal versuchen, früher einzuschlafen«, antwortete sie und legte auf.

Claudia Petz und Franz Kirner saßen schon am Besprechungstisch in Hertz' Büro, als Bauer hereinkam. Sie hatte offensichtlich schon mehr Zeit als er in der Sonne verbracht: Braun gebrannt mit ihren hellblonden Haaren, sah sie eher wie eine Touristin im Sommerurlaub aus als wie eine Kriminalbeamtin in der Arbeit.

Kirner dagegen war blass wie immer, nur der dunkle Schnauzbart brachte etwas Farbe in sein Gesicht. Jeder wusste, dass er die Hitze nicht mochte.

»Hör dir mal an, was die beiden erfahren haben«, begrüßte ihn Hertz und winkte ihn an den Tisch.

Petz hatte eine dunkle College-Mappe vor sich aufgeschlagen, in der mehrere lose beschriebene Blätter lagen. Sie nahm das erste in ihre langen, dünnen Finger und blickte Bauer an: »Wir sind heute Nachmittag rausgefahren und haben die vier Wohnblocks abgeklappert, die in der Nähe der Unfallstelle sind. Bei den meisten Wohnungen hat uns niemand aufgemacht, und die, die zu Hause waren, haben nichts gewusst. Dann sind wir zur Hausnummer 46 gegangen, wo wir am Eingang eine junge Türkin getroffen haben, die gerade von der Schule gekommen war. Sie war vielleicht zwölf oder dreizehn Jahre alt. Wir haben sie nach dem Unfall gefragt und ob sie etwas gesehen hat. Da hat sie erzählt, dass ihre Mutter den ganzen Tag zu Hause ist und wir sollten doch mitkommen, dann könnten wir sie fragen.«

Bauers Blick fiel auf Kirner, der, wie bei solchen Gelegenheiten üblich, einen Zahnstocher bearbeitete und vor sich auf den Tisch starrte.

»Wir sind mit ihr dann in die Wohnung gegangen, wo wir ihre Mutter getroffen haben«, berichtete Petz weiter. »Die Frau ist schon relativ alt, ich schätze so Anfang fünfzig, und spricht nur Türkisch, kein Wort Deutsch. Das Mädchen hat ihr dann unsere Frage übersetzt, und da ist sie aufgestanden und hat einen Zettel geholt. Sie redete einige Zeit mit dem Mädchen, dann erzählte uns das Mädchen Folgendes: Ihre Mutter sei zu dem Zeitpunkt, als der Unfall passierte, gerade vom Einkaufen gekommen. Sie geht immer in den türkischen Supermarkt, der gleich neben der Bushaltestelle ist. Als sie kurz vor der Haustüre war, hätte sie einen Schrei gehört und ein Geräusch, wie wenn ein Fahrrad hinfalle. Sie hätte sich dann umgeblickt und den Jungen gesehen, der auf der Straße lag. Und dann habe sie auch den großen Lastwagen bemerkt, der weitergefahren sei. Und weil es ihnen auch schon einmal passiert sei, dass jemand ihr Auto angefahren habe, ohne eine Nachricht zu hinterlassen, habe sie sich die Nummer des Lastwagens notiert.

»Und warum hat sie dann nicht die Polizei angerufen?«

Kirner schüttelte den Kopf, ohne etwas zu sagen.

»Sie spricht ja kein Deutsch, deswegen hat sie nicht angerufen. Und abends hat sie es ihrem Mann erzählt, aber der hätte gesagt, sie solle sich da lieber heraushalten, man wisse ja nicht, was dieser Lastwagenfahrer mache, wenn man zur Polizei gehe.«

»Was ist denn das für ein Trottel?«, meinte Hertz.

»Na ja, der hat einfach Angst. Ist wahrscheinlich ein ganz einfacher, braver Mann, der nur keinen Ärger haben will. Er arbeitet übrigens bei der Straßenreinigung«, erwiderte Petz. Sie legte das Blatt auf die Seite und sah zu Hertz.

»Hast du den Halter von dem Lkw inzwischen herausbekommen?«

Er nickte und sah auf seinen Block, der vor ihm lag.

»Ja, es ist eine Baufirma in Karlsfeld. Ich habe auch schon nachgesehen, ob das Fahrzeug eventuell als gestohlen gemeldet wurde, ist es aber nicht.«

Bauer sah auf die Uhr.

»Die werden jetzt vermutlich schon Feierabend haben. Sollte morgen früh jemand hinausfahren.«

»Das können Franz und ich machen«, sagte Petz.

Hertz nickte.

»Dann solltet ihr aber schon um sechs Uhr dort sein, die Bauleute fangen immer ziemlich früh an.«

»Wahrscheinlich ist der Lastwagen sowieso nicht beim Büro, sondern auf irgendeiner Baustelle«, brummelte Kirner und sah kurz die Kollegen an. Bauer nickte ihm respektvoll zu.

»Es geht einfach nichts über deine Lebenserfahrung, Franz, oder?«

»Gut, dann wäre es das für heute«, schaltete sich Hertz ein, um eine weitere Diskussion zu verhindern.

»Ich bin morgen Vormittag wahrscheinlich mit Magnus zusammen, aber ihr könnt mich über das Handy erreichen«, sagte Bauer abschließend zu Claudia.

Kapitel 25

Die Nacht schlief er schlecht, immer wieder wachte er auf. Es war heiß in seinem Schlafzimmer, obwohl er abends lange die Fenster geöffnet hatte. Aber die Luft war nachts kaum abgekühlt, das angekündigte Gewitter war ausgeblieben. Außerdem ging ihm das Telefonat durch den Kopf, das er noch am Abend mit Marion geführt hatte. Stefan schien doch mehr mitzubekommen, als er gedacht hatte.

Als endlich der Wecker klingelte, lag er wie gerädert in seinem Bett und schwitzte. Die kalte Dusche machte ihn etwas munter, zwei Tassen Kaffee taten ihr Übriges. Als er aus dem Haus ging, hingen immer noch die dunklen Gewitterwolken am Himmel, die schon in der Nacht Abkühlung hätten bringen sollen. So früh wie heute war er schon seit Monaten nicht mehr auf der Straße gewesen. Sein Handy klingelte. Überrascht sah er auf die Uhr, sechs Uhr fünfundfünfzig. Marion war es nicht, ihre Nummer hätte er auf dem Display seines Handys erkannt.

»Hallo, Ricardo, hier ist Claudia. Habe ich dich geweckt?«
Er war etwas erschrocken darüber, welchen Eindruck offensichtlich manche Kollegen von seinen Arbeitszeiten gewonnen hatten.

»Du meinst anscheinend, weil ich gelegentlich mal ein paar Minuten später komme, liege ich um diese Zeit noch im Bett?«

»Nein, war nicht so gemeint, aber ich weiß doch nicht, ob du vielleicht gestern Abend noch länger gearbeitet hast.« Aha, dachte sich Bauer, sie will offenbar gerade noch mal die Kurve kriegen. Einverstanden.

»Warum rufst du mich an?«

»Franz hat sich gerade gemeldet, er ist heute früh auf seiner Kellertreppe ausgerutscht und kann jetzt mit dem rechten Fuß nicht mehr auftreten. Er muss vormittags erst mal zum Arzt, dann will er weitersehen.«

»Und nun möchtest du, dass ich mit dir zu der Baufirma fahre?«

»Genau. Eigentlich wollte ich mit Franz ja schon um sechs Uhr da rausfahren, aber um die Zeit habe ich mich nicht getraut, dich anzurufen.«

»Gut, ich bin in ein paar Minuten im Büro. Dort können wir uns treffen.«

»Ich bin schon hier«, meinte Claudia, »ich warte dann auf dich.«

Claudia wartete schon in einem Audi vor dem Büro, als er ankam. Er parkte schnell und stieg dann zu ihr ins Auto.

»Heißt das, dass ich dein Beifahrer sein darf?«, meinte er spöttisch.

»Du wirst dich wundern, da kannst du Franz vergessen. Im Vergleich zu dem fahre ich göttlich«, meinte sie grinsend und fuhr los.

Während sie fuhr, nutzte er die Zeit, sie aus dem Augenwinkel heraus zu beobachten: sie fuhr sicher, der Verkehr machte sie ganz offensichtlich nicht nervös. Ihre kleine Nase passte zu dem zarten Gesicht, das durch die vielen Sommersprossen auf der Nase fröhlich wirkte. Konzentriert blickte sie auf die Straße, dabei umfassten ihre beiden Hände fahrschulmäßig das Lenkrad.

»Bist du durch mit dem Check-up?«, fragte sie mit einem spitzbübischen Lächeln und blickte kurz zu ihm herüber. Bauer musste schmunzeln, er sollte sie wirklich nicht unterschätzen. Sein Handy klingelte. Es war Magnus, wie er an der Nummer auf dem Display erkannte: »Guten Morgen. Ich wollte dir nur sagen, ich habe das gestern Abend noch hingekriegt mit dem Prospekt, der Neger-Toni hatte tatsächlich einen von so einem Boot. Ich fahre dann am Vormittag zu Klemm und gebe dir dann Bescheid.«

»Gut, hoffen wir, dass es funktioniert.«

»Mach dir keinen Sorgen, das bekomme ich schon geregelt.«

»War das Magnus?«, fragte Claudia.

»Ja, der fährt jetzt zu dem Autohändler raus. Ich hoffe, dass er die Fingerabdrücke zumindest von diesem Klemm bekommt, vielleicht sind das ja die vom Golf.«

»Das wäre natürlich der Clou«, meinte Claudia, während sie quietschend eine Vollbremsung machte, als ein Lkw rückwärts auf die Straße stieß.

Bauer traute seinen Ohren nicht, aber es kam kein einziges Schimpfwort. *Frauen sind doch anders*, dachte er sich. Sie waren entgegen dem Berufsverkehr gefahren, der morgens stadteinwärts fuhr, während ihr Weg sie genau in die andere Richtung führte. Sie erreichten Karlsfeld. Bauer kam nur selten hierher und wunderte sich jedes Mal wieder, wie schnell Orte wie dieser in der Umgebung von München wuchsen. Eine Neubausiedlung nach der anderen wurde rechts und links der Schnellstraße aus München gebaut. Doch sie mussten in das Gewerbegebiet, wo die Baufirma ihren Sitz hatte.

»Da vorne müsste sie sein«, meinte Petz, als sie hinter einer Tankstelle in eine Straße einbogen, an deren Ende ein zweigeschossiges Gebäude war. An der gelben Wand stand in großen braunen Buchstaben der Name der Baufirma. Sie hielten vor dem Eingang auf dem Parkplatz, der vollkommen leer war. Beide stiegen aus. Bauer spürte, wie ihm sein Hemd am Rücken klebte, es war schon wieder heiß geworden, obwohl die Sonne erst langsam hinter den Häusern hervorkam. Sie gingen zu der Metalltüre, auf der *Eingang* stand. Sie war abgeschlossen.

»Wollen Sie zur Firma Bergner?«, rief jemand aus dem Hintergrund.

Sie drehten sich um und sahen einen Mann in einem blauen Arbeitsanzug vor dem Gebäude auf der anderen Straßenseite stehen.

»Ja, wissen Sie, wann da jemand kommt?«

»Die sind fast nie da. Am besten fahren sie auf die Baustelle in der Rathausstraße, da arbeiten die momentan.«

»Die kenne ich«, sagte Petz, »da wohnt eine Freundin von mir. Die jammert mir schon seit Monaten vor, dass sie wegen einer Baustelle jeden Morgen um sechs Uhr aus dem Schlaf gerissen wird. Das ist bestimmt dort.«

Fünf Minuten später waren sie in der Rathausstraße. Die Baustelle war unübersehbar: *Hier entstehen zwanzig Reihenhäuser und fünf Bungalows,* stand auf einer großen Tafel bei der Einfahrt. Bauers Blick streifte über das Gelände, auf dem bereits die Rohbauten fertiggestellt waren: Er sah drei orange Lastwagen, die Baumaterial geladen hatten. Die Kennzeichen konnte er wegen der Entfernung nicht erkennen. Rechts neben der Einfahrt zum Gelände, das durch einen hohen Metallzaun gesichert war, stand ein grauer Bürocontainer.

»Wir machen das am besten so, dass du hier im Auto bleibst und auf die Lkw achtest, und ich werde mit denen im Container mal reden.«

»Und was soll ich machen, wenn unser Lkw kommt?«

Bauer überlegte, aber er fand es zu gefährlich, wenn Claudia den Lkw allein anhalten würde.

»Dann hängst du dich hinten dran und rufst mich an«, antwortete Bauer. »Aber nicht alleine aufhalten.« Petz nickte, während er ausstieg. Ohne anzuklopfen ging er in den Container. Eine Hitzewolke gemischt mit Zigarettenqualm schlug ihm entgegen, sodass er am liebsten sofort wieder rückwärts hinausgestürzt wäre. Die Frau hinter dem Metallschreibtisch hatte gut grinsen: sie saß mit einem trägerlosen T-Shirt und kurzer Hose dort und ließ sich von einem Tischventilator frische Luft an den Kopf blasen. Neben ihr hatte sie das einzige Fenster im Raum gekippt. An der Rückwand hingen Bauzeichnungen, daneben an mehreren Haken weiße und blaue Bauhelme.

»Was kann ich für Sie tun?«, fragte sie und drückte ihre Zigarette in dem Aschenbecher aus, der vor ihr stand. Er zeigte ihr seinen Dienstausweis.

»Wir müssen wissen, wer den Lkw mit diesem Kennzeichen fährt.«

Er gab ihr den Zettel, auf dem er das Kennzeichen notiert hatte. Sie las die Nummer und dachte kurz nach, dann schüttelte sie den Kopf.

»Kann ich Ihnen nicht auf Anhieb sagen, da muss ich nachschauen. Ist er zu schnell gefahren oder bei Rot über die Ampel?«

»So was Ähnliches«, antwortete Bauer und versuchte, an ihrem Gesichtsausdruck zu erkennen, ob sie wirklich nicht wusste, wer den Lastwagen fuhr. Aber sie verzog keine Miene.

»Moment, ich habe es gleich«, fuhr sie fort, während sie eine Schublade ihres Schreibtisches öffnete und einen schmalen Schnellhefter hervorholte. Bauer hatte das Gefühl, in ein feuchtes Tuch eingewickelt zu sein, sein hellblaues Hemd war ein einziger Schweißfleck.

»Haben Sie etwas dagegen, wenn ich die Türe aufmache, damit etwas Luft hereinkommt?«

Die Frau schüttelte den Kopf.

»Nein, machen Sie ruhig, wird aber nicht viel nützen. Hier kann man nur möglichst wenig anziehen, alles andere hilft nicht viel.«

Er öffnete die Türe und stellte sich in den leichten Luftstrom, der hereinkam und ihm zumindest die Illusion von Kühlung verschaffte.

Sie blätterte, bis sie eine bestimmte Seite gefunden hatten: »Hier habe ich ihn, den fährt der Simon.«

»Können Sie mir seine kompletten Personalien geben?«

Sie drehte das Blatt in seine Richtung.

»Hier sehen Sie, da steht er, Simon Price, und da haben Sie sein Geburtsdatum.«

Bauer las die Daten, der Mann war achtundzwanzig Jahre alt, das könnte passen, nach dem, was der Busfahrer gesagt hatte. Geboren in Rayong.

»Ist das ein Thailänder?«

»Wie kommen Sie denn darauf?«

»Weil er in Rayong geboren ist«, antwortete Bauer. Ein Kollege hatte vor ein paar Wochen Urlaubsfotos aus Thailand in die Dienststelle mitgebracht und von Rayong geschwärmt, deswegen kannte Bauer den Ort.

Die Frau las die Personaldaten nochmals durch.

»Tatsächlich, war mir noch gar nicht aufgefallen. Nein, er ist

Engländer. Aber stimmt, irgendwann hat er mal erzählt, dass seine Mutter Thailänderin ist und sein Vater Engländer. Oder vielleicht auch umgekehrt.«

Sie zündete sich eine neue Zigarette an und blies den Rauch zur Decke.

»Wissen Sie, so etwas interessiert mich eigentlich nicht.«

Sie unterdrückte mühsam ein Gähnen.

»Entschuldigen Sie, aber mein Hund hat sich die ganze Nacht erbrochen.«

Sie schüttelte träge den Kopf.

»War der Wahnsinn, ich habe kein Auge zugemacht. Er muss gestern irgendeinen Mist gefressen haben.«

»Kann es sein, dass auch zwischendurch jemand anders mit diesem Lastwagen fährt, oder ist das ausgeschlossen?«

»Ausgeschlossen ist das nicht, aber normalerweise fährt immer derselbe einen Lkw. Nur wenn er krank ist oder Urlaub hat, übernimmt ein anderer. Aber der Simon war noch nie krank bei uns, und Urlaub nimmt er immer im Dezember, da ist hier sowieso tote Hose.«

»Darf ich noch fragen, wer Sie sind?«, fuhr Bauer fort.

»Ich bin Frau Bergner, die Chefin. Habe den Laden von meinem Mann übernommen, als wir uns getrennt haben. Er hat dafür unseren Schrotthandel bekommen, da muss er nicht so viel arbeiten.«

Sie setzte ein zynisches Grinsen auf. Bauers Telefon läutete.

»Er ist gerade an mir vorbeigefahren, fährt jetzt die Rathausstraße in Richtung Bundesstraße.«

»Gut, bleib du dran und gib Bescheid, wenn er irgendwo hält. Ich besorge mir ein Auto aus Dachau.«

»Kann ich mal kurz Ihr Telefonbuch haben?«, fragte er die Frau, die mit großen Augen sein Gespräch mit Petz verfolgt hatte. Sie holte das Telefonbuch aus dem Schreibtisch und legte es ihm hin. Er suchte die Nummer der Polizei in Dachau und notierte sie auf einem Zettel.

»Danke, das war's fürs Erste. Haben Sie vielleicht noch eine Visitenkarte, wo ich Sie erreichen kann?«

Sie griff in eine kleine, silberne Box, die vor ihr auf dem Schreibtisch stand, und gab ihm eine Karte.

»Die Handynummer steht auch darauf, da können Sie mich immer erreichen.«

Bauer verließ den Container und rief die Polizeiinspektion Dachau an, er war jetzt in deren Gebiet. Als sich ein Beamter meldete, erklärte er ihm kurz, dass er einen Streifenwagen bräuchte, der ihn zu dem Lkw fährt. Sein Glück war, dass bereits einer in Karlsfeld unterwegs war, der ihn aufnehmen konnte. Als er die Baustelle verließ und die Straße erreichte, bog der Streifenwagen gerade ein. Er wählte die Nummer von Petz: »Wo bist du gerade?«

»Wir sind gerade in Dachau Ost angekommen, hier ist ein Gewerbegebiet mit einem McDonald's. Da hat er geparkt und ist hineingegangen. Soll ich mitgehen?«

»Nein, bleib du bei dem Lkw. Ich bin auch gleich dort.«

Er stieg in den Streifenwagen, der vor ihm gehalten hatte, und sagte dem Fahrer, wo er hinmusste.

»Sollen wir mit Blaulicht fahren?«, fragte der.

»Ja, wäre gut«, antwortete Bauer, »aber rechtzeitig vor dem Ziel wieder ausschalten, damit der Lkw-Fahrer nichts hört.«

Mit Blaulicht und Martinshorn jagten sie über eine Schnellstraße nach Dachau. Der Fahrer überholte knapp an der Leitplanke entlang einige Autos, die trotz des Lärms nur langsam auf die rechte Spur wechselten. Keine zehn Minuten später waren sie in dem Gewerbegebiet, Martinshorn und Blaulicht hatten sie schon ausgeschaltet.

»Könnt ihr mich so absetzen, dass er das Auto nicht sieht?«, fragte Bauer. Der Beifahrer nickte.

»Neben dem McDonald's ist ein Baumarkt, da halten wir. Sollen wir noch warten, falls ihr uns noch mal braucht?«

»Das wäre gut«, erwiderte Bauer und tauschte mit dem Beamten die Handynummern aus. Hinter dem Baumarkt stieg er aus. Als er um die Ecke bog, sah er den orangen Lkw sofort. Er überragte alle Autos auf dem Parkplatz. Bauer ging zu Petz, die einige Plätze daneben parkte, und setzte sich ins Auto.

»Er ist immer noch im Lokal. Wollen wir hineingehen?«
Bauer schüttelte den Kopf.

»Ist mir zu gefährlich, wer weiß, wie der reagiert, wenn wir ihn ansprechen. Wir warten hier auf ihn.«

»Da kommt er«, rief Petz, die während des Gesprächs den Ausgang des Lokals nicht aus den Augen gelassen hatte.

Bauer sah sich um und bemerkte einen schlanken, mittelgroßen Mann in Jeans und T-Shirt mit Baseballmütze, der mit einem großen Getränkebecher in der Hand zum Lkw ging. Seine Gesichtszüge hatten etwas Asiatisches an sich, vor allem wegen der dunkleren Hautfarbe und der Augen, die Bauer etwas schlitzförmig vorkamen.

»Komm, jetzt schnappen wir ihn uns.«

Gleichzeitig öffneten sie ihre Türen und gingen auf den Mann zu.

Als er die beiden sah, erschrak er und ließ den Getränkebecher fallen. Bauer legte seine Hand an die Pistole, die er hinten in einem Gürtelholster stecken hatte. Der Mann schien zu überlegen, er stand regungslos in der Mitte des Parkplatzes. Seine Augen wanderten von den beiden Polizisten, die auf ihn zukamen, zu seinem Lkw.

»Was wollen Sie?«, rief er ihnen zu, als sie noch einige Meter von ihm entfernt waren. Ein Autofahrer hupte hinter ihnen, da sie die Durchfahrt des Parkplatzes blockierten. Der Autofahrer muss warten, dachte sich Bauer und machte ein beschwichtigendes Handzeichen.

»Herr Price, wir müssen kurz mit Ihnen sprechen, wir sind von der Polizei«, erwiderte Bauer. Sie standen nun direkt vor ihm.

»Kommen Sie, gehen wir auf die Seite, sonst werden wir noch überfahren«, meinte Bauer. Das Gesicht des Mannes war verkrampft, seine Halsschlagader pulsierte kräftig. Er schien zu überlegen, seine Augen flackerten nervös.

»Na kommen Sie«, wiederholte Bauer und zeigte mit der Hand in die Richtung, wohin er gehen wollte. Petz stand hinter Bauer, auch sie hatte ihre Hand an der Waffe, ohne dass der

Mann es sehen konnte. Endlich bewegte er sich, sie gingen zu seinem Lkw.

»Was gibt es?«

Sein englischer Akzent war deutlich zu hören.

»Sie fahren doch immer diesen Lkw, oder?«, fragte Bauer. Price nickte. »Warum?« Er blickte Bauer mit misstrauischem Blick an, seine Augen verengten sich.

»Mit diesem Lkw ist vor einigen Tagen ein Unfall verursacht worden, bei dem ein Junge beinahe gestorben wäre.«

Bauer hatte gerade den Satz beendet, als Price plötzlich seinen rechten Arm anwinkelte und Petz einen heftigen Schlag mit dem Ellbogen gegen die Brust versetzte. Sie fiel nach hinten auf den Teer. Er nutzte die Verwirrung und rannte in Richtung der Straße, die an dem Parkplatz vorbeiführte. Bauer bückte sich zu Petz: »Lass nur, es geht schon«, wehrte sie ab und sah ihn mit einem verärgerten Gesichtsausdruck an. Er hatte den Eindruck, dass ihr nichts Schlimmeres passiert war, und stand auf, um nach dem Flüchtenden zu suchen. Er sah, wie er mit heftig rudernden Armen an den parkenden Autos vorbeirannte. Bauer lief los, doch er sah keine Chance, den Vorsprung aufzuholen. Price war fast zwanzig Jahre jünger als er, und um die Hüften eine Spur sportlicher, dachte er sich, während ihm der Schweiß von der Stirn tropfte. Er lief unter den staunenden Blicken einiger Passanten, die aus dem McDonald's-Lokal kamen. Der Abstand wurde immer größer, Bauer spürte seinen Puls bis zum Hals schlagen. Price war jetzt schon fast auf der Straße angekommen, als ein Golf mit hoher Geschwindigkeit in den Parkplatz einbog. Bauer hörte einen dumpfen Schlag, als Price vom Kotflügel gestreift wurde und stürzte, während der Fahrer noch quietschend zu bremsen versuchte. Sofort wollte Price wieder aufstehen, doch er stolperte und fiel nochmals hin. Inzwischen hatte Bauer ihn eingeholt und richtete heftig atmend seine Pistole auf ihn.

»Stehen Sie auf, und nehmen Sie die Hände über den Kopf«, herrschte er ihn an. Price sah vom Boden zu ihm auf und hob seine rechte Hand.

»Okay, ist schon gut.«

Er richtete sich mühsam mit schmerzverzerrtem Gesicht auf. Seine Hose war am rechten Knie aufgerissen, darunter war eine blutende Wunde zu sehen.

»Hände hinter den Kopf«, schrie Bauer, dessen Puls sich langsam wieder normalisierte. Er war wütend auf sich, diese Einlage hätten sie sich sparen können. Price hob seine Hände und verschränkte sie im Nacken. Der Menschenauflauf um sie herum wurde immer größer, immer mehr Leute kamen aus dem Lokal. Bauer blickte über die Schulter, um nach Petz zu suchen. Sie kam im Laufschritt, mit der linken Hand hielt sie sich den rechten Ellbogen.

»Hast du deinen Achter dabei?«, fragte er sie, als sie angekommen war. Sie nickte. Der linke Ellbogen, auf den sie offensichtlich gefallen war, blutete stark.

»Hände herunternehmen und auf den Rücken legen«, befahl er.

Price, der den Blick auf den Boden gesenkt hielt, gehorchte. Petz nahm ihre Handschellen und fesselte ihn damit.

»Am besten holst du das Auto, ich warte hier mit ihm«, sagte Bauer zu ihr, während er immer noch seine Waffe in der Hand hatte.

Petz lief zurück und kam kurz darauf mit dem Dienstwagen wieder. Bauer öffnete die hintere Tür auf der Beifahrerseite und schob Price hinein. Dann setzte er sich neben ihn. Die Zuschauermenge löste sich allmählich auf. Petz startete den Motor und fuhr in Richtung München, über den verletzten Ellbogen hatte sie sich ein Taschentuch gebunden. Bauer wischte sich mit der Hand den Schweiß von der Stirn, dann gab er kurz den wartenden Kollegen aus Dachau Bescheid, dass alles erledigt sei. Er sah an sich hinunter: Sein Hemd klebte am Körper, selbst seine Hose war bis zu den Oberschenkeln schweißnass. Sollte er sich schnell nach Hause fahren lassen? Unmöglich, dachte er sich, dann würde Price seine Adresse erfahren. Als er aus dem Fenster sah, entdeckte er eine Herrenboutique, deren Angestellte gerade Verkaufsstände mit T-Shirts und Hemden auf die Straße schoben. »Halt mal da drüben kurz an«, sagte er zu Petz und deutete an den Straßenrand. Sie konnte direkt vor dem Laden parken.

»Ich bin gleich wieder zurück, schließ hinter mir die Zentralverriegelung.«

Die junge Verkäuferin, die ihn am Eingang verlegen anlächelte, dachte wahrscheinlich, er sei gerade aus einem See gerettet worden.

»Soll ich Ihnen vielleicht ein Handtuch bringen?«, fragte sie höflich.

Bauer nickte. »Das wäre nicht schlecht, danke.«

Schnell blickte er auf die Straße zu Petz und dem Auto, aber es rührte sich nichts. Seine Auswahl hatte er schnell getroffen, in der Umkleidekabine zog er das neue Hemd und eine Jeans an. Sie hatte den Vorteil, dass sie nicht mehr so eng war wie die alte, weil sie seinem aktuellen Gewicht angepasst war. Seine nassen Sachen stopfte er in eine Plastiktüte. Als er an die Kasse ging, sah er nochmals nach draußen, doch nach wie vor schien alles in Ordnung. Keine zehn Minuten hatte die Aktion gedauert, dann saß er wieder neben Price im Auto. Der blickte demonstrativ auf der anderen Seite aus dem Fenster. Petz fuhr los, weiter in Richtung Büro. Bauers Handy klingelte, es war Magnus.

»Hallo, ich kann jetzt schlecht reden, aber erzähl mir kurz, was es Neues gibt«, antwortete Bauer mit Blick auf Price.

»Das mit den Fingerabdrücken hat funktioniert, aber nur bei Klemm. Erwin, der Rollstuhlfahrer, sagte, er kenne sich mit Booten nicht aus. Der hat den Prospekt nicht angerührt.«

»Ist egal, der andere ist wichtiger. Du machst die Sache jetzt gleich komplett, oder?«

»Ja, logisch, ich bin schon unterwegs zum Erkennungsdienst, dann können die gleich die Abdrücke mit denen vom Golf vergleichen.«

»Wir sind in einer halben Stunde im Büro, da kannst du mir dann das Ergebnis durchgeben.«

Bauer drehte sich zu Price, der ihm immer noch die Schulter zuwandte und aus dem Fenster sah. Obwohl es im Auto dank der Lüftung angenehm kühl war, schien er zu schwitzen, Schweißperlen rannen an seinem Hals herunter.

»Warum haben Sie den Jungen angefahren?«

Price reagierte nicht.

»Ist egal, auch wenn Sie nichts sagen. Aber wenn Sie kooperativ sind, können wir vielleicht etwas für Sie tun.«

Price drehte langsam den Kopf zu Bauer und blickte ihn an. Bauer sah das nervöse Flackern in den Augen, die Mundwinkel zuckten nervös.

»Ich weiß nichts von einem Unfall.« Er zuckte die Schultern und zog die Augenbrauen hoch: »Keine Ahnung, von was Sie überhaupt reden.«

Bauer war jetzt nicht nach einem sinnlosen Gespräch dieser Art zumute. In seinem Kopf spielte er verschiedene Möglichkeiten durch, welche Verbindung von Price zu Noll und den anderen bestehen könnte. Sie bogen in den Hof des Dienstgebäudes in der Bayerstraße ein. Petz stoppte direkt am hinteren Eingang des Gebäudes, um Price keine Möglichkeit für eine weitere Sprinteinlage zu geben, auch wenn dies mit Handschellen sehr unwahrscheinlich war. Bauer ging auf die Seite, wo Price saß, und holte ihn aus dem Auto. Zu dritt fuhren sie mit dem Lift nach oben. Hertz stand in der Tür zu seinem Büro und unterhielt sich mit einer Schreibkraft, als sie die Dienststelle betraten. Fragend sah er Bauer an.

»Ich komme dann gleich zu dir, wir bringen ihn nur schnell in mein Büro.«

»Ich bleibe hier, bis du vorne fertig bist«, sagte Petz, nachdem sie Price auf einen Stuhl in Bauers Büro gesetzt hatten.

Bauer ging den Gang zurück in Richtung Eingang, wo Hertz sein Zimmer hatte. Der stand immer noch mit der Schreibkraft zusammen. Als er Bauer kommen sah, beendete er das Gespräch.

»Ist das der Fahrer von dem Lkw?«, fragte er Bauer mit einer Kopfbewegung in Richtung des Büros, wo Price in diesem Moment saß. Bauer nickte. Hertz ging an seinen Schreibtisch und setzte sich. Bauer fiel der Tischventilator auf, den sich Hertz neu angeschafft hatte. In halbkreisförmiger Bewegung wirbelte er die Luft durcheinander, wobei er Hertz' dünne Haare über der Stirn aufstellte.

Bauer nahm sich vor, so einen auch für sein Büro zu besorgen. Eine Schweißorgie wie heute Morgen galt es für den Rest des Sommers mit allen Mitteln zu verhindern, egal wo er auch arbeiten musste. Am besten würde er schon mal in seinem Büro damit anfangen, dachte er sich. Auf dem Stuhl vor dem Schreibtisch lagen mehrere Aktenordner, die er auf den Besprechungstisch legte. Das Telefon klingelte, Hertz nahm ab und warf ihm einen entschuldigenden Blick zu.

»Ja, der ist bei mir«, sagte er dem Anrufer und winkte Bauer ans Telefon. »Magnus will dich sprechen.«

Bauer nahm den Hörer.

»Der Erkennungsdienst hat mir gesagt, dass die beiden Fingerabdrücke nicht von der gleichen Person stammen.« Bauer überlegte, während Magnus weiterredete.

»Übrigens, vorher wollte ich dir noch etwas erzählen: Als ich gestern bei Klemm war, hat sich Erwin etwas eigenartig benommen.«

»Wer ist gleich wieder Erwin?«, fragte Bauer, der mit seinen Gedanken gerade woanders gewesen war.

»Das ist der Rollstuhlfahrer, der bei Klemm im Büro sitzt. Habe ich dir doch schon erzählt«, erwiderte Magnus ungeduldig.

»Entschuldige, hatte ich vergessen.«

»Also, Erwin hat mich gefragt, ob ich auch mit ihm ein Geschäft machen würde. Ich habe gesagt, klar, wieso nicht. Er hätte da eventuell einen Ferrari, den man günstig kaufen könne. Ob ich ihm meine Visitenkarte geben könnte, hat er dann gefragt. Habe ich natürlich gemacht, obwohl der Klemm die ja auch hat.«

»Scheinbar macht dieser Erwin auch Geschäfte ohne seinen Chef, oder?«

»Sieht so aus. Aber hat mich schon gewundert. Ich bin sicher, wenn der Klemm das erfährt, bekommt er richtig Stress. Da verstehen die Autohändler keinen Spaß. Ist schon mutig für einen Rollstuhlfahrer, finde ich.«

Während Magnus redete, hatte Bauer nur halb zugehört und seine Gedanken weiterverfolgt. Jetzt wusste er, was er wollte.

»Wir werden ja sehen, ob er dich anruft. Etwas anderes ist mir gerade eingefallen: Wir haben vorhin den Fahrer von diesem Lkw festgenommen, der Pauls Sohn überfahren hat. Vielleicht sind das ja seine Fingerabdrücke im Golf.«

»Klar, das könnte natürlich auch sein. Dass es die von Erwin sind, kann ich mir nicht vorstellen, weil der ab der Hüfte gelähmt ist. Der kann kein normales Auto fahren«, antwortete Magnus.

»Ich werde dem gleich die Fingerabdrücke abnehmen lassen und dann zum Vergleich bringen. Hast du noch etwas über diese Bootsüberführungen erfahren, die der Klemm macht?«

»Als ich dort war, hat Klemm mit jemandem telefoniert, der anscheinend so ein Boot im Herbst in die Dom-Rep überführen lassen möchte.«

»Wann fährst du wieder zu Klemm?«

»Warte, sage ich dir gleich. Aber ich habe noch was für dich: Als ich mit Klemm geredet habe, ist ein Typ in schwarzer Lederhose und so einem bestickten Hemd in den Container gekommen. Er hat die Tür aufgemacht und ist ziemlich erschrocken, als er mich gesehen hat. Ist dann in der Tür stehen geblieben und hat zu Klemm nur kurz gesagt: ›Ist es schon da?‹ Klemm hat ihn total sauer angeschaut und nur gesagt: ›Ich habe doch gesagt, ich rufe dich an.‹ Der Typ ging dann ohne ein Wort wieder hinaus.«

Vom letzten Satz verstand Bauer nur ein paar Worte, weil gleichzeitig eine ganze Kolonne Feuerwehrfahrzeuge mit ohrenbetäubenden Sirenen an dem Gebäude vorbeifuhr. Magnus wiederholte noch mal, was er gesagt hatte.

»Hast du es jetzt verstanden?«, fragte er.

»Ja, hervorragend. Hast du noch mehr zu dem Typen?«

»Ich konnte ihm ja schlecht nachgehen, aber als ich durch das Fenster im Container geblickt habe, ist er gerade in sein Auto gestiegen und weggefahren. Hast du was zum Schreiben?« Bauer nahm sich von Hertz' Schreibtisch Papier und einen Kugelschreiber.

»Leg los!«

»Der Typ hat einen Siebener-BMW gefahren, so ein dunkles Silbermetallic, sah ziemlich neu aus. Die Nummer habe ich auch.« Er gab Bauer das Autokennzeichen durch.

»Schaut euch den mal an, würde mich nicht wundern, wenn wir den schon kennen.«

»Wann willst du wieder hinausfahren?«, fragte Bauer.

»Ich dachte mir, übermorgen ist gut, dann kaufe ich das zweite Auto von Klemm. Dann wird der Kontakt noch besser.«

»Gut, machen wir so. Ich gebe dir wegen dem BMW-Fahrer Bescheid.«

Bauer nahm den Zettel und wandte sich an Hertz: »Ich werde jetzt mal nach hinten gehen und versuchen, aus ihm was herauszuholen. Kannst du schon mal dem Staatsanwalt Bescheid geben, dass der einen Haftbefehl organisiert?«

Hertz wirkte müde, obwohl es noch nicht mal Mittag war, über seinen Augen lag ein dunkler Schatten.

»Bist du sicher, dass er der Fahrer war?«

»Derzeit sieht es so aus: Seine Chefin hat gesagt, dass er die letzten Monate als Einziger mit dem Lkw gefahren ist. Und das Alter passt auch ungefähr, so wie es der Busfahrer ausgesagt hat.«

Hertz nickte.

»Musst mir nur noch die Personalien durchgeben, dann rufe ich drüben an.«

Bauer ging in sein Büro, wo Petz an Wörners Schreibtisch saß und Price auf einem Stuhl in der Mitte des Zimmers. Er reagierte nicht, als Bauer das Zimmer betrat.

»Wie geht es unserem Sprinter?«, fragte Bauer und blickte zu Petz.

»Ist nicht besonders gesprächig. Aber seinen Ausweis hat er mir zumindest schon mal gegeben.«

Sie reichte Bauer einen britischen Reisepass. Er ging an sein Telefon und gab Hertz die Daten durch. Dann wandte er sich wieder an Petz.

»Kannst du mal die Daten bei uns durchlaufen lassen und den Halter von diesem BMW besorgen? Und sag auch gleich noch beim Erkennungsdienst Bescheid, da schicken wir ihn hin, wenn wir fertig sind.«

Er gab ihr den Zettel mit der Autonummer, die er von Magnus bekommen hatte. Petz stand auf und ging zur Tür.

»Mache ich von meinem Computer aus, bin gleich wieder zurück.«

Bauer drehte seinen Stuhl so, dass er Price gegenübersaß.

»Haben Sie sich inzwischen überlegt, ob Sie mit dem Lkw den Jungen angefahren haben?«

Price sah auf den Boden, sodass Bauer nicht in sein Gesicht blicken konnte.

»Ich habe es Ihnen schon gesagt, dass wir Zeugen haben. Und Ihre Chefin hat uns auch bestätigt, dass Sie mit dem Lkw gefahren sind, niemand anders.«

Price rutschte auf seinem Stuhl hin und her.

»Könnten Sie mir die Handschellen aufmachen, die tun verdammt weh?«, fragte er mit nervöser Stimme.

»Erst möchte ich von Ihnen was hören, dann können wir darüber reden.«

Petz öffnete die Tür und machte Bauer ein Zeichen, vor die Tür zu kommen.

»Ich bin gleich wieder zurück. Und die Tür bleibt offen, wir behalten Sie ständig im Auge.« Er stand auf und ging an Price vorbei. »Also machen Sie keinen Blödsinn.«

Bauer sah Claudias aufgeregten Blick, die ihn vor dem Zimmer erwartete.

»Was gibt's denn Interessantes?«, fragte er leise, sodass Price ihn nicht hören konnte.

»Der BMW-Fahrer, den Magnus gesehen hat, ist ein alter Bekannter. Hat schon über sechs Jahre gesessen, wegen Drogenhandel.«

Bauer dachte an den Satz, den Magnus gehört hatte: *Ist es schon da?*

»Hat übrigens noch eine Bewährung offen«, fuhr Claudia fort. »Und dann habe ich den Price gecheckt: Hat nur mal eine Trunkenheitsfahrt gehabt, sonst nichts. Aber wie ich den Geburtsort gelesen habe, ist mir eingefallen, dass ich den Ort vor Kurzem schon mal gelesen habe. Weißt du, wer dort auch geboren ist? Die Frauen von Noll und Klemm.«

Bauer klopfte Petz respektvoll auf die Schulter, ihr Gesicht strahlte.

»Toll, wirklich stark. Vielleicht wird unser schweigender Sportler jetzt ein bisschen gesprächiger.«

Sie gingen beide in das Büro zurück, wo Price seinen Kopf hob und sie neugierig musterte. Bauer nahm seinen Stuhl und rückte ihn einen Meter vor Price. Der sah ihn nervös an.

»Herr Price, ich will Ihnen jetzt mal was sagen: Wir wissen, dass Sie aus dem selben Ort sind wie eine Frau, deren Mann wir vor Kurzem eingesperrt haben.«

Bauer tat so, als ob sie nur die eine Frau kannten und von der Verbindung zur Frau des Klemm nichts wussten. Er wollte vermeiden, dass Price schon jetzt von den Ermittlungen gegen die gesamte Gruppe erfuhr.

»Und zwar wegen Mordes. Ich weiß nicht, ob Sie wissen, worauf Sie sich da eingelassen haben?«

Price schluckte, Bauer sah ihm an, dass er verzweifelt nachdachte, was er sagen sollte.

»Ich wollte ihn nur erschrecken.«

»Was heißt, nur erschrecken?«

Price schwieg einen Augenblick und sah auf den Boden.

»Ich sollte jemandem einen Gefallen tun.«

»Was für einen Gefallen?«, fragte Bauer.

»Kann ich vielleicht ein Glas Wasser haben, ich habe einen total trockenen Mund.«

Bauer stand auf und ging zu dem Waschbecken im Zimmer, wo er ein Glas mit Wasser füllte. Er schloss Price die Handschellen auf, nahm dessen rechte Hand und fesselte sie mit den

Handschellen an die Eisenverstrebung seines Schreibtisches. Gierig schüttete der das Glas Wasser hinunter.

»Ich sollte dem Jungen einen richtigen Schrecken einjagen. Mehr weiß ich nicht.«

»Sie wollen uns erzählen, dass irgendjemand zu Ihnen sagte, Sie sollten einem Jungen einen Schrecken einjagen, und ohne lang nachzufragen fuhren Sie dann den Jungen vom Fahrrad.« Er blickte zu Petz, die aufmerksam zuhörte und Notizen machte. »Sie müssen uns schon für ziemlich naiv halten, wenn wir das glauben sollen.«

Bauers Stimme wurde lauter.

»Und wer war das, dieser Jemand?«

Price schüttelte heftig den Kopf.

»Das kann ich nicht sagen. Der bringt mich um.«

»Gut, machen wir das später. Wie ging es dann weiter?«

»Zwei Tage hatte ich gewartet, aber er war nicht gekommen. Dann habe ich ihn gesehen. Wollte nur so nahe an ihn heranfahren, dass er erschrickt und vom Fahrrad stürzt. Ich wollte ihn nicht berühren.«

Bauer rückte seinen Stuhl noch einen halben Meter näher an Price.

»So, Sie wollten mit diesem riesigen Lastwagen so millimetergenau an den Jungen heranfahren, dass der erschrickt. Das glauben Sie doch selbst nicht, oder? Sie wollten ihn vom Fahrrad herunterfahren, und genau das hat ja auch funktioniert.«

»Kann ich noch mal Wasser haben?«

Bauer verdrehte die Augen zur Zimmerdecke und stand nochmals auf, um Wasser zu holen.

»Ja, so war es wirklich, ich wollte ihn nicht erwischen.«

»Machen wir mal woanders weiter: Was haben Sie mit der Frau von Noll zu tun? Ist vermutlich kein Zufall, dass Sie beide aus dem gleichen Ort kommen?«

»Kim ist meine Stiefschwester. Unsere Mutter war mit einem Engländer verheiratet, und nach der Scheidung hat er mich mit nach Liverpool genommen. Sie hat danach noch mal geheiratet, einen Thai. Von dem ist Kim.«

Bauer blickte zu Petz, die eifrig mitschrieb.

»Jetzt versuchen wir es noch einmal: Herr Price, was Sie uns da erzählen, ist höchstens die Hälfte der Wahrheit, vermutlich nicht mal das. Damit wir uns richtig verstehen«, Bauer sah Price direkt in die Augen, »wir reden hier von versuchtem Mord. Ist Ihnen das klar?«

Price blickte wieder zu Boden, sein Atem ging stoßweise. Als er aufblickte, sah Bauer, dass seine Augen feucht waren.

»Ich kann nicht«, jammerte er kopfschüttelnd, »die machen mich sonst fertig.«

Bauer ging zurück an seinen Schreibtisch und rief Hertz an.

»Hast du den Staatsanwalt erreicht?«

»Ja, habe ich. Er wird einen Haftbefehl beantragen. Auf jeden Fall können wir ihn vorerst mal einsperren.«

Bauer wandte sich wieder zu Price.

»Wir geben Ihnen jetzt Zeit zum Nachdenken, Sie bleiben heute Nacht bei uns. Wenn wir das nächste Mal mit Ihnen reden, machen wir ein ordentliches Protokoll, das Sie dann unterschreiben. Und ich hoffe sehr für Sie, dass Ihnen bis dahin noch etwas einfällt.«

Price sah ihn mit hängenden Schultern an. Seine Augen glänzten immer noch feucht. Einige Minuten später kamen zwei uniformierte Polizisten, die ihn abholten und zum Erkennungsdienst brachten, um dort seine Fingerabdrücke zu nehmen.

»Hast du ihn absichtlich nicht auf die versuchte Entführung von Stefan angesprochen? Das war doch er«, fragte Petz.

»Glaube ich auch, die Beschreibung passt auf ihn. Aber er soll noch nicht merken, welche Zusammenhänge wir wissen«, antwortete Bauer.

Sein Telefon läutete.

»Hast du was herausbekommen über den BMW-Fahrer?«, fragte Magnus. Bauer berichtete ihm kurz, was Petz gefunden hatte.

»Stell dir vor, weißt du, wer mich gerade angerufen hat? Der Rollstuhlfahrer, Erwin. Er meinte, er müsste mich heute Abend dringend treffen. Es sei sehr wichtig.«

»Klingt aber komisch«, meinte Bauer, »so eilig wird sein Autogeschäft ja nicht sein, oder?«

»Kann ich mir auch nicht vorstellen. Er macht es auch ganz geheimnisvoll, ich soll um acht Uhr am Stachus sein, dann würde er mich noch mal anrufen und genau sagen, wo ich hinkommen soll.«

Bauer überlegte kurz.

»Kannst du vorher noch zum Appartement kommen, dann machen wir einen Plan für heute Abend? So ganz alleine möchte ich dich da nicht hingehen lassen.«

»In einer halben Stunde bin ich dort, passt das für dich?«

Bauer sah auf die Uhr.

»Ja, müsste ich schaffen.«

Bauer stand auf und ging zu Hertz, um ihm vom Telefonat zu erzählen.

»Ich habe mir gedacht, wenn Magnus zu dem Treffen geht, dann sollten wir ihm ein verdecktes Mikrofon mitgeben. Claudia und ich könnten dann mitverfolgen, was gesprochen wird. Wenn die etwas Linkes vorhaben, könnten wir ihm helfen.«

Hertz kratzte sich am Kopf.

»Seid ihr zwei nicht zu wenig? Was ist, wenn die Magnus eine Falle stellen wollen und ihn ausrauben?«

»Kann ich mir nicht vorstellen. Wieso sollten sie ausgerechnet ihn ausrauben? Und wenn die das wollten, würden sie ihn doch zu irgendeinem Autokauf locken, damit er wenigstens einen Haufen Geld dabei hat.«

Bauer schüttelte den Kopf. »Nein, das glaube ich nicht«, fuhr er fort.

»Aber wir sollten wenigstens mehrere Autos mitschicken, nicht nur euch beide«, meinte Hertz. Bauer war nicht sonderlich begeistert, er war kein Freund von solchen Großaktionen, wenn es nicht unbedingt notwendig war. Es passierten dabei immer wieder schwere Pannen, weil sich jeder auf den anderen verließ.

»Ich schlage dir was vor: Claudia und ich fahren alleine hin, aber du organisierst noch einige Leute als Reserve, und wenn wir Unterstützung brauchen, geben wir dir Bescheid.«

Hertz überlegte, dann nickte er.

»Aber du trägst die Verantwortung, Ricardo.«

»Ist mir schon klar. Ich gebe dir sofort nach dem Gespräch Bescheid.«

Bauer ging zurück in sein Büro.

»Wir treffen uns um halb acht Uhr hier, dann begleiten wir verdeckt den Magnus bei seinem Gespräch.«

Petz nickte, ihr Gesicht verriet, dass sie jetzt schon aufgeregt war.

Bauer fuhr zum Appartement, zur verabredeten Zeit war er dort. Zugleich mit ihm kam Magnus.

»Also ich bin wirklich gespannt, was Erwin da vorhat. Vor allem weiß ich noch gar nicht, wie der zu dem Treffen kommen will.«

»Vielleicht hat er ein behindertengerecht umgebautes Auto?«

»Stimmt, auf dem Autoplatz habe ich eines gesehen«, erwiderte Magnus.

Bauer erklärte ihm kurz, was sie vorhatten, und gab ihm das Mikrofon und den Sender für abends.

»Hast du damit schon gearbeitet?«

»Ja, ich kenne die Dinger. Hoffentlich funktioniert es, hatten schon ein paar Mal Schwierigkeiten damit.«

Sie testeten kurz die Geräte, dann verabschiedeten sie sich.

»Sobald dieser Erwin dich angerufen hat und du weißt, wo ihr euch trefft, rufst du an. Wir warten so lange in der Nähe des Stachus.«

»Mache ich«, sagte Magnus und verließ das Appartement.

Kapitel 26

Es war ein milder Sommerabend, auf den Steinbänken um den hell erleuchteten Springbrunnen am Stachus saßen zahlreiche Touristen und fotografierten fleißig.

Petz und Bauer standen mit ihrem Dienstwagen in der Prielmayerstraße in einer Parklücke, nur wenige Schritte vom Stachus entfernt.

Vor der italienischen Eisdiele hatte sich eine lange Schlange gebildet, Inlineskater fuhren auf dem breiten Gehsteig herum.

Es war kurz vor acht, Bauer und Petz hatten sich gerade auch ein Eis gekauft, als Bauers Handy läutete.

»Er will, dass ich zu ihm in die Wohnung komme.«

Bauer war wenig begeistert. In einer Wohnung konnten sie Magnus kaum schützen.

»Hast du ihm kein Lokal vorschlagen können?«

»Er sagte, dass er sich nicht gut fühlt und deswegen nicht mehr aus dem Haus gehen möchte.«

»Und wo ist die Wohnung?«

»In der Herzogspitalstraße 45, fünf Minuten von hier.«

»Hast du deine Waffe dabei?«

»Ja, habe ich eingesteckt. Wenn irgendetwas komisch ist, verschwinde ich wieder.«

»Also gut, versuchen wir's. Schalte mal dein Mikrofon ein«, sagte Bauer. Sie machten einen Sprechtest, es funktionierte.

»Passt. Also, alles Gute.«

»Danke, wird schon schiefgehen.«

Bauer warf den Rest seines Eises aus dem Fenster. Er überlegte, wo der beste Platz zum Parken sein würde. Um diese Zeit war es nahezu unmöglich, in dieser Straße einen Parkplatz zu finden. Überall waren Restaurants und Kinos, deren Besucher ihre Autos abstellen wollten. Sie fuhren über den Stachus in die Herzogspitalstraße, Magnus' Alfa Romeo stand bereits am Rand geparkt. Über das Funkgerät hörten sie seine Schritte, dem knarrenden Geräusch nach schien er gerade eine Holztreppe hochzusteigen, während sie langsam an den parkenden Autos entlangfuhren. Vor der nächsten Kreuzung wurde der Gehweg breiter, er bot Platz für genau ein Auto. Bauer fuhr den Dienstwagen über den Randstein hinauf. Er schaltete den Motor aus, es herrschte nun absolute Stille. Sie schlossen die Fenster, damit kein Fußgänger etwas hören konnte. Kaum war die Lüftung aus, wurde es schwül im Auto. Bauer dachte sehnsüchtig an den Tischventilator auf Hertz' Schreibtisch. Magnus läutete an einer Tür, der Klingelton klang schrill aus dem Lautsprecher. Die Qualität der Verbindung war gut, nur ein leichtes Rauschen störte.

Sie hörten Magnus reden.

»Hallo.«

Ein anderer Mann antwortete. Das musste Erwin sein, vermuteten sie.

»Kommen Sie herein.«

Sie hörten Schritte und das quietschende Geräusch von rollenden Gummireifen.

»Mein Anruf hat Sie wahrscheinlich überrascht«, sagte Erwin.

»Schon etwas, ja. Aber wird schon seinen Grund haben.«

»Möchten Sie auch einen Schluck?«

»Ja, gerne.«

Das Geräusch von Flüssigkeit, die in etwas hineinfließt, war zu hören.

»Ich will gleich zur Sache kommen: Sie sind Polizist?«

Bauer und Petz sahen sich entsetzt an.

»Ach du Scheiße«, meinte Petz, »die haben ihn enttarnt.«

Bauer überlegte, was jetzt passieren könnte.

»Keine Panik«, fuhr Erwin fort. »Sie haben keinen Fehler gemacht, war nur einfach Pech: Ein Freund von mir wohnt in der Bad Schachener Straße, direkt neben diesem Polizeigebäude, wo auch das Schießkino drin ist.« Es entstand eine kurze Pause.

»Mein Onkel war bei der Polizei, darum weiß ich das. Dort hatten sie ihr Schießtraining. Im Mai bin ich bei dem Freund mal auf dem Balkon gesessen, und da habe ich Sie gesehen, wie Sie aus einem Zivilauto ausgestiegen sind.«

»Da haben Sie sich getäuscht, das war nicht ich«, erwiderte Magnus.

»Nein, nein, ich bin mir ganz sicher. Wissen Sie, Gesichter kann ich mir sogar oft über Jahre merken, und als Sie bei uns auf dem Autoplatz aufgetaucht sind, wusste ich sofort, das Gesicht kennst du. Hat nur ein bisschen gedauert, bis ich wieder wusste, woher.«

Das Rauschen wurde stärker, irgendein anderes Funkgerät in der Nähe störte offensichtlich den Empfang.

»Aber um das geht es nicht. Ich will Ihnen einen Vorschlag machen: Ich weiß eine Menge Sachen, die für euch interessant sind. Die sage ich euch, aber dafür müsst ihr mir garantieren, dass ich verschwinden kann und ihr mir dabei helft.«

»Was meinen Sie mit verschwinden?«

»Na ja, ihr könnt jemandem doch falsche Papiere geben und so weiter, oder?«

»Kommt darauf an, versprechen kann ich nichts. Weiß ja auch noch gar nicht, was Sie mir erzählen.«

»Also gut, passen Sie auf. Ich vertraue Ihnen, ich habe schon gesehen, dass Sie Ihren Job gut machen. Aber egal, was passiert, es darf auf keinen Fall jemand erfahren, dass Sie das alles von mir wissen.«

»Okay, ich werde mein Bestes geben.«

»Also, es geht um Noll und den Klemm, deswegen sind Sie ja wohl auch bei uns aufgetaucht. Sie müssen wissen, der Klemm hat mich eingestellt, nachdem ich einen Motorradunfall hatte und querschnittsgelähmt wurde. Ich war vorher bei einer Versicherung im Außendienst, war ein guter Job. Aber das ging dann natürlich nicht mehr. Klemm hat jemanden gesucht, der ihm das Telefon macht. Ich kannte ihn von früher, wir waren mal gemeinsam in einer Clique zum Motorradfahren. So habe ich bei ihm angefangen. Mit der Zeit habe ich mitbekommen, dass sie irgendwelche krummen Dinger drehen, da fing dann auch diese Sache mit den Jachtüberführungen an.«

»Darf ich Sie kurz unterbrechen. Warum wollen Sie mir etwas erzählen, haben Sie Streit mit Klemm?«

Es war einen Augenblick still.

»Wissen Sie was, mein kleiner Bruder ist mit neunzehn an einer Überdosis Heroin gestorben. War damals eine Katastrophe für die ganze Familie, meine Mutter hat danach angefangen, Tabletten zu nehmen.« Das Klicken eines Feuerzeuges war zu hören.

»Letztes Jahr ist sie gestorben, Nierenversagen. Verstehen Sie das jetzt?«

»Verstehe«, antwortete Magnus. Jemand klopfte an die Scheibe auf der Beifahrerseite. Petz ließ das Fenster herunter, ein uniformierter Polizist stand neben dem Auto.

»Sie stehen auf einem Gehweg, bitte fahren Sie sofort herunter.«

Bauer drehte den Lautsprecher leise, der Streifenpolizist musste nicht wissen, was hier geschah. Petz zeigte ihm ihren Ausweis, den er sich im Lichtstrahl seiner Taschenlampe kurz ansah. Die Kontrolle war damit erledigt.

Bauer drehte den Lautsprecher wieder hoch.

»... merkwürdige Typen in unser Büro, auch der mit dem BMW, den Sie gesehen haben. Klemm ist mir gegenüber ziemlich vorsichtig, so eng waren wir nie befreundet. Aber einiges habe ich trotzdem mitbekommen und mir zusammengereimt. Der Noll und der Klemm organisieren für einen Mann, den ich nur ein Mal am Telefon hatte, Rauschgifttransporte aus der Dominikanischen Republik nach Mallorca.«

»Wissen Sie, wie der Mann heißt?«

»Nein, der hatte nur Hallo gesagt und dann mit Klemm gesprochen.«

»Der Transport funktioniert so: Sie überführen für irgendwelche ahnungslosen Leute die Jachten und nehmen dabei die Drogen mit an Bord. Die Bootseigner selbst sind ja bei diesen Überführungen nicht dabei, sodass die nichts davon mitbekommen. In Mallorca wird das Rauschgift abgeladen und dann weitertransportiert. Ich habe mal was gehört, dass es mit kleineren Booten irgendwohin in die Nähe von Barcelona geht und dann mit dem Auto weiter. Auch nach Deutschland. Aber genau weiß ich das nicht. Vor dem Mann, für den sie das machen, hat Klemm ziemlichen Respekt. Immer wenn der anruft, lässt er alles andere liegen und kriegt sich gar nicht mehr ein vor Unterwürfigkeit.«

»Wie kommen Sie darauf, dass die Leute Drogen transportieren?«

»Wenn Sie monatelang bei den Telefonaten mithören und dann die Leute sehen, die zu uns ins Büro kommen, dann wissen Sie das. Außerdem war vor einigen Wochen mal eine Nutte im Büro, und weil Klemm nicht da war, ist sie auf mich losgegangen. Sie hat getobt, dass wir ihr einen Scheiß-Stoff verkauft hätten und ihr Typ beinahe abgekratzt wäre.«

»Wissen Sie, welche Drogen das sind?«

»Ich vermute Kokain. Klemm hat mal so eine Bemerkung gemacht, dass Kokain das einzige Zeug ist, das wirklich was taugt.«

»Aber gesehen haben Sie bei ihm nie welches?«, hörten sie Magnus fragen.

»Nein, da ist der viel zu vorsichtig. Aber noch mal zu den Überführungen: Der Weg mit den Booten geht auch umgekehrt, da wird dann das Geld für die Drogenkäufe von hier in die Karibik transportiert.«

»Wie oft sind solche Transporte?«, hörten sie Magnus fragen.

»Immer im Herbst in die Karibik und im Frühjahr zurück, ist unterschiedlich. Ich vermute mal, so drei bis vier jeweils. Ich schätze, dass sie das Zeug irgendwo lagern. In so ein Schiff passt ja eine Menge hinein.«

»Allerdings«, erwiderte Magnus.

»Und dann gab es vor so ungefähr drei oder vier Monaten großen Ärger, Klemm hat sich überhaupt nicht mehr ums Geschäft gekümmert. War viel unterwegs, und wenn er da war, hat er ständig mit Noll telefoniert. Sie hatten einen Mann, der bei diesen Bootsüberführungen immer den Geldboten machte und in der Dom-Rep das Geld bei einer bestimmten Adresse abliefern musste.« Es wurde kurz still, dann hörten Petz und Bauer, wie ein Gegenstand auf Metall gestellt wurde.

»Ich habe ihn ein Mal gesehen, war ein ziemlicher Wichtigtuer.«

»Wissen Sie den Namen dieses Mannes?«

»Nur den Vornamen, Robert hieß der.« Bauer verknüpfte in seinem Kopf die Informationen über Robert Kollmann, langsam fügte sich einiges zusammen.

»Da gab es irgendwelche Probleme mit ihm«, redete Erwin weiter. »So wie ich das mitbekommen habe, hat er das Geld nicht abgeliefert. Er hat behauptet, dass er auf dem Weg zu der Adresse in Santo Domingo überfallen worden ist. Aber das haben sie ihm nicht geglaubt. Auch der andere Mann, von dem ich den Namen nicht weiß, muss ziemlich sauer gewesen sein, hat auch fast jeden Tag mit Klemm telefoniert. Und dann war das Thema plötzlich erledigt, keiner hat mehr darüber gesprochen. Wie ich den Bericht von der Brandleiche in der Zeitung gesehen habe und dann dieses Phantombild, da habe ich schon vermutet, dass das dieser Robert sein könnte.«

»Haben Klemm und Noll irgendetwas zu dieser Brandleiche Ihnen gegenüber gesagt?«, fragte Magnus.

»Nein, kein Wort. Aber als dann einige Wochen später das Foto von diesem roten Golf mit dem Nürnberger Kennzeichen in der Zeitung war, habe ich mich an etwas anderes erinnert: Ein- oder zweimal ist ein Typ, der etwas asiatisch aussah, mit so einem Golf mit Nürnberger Kennzeichen zu uns auf den Autoplatz gekommen. Er war ziemlich unfreundlich, hat nur mit Klemm gesprochen.«

»Haben Sie sich das ganze Kennzeichen gemerkt?«, fragte Magnus.

»Nein, ich habe nur den ersten Buchstaben, das ›N‹ in Erinnerung, weil es mir aufgefallen ist. Sonst kommen hier fast nur Münchner zu uns auf den Autoplatz.«

»Wissen Sie, wie der asiatische Mann geheißen hat?«

»Nein, Klemm und er haben sich nicht mit Namen angeredet.«

Bauer sah, wie schon wieder ein Polizeiwagen hinter ihnen hielt und der Beifahrer ausstieg.

»In dieser Stadt kannst du Falschparken vergessen«, meinte er zu Petz. Bevor der Polizist an Bauers Scheibe klopfen konnte, hielt der seinen Dienstausweis ans Fenster. Der Polizist hob kurz die Hand und ging zurück zu seinem Auto.

»Aber jetzt müssen wir dringend über etwas anderes reden, sonst gibt es vielleicht noch einen Toten«, redete Erwin weiter.

»Der Klemm hat vor einigen Wochen mit diesem unbekannten Typen telefoniert, kurz nachdem der Noll verhaftet worden ist. Sie redeten darüber, dass etwas gemacht werden muss. Klemm war plötzlich ziemlich knapp, die Geschichte in der Dom-Rep hatte ihn wohl einiges Geld gekostet. Er ist dann auch mal nach Kufstein gefahren. Hat gesagt, er muss da etwas erledigen. Und dann haben sie von einer Kündigung geredet, die gemacht werden musste. So wie die geredet haben, klang es für mich so, wie wenn sie einen umlegen wollten.«

»Wissen Sie, wer ermordet werden soll?«

»Möchten Sie noch etwas?«

»Nein, danke.«

Es war wieder das Rauschen von Flüssigkeit zu hören.

»Nein, ich habe keine Ahnung. Darüber haben sie nie geredet, wenn ich da war. Aber es ist vermutlich gerade jetzt jemand in München, der das erledigen soll.«

»Wie kommen Sie darauf?«, fragte Magnus.

»Ich kann es nicht genau sagen, aber so, wie sie in der letzten Woche am Telefon geredet haben, klang das so, dass die Sache kurz bevorsteht. Vielleicht kann ich Ihnen helfen, den Mann zu finden.«

»Wie das?«

»Ich bin mir nicht sicher, aber vielleicht gehört das zusammen: Vor ein paar Tagen hatte Klemm sein Handy auf meinem Schreibtisch liegen gelassen, als er hinausgegangen ist. Und da hat jemand angerufen, dessen Nummer ich nicht kannte. Ich habe ein sehr gutes Zahlengedächtnis, aber die Nummer, die ich da auf dem Display gesehen habe, war mir neu. Ich bin nicht hingegangen, weil es Klemms Handy war. Und als dieselbe Nummer später noch mal angerufen hat, habe ich das Handy genommen und es Klemm gegeben, der inzwischen wieder im Büro war. Er hat mit dem Anrufer nur kurz geredet und ausgemacht, dass er ihm ein Auto an einem Parkplatz an der Münchner Freiheit bereitstellt. So etwas machen wir sonst nie. Er hat zu dem Mann auch gesagt, dass das Auto sauber bleiben muss. Keine Ahnung, was er damit gemeint hat.«

»Und das ist die Nummer, von der angerufen wurde?«, fragte Magnus.

»Ja, ich habe sie mir gleich notiert.«

»Das muss hier irgendwo in der Innenstadt sein, der Nummer nach.«

»Keine Ahnung, aber das werdet ihr ja wohl herausfinden können, oder?«

»Denke, schon.«

»Wie geht es jetzt weiter?«, fragte Erwin.

»Sie gehen morgen ganz normal zur Arbeit. Geben Sie mir Ihre Handynummer, ich rufe Sie an, sobald ich weiß, wie wir weitermachen.«

»Aber ich kann mich darauf verlassen: Alles bleibt vertraulich, Sie sorgen dafür.« Die Stimme klang sehr besorgt.

»Mache ich, wie versprochen. Ich muss morgen nur einige Dinge klären, aber Sie können sich darauf verlassen.«

»Hier ist meine Handynummer.«

Schritte waren zu hören und wieder das Quietschen von Gummireifen. Eine Tür wurde geöffnet.

»Ich höre von Ihnen«, sagte Erwin.

»Gute Nacht«, antwortete Magnus, dann hörten sie wieder Schritte auf einer Holztreppe.

»Jetzt gibt es Arbeit«, meinte Petz und blickte Bauer an. Konnten sie noch bis morgen warten, oder sollten sie noch heute Nacht starten?

Er sah auf die Uhr, einundzwanzig Uhr fünfzig. Jetzt die richtigen Leute aufzutreiben, würde ein Drama werden.

Sein Handy läutete, es war ein Anruf aus dem Polizeipräsidium: »Seid ihr noch unterwegs?« Bauer erkannte die Stimme von Niedermaier, der so lange er ihn kannte schon beim Erkennungsdienst war.

»Was machst du denn noch um die Zeit?«

»Deine Kollegin hat heute Nachmittag so einen Stress gemacht wegen den Fingerabdrücken von diesem Price.«

Bauer hatte die vollkommen vergessen.

»Ja klar, hast du den Vergleich gemacht?«

»Schneller ging es nicht. Aber jetzt wissen wir es, die Abdrücke in dem Golf sind garantiert von dem Price.«

»Die Fingerabdrücke sind von Price«, rief Bauer halblaut zu Petz, die gerade das Fenster heruntergelassen hatte und die frische Luft genoss.

»Super«, rief sie triumphierend.

»Danke dir, Josef, kannst jetzt auch ins Bett gehen«, sagte Bauer und legte auf.

Wieder klingelte sein Telefon, er erkannte Magnus' Nummer.

»Habt ihr alles mitbekommen?«

»War einwandfrei, wir sollten uns schnell zusammensetzen«, antwortete Bauer.

»Ich gebe Hertz Bescheid, der soll auch mitkommen. Am besten, wir treffen uns im Appartement, wir fahren gleich los.«

»Einverstanden«, antwortete Magnus.

Hertz war schon nach dem ersten Läuten am Telefon. Bauer erzählte ihm kurz die Neuigkeiten, Hertz meinte, dass er in einer Viertelstunde beim Treffpunkt sein könnte. Sie fuhren durch das nächtliche München: Die meisten Gebäude waren finster, um diese Zeit arbeitete niemand mehr in den Büros.

Ein Krankenwagen mit Blaulicht raste an ihnen vorbei, zwei Radfahrer ohne Licht fuhren quer über die Straße, was Bauer mit einem Kopfschütteln quittierte. Während der Fahrt ließ er sich von der Einsatzzentrale die Adresse zu der Telefonnummer geben, die Magnus von Erwin bekommen hatte. Es war eine Pension in der Goethestraße, nahe beim Hauptbahnhof. Die Nummer gehörte zu einem Münztelefon. Als Bauer und Petz vor dem Appartement parkten, sahen sie Hertz zu Fuß kommen. »Habe die U-Bahn genommen, geht schneller«, meinte er auf ihre fragenden Blicke.

In der Wohnung erwartete sie bereits Magnus.

»Ich bin der Meinung, wir müssen heute Nacht noch zuschlagen«, meinte Hertz.

Alle nickten.

»In der Pension in der Goethestraße wohnt möglicherweise dieser Killer«, sagte Bauer, »da, denke ich, sollten wir das SEK hinschicken. Und dann brauchen wir noch ein Team für den Klemm.«

»Und wie sieht es mit diesem Typen in Düsseldorf aus, den die Kollegen auf der Telefonüberwachung hatten, diesem Makler?«, fragte Petz.

»Ich müsste versuchen, den Kollegen dort zu erreichen, der diese Sache bearbeitet. Die haben dort ja auch einen Dauerdienst, der kann ihn bestimmt anrufen«, meinte Hertz. »Dummerweise habe ich seine Privatnummer nicht.«

»Denn den sollten sie in jedem Fall auch in der Nacht festnehmen, sonst ist der weg«, sagte Petz.

»Und wenn wir die drei haben, holen wir uns morgen als Erstes noch mal diesen Price: Der muss bei dem Mord an Kollmann dabei gewesen sein, seine Fingerabdrücke waren ja im Golf.«

»Und Erwin hat auch gesagt, dass ein asiatischer Typ mit dem roten Golf bei ihnen war. Das war sicher dieser Price«, ergänzte Magnus.

»Mag jemand was zu trinken?«, fragte Petz.

»Da wirst du Pech haben, der Kühlschrank ist leider leer«, antwortete Magnus.

»Ich würde vorschlagen, ich fahre mit dem SEK zu der Pension«, meinte Bauer, der es nicht mehr in dem Appartement aushielt.

»Einverstanden. Claudia, für dich organisiere ich noch zwei Uniformierte, mit denen kannst du dann Klemm abholen und seine Wohnung durchsuchen. Ich kümmere mich in der Zwischenzeit um die Festnahme von diesem Makler bei den Düsseldorfer Kollegen.«

Alle waren jetzt aufgestanden, die Anspannung war ihren Gesichtern anzumerken. Bauer rief das Sondereinsatzkommando an: Eine Stunde war notwendig, dann konnten sie am Präsidium sein.

»Also, um elf Uhr fahre ich mit dem SEK vom Präsidium los. Die anderen Aktionen sollten gleichzeitig mit der Festnahme in der Pension stattfinden«, berichtete Bauer. Hertz wandte sich an Petz: »Ich schlage vor, wir lassen uns von Ricardo zur Dienststelle fahren, dann kannst du von dort ein Auto nehmen und Ricardo ins Präsidium weiterfahren.«

Petz nickte.

»Dann braucht ihr mich vorläufig nicht mehr«, meinte Magnus, der aufmerksam zugehört hatte.

»Nein, vorläufig nicht. Aber lass dein Handy mal an, für alle Fälle«, meinte Bauer.

»Morgen früh müssen wir dann klären, wie es mit dem Rollstuhlfahrer weitergeht.«

Sie verließen die Wohnung, und Bauer fuhr Petz und Hertz in die Bayerstraße.

»Wir telefonieren noch mal kurz vor elf«, meinte Hertz, bevor er ausstieg.

»Viel Erfolg, Claudia«, meinte Bauer und zwinkerte Petz zu.

»Ich und zwei Männer, da kann doch nichts schiefgehen, oder?«, antwortete sie aufgekratzt.

Bauer fuhr die zwei Kilometer weiter ins Polizeipräsidium: Der Verkehr war so gering, dass er in Ruhe an den bevorstehenden Einsatz denken konnte. Kurz vor elf war alles organisiert, Hertz hatte ihn wie vereinbart angerufen. Auch die Düsseldorfer Polizei hatte es geschafft, die Festnahme von dem Makler in Neuss zu organisieren. Nur Staatsanwalt Branner konnte nicht erreicht werden. Seine Frau meinte, er sei noch beruflich unterwegs und sie wisse nicht, wann er nach Hause komme. Doch darauf konnten sie nicht warten. Durch die offenen Fenster im Präsidium war das Glockenläuten des nahen Doms zu hören. Bauer und die acht Beamten des SEK waren schon unterwegs in den Hof zu den Polizeiwagen.

»Kollege, fährst du mit uns mit?«, fragte der Einsatzleiter, ein drahtiger Hauptkommissar in Einsatzuniform. Alle seine Beamten trugen schusssichere Westen und hatten Schutzhelme bei sich. Mit zwei VW-Bussen fuhren sie in die Nähe der Pension, wo sie in der Landwehrstraße, ungefähr hundert Meter von der Pension entfernt, parkten.

»Das Beste wird sein, ich gehe zuerst mal hinein und versuche herauszubekommen, wo unser Typ wohnt«, meinte Bauer zum Einsatzleiter, der nickte.

»Wir warten dann hier auf dich. Hier ist meine Handynummer.«

Er gab Bauer seine Visitenkarte. Eine Gruppe angetrunkener Amerikaner kam aus einer Tabledance-Bar, ein Obdachloser mit einem Fahrrad wühlte in einem Mülleimer. Bauer sah das kleine Reklameschild der Pension *Gloria*, in mehreren Zimmern brannte noch Licht. Durch die gläserne Eingangstür sah er einen jungen Mann hinter der Rezeption sitzen, der telefonierte. Er öffnete die Tür und ging auf ihn zu. Die Pension sah innen so aus, wie er es in dieser Gegend erwartet hatte, billig und abgenutzt, zweifelsohne war der Raum seit Tagen nicht mehr gelüftet worden. Als er vor dem jungen Mann stand, der in einer Hand den Telefonhörer hielt und mit der anderen an seinem Nasen-Piercing herumzupfte, zog er seinen Dienstausweis und legte ihn auf den Tresen. Der Mann unterbrach das Telefonat.

»Ja bitte?«

Bauer blickte sich in dem Raum um, niemand war zu sehen.

»Wir suchen einen Mann, der hier wohnt«, sagte er mit verhaltener Stimme.

»Wie heißt der?«, fragte der Portier und schob eine Illustrierte beiseite, um den Belegungsplan zu sehen, der vor ihm lag.

Bauer kam sich etwas lächerlich vor, als er weiterredete: »Das ist das Problem, wir haben weder eine Beschreibung noch einen Namen.«

Der Mann runzelte die Stirn.

»Aber wir können ihn trotzdem herausfinden«, fuhr Bauer

fort. »Sie müssen nur mal die Liste durchgehen, so viele einzelne Männer, die nicht vom Sozialamt eingewiesen wurden, werden hier schon nicht übernachten.«

»Ein paar haben wir schon«, erwiderte der Mann, dessen Gesichtsausdruck noch immer sehr skeptisch war.

»Wie viele Zimmer haben Sie?«

»Insgesamt achtunddreißig.« Er schwieg einen Moment, während er mit seinem Finger den Belegungsplan entlangfuhr.

»Achtzehn sind momentan belegt. Was wissen Sie denn von dem Gast, den Sie suchen?«

Bauer überlegte.

»Er ist vermutlich seit ungefähr einer Woche da und bezahlt bar.« Bauer ging davon aus, dass ein Profi keine Kreditkarte benutzen würde. »Und er ist alleine, also ohne Frau. Das Alter ist wahrscheinlich zwischen zwanzig und höchstens fünfzig.«

Der Mann studierte wieder seine Zimmerliste: »Wir haben momentan vier einzelne Männer hier, die passen könnten.«

In diesem Moment kam eine alte Frau mit zwei vollen Plastiktüten in die Pension und schlich mit schweren Schritten an der Rezeption vorbei.

»Frau Vestner, von der Chefin soll ich Ihnen ausrichten, wenn Sie noch mal kochen und den Teppich mit heißem Geschirr verbrennen, fliegen Sie raus.«

Die alte Frau murmelte etwas Unverständliches und ging zur Treppe.

»Letzte Nacht hätte sie uns beinahe die ganze Hütte angezündet«, berichtete der Mann kopfschüttelnd.

»Also, wo waren wir stehen geblieben?« Er kratzte sich am Kopf.

»Ah genau, vier Männer haben wir momentan, die passen könnten. Einer ist aber schon seit vier Wochen da, der kann es dann nicht sein, oder?«

»Nein«, erwiderte Bauer.

»Gut, dann haben wir noch den Türken, der gegenüber im Kebap-Stand arbeitet.«

»Der ist es auch nicht.«

»Na gut, dann sind da noch die anderen beiden: Den einen kenne ich nicht, habe ich noch nie gesehen. Der ist auf 32, seit letztem Montag bei uns. Und dann haben wir noch den auf 24, der ist am Freitag gekommen. Den kenne ich, ziemlich arroganter Typ.«

»Können Sie sehen, ob die gerade auf ihrem Zimmer sind?«, fragte Bauer.

»Nein, die meisten geben ihre Schlüssel nicht ab, wenn sie aus dem Haus gehen. Aber der auf 24 müsste da sein, ich glaube, der ist vorhin an mir vorbeigegangen.«

»Wo liegen die beiden Zimmer?«

»24 ist im zweiten, 32 im dritten.«

»Danke. Ich sehe mich mal kurz um.« Bauer hob mahnend den Finger an seine Lippen: »Aber kein Wort, wenn einer von denen vorbeikommt.«

»Ist schon klar, bin ja nicht blöd.«

Bauer ging die engen Treppen in den dritten Stock, aus den Zimmern hörte er ein babylonisches Sprachgewirr, Fernseher liefen, im dritten Stock stritt ein Pärchen lautstark. Er horchte an der Tür zu Nummer 32. Ein Mann telefonierte: »Ich weiß noch nicht, ob ich den Job morgen bekomme, außerdem wollen die nur vier Euro in der Stunde bezahlen. Er schwieg einen Moment. »Ja, ich weiß, dass wir die Kohle brauchen, aber den ganzen Tag Kisten schleppen ist ein sauschwerer Job.« Das war nicht ihr Mann, dachte sich Bauer und ging in den zweiten Stock. Die Tür von Nummer 22 war offen. Ein von oben bis unten bunt tätowierter Mann kam barfuß aus dem Gemeinschaftsbad, um die Hüften hatte er sich ein kleines Handtuch gewickelt. Er ging in Nummer 22, dann schloss er die Tür.

Bauer lehnte sich an die Tür von Nummer 24, Geräusche waren zu hören. Wasser schien in ein Waschbecken zu laufen, er hörte Geräusche, wie wenn sich jemand die Zähne putzt.

Also zu Hause war der Mann, jetzt konnte er nur noch hoffen, dass es der Richtige war, dachte sich Bauer und eilte wieder nach unten.

»Bin gleich wieder da«, sagte er zu dem Mann an der Rezeption, der ihm neugierig nachblickte.

Bauer entfernte sich einige Meter von der Pension und sagte dem Einsatzleiter des SEK Bescheid. Fünf Minuten später standen die beiden VW-Busse vor der Tür, acht schwer bewaffnete Polizisten stiegen aus. Bauer deutete auf ein Fenster im zweiten Stock.

»Das müsste sein Zimmer sein, wenn ich es richtig gesehen habe«, sagte Bauer.

»Wir lassen zwei Mann außen stehen«, sagte der Einsatzleiter.

Zwei Beamte öffneten die Heckklappe und holten zwei Metallkoffer hervor.

»Werden wir wahrscheinlich nicht brauchen, die Tür wird kein Problem sein«, meinte er.

»Zeigst du uns das Zimmer?«, forderte er Bauer auf.

Sie gingen an dem erstaunten Mann an der Rezeption vorbei in den zweiten Stock. Die Geräusche im Haus waren unverändert, aber aus Zimmer 24 war nichts mehr zu hören.

Der Einsatzleiter machte Bauer ein Zeichen, etwas auf die Seite zu gehen. Er betrachtete die schwache Holztüre und das Türschloss, dann nickte er seinen Beamten zu. Zwei stellten sich mit etwas Abstand von der Tür auf, sie hatten offensichtlich Schulterpolster unter ihren Einsatzanzügen. Die anderen postierten sich rechts und links neben der Tür. Der Einsatzleiter hob seine rechte Hand und streckte drei Finger weg. Er senkte den Arm, dann hob er ihn erneut und senkte ihn mit zwei ausgestreckten Fingern, zuletzt das Gleiche mit einem Finger. Alle warteten nun auf das letzte Kommando. Als es kam, sprangen die ersten beiden mit einem lauten Schrei gegen die Tür, die krachend aus den Angeln gerissen wurde und nach hinten fiel. Die nächsten Beamten rannten mit ihren gezückten Waffen und Taschenlampen in der Hand in das Zimmer, das vollkommen finster war. »Keine Bewegung, Polizei«, riefen sie.

Jemand schaltete das Zimmerlicht ein. Zwei stürzten sich aufs Bett und rissen die Bettdecke zur Seite.

Der Mann, der nun nur noch mit einer Unterhose bekleidet vor ihnen lag, machte eine Bewegung mit der Hand in Richtung seines Kopfkissens. Ein Beamter hieb ihm mit dem Unterarm auf den Ellbogen, sodass er aufschrie. Der Lauf eine Pistole war jetzt direkt auf seinen Kopf gerichtet.

»Keine Bewegung mehr«, rief der Beamte. Zwei Minuten später war der Mann mit Handschellen gefesselt und lag neben seinem Bett auf dem Boden. Bauer sah ihn sich jetzt genauer an: Durchtrainierte Figur, kurze, blonde Haare, braun gebrannter Körper. So stellt man sich einen Killer vor, dachte er und legte den Koffer aufs Bett, der auf dem Boden stand. Wäsche, ein Stadtplan von München, einige leere Seiten Papier, Waschzeug, Turnschuhe. Er tastete die Innenverkleidung ab. Im Deckel fiel ihm eine Naht auf, die eigentlich überflüssig war. Es war ein Klettverschluss, er griff blind hinein. Seine Finger fühlten etwas Glattes, wie ein Foto, er zog es heraus. Es war tatsächlich ein Foto, in Farbe, aus ziemlicher Entfernung, aber die Person war zu erkennen. Auf der Rückseite stand eine Handynummer. Bauer war überrascht, an den Mann auf dem Foto hatten sie nicht gedacht. Er zeigte das Foto dem Einsatzleiter: »Das sollte wohl sein Opfer sein«, meinte Bauer, »das ist der Staatsanwalt Branner.«

Unter dem Kopfkissen hatten sie inzwischen eine tschechische Pistole gefunden, die mit sechs Schuss geladen war. Bauer sah sich den Führerschein an, den er in der Jacke des Mannes gefunden hatte. *Boris Prasch, 38 Jahre, geboren in Dresden.*

Er nahm den Koffer und packte alles ein, was der Mann in dem Zimmer hatte, die Jeans und ein Hemd durfte der Festgenommene unter strenger Beobachtung anziehen. Dann verließen sie den Raum und gingen die Treppe hinunter.

»Vier Nächte sind noch offen«, rief der Mann an der Rezeption ihnen nach.

»Ich rufe Ihren Chef morgen an und gebe ihm die Personalien durch, dann kann er eine Rechnung schicken«, antwortete Bauer im Hinausgehen.

Auf der Dienststelle herrschte inzwischen reger Betrieb, mehrere Polizisten in Uniform liefen durch die Gänge. Da die Festgenommenen keinen Kontakt zueinander haben sollten, wurden sie in verschiedene Zimmer gesetzt und bewacht.

Hertz telefonierte gerade, als Bauer in sein Zimmer kam.

»Danke Kollege, wir geben euch Bescheid.«

Hertz strahlte über das ganze Gesicht.

»Claudia hat Klemm verhaftet, er sitzt schon hinten bei ihr im Büro. Und die Düsseldorfer haben diesen Makler erwischt, Mertes heißt der. Sie durchsuchen gerade zwei Häuser, für die er Schlüssel bei sich hatte. In seiner Wohnung haben sie ein Briefchen Kokain gefunden. Und wie ist es bei euch gelaufen?«

»Wir haben den Richtigen erwischt, hatte unter seinem Kopfkissen eine tschechische Pistole versteckt. Aber die vom SEK waren hervorragend, der Typ hatte keine Chance. Kommt aus dem Osten, ziemlich durchtrainiert. Vom Alter her könnte es sein, dass er früher bei dieser Kampftruppe der NVA war, er wirkt ziemlich professionell. Ein Foto haben wir auch bei ihm gefunden. Weißt du, auf wen sie es abgesehen hatten?«

Hertz zuckte mit den Schultern.

»Auf mich?«

»Nein, du wirst es nicht glauben, auf Staatsanwalt Branner.«

Hertz lehnte sich zurück.

»Da wird er uns aber dankbar sein. Vielleicht haben wir es zukünftig ein bisschen leichter mit ihm.«

»Wie wollen wir jetzt weitermachen?«, fragte Hertz.

»Mit diesem Killer brauchen wir momentan keine Zeit zu verschwenden. Der sagt kein Wort, das habe ich schon auf dem Weg hierher gemerkt. Weißt du was? Am liebsten würde ich mir den Price, diesen Lkw-Fahrer, jetzt noch mal holen.«

»Um diese Zeit? Denkst du, der wird gesprächig sein, wenn du ihn jetzt aus seiner Zelle holst?«, erwiderte Hertz mit skeptischer Mine.

»Wir können ihm nachweisen, dass er tief in der Geschichte mit drinhängt, seine Fingerabdrücke waren im Golf, der am

Tatort war. Ich kann mir gut vorstellen, dass der uns umfällt.« Hertz blickte nachdenklich.

»Muss ja keine offizielle Vernehmung sein, die können wir morgen machen, damit uns nicht später sein Rechtsanwalt Stress macht«, fuhr Bauer fort.

»Wenn du meinst, holt ihn euch.«

Bauer führte zwei Telefonate, und eine halbe Stunde später saß ein verschlafener junger Mann mit hängenden Schultern vor seinem Schreibtisch, die Hände vorne gefesselt.

»Muss das sein?«, fragte er und hob die Arme hoch.

»Vorerst ist es besser«, antwortete Bauer.

Petz saß am Schreibtisch gegenüber und hörte zu.

»Herr Price, wir wissen, dass Sie dabei waren, als Robert Kollmann ermordet wurde. Ihre Fingerabdrücke sind in dem Golf gefunden worden, der am Tatort war.«

Price senkte seinen Blick, sein Brustkorb zitterte.

»Ich habe ihn nicht erschossen«, rief er mit weinerlicher Stimme.

Er richtete seinen Kopf auf und sah Bauer mit feuchten Augen an: »Es war Frederics Idee: Wir haben diesen Kollmann vom Bahnhof abgeholt. Frederic hatte ihm erzählt, dass es etwas Wichtiges zu besprechen gibt. Der war selbst schuld, der hatte uns um viel Geld beschissen.«

»Wie meinen Sie das, womit hat er Sie beschissen?«

»Wir hatten einen Deal gemacht, und er sollte das Geld übergeben, aber dann hat er die Kohle selbst eingesteckt und uns eine Geschichte aufgetischt.«

Price wurde allmählich wacher.

»Und wie ging es dann weiter, als Sie und Noll ihn am Bahnhof abgeholt hatten?«

»Wir sind mit dem Ford, den Frederic besorgt hatte, zu dritt zu einem Parkplatz gefahren, ich weiß nicht mehr genau, wo der war. Irgendwo in Richtung Fußballstadion, direkt an einem Wald. Da hat dann schon Werner mit dem Golf gewartet. Frederic und Werner haben dann den Kollmann zusammengeschlagen und gefesselt. Dann haben sie ihn in den Kofferraum gewor-

fen. Mit den beiden Autos sind wir dann über die Autobahn zu dem Platz gefahren, den Frederic vorher ausgesucht hatte.«
Bauer unterbrach ihn.
»Wer ist in welchem Auto gefahren?«
Price überlegte kurz.
»Ich bin den Ford gefahren, neben mir saß Frederic. Und im Golf war Werner.«
»Wie kommen dann Ihre Fingerabdrücke in den Golf?«
»Ich hatte vorher zwei Tage das Auto, dann habe ich es Werner zu seinem Autoplatz gebracht.«
»Gut, und wie ging es dann weiter?«
»Wir sind durch den Wald gefahren, zu diesem Platz. Es war schon total finster, außerdem richtig neblig. Frederic hat gesagt, das Wetter sei ideal. Sie haben dann den Kollmann auf die Fahrerseite gesetzt. Der hat wie verrückt gezappelt, aber er war ja mit Schnüren gefesselt, da konnte er nicht weg. Dann hat ihm Frederic mit seiner Pistole in den Kopf geschossen. Aus dem Golf haben wir dann zwei Benzinkanister geholt und über den Ford gegossen und angezündet. Das gab eine richtige Stichflamme, als der Tank explodiert ist.«
»Und dann sind Sie drei mit dem Golf weggefahren?«
»Ja, den hat dann Werner irgendwo verschwinden lassen.«
»Arbeiten Sie sonst auch für Werner Klemm?«, fragte Bauer.
»Ich überführe für Werner im Herbst und im Frühjahr Boote. Bin früher in England mal einige Jahre zur See gefahren.«
Hertz kam in Bauers Büro und machte ihm ein Zeichen, er sollte kurz auf den Gang herauskommen.
»Branner hat gerade angerufen. Er möchte, dass wir morgen die Vernehmungen fortsetzen und für heute aufhören. Hat wohl etwas Angst vor den Rechtsanwälten.«
Bauer hatte kein Problem damit.
»Meinetwegen, der Price hat sowieso schon ausgepackt. Was gibt es sonst?«
»Klemm sagt nichts, und der Typ aus Düsseldorf schweigt auch. Aber in einem von den Häusern, für die er einen Schlüssel hatte, haben sie fünfzig Kilo Kokain im Keller gefunden.«

Bauer zog die Augenbrauen hoch.
»Nicht schlecht.«
»Der hat das raffiniert gemacht. Diese Häuser waren eigentlich zu verkaufen, sind Neubauten, aber solange kein Käufer vorhanden war, hat er sie als Rauschgiftversteck genutzt.«
»Also gut, dann lassen wir es für heute sein«, meinte Bauer und ließ Price in seine Zelle abführen.
Er fuhr durch die jetzt fast menschenleere Stadt nach Hause. Allmählich wich die Anspannung aus seinem Körper, er genoss dieses Gefühl. Er dachte an Marion und Stefan, morgen früh würde das sein erster Anruf sein.

Kapitel 27

Am nächsten Morgen lag drückende Schwüle über der Stadt, auch die Nacht hatte mit Temperaturen von über zwanzig Grad keine Abkühlung gebracht. Hektische Stimmung herrschte in den Büros der Sonderkommission, die Fenster waren aufgerissen, um wenigstens etwas Durchzug zu schaffen. Die Telefone läuteten pausenlos. »Ricardo, wann hast du den Bericht für den Staatsanwalt fertig?« Hertz stand im Türrahmen zu Bauers Büro, der vor sich einen Berg von Notizzetteln und Durchsuchungsberichten hatte.

»Sag ihm, bis Mittag hat er seinen Bericht«, antwortete Bauer ungehalten.

»Was meinst du wegen diesem Rollstuhlfahrer? Sollten wir den nicht in den Zeugenschutz nehmen?«, fragte Hertz.

»Ich habe mit ihm heute schon telefoniert: Er sagte, dass er einen Cousin in Spanien hat, bei dem er vielleicht leben könnte.«

»Das klingt doch gut: Ich denke schon, dass er hier verschwinden sollte, zumindest bis die Gerichtsverhandlung gelaufen ist.«

»Das habe ich ihm auch gesagt. Er will das offensichtlich genauso, er hatte das ja auch schon bei dem Gespräch mit Magnus erwähnt. Außerdem ist ja ein Spanienurlaub auf Staatskosten auch nicht ohne«, meinte Bauer.

»Hast du was von Paul gehört? Der wollte doch heute wieder ins Büro kommen?«, fuhr Hertz fort.

»Ja, er hat mich gestern Abend noch angerufen und gratuliert. Sie müssen heute Vormittag mit ihrem Sohn in die Klinik zu einer Nachuntersuchung, aber anscheinend ist alles gut verheilt. Am Nachmittag kommt er dann ins Büro.« Bauers Telefon läutete.

»Geh ruhig hin, ich bin in meinem Büro, wenn noch etwas ist«, verabschiedete sich Hertz und verschwand aus Bauers Blickfeld.

»Hallo Ricardo. Gibt es etwas Neues?« Marions Stimme klang erschöpft.

»Ich wollte dich gerade anrufen, aber seit ich hier bin, klingelt entweder das Telefon, oder irgendjemand steht bei mir im Büro. Wir haben die Bande gestern festgenommen, ab sofort besteht keine Gefahr mehr.«

Am anderen Ende der Leitung war es kurz still, dann antwortete Marion. »Bist du ganz sicher?«

»Absolut, wir haben sie alle gefasst. Du kannst wirklich beruhigt sein.«

»Würdest du mir einen Gefallen tun?«

»Ja, worum geht es?«

»Kannst du heute Abend Stefan holen? Ich brauche dringend mal wieder eine Nacht, in der ich durchschlafen kann. Die letzten Nächte ist er immer zu mir gekommen, weil er Angst hatte. Und ich habe fast keine Auge zugetan.«

»Gut, mache ich. Ich hole ihn bei der Tagesmutter ab und bringe ihn morgen früh wieder dorthin. Einverstanden?«

»Da wäre ich dir sehr dankbar.«

»Ich rufe dich am Wochenende mal an, da habe ich etwas mehr Zeit.« Bauer beendete das Gespräch und wandte sich wieder dem Stapel Papier auf seinem Schreibtisch zu. Er fühlte die Müdigkeit in seinem Körper und konnte sich in dem Moment nicht vorstellen, wie er in zwei Stunden den Bericht für den Staatsanwalt fertigbekommen sollte. Wieder läutete sein Telefon. Genervt nahm er den Hörer ab.

»Hallo Ricardo. Ich gratuliere dir, wir haben gerade bei der Morgenbesprechung von eurem Erfolg gehört.«

Bauers Stimmung wurde gelöster. Doris' Stimme war jetzt genau das, was er brauchen konnte. »Danke, jetzt werden wir ja anscheinend berühmt, wenn sich die Geschichte auch schon bei euch herumgesprochen hat.«

»Bist du doch schon, oder? Hättest du Lust, heute Abend mit einer völlig *unberühmten* Kollegin zum Essen zu gehen? Du würdest natürlich eingeladen, zur Feier des Tages.«

»Klingt verlockend. Aber wir müssten es auf morgen verschieben, wenn es bei dir geht. Ich habe für heute Marion versprochen, dass ich mich um Stefan kümmere. Den hat die Sache auch ziemlich mitgenommen.«

»Kein Problem, verstehe ich.«

»Also, dann morgen, sagen wir um acht Uhr im Brenners?«

»Gut. Da wollte ich sowieso schon lange mal hingehen, die sollen dort eine tolle Küche haben.« Bauer legte auf. Irgendwie spürte er nun die Müdigkeit nicht mehr so.

Nachruf

Die Gerichtsreporter der Münchner Boulevardzeitungen waren glücklich, endlich hatten sie wieder einmal eine Geschichte für die Titelseite:

Mörderische Drogenbande zu lebenslanger Haft verurteilt. Das Schwurgericht München hat die Mitglieder einer Drogenbande, die in den letzten Jahren mindestens zweihundert Kilo Kokain aus Mittelamerika nach Europa transportiert hatten, zu langjährigen Haftstrafen verurteilt. Ihnen wurde neben dem Drogenhandel der Mord an einem Mittäter vorgeworfen sowie die Planung eines Mordanschlags auf einen Staatsanwalt. Während der Ermittlungen hatten sie außerdem versucht, durch einen absichtlichen Unfall, bei dem der Sohn eines Polizisten verletzt wurde, die weiteren Nachforschungen zu beeinflussen. Diesem Ziel diente auch der letztendlich erfolglose Versuch, den Sohn eines weiteren Polizisten zu entführen.

Die Münchner Autohändler Frederic N. und Werner K. sowie der Düsseldorfer Immobilienmakler Klaus M. erhielten lebenslange Haftstrafen. Der Engländer Simon P. wurde wegen Beihilfe zum Mord, versuchtem Mord und Drogenhandels zu einer Freiheitsstrafe von zwölf Jahren verurteilt. Der Dresdner Boris P., der von Klaus M. als Killer angeheuert worden war, erhielt fünf Jahre.

Wie die Polizei den Tätern auf die Spur kam, ist bis heute ungeklärt, auch in der Gerichtsverhandlung machten die Kriminalbeamten dazu keine Angaben.

Martin W. Brock
Freitagsflug
Ein München-Krimi. 240 Seiten.
Serie Piper

Die Münchner Abteilung für organisierte Kriminalität ist ratlos: Noch immer ist es nicht gelungen, die illegalen Bordelle auszuheben. Ob es in den eigenen Reihen einen Verräter gibt? Kommissar Ricardo Bauer staunt nicht schlecht, als ausgerechnet in seinem Schreibtisch verdächtige Kontoauszüge entdeckt werden. Für seine Vorgesetzten ein klarer Fall: Bauer hat sich von den Bordellbetreibern bestechen lassen und im Gegenzug rechtzeitig vor Polizeirazzien gewarnt. Der sympathische Kommissar weiß, daß er unschuldig ist, doch wird es ihm gelingen, den wirklichen Täter aufzuspüren?

»Brock ist dort zu Hause, wo sein Roman spielt. Schillernde Figuren, eine fesselnde Story und ein überraschendes Ende.«
Heiner Lauterbach

Johannes Groschupf
Zu weit draußen
Roman. 176 Seiten. Serie Piper

Der Journalist Jan Grahn verunglückt auf einer Reportage in der Wüste mit dem Helikopter – und überlebt mit schwersten Verbrennungen. Sprachlich brillant erzählt Johannes Groschupf in seinem autobiographischen Roman von der Angst eines Mannes, in das Leben zurückzukehren – und dem schwierigen Versuch, die Gespenster einer Grenzerfahrung für immer hinter sich zu lassen.

»Ein unglaubliches Buch. Nicht etwa weil die Art des Unfalls und des Überlebens so spektakulär wäre. Unglaublich ist die Ruhe und die Zartheit, mit der Johannes Groschupf von der schlimmsten Zeit seines Lebens erzählt. Kein Wort zuviel, kein falscher Ton, kein bißchen rührselig.«
Westdeutscher Rundfunk

Heinrich Steinfest
Ein dickes Fell
Chengs dritter Fall. 608 Seiten.
Serie Piper

Ein Kartäuser-Mönch soll im achtzehnten Jahrhundert die Rezeptur für ein geheimnisvolles Wunderwasser erfunden haben – 4711 Echt Kölnisch Wasser. Als in Wien ein kleines Rollfläschchen mit dem Destillat auftaucht, beginnt eine weltweite Jagd nach dem Flakon: Seinem Inhalt werden übersinnliche Kräfte nachgesagt, wer es trinkt, erreicht ewiges Leben. Ausgerechnet der norwegische Botschafter muß als erster sterben, und Cheng, der einarmige Detektiv, kehrt zurück nach Wien. Sein Hund Lauscher trägt mittlerweile Höschen, hat sich aber trotz Altersinkontinenz ein dickes Fell bewahrt. Und das braucht auch Cheng für seinen dritten Fall in Heinrich Steinfests wunderbar hintergründigem Krimi.

»Steinfest unterhält nicht nur, er öffnet einem buchstäblich die Augen für – ein großes Wort – den Reichtum und die Vielfalt der Schöpfung.«
Denis Scheck in der ARD

Rudi Kost
Die Nadel im Heuhaufen
Ein Hohenlohe-Krimi. 192 Seiten.
Serie Piper

Als Bauer Huber in Hohenberg bei Schwäbisch Hall tot in seiner Scheune aufgefunden wird, scheint der Fall klar: ein Unglück. Doch Versicherungsvertreter Dieter Dillinger kann das nicht glauben. Kurz vor seinem Tod wollte der Bauer nämlich seine Lebensversicherung umschreiben lassen. Aber warum und auf wen? Bei seinen Nachforschungen merkt Dillinger, dass er in ein Wespennest gestochen hat. Welches Geheimnis umgibt die Bauernfamilie, in der es mit der ehelichen Treue offensichtlich keiner so genau genommen hat? Welche Rolle spielt der Bauunternehmer Deyhle, der nicht nur von Bauer Huber im großen Stil Ackerland aufgekauft hat? Spannend und rasant ist Rudi Kosts Kriminalroman um Ermittler Dieter Dillinger – eine Geschichte um Träume und unerfüllte Sehnsüchte, um dunkle Familiengeheimnisse und Dorfintrigen.